HEYNE BÜCHER

Das Buch

New Mexico 1944/45: Während die berühmtesten Wissenschaftler der Welt auf altem Indianerland an einem Geheimprojekt arbeiten, von dem noch niemand ahnt, wie sehr es die Zukunft verändern wird, werden sie mißtrauisch von den Menschen beobachtet, die das von der Regierung als Testgelände ausersehene Gebiet bewohnen. Zwar verstehen die Indianer nicht, womit die Weißen experimentieren, aber sie fühlen, daß es etwas Bedrohliches ist, und sie wenden ihre eigenen uralten Methoden an, um diesem Geschehen ein Ende zu setzen. Einen Verbündeten haben sie dabei: den Army-Sergeanten Joe Pena, einer der ihren, der als Chauffeur, Leibwächter und Mädchen für alles in die abgeschlossene Welt der Wissenschaftler einbezogen ist. Er liebt die an dem Projekt beteiligte Mathematikerin Anna Weiss. Der Zwiespalt, den er, zwischen zwei Kulturen stehend, auszuhalten hat, ist enorm. Sabotage, Spionage, Intrigen und Verleumdungen stellen seine Loyalität auf härteste Proben. Denn mit der rasanten Entwicklung in den Laboratorien spitzt sich auch das Leben aller mit dem Projekt Verbundenen dramatisch zu …

Der Autor

Martin Cruz-Smith wurde 1943 in Philadelphia geboren; mütterlicherseits ist er indianischer Abstammung. Er war Journalist und Sportredakteur, bevor er sich ganz dem Schreiben von Romanen zuwandte. Sein Erstlingsroman *Gorki Park* brachte ihn auf Anhieb auf Platz 1 der US-Bestsellerliste und wurde mit großem Erfolg verfilmt. Martin Cruz-Smith lebt seit vielen Jahren in New York.

Im Heyne-Verlag liegen vor: *Das Labyrinth* (01/9424), *Gorki Park* (01/9587), *Das Ritual* (01/9765), *Totentanz* (01/9921).

MARTIN CRUZ-SMITH

LOS ALAMOS

Roman

Aus dem Amerikanischen
von Wulf Bergner

WILHELM HEYNE VERLAG
MÜNCHEN

HEYNE ALLGEMEINE REIHE
Nr. 01/10768

Titel der Originalausgabe
STALLION GATE

Umwelthinweis:
Das Buch wurde auf
chlor- und säurefreiem Papier gedruckt.

Wilhelm Heyne Verlag GmbH & Co. KG, München
Printed in Germany 1998
Umschlagillustration: Bavaria Bildagentur/TCL, Gauting
Umschlaggestaltung: Atelier Ingrid Schütz, München
Satz: Satzstudio W. Bothe, München
Druck und Bindung: Ebner, Ulm

ISBN 3-453-14757-X

NOVEMBER 1943

1

Die Zelle in Leavenworth maß vier mal acht Fuß, kaum groß genug, daß Joe an einem Ende auf einem umgestülpten Eimer hocken konnte, aber das Dunkel bot Raum für einen Kreis von Gestalten. Joe am nächsten war ein Berglöwe von einer weißlich-grauen Färbung, die an Schneefall bei Nacht erinnerte. Das Rückgrat der Raubkatze bildete eine Klapperschlange, und der schuppige Schlangenkopf blickte hinter der Schulter des Berglöwen hervor. Dann gab es ein Mädchen mit dem Körper eines Vogels, einer Schwalbe. Es hatte ein schönes dreieckiges Gesicht und hielt den Blick züchtig gesenkt – weg von Joe, der nur eine schmutzige GI-Unterhose anhatte. Ihm gegenüber stand ein Minotaur, ein blauer Mann mit zottigem Büffelhaupt. Am anderen Ende saß ein Offizier, der sich einen Stuhl als Sitzgelegenheit mitgebracht hatte. Er hatte einen langen Schädel und blassen Teint und kurzgeschnittenes schwarzes Haar. Er trug die geduldige Art und die maßgeschneiderte Uniform eines Berufsoffiziers zur Schau und schien sich nicht im geringsten an dem über ihnen hängenden Ring aus goldenen Stäben zu stören, die mit gedämpften Lichtblitzen aneinanderschlugen.

»Sie stammen aus New Mexico, Sergeant Peña?« fragte der Captain.

»Ja, Sir«, antwortete Joe.

Der Minotaur wiegte sich leise summend in den Hüften. Joe bemühte sich, ihn zu übersehen, und der Captain beachtete ihn überhaupt nicht.

»Sie kennen die Jemez Mountains, Sergeant?«

»Ja, Sir.«

»Sergeant Peña, soviel ich gehört habe, sitzen Sie hier wegen Befehlsverweigerung«, sagte der Captain. »Aber die Wirklichkeit sieht so aus, daß Sie mit der Frau eines Offiziers geschlafen haben.«

»In letzter Zeit nicht mehr, Sir. Ich sitze seit zwanzig Tagen im Bau, die letzten zehn Tage im Loch, bei nichts als Wasser.«

»Wie Sie's nicht anders verdient haben. Sie müssen doch zugeben, daß es in dieser Männerarmee nichts Dümmeres gibt, als sich mit der Frau eines Vorgesetzten einzulassen.«

»Ja, Sir.«

»Unangenehme Nebenwirkungen?«

»Ein paar Halluzinationen.«

Nach dem fünften Tag im Loch hatte Joe Phantasiegestalten zu sehen begonnen. Die Wachen trommelten jedesmal an die Tür, wenn er sich hinlegte, so daß er auch nicht geschlafen hatte. Die Raubkatze war zuerst gekommen. Joe hatte geglaubt, der Gestank in der Zelle werde selbst ein Wahngebilde vertreiben, aber dem Löwen war die Vogelfrau gefolgt. Das war kein religiöses Erlebnis; er kam sich lediglich beengt vor.

»Sie haben das Gefühl, hier nie mehr rauszukommen, Sergeant?«

»So kommt's mir manchmal vor, Sir. Entschuldigen Sie, Sir, aber ich habe Ihren Namen nicht verstanden.«

»Augustino.«

»Sie sind Strafverteidiger?«

»Die anderen wollten nicht mal zugeben, daß Sie im Bau sitzen, Sergeant. Für die sind Sie so gut wie begraben. Nein, ich bin kein Anwalt, aber ich kann Sie rausholen.«

Die Schlange drehte ihren Kopf zur Seite, um den Captain interessierter zu betrachten.

»Warum erzählen Sie mir nicht, wie, Sir?« schlug Joe vor.

»Sie sind in letzter Zeit nicht wieder in New Mexico gewesen?«

»Seit Jahren nicht.«

»War wohl nicht allzu reizvoll?«

»Nicht reizvoll genug.«

Während die Schlange den Captain beobachtete, richtete die Großkatze ihre gelben Augen gleichgültig auf Joe.

»Ich weiß, was Sie meinen, Sergeant. Ich stamme selbst aus Texas.«

»Wirklich, Sir?«

»An meinem sechzehnten Geburtstag habe ich mich um Aufnahme in die Citadel beworben.«

»Tatsächlich, Sir?«

»Aus der Citadel gehen mehr pflichtbewußte Offiziere hervor als von West Point.«

»Interessant, Sir. Können Sie mich aus diesem beschissenen Loch rausholen oder nicht?«

»Ja, ich bin berechtigt, jeden anzufordern, den ich will. Sergeant, erinnern Sie sich an einen gewissen J. Robert Oppenheimer?«

»Nein.«

»Jüdischer Junge aus New York? Der Tuberkulose hatte? Der von seiner Familie nach New Mexico geschickt wurde?«

»Okay. Ich bin auch noch ein Junge gewesen. Das ist jetzt lange her. Wir sind miteinander geritten.«

»Nach Los Alamos?«

»Überallhin, ja.«

»Er ist wieder da.«

»Und?«

»Sergeant, die Army zieht in Los Alamos ein neues Projekt auf. Doktor Oppenheimer, der es leitet, wird einen Fahrer brauchen. Sie sind in fast jeder Beziehung die Idealbesetzung dafür. Gewalttätig genug, um sein Leibwächter zu sein. Ungebildet genug, um Geheiminformationen zwar zu vernehmen, aber kein Wort davon zu verstehen. Und Sie können Verbindungsmann sein.«

»Zu wem?«

»Zu den Indianern, versteht sich. Vor allem haben Sie einen Namen, den Oppenheimer wiedererkennen, dem er vertrauen müßte. Ich setze Sie auf die Liste. Dann werden wir ja sehen.«

»Und wenn er's nicht tut?«

»Dann verfaulen Sie in diesem Loch. Falls er Sie nimmt, führen Sie Ihre Gaunereien fort, Sergeant – damit rechne ich. Sie haben wieder Oberwasser. Aber vergessen Sie nicht, wer Sie hier entdeckt hat. Ich will, daß sein Mann mein Mann ist. Kapiert?«

»Ja, Sir.«

Der Captain klopfte an die Tür, um hinausgelassen zu werden. »Wie ich höre, ist Ihre Mutter Dolores, die Töpferin«, fügte er hinzu, während er auf den Schließer wartete. »Ich habe ein paar wundervolle Stücke von ihr. Wie geht's ihr?«

»Keine Ahnung, Sir. Ich bin seit Kriegsausbruch nicht mehr in Santiago gewesen.«

»Sie töpfern nicht selbst?«

»Nein, Sir.«

»Sie sind also nicht so'n Indianer?«

»Nie gewesen, Sir.«

Der Captain nahm seinen Stuhl mit, als er ging. Joe lehnte sich auf dem Eimer zurück und schloß die Augen vor den Gestalten, die bei ihm in der Zelle blieben. Er konnte hören, wie neue Erscheinungen eintrafen. Dann blinzelte er mit einem Auge und ertappte das Mädchen mit dem Schwalbenkörper dabei, daß es aufsah und ihm einen wehmütigen Blick zuwarf. Er lachte. Er verstand nichts von Visionen, aber er kannte sich mit Frauen aus. Er würde hier rauskommen.

DEZEMBER
1944

2

Staff Sergeant Joe Peña spielte auf der Weihnachtsparty Tanzmusik auf dem Klavier. Für einen Pueblo-Indianer hatte er ein schmales Gesicht mit markant hervortretenden Backenknochen, einen breiten Mund und weit auseinanderstehende Augen. Schwarze Haare und Augenbrauen, eine Braue über einer alten Narbe zusammengeheilt. Seine Uniform war frisch gestärkt und gebügelt, der Winkel auf dem Ärmel so blank, daß er wie poliert aussah, seine Krawatte zwischen dem zweiten und dritten Knopf ins Hemd gesteckt. Während er auf dem Flügel im Salon Balladen klimperte, wirkte er auf den ersten Blick wie ein attraktiver Riese. Und zugleich leicht beschädigt.

Die Wände und Säulen des Gästehauses glänzten im Honiggelb gefirnißter Ponderosakiefer. Im Einklang mit dem Weihnachtsmotiv waren die Kronleuchter aus Wagenrädern und die offenen Balkone des ersten Stocks mit roten und grünen Kreppgirlanden geschmückt. An die Navajoteppiche an den Wänden waren aus Papier ausgeschnittene Rentiere geheftet. Auf dem Steinsims des offenen Kamins stand St. Nikolaus zwischen Indianerkeramik.

»Alle sind da.« Foote lehnte an dem Flügel. Er war ein pferdenärrischer Engländer in einem abgewetzten Smoking.

»Nicht alle«, widersprach Joe, während er weiterspielte.

»Meinen Sie? Wer ist nicht hier?«

»Soldaten sind nicht da, Militärpolizisten sind nicht da, Armeehelferinnen sind nicht da, Maschinisten sind nicht da, Indianer sind nicht da.«

»Natürlich nicht, wir wollen sie gar nicht hier haben. Das ist nicht ihre verdammte Bombe. Schlimm genug, daß wir unter militärischem Befehl stehen. Vor allem wenn Captain Augustino wie ein Großinquisitor rumschleicht.«

»Von mir aus kann's losgehen.« Harvey Pillsbury brachte Joe einen Bourbon. In der anderen Hand hielt er eine Klarinette. »Ich bin Ihnen für diese zweite Chance wirklich dankbar, Joe.«

»Blasen Sie einfach. Letztes Mal sind Sie so still gewesen, daß ich geglaubt hab, mit einem Schneemann zu spielen.«

Harvey hatte die Umrisse eines Schneemanns, blondes weiches Haar und den hohen, nasalen Akzent der Westtexaner.

»Machen Sie sich auf um einen Quantensprung verbesserte Leistungen gefaßt.«

»Was immer das heißen mag.« Joe kippte seinen Drink.

Er spielte »Machine Gun Butch«, und alle sangen mit.»›...was a rough and ready Yankee, / He'll never let the old flag touch ground. / And he always will remember the seventh of December, / With his rat-tat-tat-tat-tat-tat, and he'll mow them down.‹« Die Engländer und Italiener sangen am lautesten, und das Merkwürdige war, daß Joe sie alle mochte – auch Foote und vor allem Harvey. Die meisten waren Amerikaner: die Mehrzahl von ihnen Babies frisch vom College. Die jungen Männer hatten gelockerte Krawatten und schweißglänzende Gesichter; die jungen Frauen trugen kurze Röcke und hatten ihr Haar zu Rollen eingedreht. Nicht mit einer wilden Party in Harlem zu vergleichen, aber die jungen Leute gaben sich immerhin Mühe.

Harvey hatte bei »A String of Pearls« mit erhobener Klarinette zitternd und ohne einen Ton von sich zu geben dagestanden. Bei »Don't Sit Under the Apple Tree« leckte er das Rohrblatt an, brachte einen Quiekser heraus und spielte dann zwei, drei Noten nacheinander. Mitten in »This Joint I Jumpin'« wechselte Joe unerwartet in eine tiefere Tonlage und zwang Harvey zu einem stockend geblasenen Riff, der an einen um sein Leben flatternden Schmetterling erinnerte. Danach grinste er triumphierend und mit roten Backen.

Auf der anderen Seite des Raumes entstand Bewegung, als Oppy und Kitty eintrafen. Mehr als Bewegung: Verehrung. Der Leiter des Los-Alamos-Projekts war spindeldürre 1,83 Meter groß und hatte kurzgeschnittenes Haar und eine gewaltige Nase, die verblüffend blaue, schmale Augen betonte. Ein paar jüngere Physiker folgten ihm und imitierten seine leicht hochgezogenen Schultern, seine geistesabwesende Miene. Kitty Oppenheimer, deren Kleid ungepflegt wirkte, hatte ein flaches hübsches Gesicht unter dunklem, dichtem Haar. Ihre Freundinnen waren europäische Ehefrauen, die sie wie eine Leibgarde umringten.

Eine Fingerspitze glitt Joes Rückgrat hinunter. Vorn am Flügel standen Leute, die die Tanzenden oder die Oppenheimers beobachteten. Harvey konzentrierte sich auf seine Klarinette. Aus der Fingerspitze wurde ein Fingernagel. Joe blickte zu Mrs. Augustino auf, der Frau des Captains. Mit ihren blonden Locken, den blauen Augen und dem weißgepunkteten Kleid mit gerüschten Schultern sah sie wie ein Titelfoto des Magazins *Life* aus. Auch sie schien nur Augen für die Tanzenden zu haben, aber es war trotzdem ihr Finger.

»Worum geht's bei diesem Geheimprojekt, Sergeant?« fragte sie gerade laut genug, daß er verstand, was sie sagte. »Was soll Ihrer Meinung nach hergestellt werden?«

»Warum fragen Sie das nicht Ihren Mann?«

»Captain Augustino ist letzte Woche mit mir in einem Nachtclub in Albuquerque gewesen.« Ihr Fingernagel glitt weiter wie eine kleine Klinge die Furche seines Rückens hinunter. »Sie haben dort gespielt. Mir ist aufgefallen, wie zart Sie gespielt haben. Kommt das daher, daß Ihre Finger so groß sind?«

»Nicht zart. Vorsichtig. Ich sehe zu, daß ich keinen Ärger kriege.« Indem er sich auf der Klavierbank halb nach ihr umdrehte, gelang es ihm, ihren Fingernagel von seinem Rückgrat abrutschen zu lassen. Traurig: 19, 20 Jahre alt und bereits eine gelangweilte Soldatenfrau. »Was tun die anderen Ihrer Meinung nach hier, Mrs. Augustino? Was halten Sie davon?«

Sie strich sich Locken aus dem Gesicht und betrachtete die Gäste. »Ich halte das Ganze für einen Schwindel. Von Leuten, die sich vor dem Wehrdienst drücken wollen. Alle diese sogenannten Wissenschaftler haben sich zusammengetan, um die Army hinters Licht zu führen. Sie sind clever genug, um das zu schaffen.«

»Ja«, mußte er zugeben, »das sind sie.«

In der Pause schlängelte Joe sich an einigen der »sogenannten Wissenschaftler« vorbei, um an die Bar zu gelangen. Der Ungar Teller mit seinen fast fächerförmigen Augenbrauen lachte wiehernd über einen von Fermi erzählten Witz. Fermi, eine untersetzte Gestalt mit beginnender Glatze, wirkte fit und trug einen Zweireiher aus grobem Tweed und dick besohlte Schuhe, die vorn wie die eines italienischen Bauern aufgebogen waren. Seine Physikerkollegen hatten ihm den Spitznamen »Papst« gegeben.

Oppy führte einem Kreis von Bewunderern vor, wie der perfekte Martini gemixt wurde. »Klare Anweisungen sollten stets auf Deutsch erteilt werden.« Sein Trick war es, so leise zu sprechen, daß seine Zuhörer sich nach vorn beugen mußten, und während sie das taten, füllte er das Glas zu drei Vierteln mit Gin. »*Am wichtigsten ist, daß der Gin gekühlt ist – kein Eis!*«

»Bourbon«, bestellte Joe bei Foote, der – betrunken oder nicht – den Barkeeper spielte.

»Zwei Tropfen Wermut, nicht mehr und nicht weniger, und eine Olive.« Oppy fügte genug Wermut hinzu, um einen öligen Wirbel im Gin zu verursachen, und reichte das Gebräu an eine Frau weiter, die schon allein deshalb auffällig gewesen wäre, weil sie einen schwarzen Overall trug, als gehöre sie einem Amazonenheer an oder schufte in einer Trauerfabrik oder sei in Tinte getaucht worden. Das wirklich Auffallende an ihr war jedoch ihr intellektueller Gesichtsschnitt. Tiefschwarzes Haar umrahmte in einer strengen Ponyfrisur blaugraue Augen mit dunklen Rändern, die sich wie die einer Katze angewidert weiteten. Markante Nase, volle Lippen und ein heller, gegen Sonne empfindlicher Teint.

»Einen Doppelten «, sagte Joe zu Foote.

»Joe, das hier ist Doktor Anna Weiss«, machte Oppy die beiden bekannt. »Joe ist der älteste Freund, den ich hier habe, Anna.«

Anna Weiss und Joe – beide mit Drinks in der Hand – nickten einander desinteressiert zu.

»Ich hab mein erstes Jahr in Harvard verpaßt«, fuhr Oppy unbeirrbar fort. »Meine Familie hat mich zur Erholung nach New Mexico geschickt. Sie hat mich Joes Vater, einem berüchtigten Schwarzbrenner, anvertraut.«

»Und?« Sie hatte eine tiefe Stimme und einen deutschen Akzent.

»Erzählen Sie's ihr, Joe«, forderte Oppy ihn auf.

»Außerdem hat mein Dad Packpferde und erfahrene Führer für Herrenpartien vermietet«, berichtete Joe. »Der erfahrene Führer war ich – mit zwölf Jahren. Auf einer meiner ersten Touren hab ich einen Jungen aus New York geführt. Sechzehn und so groß und mager, daß ich beim ersten Mal, als ich ihn in der Badehose gesehen hab, gefürchtet habe, er werde auf dem Trail eingehen.«

»Ich konnte nicht reiten«, warf Oppy ein.

»Er konnte nicht reiten, und wenn's um sein Leben gegangen wäre«, bestätigte Joe, »aber er ist gern nachts losgezogen, um die Sterne zu betrachten, und war so verdammt nachtblind, daß ich jeden Zweig vor ihm beiseite biegen mußte. Eines Nachts sind wir in ein Gewitter geraten, und ich hab mich unter mein Pferd gesetzt, um nicht naß zu werden. Dann hab ich diesen Kerl im Regen rufen gehört.«

»Ich dachte, er hätte mich im Stich gelassen«, stellte Oppy fest.

»Ich hab ihn aufgefordert, sich zu mir unters Pferd zu setzen. Er hat sich klatschnaß daruntergesetzt und ›Na so was!‹ gesagt. Daß man sich bei Regen unter ein Pferd setzen könnte, hatte er sich noch nie überlegt. Das ist ihm als brillante Idee vorgekommen.«

»Ich hatte das Gefühl, ewige Freundschaft angeboten zu bekommen«, sagte Oppenheimer. »Nachdem der Regen aufgehört hatte, hat er mich hierher zur Ranch School – in genau dieses Haus – gebracht, wo's Kaffee und trockene Kleidung gab. Das ist vor zwanzig Jahren gewesen.«

Ihr Blick wanderte von einem Mann zum anderen, als schilderten die beiden das frühere Leben von Idioten.

»Wechseln Sie lieber wieder ins Deutsche«, riet Joe Oppenheimer und ging mit seinem Drink auf die Veranda hinaus. Tief über den Bergen stand der Mond, und die Nachtluft war feucht und kühl. An die mit Steinplatten belegte Fläche schloß sich ein von Pappeln beschatteter Park an. *Los Alamos* heißt »die Pappeln«.

Was machten die anderen hier? Eine Atombombe, einen Nuklearsprengsatz – was immer diese Wörter bedeuten mochten. Er kannte die Terminologie notwendigerweise, weil er Oppys Fahrer war und unverständliche Gespräche auf dem Rücksitz mitbekam. Kettenreaktion? Schnelle Neutronen und langsame Neutronen? Für Joe war das eine unbekannte Sprache – wie Sanskrit. Oppy konnte natürlich Sanskrit.

Joe stellte seinen Drink auf einen Felsblock und zündete sich die erste Zigarette des Tages an. Er hatte noch immer die Gewohnheiten eines Boxers, der in Form zu bleiben versucht, obwohl er nicht recht wußte, wofür.

»Joe, Sie könnten Unterricht nehmen«, sagte Teller, als er ins Freie kam, »und ein richtiger Pianist werden. Sie könnten Beethoven spielen.«

»Ah, der Big-Band-Sound«, meinte Joe. Sobald er konnte, nahm er seinen Drink mit und flüchtete vor einer messerscharfen Analyse des amerikanischen Jitterbugs, die der Nichttänzer Teller unweigerlich liefern würde.

Joe war schon fast wieder am Eingang, als Anna Weiss, der Oppy vorhin erklärt hatte, wie man den perfekten Martini mixte, ihm den Weg vertrat. Sie befand sich jetzt in Gesellschaft eines weiteren Emigranten mit ausdruckslosem, teigigem Gesicht, strohfarbenem Haar und randloser Brille. Er hieß Klaus Fuchs. Joe konnte sich nicht daran erinnern, jemals ein Wort mit ihm gewechselt zu haben. Fuchs war offenbar dabei, Fräulein Dr. Weiss die übliche Los-Alamos-Tour zu verpassen: hier sind die Berge, dort sind die Mesas, das ist *der* Indianer.

»Sie haben Oppy tatsächlich als erster hierhergebracht?« fragte sie Joe.

Joe nickte. »Das hier war früher eine Privatschule. Ein Jahr in der Ranch School hat mehr gekostet als in Harvard. Der Krieg hat ihr den Rest gegeben.«

»Und Sie zurückgebracht. Ist das nicht eine Ironie des Schicksals?«

»Nein, das ist typisch Army.«

Die beiden schienen Joe vom anderen Ende einer Intelligenzskala aus anzustarren.

»Kitty schwärmt allen vor, wie musikalisch Sie sind«, fuhr sie fort. »Klaus behauptet, Sie besäßen keine wirklichen Fähigkeiten.«

Fuchs zuckte mit den Schultern. »Zum Helden müßten sie reichen.«

»Sehr freundlich von Ihnen«, antwortete Joe. »Es ist

natürlich wichtig, im Krieg auf der richtigen Seite zu stehen.«

»Hierzulande wachsen sie mit Gewehren auf, Doktor Fuchs«, sagte eine Stimme aus dem Dunkel des Parks. »Es ist leicht, ein Held zu werden, wenn man schießen kann.«

»Ich habe noch nie auf irgend etwas geschossen«, stellte Fuchs fest.

»Natürlich nicht.« Captain Augustino trat einen Schritt näher auf die Veranda zu, so daß er eben sichtbar wurde. »Tatsächlich haben wir jetzt Jagdsaison. An Ihrer Stelle würde ich nicht durch die Wälder streifen.«

»Versteht sich«, sagte Fuchs.

»Bei diesem Mond ist heute nacht jeder Indianer unterwegs, um seinen Hirsch zu schießen. Das könnte gefährlich sein.«

»Ja, ja.«

Fuchs schien Augustino ähnlich zu betrachten wie Joe. Der Captain hatte ein blasses Gesicht, aber sein Haar war dicht und glänzend wie Fell, was ihm etwas Animalisches verlieh, das auch Joe anhaftete. Man hätte glauben können, Fuchs und Anna Weiss hätten eine höhere Stufe menschlicher Entwicklung erreicht und Joe und den Captain wie zwei steinzeitliche Raubtiere hinter sich zurückgelassen.

»Haben Sie was dagegen, wenn ich allein mit dem Sergeanten spreche?« Der leuchtende Bogen von Augustinos Zigarette winkte Joe heran.

»Bitte«, sagte Fuchs.

Obwohl der Erdboden gefroren war, trug Augustino nur seine Uniformjacke. Joe konnte nicht beurteilen, wie lange er schon gelauscht hatte.

»Unsere Deutschen. Eines muß man Fuchs lassen: Im Gegensatz zu manchen anderen ist er gewissenhaft, wenn's um Geheimhaltung geht. Sergeant, ist Ihnen aufgefallen, wie sehr sich der Lebensstandard der Leute in den hiesigen Pueblos seit Ihrer Ankunft auf dem Hügel verbessert hat? Zigaretten, Reifen von der Fahrbereitschaft, Zucker aus dem Verpflegungsamt. Besonders beunruhigt mich das Gerücht, daß die Indianer einige der alten Türkisgruben wieder in Betrieb genommen haben sollen.«

»Gefällt Ihnen Indianerschmuck nicht, Sir?«

»Was mir nicht gefällt, ist der Gedanke, daß sie die Vorkommen durch Sprengungen freilegen. In diesem Teil unseres Landes gibt's nur einen Ort, an dem sie an Sprengstoff rankommen können, Sergeant, und das ist der Hügel. Mir ist die Vorstellung sehr unangenehm, einer meiner Männer könnte Heereseigentum klauen, um es aus persönlichem Gewinnstreben zu verkaufen.«

»Die Indianer sind ziemlich arm, Sir. Viel Gewinn kann er dabei nicht machen.«

»Dann ist er noch dumm dazu.«

»Wenn er so dumm ist, macht er irgendwann einen Fehler. Ich halte die Augen nach ihm offen, Sir.«

»Tun Sie das. Inzwischen ist General Groves im Gästehaus eingetroffen. Machen Sie Schluß mit der Musik. Da Sie den General und Doktor Oppenheimer morgen zur Besichtigung der Alamogordo-Kette fahren, möchte ich, daß Sie gut ausschlafen. Das Schicksal der Welt fährt in dem Wagen, den Sie lenken, deshalb wär's nett, wenn Sie wach und nüchtern wären. Einverstanden?«

»Ja, Sir.«

»Seien Sie sich bitte darüber im klaren, Sergeant, daß ich mit der Qualität der Informationen, die Sie in letzter Zeit geliefert haben, nicht zufrieden bin. Wir haben eine Vereinbarung miteinander. Sie sind mir vorläufig zur Dienstleistung zugeteilt. Sozusagen auf Bewährung. Sie wandern wieder ins Loch, sobald ich's sage. Jetzt gehen Sie rein, spielen noch ein paar Stücke und schicken unsere Zivilisten zufrieden nach Hause. Kennen Sie übrigens den Unterschied zwischen einem klavierspielenden Nigger und einem klavierspielenden Indianer?«

»Nein, Sir.«

»Komisch, ich auch nicht.«

Joe gab sich Mühe, sich auf die letzten Nummern des Abends zu konzentrieren. Er begann mit etwas ernsthafter Arbeit an »I Got It Bad«, indem er den Refrain in flache Bebop-Fünftel verwandelte, ließ den Tom-tom-Rhythmus von »Cherokee« folgen und zog dann in die ruhigen Gewässer von »More Than You Know« davon. Die Jitterbugger bekamen ihre letzte Chance mit »The G.I. Jive«, bevor Joe mit »My Funny Valentine« eine Kehrtwendung machte und in den letzten Song des Abends überleitete – »Every Time We Say Good-bye«. Fuchs führte mit Anna Weiss eine Ballsaalnummer à la Habsburg vor, als tanze er zur Musik von »An der schönen blauen Donau«. Sie wirkte in seinen Armen geradezu elegant und lächelte, als finde sie ihn amüsant oder lächerlich. Jenseits der Tanzfläche beobachtete Oppy Fuchs und die junge Frau mit einer selbst für ihn ungewöhnlichen Konzentration. Zugleich stand Kitty hinter Oppy und beobachtete ihn und die junge Frau. Vielleicht war daran nur dieses neue Gesicht oder ihr bizarrer Overall schuld, aber alle schienen Anna Weiss zu beobachten; unter den Tänzern war sie die einzige, die wirklich lebte. Vielleicht lag es auch an dem kleinen Scheinwerfer, dessen Lichtpunkt ihr durch den Saal folgte.

Every time we say good-bye... Cole Porter hatte eine intime Ballade für Liebende geschrieben, die auf Bahnhöfen, vor Truppentransportern, in Schlafzimmern voneinander Abschied nahmen. Bei früheren Tanzveranstaltungen war Fuchs' Stil Joe albern erschienen; heute abend fand er ihn irritierend. Als er sah, daß die beiden wieder leicht in die Knie gehen wollten, ließ er einen Takt aus, spielte vier Takte weiter, schob die fehlenden Noten ein und machte weiter. Fuchs wirkte wie ein Mann, vor dem eine Verkehrsampel urplötzlich auf Rot umgeschaltet hat. Die Schwarzhaarige betrachtete Joe. Die übrigen Paare merkten nichts, weil sie alle eng aneinandergepreßt und langsam tanzten. Während Fuchs den Flügel anstarrte, zog Joe die Melodie in die Länge. Sie war voller wunderschöner a-Moll-Akkorde. Er brachte Harvey dazu, ein E zu halten, klimperte wie Tatum die ganze Klaviatur in Neunteln hinunter, kam zurück, um Harveys letzten Ton fortzuführen, und wandelte ihn mit der rechten Hand in eine Melodie um, während seine Linke sanft wie ein Kaninchen über die Tasten zurückhüpfte. Harvey hörte zu spielen auf, stand mit dem Rohrblatt am offenen Mund da und machte große Augen. Joe verwandelte das Kaninchen in einen Bebop, der weich wie ein Wiegenlied von Akkord zu Akkord sprang, bis er wieder in die Melodie überleitete und sie aufrauschen ließ, so daß Fuchs nichts anderes übrigblieb, als wieder zu tanzen. Als der Deutsche in vollem Schwung war, wechselte Joe in den »Schlittschuhläuferwalzer« über – ebenfalls in a-Moll. Die junge Frau lachte und wollte jetzt Walzer tanzen. Fuchs versuchte stehenzubleiben, aber sie ließ ihm keine Ruhe; Oppy wischte sich Lachtränen aus den Augen.

Langsam, als gewinne eine geheimnisvolle Macht die Oberhand, kamen aus dem Baß Synkopen hervor, und der Walzer wurde zu einem verträumten Rag, um sich in ein komisches Tempo zu flüchten, bei dem Fuchs nicht mehr wußte, ob er den linken oder den rechten Fuß auf den Boden setzen sollte, bis Joe die Noten in resolutem Marschtempo zusammenfaßte und dann in einen richtigen Walzer zurückführte, in dem er sie wie tot zurückließ und Porter wiederaufnahm, als ob nichts geschehen sei – kein Strauß, kein Bebop. Und als es dem Ende zuging, nickte er Harvey zu, der ein glasklares Arpeggio beisteuerte. Joe schlug den Schlußakkord an, und das war's dann.

3

Anfangs glaubte Oppy, die Bombe mit nur weiteren fünf Physikern bauen zu können. Sie würden die Lehrerhäuser beziehen und in der Lodge der Schule essen. Die benötigten Laboratorien ließen sich zur Not auf der Fläche zwischen dem Canyonrand und dem kleinen künstlichen Teich vor der Fuller Lodge errichten.

Nach reiflicher Überlegung verdoppelte und vervierfachte Oppy die Zahl der Physiker und ergänzte sie durch einige Mathematiker, Chemiker und Metallurgen. Die Army kommandierte eine Pioniereinheit ab, deren Männer die Laboratorien bemannten, das Kraftwerk betrieben, die Straßen instand hielten und die Lastwagen fuhren. 200 Militärpolizisten wurden hierher verlegt, um die Sicherheit zu gewährleisten. Armeehelferinnen trafen ein, um die Verwaltungsarbeit zu übernehmen, und die Zahl der Arbeitskräfte mußte erhöht werden, weil Arbeiten, die außerhalb – in der von New Mexico so weit entfernten Welt – hätten erledigt werden sollen, nun doch nicht dort getan werden konnten. Vulkanischer Tuffstein wurde von Planierraupen bewegt, damit Gießereien gebaut werden konnten. Zyklotrone und Teilchenbeschleuniger drängten sich entlang der Canyonstraße zusammen. Die Britische Mission traf ein. Unterkünfte, Krankenhaus und Schule wurden errichtet und Babies geboren. Die Zahl der Militärpolizisten und Armeehelferinnen verdoppelte sich nochmals, so daß weitere Unterkünfte, Kantinen, Geschäfte und Filmtheater benötigt wurden. Die zivilen Facharbeiter wären nicht geblieben, wenn sie keine eigenen Häuser bekommen hätten. Beamte mußten untergebracht werden. Im Dezember 1944 drängten sich 5000 Menschen auf der Mesa zusammen – nach Einbruch der Dunkelheit ohne Straßenbeleuchtung, weil die Army noch immer versuchte, ihr geheimstes Projekt gegenüber der Außenwelt zu tarnen.

Nachdem er die Tanzveranstaltung verlassen hatte, überquerte Joe das Baseballfeld und erreichte hinter dem Friseur eine Ansammlung niedriger halbrunder Nissenhütten, sogenannter Pazifikhütten, die dafür konstruiert waren, auf Tropeninseln und nicht in New Mexico im Winter aufgestellt zu werden. In ihnen mußten die Bauarbeiter, die Wohnungen für alle anderen errichteten, unter primitivsten Umständen hausen. Joe brauchte nur dem Lärm nachzugehen, um auf den Boxkampf zu stoßen.

Der Ring war im Aufenthaltsraum der Zentralhütte aufgebaut. Sergeant Ray Stingo boxte gegen einen der Arbeiter. Wie Joe war Ray ein Leibwächter und Fahrer mit Sicherheitsüberprüfung, der vor dem Krieg Schwergewichtler gewesen war. Er trug eine schwarze in die Stirn gedrehte Locke über einer eingeschlagenen Nase und zeigte einen Bauch, der noch immer flach wie ein Waschbrett war; aber er mußte mindestens zehn Jahre älter als der Junge sein, gegen den er boxte.

Joe hatte die Tür nur so weit geöffnet, daß er die Szene beobachten konnte. In der Wellblechhütte stank es nach abgestandenem Bier und Zigarettenkippen. Der Hügel hatte immer wieder neue Bauarbeiterkolonnen angeworben und ertragen, wobei die Männer von Mal zu Mal schlimmer wurden, weil gesunde Arbeiter ohne Vorstrafenregister im allgemeinen zum Militär mußten. Die neueste Bande bestand aus Texanern, die mit nacktem Oberkörper schufteten, aber wie ein Kastenzeichen stets ihre Hüte trugen. Sie hatten für diese Abendunterhaltung ihre guten Stetsons und besten Hemden aus den Spinden geholt und standen auf Bänken und Stühlen, um ihren Jungen anzufeuern. Die Männer, die Ray unterstützten, waren Militärpolizisten, ein Haufen uniformierter Schläger, die im Vergleich zu den Texanern nahezu zivilisiert wirkten. Selbst mit Helmen und Schlagstöcken machten die MPs an Samstagabenden gern einen weiten Bogen um die Hütten. Joe sah, daß zwischen den beiden Lagern Geld hin und her gereicht wurde. Bei einem Boxkampf dieser Art ging es wahrscheinlich um 2000 bis 3000 Dollar.

Der Junge war ein schneller, aggressiver Linksausleger. Nicht viel Gesicht: niedrige Stirn, buschige Augenbrauen, breite Nase, sandfarbenes Haar und abstehende Ohren. Er trug ein ärmelloses Unterhemd und Jeans; sein auffälligstes Merkmal waren sein stämmiger Hals und die muskelbepackten Schultern. Ein geborener Schwergewichtler. Zwanzig Jahre alt, vielleicht sogar jünger.

Ray versuchte, eine kurze rechte Gerade zu schlagen, aber der Junge wich aus, tänzelte rückwärts, kam wieder vor und griff dann unter ohrenbetäubendem Cowboygejohle an. Joe war schon immer der Überzeugung gewesen, die Kombination aus großen Hüten und texanischer Sonne drücke und brate das Gehirn der Texaner auf Hühnereigröße zusammen. Hier wäre jedoch ein noch tieferes Geheimnis zu ergründen gewesen. Die Army zog Männer ein, denen Finger, Zehen, weitere Gliedmaßen fehlten. In der Schreibstube des Quartiermeisters tippte ein Schreiber, der an einer Hand nur zwei Finger hatte. Joe konnte die Finger in den Boxhandschuhen nicht zählen, aber dieser Junge schien genau der Typ des muskelstrotzenden heranwachsenden Verrückten zu sein, der auf einem kahlen Atoll Japse hätte abschlachten sollen.

Ray tänzelte ständig nach links, wobei er genau in den kurzen Haken des Jungen lief. In New York war er ein solider, auf einem Mittelplatz stehender Boxer gewesen, der seine Gegner durch Körpertreffer zermürbte. Er hatte vor nichts auf der Welt Angst gehabt, bis er auf den Hügel versetzt worden war und dort den Sicherheitskurs über Strahlung mitgemacht hatte. Er bezahlte andere Fahrer dafür, daß sie ihn vertraten, sobald die Gefahr bestand, bis auf 50 Meter an aktives Material heranzukommen. An diesem Abend wirkte er alt, mit verzweifeltem Blick und schwammigen Muskeln. Nach jedem Treffer, den er einstecken mußte, verfärbte seine Haut sich schmerzhaft rot. Er lief in einen Haken hinein, duckte sich, mußte eine linke Gerade einstecken und ging zu Boden, wo er mit gespreizten Beinen auf Hintern und Handschuhen sitzenblieb. Der Junge tänzelte rückwärts und forderte Ray mit einer Handbewegung zum Aufstehen auf.

Joe war bereits einen Schritt ins Dunkel zurückgetreten. Durch den Türspalt wirkte die Szene kleiner, eher wie ein Hahnenkampf, bei dem die Wetter sich um den Kampfplatz drängten: manche trübselig, andere laut brüllend, so daß ihre Halssehnen hervortraten. Dieses Bild deprimierte ihn. Der Krieg, das Morden in großem Maßstab, hatte etwas an sich, das bloßes Boxen schmuddelig und überflüssig erscheinen ließ.

Der kühle Nachtwind wehte. Jenseits des Tales glich die Sangre-de-Cristo-Kette einem nach Süden nach Santa Fé zeigenden Rückgrat. Hinter ihm ragten die Jemez Mountains als dunkle vulkanische Masse auf. Dazwischen wirkte der Mond schwerfällig, dicht vor dem Absturz.

Warum hatte er auf Fuchs herumgehackt? Weil er sich geärgert hatte und der Deutsche das erste leichte Opfer gewesen war, das auf die Tanzfläche gekommen war. Großer Gott, wie schamlos würde er noch werden, bevor dieser Krieg vorüber war?

Da Joe theoretisch Tag und Nacht bereitstand, um Oppy zu fahren und etwaige Probleme mit den »Einheimischen« zu lösen, wohnte er außerhalb der Kaserne in einem eigenen Raum im Keller von Theater 2, der Mehrzweckhalle für Mannschaftsdienstgrade. Der Mittelgang im Keller war ein schwarzer Tunnel voller Notenständer und Volleyballnetze. Ohne sich die Mühe zu machen, das Licht in seinem Zimmer anzuknipsen, trat er geradewegs an seinen Spind, öffnete eine neue Flasche Bourbon und riß eine frische Stange Zigaretten auf. Der Feuerschein seines Streichholzes beleuchtete ein Plakat für die Esquire All-Stars mit Art Tatum und Coleman Hawkins. Hawkins hielt ein Tenorsaxophon in den Händen. Das Plakat war eine Tür zur Vergangenheit und vielleicht zur Zukunft, aber todsicher nicht zur Gegenwart. Er blies die Flamme aus; die Schwarzen an der Wand verblaßten, und er hatte das Gefühl, wie sie zu verblassen.

In der Mitte des Raumes – jetzt nahezu unsichtbar – hing ein schwerer Sandsack. Joe stellte seinen Drink ab, legte die Zigarette weg und zog Jacke und Hemd aus. Er traf den Sack mit einer kurzen Geraden und fühlte mehr, als daß er die Bewegung gesehen hätte, daß er an seiner Kette wackelte. Der Sack hieß MacArthur. Joe verpaßte ihm einen linken Haken und hörte das befriedigende Knarren von Leder und Kapok. Noch ein Haken, dann eine schräge Rechte, die MacArthur springen ließ. Kurze Gerade, Haken, schräge Gerade, Schritte und erneut eine Gerade. Aus den Nähten entwich pfeifend Luft. Die Kellerdecke über der Kette ächzte. Ein schwerer Sack verlangte Einsatz; traf man ihn nur halbherzig, konnte man sich dabei das Handgelenk brechen. Joe trieb ihn vor sich her, tänzelte zur Seite, griff erneut an, rutschte aus und wäre beinahe zu Boden gegangen. Der Sandsack prallte von seiner Schulter ab, als er sich bückte und Seide und Tüll vom Boden aufhob. Die Seide war weiß gepunktet wie eine gefleckte Lilie.

»Ich gebe Ihnen einen Hinweis. Eleanor Roosevelt ist's bestimmt nicht.«

Mrs. Augustino zündete sich eine Zigarette an. Sie hatte ein silbernes Feuerzeug und ein silbernes Zigarettenetui, und das war bereits alles. Die Frau des Captains räkelte sich nackt auf dem Feldbett. Sie hatte selbst im Winter eine durch einen zweiteiligen Badeanzug unterbrochene Bräune und war eine echte Blondine. Sie ließ ihr Feuerzeug zuschnappen, aber Joe hätte sich nicht gewundert, wenn ihr ganzer Körper wie eine Neonreklame aufgeleuchtet hätte. Eine Offiziersfrau konnte verdammt gefährlich sein. Er bildete sich fast ein, eine Neonröhre summen zu hören.

»Sie sollten nicht hier sein.« Er atmete noch immer schwer vom Sandsacktraining.

»Sie können ja versuchen, mich rauszuschmeißen, Sergeant – dann kreische ich so laut ›Vergewaltigung!‹, daß man mich bis Santa Fé hört.«

»Los, kreischen Sie schon!« Er sah vor allem das Glitzern ihrer blauen Augen.

»Vergewaltigung«, wiederholte sie leise.

»Mrs. Augustino ...«

»Nennen Sie mich Celeste.«

»Mrs. Augustino ...«

»Ich bin jung, hübsch, mit einem Captain verheiratet. Und jetzt warte ich seit Stunden darauf, daß ein Sergeant endlich ins Bett kommt.«

»Ich habe Sie nicht darum gebeten. Ich kenne Sie kaum.«

»Mich kennt kaum irgend jemand, Sergeant. Dies ist eine Garnison, und ich sollte hier an der Spitze der Gesellschaftspyramide stehen. Statt dessen werde ich wegen all dieser Ausländer und Wissenschaftler wie irgendeine dumme Hinterwäldlerin, wie eine geistig Zurückgebliebene behandelt! Beim Tanz heute abend hab ich mich nach einem Mann umgesehen, der sich den Teufel um all diese Genies und Götzen schert, und habe nur einen entdeckt, Sergeant – und der waren Sie.«

Er war fast wider Willen interessiert. »Glauben Sie wirklich?«

»Ich habe gesehen, wie Sie mit Fuchs gesprochen haben. Sie hassen diese Leute.«

»Fuchs kann ich nicht besonders leiden.«

»Und die Deutsche, die er am Arm gehabt hat.«

»Sie ist nicht mein Typ.«

»Darauf will ich eben hinaus. *Ich* bin Ihr Typ, Sergeant.«

Nun, damit hatte sie nicht ganz unrecht. Sie setzte sich auf. Seine Augen hatten sich an den schwachen Lichtschein ihrer Zigarettenglut gewöhnt. Ihr Busen war mit hellen Sommersprossen übersät.

»Ich fühle mich geschmeichelt, Mrs. Augustino. Wirklich, aber …«

»Draußen ist's kalt. Kann eine Dame wenigstens einen Drink kriegen, bevor sie gedemütigt von dannen schleicht?«

Joe brachte ihr den Bourbon, den er für sich eingeschenkt hatte. Götzen und Genies? Und zwischen ihnen ab und zu ein Sergeant, der ehemalige Boxer, der sich jetzt aus Unannehmlichkeiten heraushält, ein Mann, der eine aus guter Führung bestehende lange Durststrecke hinter sich hat. Aus diesem Blickwinkel war sie eine Oase der Sünde in einer trostlosen Wüste.

»Wo ist der Captain?« fragte Joe.

»Wer weiß?«

An der Wand stand ein Victrola, unter dem er seine 78er ordentlich aufgereiht hatte. Joe paßte auf seine Schallplatten besser als auf alles andere auf und brauchte kein Licht, um eine Scheibe auf den Plattenteller zu legen und den Tonarm herabzulassen. »Mood Indigo« flüsterte es aus dem Lautsprecher.

»Dann haben wir vielleicht Zeit für einen Tanz.« Er nahm ihr das leere Glas aus der Hand.

Barfuß reichte Mrs. Augustino ihm nicht einmal bis ans Kinn.

»Wollen wir?« Joe zog sie an sich.

Als sie gegen den Sandsack stießen, wackelte er an seiner Kette.

»Ist das General Groves?« Sie lachte.

»Nein, das ist General MacArthur.«

»Das ist ein schrecklicher Name für einen Sandsack! Er ist der größte Amerikaner unserer Zeit!«

»Genau den meine ich.«

4

In der Nacht hatte es wie Puderzucker geschneit. Mrs. Augustino wippte zierlich in die Dunkelheit vor Tagesanbruch davon.

Als Joe in sein Zimmer zurückkam, schlug ihm ein betäubender Geruch von Geilheit und Dummheit entgegen. Beim Ausschütteln der Decke fiel ihr Zigarettenetui heraus, das sich kühl, fast feucht anfühlte, und er wußte, daß er sie nicht wiedersehen wollte. Mit dem Etui in der Hand rannte er durch den Kellergang, auf dem er Volleyballnetze beiseite schlagen mußte, hastete die Treppe hinauf, lief durch die Sitzreihen, die in wenigen Stunden für den Sonntagsgottesdienst umgedreht werden würden, und stieß den Nebenausgang auf, durch den sie verschwunden war. Zu spät: nichts als Schnee und kalte Nachtluft. Er trug lediglich seine Unterhose und eisigen Schweiß. Die Sturmwolken waren abgezogen. Gegenüber auf der anderen Straßenseite stand das E-förmige Gebäude der Standortkommandantur.

Zwischen zwei Armen des E sprang ein Motor an, und Reifen begannen zu rollen. Ein Fahrzeug kam über die mattschimmernde Straße und hielt drei Meter vor Joe. Scheinwerfer flammten auf, blendeten ihn. Der Motor heulte nochmals auf, dann lief er im Leerlauf weiter. Captain Augustino kletterte heraus und stieß einen Seufzer aus.

»Hervorragender Fährtensuchschnee, Sergeant.« Der Captain betrachtete die dünne weiße Schneeschicht auf der Straße und die Abdrücke von Frauenschuhen, die von der Tür wegführten.

»Zum Jagen, Sir?« Joe hielt das Zigarettenetui hinter seinem Rücken versteckt.

»Richtig, genau daran hab ich gedacht! Ziehen Sie sich lieber an, Sergeant, wir wollen die Morgendämmerung nicht verpassen.«

»Jetzt, Sir?«

»Einen besseren Tag gibt's nicht.«

»Ich habe kein Gewehr, Sir.«

»Ich hab Ihnen eines mitgebracht. Ziehen Sie sich lieber an!«

»Ich soll um elf Uhr den Direktor abholen.«

»Bis dahin sind wir längst fertig.«

Als Joe hineinging, um sich anzuziehen und seine Jacke zu holen, wurde ihm klar, mit welchen Gefühlen er auf diese Expedition ging. Wer legte hier wen herein? Konnte Captain Augustino jemals weit entfernt sein, wenn Mrs. Augustino in seinem Bett war? Sobald er zwischen ihren Schenkeln war, verwandelte ihre Einladung an Joe sich in seine an den Captain. Dieser Situation haftete etwas schicksalhaft Unvermeidliches an, das ans Blut appellierte. Joe fühlte Selbstverachtung in sich aufsteigen. Zumindest seine Laufbahn als Spitzel ging jetzt zu Ende. Darüber hinaus hätte er die Finger von den Offiziersfrauen lassen sollen. MacArthur schwankte, als er ihn streifte. Joe verdiente es, erschossen zu werden.

Der Jeep arbeitete sich nach Westen zum Valle hinauf. In den Bergen lag mehr Schnee, und die Kiefern bildeten einen Tunnel vor den Scheinwerfern. Captain Augustinos Gesicht schien von innen heraus zu leuchten.

»Sie wissen hoffentlich, daß das illegal ist, Sergeant?«

»Was, Sir?«

»Jagen! Dieses Gebiet ist jetzt ein der Army vorbehaltenes Schutzgebiet. Die Indianer jagen natürlich weiter hier oben.«

»Tatsächlich, Sir?«

»Schleichen sich hier rauf und jagen. Schwer für Ihre Freunde, mit alten Gewohnheiten zu brechen.«

»Ja, Sir.«

»Das ist jetzt Wilderei – wie zu Robin Hoods Zeit. Dies ist jetzt wie Sherwood Forest.«

»Wirklich, Sir?«

»Sie interessieren sich nicht sonderlich für Geschichte, stimmt's, Sergeant?«

»Nicht wirklich, Sir.«

»›Die Geschichte wiederholt sich: beim ersten Mal als Tragödie, beim zweiten Mal als Farce.‹ Dieser Ausspruch stammt von keinem Indianer.«

»Von keinem Pueblo?«

»Karl Marx. Sie haben nie von ihm gehört?«

»Aus New Mexico, Sir?«

»Nein.«

»Aus Texas?«

»Nein.«

»Musiker?«

»Vielleicht die Violine in seinem Salon. Sie haben niemals von *Das Kapital* oder *Das kommunistische Manifest* gehört?«

»Ich muß gelegentlich etwas für meine Fortbildung tun, Sir.«

Kiefern ragten wie verschneite Schattengestalten auf. Augustino war ein geschickter Fahrer, der den Jeep durch eine weite Kurve driften ließ, ohne Schwung oder die Kontrolle über das Fahrzeug zu verlieren. Auf dem Rücksitz schepperten eine Marlin und eine Winchester neben einer Schachtel Munition.

»Sie haben doch jedenfalls nichts dagegen, Sergeant, etwas Illegales zu tun?«

»Nicht zusammen mit dem richtigen Mann, Sir.«

»Das hab ich mir gedacht. Haben Sie gesagt, daß Sie ein Herz- oder Halsschütze sind?«

»Daran kann ich mich nicht erinnern, Sir.«

»Mir selbst gefällt der Rückgratschuß. Ich hab's gern, wenn ein großes Tier auf der Stelle zusammenbricht, anstatt noch eine Meile zu laufen, so daß ich ihm nachrennen muß. Schon mal 'nen Hirsch in den Arsch geschossen, Sergeant?«

»Nein, Sir, aber soviel ich weiß, wird das als texanischer Herzschuß bezeichnet.«

Augustino lachte anerkennend. »Na ja, Mrs. Augustinos Vater hat mal 'nen Mexikaner in den Arsch geschossen und zehn Meilen weit den Bravo raufgejagt, bevor er ihn erwischt hat.«

»In Brownsville?«

»Außerhalb von Brownsville, bis er ihn gestellt hatte. Vielleicht ist der Kerl aus New Mexico gewesen. Wissen Sie, Sergeant, unsere Einstellung ist, daß Leute aus New Mexico im Grunde genommen Mexikaner auf der falschen Seite der Grenze sind. Außerdem gehört zu unseren Lieblingsideen die Vorstellung, daß Indianer im Grunde genommen rote Nigger sind. Deshalb sind sie so hinter weißen Frauen her; das ist Beweis genug. Im übrigen bin ich ein viel besserer Schütze als Mrs. Augustinos Vater.«

Sie stellten den Jeep an der Straße ab und stapften einen Wiesenhang hinauf. Das Valle war von grauer Dämmerung erfüllt; in der Ferne lagen die höheren Gipfel der Jemez Mountains, von Wolken verschleiert. Joe hatte die Winchester und eine Tasche voller Patronen; der Captain hatte sich für das andere Gewehr entschieden. Joe fühlte widerstrebend, daß die frostige Luft und der Schnee ihn erregten: der perfekte Morgen für Jäger. Und Tagesanbruch, die ideale Stunde. Sie stiegen rasch gegen den Wind bis zum schwarzen Saum der Baumgrenze auf und kauerten sich dort nieder. Wapitis würden eher die freie Fläche überqueren; Maultierhirsche waren lauter, wenn sie durch den Wald streiften. Joe arbeitete sich der Baumgrenze folgend weiter gegen den Wind voran, und Augustino folgte ihm so selbstverständlich, als habe er Joe als Führer angeheuert. Sie machten dort halt, wo die Bäume eine in die schneebedeckte Wiese hinausragende Zunge bildeten, die ein Schußfeld von 100 Grad bot, das in nur 60 Meter Entfernung von einer weiteren Baumreihe begrenzt wurde. Der einzige Nachteil war, daß ihr Waldrand früher von der

Sonne beschienen werden würde als der gegenüber liegende, aber man konnte eben nicht alles haben.

Das Visier der Winchester war auf 150 Meter eingestellt. Joe würde auf aus dem Wald tretende Hirsche tief zielen müssen. Vielleicht traf er überhaupt nichts; er hatte noch nie mit diesem Gewehr geschossen und wußte nicht, ob es nach rechts, links, oben oder unten zog. Augustino deutete auf schwache Vertiefungen im Schnee vor ihnen. Joe kniete nieder, blies die Schneeflocken weg und legte Abdrücke in Form zweier leicht verwischter Halbmonde frei. »Kalb?« fragte Augustino flüsternd mit überdeutlichen Mundbewegungen. »Wapiti«, bestätigte Joe ebenso leise. »Vor nicht mehr als einer Stunde.«

Vor nicht mehr als einer Stunde. Das war das Schönste an der Jagd: die Aufgliederung der Zeit. Wahrscheinlich hatte Joe vor 20 Jahren mit seinem Vater von dieser Waldzunge aus gejagt.

Wenn feste Umrisse so verschwammen, war es leicht, in Erinnerung zu schwelgen. Die spezielle Eigenart dieser Stunde zwischen Nacht und Tag verlieh jeder Sekunde ihr eigenes Gewicht. Selbst menschliche Pupillen schienen riesig zu werden und sich dem schwachen Licht anzupassen, obgleich sie sich dann wieder von der Bewegung eines Zweiges täuschen ließen. Eine Eule kurvte im Zickzackflug durch die Bäume. Joe war es ganz egal, ob der Tag oder die Hirsche jemals kamen. Falls jemand vorhatte, ihn mit einem Kopfschuß zu erledigen, war dieser Zeitpunkt so günstig wie jeder andere, aber der Captain beobachtete den gegenüber liegenden Waldrand mit der gleichen Konzentration.

»Sagen Sie, Sergeant«, flüsterte der Captain, »sind Sie jemals auf den Gedanken gekommen, dies könnte das Jahrhundert der Juden sein?«

»Nein.«

»Marx ist jüdischer Abstammung gewesen, wissen Sie. Die weltweite kommunistische Bewegung hat mit Marx angefangen. Die russische Revolution ist hauptsächlich von Juden wie Trotzki angeführt worden. Jedes Land der Erde, sogar China, kämpft gegen Marx um sein Seelenheil.«

»Sogar China?«

»Die Menschheitsgeschichte entwickelt sich wie ein wundervolles, schreckliches Abenteuer. Es gibt große Zyklen. Jedes Jahrhundert ist anders.«

»Was ist das vergangene Jahrhundert gewesen?«

»Das Jahrhundert des weißen Mannes.«

Joe begriff nicht, was das alles mit Mrs. Augustino zu tun haben sollte. »Bestimmt nicht das Jahrhundert des roten Mannes.«

»Nein. Aber jetzt sitzen wir alle im selben Boot, Sergeant. Zuerst hat Marx die überlieferten Autoritäts- und Glaubensbegriffe gestürzt; dann vernichtet ein weiterer Jude alles Absolute in den Naturgesetzen.«

»Tatsächlich?«

»Die Wissenschaft hat auf absoluten Gesetzen basiert, bis Einstein mit seiner Relativitätstheorie aufgetreten ist. Marx und Einstein. Jetzt gibt's nichts mehr, woran ein intelligenter Mensch glauben könnte – weder auf religiösem noch auf wissenschaftlichem Gebiet. Übrigens bezeichnet das Wort ›Atom‹ im Griechischen etwas Unteilbares. Haben Sie das gewußt?«

»Nein, Sir.«

»Was nicht bedeutet …« Captain Augustino bewegte sich neben Joe. »… daß sie nicht gelitten haben. Wenn ich von den Leiden der Juden unter Hitler höre, wünsche ich mir, ich wäre selbst ein Jude. Im Jahrhundert des Juden haben sie von unseren Herzen Besitz ergriffen, verstehen Sie, nachdem sie bereits unseren Verstand mit Beschlag belegt hatten. Merken Sie, wie jetzt alles hier zusammenkommt?«

»Hier?«

»Ich spreche, Sergeant, von dem dritten großen Juden.

Sergeant, was würden Sie sagen, wenn ich Ihnen mitteile, daß J. Robert Oppenheimer der intelligenteste Mann ist, dem Sie oder ich oder sonst jemand hier jemals begegnet ist?«

»Könnte sein, Sir.«

»Sergeant, was würden Sie sagen, wenn ich Ihnen mitteile, daß Oppenheimer ein Agent der Sowjetunion ist, der es nur darauf abgesehen hat, hier die Atombombe zu entwickeln, um die fertigen Baupläne seinen sowjetischen Freunden zu übergeben?«

Joe wußte nicht, was er dazu sagen sollte. Sie hatten einen Grad von Verrücktheit erreicht, auf den er nicht vorbereitet gewesen war.

»Sie würden sagen, ich sei verrückt, nicht wahr, Sergeant?«

»Haben Sie...« Joe wählte seine Worte sorgfältig. »Haben Sie Ihren Verdacht bereits General Groves gemeldet, Sir?«

»Ebenso wie das FBI. Aber der General ist Oppenheimer verfallen. Alle sind ihm hörig. Nobelpreisträger sind seine Schoßhündchen, und die United States Army ist gefesselt und ihm als Geschenk übergeben worden. Ich habe den von ihm ausgehenden Zauber selbst verspürt.«

»Haben Sie das, Sir?«

»Die faszinierendsten Gespräche meines Lebens habe ich mit Oppenheimer über Geschichte geführt. Er hat *Aufstieg und Fall des Römischen Reiches* auf einer einzigen Bahnfahrt von New York nach Los Angeles gelesen – und *Das Kapital* auf der Rückreise. Dabei ist er Physiker, müssen Sie bedenken.«

»Stimmt«, sagte Joe. Oppy versuchte stets, tiefschürfende Gespräche zu beginnen.

»Ist Ihnen schon einmal etwas geradezu Hypnotisches an ihm aufgefallen, Sergeant? Wie Leute sein Arbeitszimmer mit einer bestimmten Meinung betreten – und mit der entgegengesetzten rauskommen? Wie jedermann ihn imitiert? Wie er sich hier ein eigenes Reich geschaffen hat? Hier, an diesem Brennpunkt der Weltgeschichte?«

»Handeln Sie auf Befehl des FBI oder einer anderen Washingtoner Dienststelle, Sir?«

»Ich brauche keine Befehle von irgend jemand. In Geheimdienstkreisen sind die unübersehbaren Verbindungen längst bekannt. Sie ...«

»Psst!« Joe sah drei Gestalten lautlos aus dem gegenüberliegenden Waldstück treten und unter den Bäumen am Waldrand stehenbleiben. Drei große verschwommene Flecken, die sichernd horchten. Das konnten Hirsche, Wapitis oder Pferde sein. Joe duckte sich tiefer. Seine Winchester hatte ein offenes Visier auf kurzem Lauf, eine Patrone in der Kammer und fünf im Magazin. Er fragte sich, wie gut Captain Augustino mit der Marlin war.

Der erste Hauch des neuen Tages war bleigraues Licht. Die Sterne verloren ihren Glanz und verschwanden, während die drei Flecken sich deutlicher abzeichneten. Hirsch oder Wapiti, vermutete Joe wegen ihrer völligen Unbeweglichkeit. Sie warteten, um sich zu vergewissern, daß ihnen auf dem freien Hang keine Gefahr drohte, wie er seinerseits auf Büchsenlicht wartete, um gezielt schießen zu können. Blaues Licht ergoß sich ins Valle und zeigte winzige, in der Luft flirrende Schneekristalle. Allmählich erkannte er sie: zwei Wapitis und eine trächtige Wapitikuh. Merkwürdig, daß eine Kuh in dieser Jahreszeit mit Männchen zusammen ist, überlegte Joe sich. Er zielte auf den ihm nächsten Wapiti, weil er annahm, der Captain werde den anderen nehmen. Die Männchen waren Prachtexemplare mit dunklen Köpfen und weit ausladenden Geweihen vor graubeigen Körpern. Ein Blattschuß, überlegte er sich. Sein eigenes Herz schien stillzustehen, während er wartete und die heller werdende Schneefläche vor dem dunklen Waldrand beobachtete. Die drei Wapitis standen im Schatten.

Als Augustino schoß, brach die Wapitikuh auf der Stelle zusammen. Die beiden Männchen waren mit einem Satz im Wald und brachen durchs Unterholz davon.

»Sie haben nicht geschossen«, sagte Augustino.

»Sie haben die Kuh geschossen!«

»Ich hab Ihnen die Männchen gelassen.«

Joe stand auf. »Man schießt keine trächtige Kuh! Sie ist trächtig gewesen, das hat jedem auffallen müssen. Und Sie behaupten, ein Jäger zu sein!«

»Sergeant, Sie haben Ihre Chance verpaßt, einen ...«

»Man schießt keine trächtige Kuh! Ich habe Sie wenigstens für einen Jäger gehalten. Ich hab mir Ihren Blödsinn über die Juden, diesen verdammten Scheiß, angehört, weil Sie ein Offizier sind. Aber man schießt keine trächtige Kuh! Sie spinnen, Augustino, ist Ihnen das klar? Oppy ist zehnmal mehr wert als Sie oder ich! Und dieser Scheiß über Marx. Ich hab in New York gelebt. Ich bin für die Veteranen aus dem Spanischen Bürgerkrieg marschiert. Ich hab einen ganzen Monat lang mit zwei Studentinnen rumgebumst, die mir alles über Marx beibringen wollten, während Sie in Brownsville auf Handarbeit angewiesen gewesen sind!«

»Hören Sie, ich warne Sie ...«

»Warnen Sie mich nicht!« Joe brach den Ast über Augustinos Kopf ab, holte mit der Winchester aus und ließ sie gegen den Baumstamm krachen. Das Gewehr zerbrach in der Mitte. Der Kolben flog davon, während Lauf und Kammer in seiner Hand zurückblieben. Joe warf sie beiseite. »Warnen Sie mich nicht.«

»Weiter«, forderte Captain Augustino ihn in verändertem Tonfall auf. Er hatte sich nicht geduckt, als der Gewehrkolben über ihm zersplittert war, aber er war noch blasser geworden, so daß die Halbmonde unter seinen Augen noch dunkler hervortraten.

Joe stapfte durch den Schnee auf die Wapitikuh zu. Aus ihrem Nacken fehlte ein großes Stück, und sie streckte die Beine nach allen Richtungen von sich, aber ihre Augen waren noch feucht und lebendig. Ihr trächtiger Leib erhob sich hart und aufgedunsen über dem restlichen Körper.

»Ich will Ihnen mal was sagen!« rief Joe. »Ihre Frau sagt, saß Sie einen Schwanz von der Größe einer Spannerraupe haben. Trotzdem muß er noch doppelt so groß wie Ihr Hirn sein!«

Er stapfte schneller durch den Schnee und knöpfte dabei seine Jacke auf, um an die in seinem Gürtel steckende Pistole Kaliber 45 heranzukommen. Er ahnte, daß Augustino hinter ihm das Gewehr hob. Herzschuß? Kopfschuß? Sobald die 45er frei war, rannte er die letzten zehn Schritte. Als Augustino schoß, warf er sich bereits in Deckung.

Die Wapitikuh schlug aus, als die zweite Kugel traf. Joe landete hinter ihr und rollte sich gegen ihren Leib. Captain Augustino stand jegliche Deckung verschmähend da und lud seine Waffe nach. Joe legte die 45er auf die Kuh und visierte den Captain durch die quadratische Kimme an, obwohl er recht gut wußte, daß das bei der geringen Treffsicherheit der Pistole nicht viel Sinn hatte. Er drückte ab. Die Waffe schlug hoch, und in eineinhalb Meter Höhe über Augustinos Kopf zersplitterte ein Ast. »Scheiße!« Joe drückte erneut ab. Diesmal spritzten Rindenstücke von einem Baumstamm neben dem Captain.

Augustino verschwand hinter herabhängenden Zweigen. Joe sah nur noch seine Atemdampfwolke und das obere Ende des Gewehrlaufs. Sein eigener Atem kam wie die Arbeitstakte einer Dampfmaschine. Die Kuh war zu klein. Falls Augustino ihn umging und sich aus anderer Richtung anschlich, war er so gut wie tot.

Der Gewehrlauf senkte sich erneut, aber er zielte jetzt in die Richtung, in welche die Wapitis verschwunden waren. Dann sah Joe zwei Männer mit umgehängten Decken auf Schneeschuhen unter den Kiefern hervorkommen. Die beiden hatten ihre Hände und Gesichter geschwärzt und trugen ihr langes Haar lose über die Schultern herabhängend.

Obwohl der erste unter der Last des Alters gebeugt ging, führte er den zweiten an einem langen Strick, den der andere am Handgelenk hatte, als sei er blind. Der Jüngere trug ein mit erlegten Blauhähern vollgestopftes Netz über der Schulter, so daß es wie ein leuchtendblauer Flügel aussah. Das Netz enthielt auch eine Eule und eine Falken-Nachtschwalbe – beides Vögel, die nur gegen den Mond mit dem Netz gefangen werden konnten. Die beiden Männer mußten die Schüsse gehört haben, aber sie überquerten die freie Fläche zwischen der Wapitikuh und den Bäumen, hinter denen Augustino sich versteckt hielt, ohne rascher zu gehen oder stehenzubleiben, und stapften mit ihren Jagdtrophäen langsam den verschneiten Hang hinunter. Obwohl sie nach Santiago unterwegs zu sein schienen, kannte Joe keinen der beiden. Sie bewegten sich wie eine Erscheinung aus einer anderen Welt. Dann erreichten sie eine Reihe Espen, die den Hangfuß säumten, und waren verschwunden.

»Sergeant!« rief Augustino aus. »Ich hab's mir anders überlegt. Ich will Sie schon noch umbringen, aber jetzt habe ich Wichtigeres zu tun.«

»Den Teufel haben Sie!«

»Ich habe meine Pflicht zu tun.« Augustino trat auf die Lichtung und hielt sein Gewehr mit der Mündung nach oben in der linken Hand. »Ich darf mich nicht ablenken lassen, lediglich persönliche Rache genießen. Ich darf mich von Ihnen nicht in den Schmutz ziehen lassen.«

»Daß wir hierher gekommen sind, war Ihre Idee.«

»Einen Offizier zu erschießen kostet Sie den Kopf, Sergeant.« Augustino ließ das Gewehr fallen, während er näher kam. »Wir sind wegen eines Wapitis hergekommen und haben einen geschossen, mehr hat sich nicht zugetragen. Mehr ist wirklich nicht passiert.«

»Weil Sie danebengeschossen haben.«

»Aber Sie sind nicht in der Lage, mir öffentlich irgend etwas vorzuwerfen – nicht als Sergeant, der mit der Frau des Offiziers, den er anklagt, Unzucht treibt. Dies ist ein Erlebnis, das es abzuhaken gilt. Eine morgendliche Jagd, sonst nichts.« Er blieb sechs, sieben Meter vor Joe stehen.

»Man schießt keine trächtige Kuh!« Joe zielte. Kopfschuß? Aus dieser Entfernung würde die 45er die ganze Schädeldecke oberhalb der Augenbrauen absprengen.

»Wir müssen zum Hügel zurück, um den Direktor und General Groves abzuholen.« Augustino sah auf seine Uhr. »Mrs. Augustino ist dann zum Sonntagsgottesdienst unterwegs.«

»Warum lassen Sie mich nicht einfach in den Pazifik oder nach Europa versetzen, wenn Sie mich loswerden wollen, Captain?«

»Nein, Sie sind mir dort nützlicher, wo Sie jetzt sind!«

»Indem ich was tue? Autofahren? Türen aufreißen? Ihre Frau vögeln?«

»Die Informationen, Sergeant.«

»Wertlos.« Joe kam auf die Beine.

»Durchaus nicht, Sergeant. Dadurch werden Sie zum Spitzel.«

»Das kann nicht alles sein.«

»Gut, stellen Sie sich die Sache folgendermaßen vor. Was wir hier bauen, ist eine Geheimwaffe, stimmt's? Sie sind meine Geheimwaffe. Ansonsten steht Ihnen das Militärgefängnis offen, falls Sie dorthin zurückwollen.«

»Sie sind verrückt, Captain.«

»Was können Sie dagegen machen?«

Herzschuß? Aus dieser Entfernung hätte die Kugel das Herz des Captains, die Aorta und eine halbe Lunge herausgestanzt. Joe ließ die Pistole baumeln und drückte ab. Die Beine der Wapitikuh zuckten noch einmal. Sie streckte ihren Hals über seine Stiefel, und ihr Auge brach, als sie verendete.

»Ich erwarte später einen Bericht über alles, was Oppenheimer sagt – vor allem seine Gespräche mit

Groves, insbesondere politische Äußerungen.« Augustino hatte mit keiner Wimper gezuckt. Er holte tief befriedigt Luft wie ein Mann, der den Heimweg antritt. »Das Übliche.«

5

Der Wagen war eine blaue Buick-Limousine mit V-8-Motor und grauer Plüschausstattung. Auf dem Rücksitz saßen Brigadegeneral Leslie Groves und Oppenheimer; vorn war Platz für Klaus Fuchs, ein Tornisterfunkgerät und Joe, den Fahrer. Die Scheiben waren innen angelaufen. Draußen schien ganz New Mexico, von Los Alamos ausgehend, schräg abzufallen.

Der Körper des Generals schien mehr schlecht als recht in die Uniform gezwängt zu sein. Groves war ein hochgewachsener Mann; sein graues Haar war dicht und gewellt, sein Schnurrbart wirkte angriffslustig gesträubt, und seine Augen glitzerten stählern, aber vom Kragen abwärts beulten gestärktes Khaki und der Uniformmantel sich überall unter dem Druck weicher Fettpolster aus. Seine besondere Liebe galt Los Alamos. Sein Reich erstreckte sich von riesigen Fabriken in Hanford, Washington, und Oak Ridge, Tennessee, bis zu den ursprünglichen Laboratorien in Chicago, aber für deren Betrieb waren Union Carbide und Du Pont oder die Groves auf die Nerven gehenden Europäer in Chicago zuständig, während Los Alamos sein persönliches Herzogtum war, das unter der Führung Oppenheimers, mit dem er einen Glücksgriff getan hatte, in Wahrheit Herz und Seele des gesamten Projekts verkörperte: des größten Forschungsvorhabens in der Geschichte der Menschheit. Der Buick, der beste Wagen in der Fahrbereitschaft, blieb stets für ihn reserviert, wenn er kam, und wurde stets von Joe gefahren. Andere hohe Offiziere und

VIPs, die mit dem General aus Washington gekommen waren, bezeichneten Joe als »Groves' Indianer«. Allgemein bekannt war auch, daß selbst der Präsident Groves nach seinem »indianischen Gefährten« gefragt hatte.

Oppy trug einen alten Militärmantel, in den er sich zweimal hätte wickeln können, und einen runden Filzhut, der seinen schmalen Schädel betonte. Er spielte nervös mit seinen Händen, weil der General nicht gestattete, daß im Wagen geraucht wurde. Klaus Fuchs saß praktisch in Habachtstellung auf dem Beifahrersitz: mit Mantel, weichem Filzhut und randloser Brille, die seine Augen flachzudrücken schien.

Groves hatte keinen Angehörigen der Britischen Mission – diese Leute verwechselten Los Alamos mit Oxford – mitnehmen wollen, aber Fuchs war ja schließlich kein richtiger Brite.

»Ich treffe morgen mit dem Präsidenten zusammen«, sagte Groves. »Er wird mich fragen, wozu wir einen Test brauchen. Wir werden kaum genug Uran für eine einzige Bombe haben, und wir besitzen im Augenblick kaum Plutonium. ›Warum sollten wir einen Teil davon für einen Test vergeuden?‹ wird er fragen.«

»Es handelt sich um zwei unterschiedliche Geräte«, erklärte Oppy ihm langsam und geduldig – nicht weil Groves begriffsstutzig, sondern weil er von Natur aus wenig redegewandt war und Oppys einfache Worte dem Präsidenten übermitteln sollte. »Das erste ist das Urangerät, das nach dem Geschützprinzip funktioniert. Wir rechnen nicht damit, vor Juli genügend angereichertes Uran zur Verfügung zu haben, aber wir sind zuversichtlich, daß das Gerät funktionieren wird. Das zweite ist das Plutoniumgerät, das mit einer komplizierten ›Implosions‹-Konstruktion arbeitet. Wir rechnen damit, bis Juli genügend Plutonium für zwei Bomben, bis August für zwei weitere und bis September für insgesamt sechs Bomben zu haben, aber ob dieses Gerät funktioniert, steht keineswegs fest. Wir müssen das Plutoniumgerät erproben, und unser Arsenal an Plutoniumgeräten wird den Krieg beenden – nicht die Detonation unseres einzigen Urangeräts. Sie können dem Präsidenten ausrichten, daß die Festlegung eines Erprobungsgeländes ein Beweis für unsere Zuversicht ist.«

»Wir verlassen uns wirklich darauf, daß dieses Gelände geeignet ist«, fuhr Groves fort. »Alternativ stehen noch ein paar Inseln vor Kalifornien, Sandbänke vor Texas und einige Dünen in Colorado zur Wahl. Der letzte Ort, an dem ich eine Atomexplosion tarnen möchte, ist Kalifornien ...«

»Das hängt natürlich davon ab, wie groß sie ist«, stellte Oppy fest.

»Gut, wie stark wird sie denn?« wollte Groves wissen.

»Nach letzten Schätzungen dürfte die Ausbeute bei fünfhundert Tonnen TNT liegen«, antwortete Fuchs. Er fuhr mit, weil er der Theoretischen Gruppe angehörte, die die Sprengwirkung abschätzen sollte.

»Könnte sie nicht viel höher sein?«

»Theoretisch könnte sie fünftausend Tonnen oder fünfzigtausend Tonnen betragen. Nach oben gibt es kaum eine Grenze.«

»Fünfhundert ist immerhin ein Anfang.« Groves war besänftigt. »Ich werde dem Präsidenten mitteilen, daß wir das Ding am vierten Juli zünden.«

»Wundervoll«, meinte Oppy.

Zu schade, daß wir Weihnachten verpaßt haben, dachte Joe. Vielleicht wäre dies der rechte Zeitpunkt gewesen, dem General mitzuteilen, daß der Leiter des Sicherheitsdienstes auf dem Hügel der Überzeugung war, Joe Stalins Spezialagent sei Robert Oppenheimer. Vielleicht hätten sie am Straßenrand halten und in diesem Punkt Klarheit schaffen müssen – selbst wenn niemand imstande gewesen wäre, an Oppys Stelle zu treten; selbst wenn Erprobung, Bombe und Sieg damit flachfielen. Aber vielleicht war dies doch nicht der rechte Zeitpunkt. Vielleicht war es besser, ein nicht sonderlich heller Sergeant, eben der »indianische Gefährte« zu sein.

Sobald sie bei Esperanza die Hauptverkehrsstraße erreichten, gab Joe Gas. Die kriegsbedingt angeordnete Höchstgeschwindigkeit betrug 35 Stundenmeilen, aber der General bevorzugte 85 als Reisegeschwindigkeit. Wegen der Benzinrationierung waren die Straßen weitgehend leer, und der Buick hatte freie Fahrt auf einer teils einspurigen, teils zweispurigen Asphaltstraße mit breiten Randstreifen für langsame Eselgespanne, Karren und Fuhrwerke.

Santa Fé zog als elektrisches Leuchten unter aschgrauem Himmel vorbei. Ein Heereslazarett pumpte Geld in die Stadt. Reklametafeln warben für Drinks, Stiefel und Andenken.

Während Oppy und Groves eintönig weiter über Probleme bei der Isolierung von Isotopen und die allotropischen Stadien von Plutonium redeten, fragte Joe sich, warum er mit Mrs. Augustino ins Bett gegangen war. Hatte er sie gewollt? Oder eine andere Frau? Irgendeine Frau?

Wie ein Racheengel schoß das Motorrad eines State Troopers mit heulender Sirene hinter einer Reklametafel mit der Aufschrift KRIEGSANLEIHEN SIND PATRONEN! hervor.

Die Reisen des Generals waren geheim; es verstand sich von selbst, daß er vor keinem hiesigen Friedensrichter erscheinen wollte. Joe trat das Gaspedal durch. In New Mexico hatten die State Troopers schwarze Uniformen und schwarze Motorräder. Bei 100 Stundenmeilen wurde die dunkle Silhouette zu einem Punkt im Rückspiegel. Groves und Oppy, die an ihren Halteschlaufen schwankten, sprachen weiter über Produktionstermine. Fuchs beteiligte sich nur an ihrem Gespräch, wenn er etwas gefragt wurde.

Auf den Feldern raschelte der Wind in langen Reihen Spanischen Pfeffers, der ungeerntet blieb, weil jeder Farmer sich in Albuquerque bei Boeing melden und geradewegs nach Seattle weiterfahren konnte, um B-29 zu bauen und im Monat mehr Geld zu verdienen, als er jemals im Jahr in die Finger bekommen hatte.

»Explodieren, Implodieren. Zwei scheinbar gegensätzliche Ereignisse, die gleichzeitig ablaufen«, sagte Oppy gerade. »Ich würde Ihnen davon abraten, das dem Präsidenten erklären zu wollen. Trotzdem ist's eine phantastische Idee.«

An Albuquerque vorbei, durchs untere Tal weiter und so häufig über den Rio Grande, daß er wie ein ganzes Dutzend Flüsse wirkte: Oppy und Groves besprachen Probleme, die vom Umgang mit Plutonium bis zum Zucker fürs Verpflegungsamt reichten. Der Wagen fuhr auf dunkle Wolken zu, die sich auftürmten und zugleich entfernten. In Antonio, einem Landstädtchen mit schwach beleuchteten Fenstern, verließen sie die große Straße, fuhren auf einer nach Osten führenden einspurigen, an den Rändern ausgefransten Makadamstraße weiter, überquerten den Rio zum letzten Mal und erreichten ein weites schräges Becken mit Buschwerk und niedrigen Kakteen. Hier rückten die Wolken wieder vor, und es begann zu schneien: anfangs nur leicht, so daß zu erkennen war, woher der Wind kam, dann dichter, als die Sonne verschwand. Schnee setzte sich an den Scheibenwischern fest und überzog die Scheinwerfer.

»Falls Hitler die Bombe hat…«, meinte Groves eben. »Wir bekommen Berichte, daß diese Winteroffensive der Deutschen nur dazu dient, ihm Zeit zu verschaffen, während er irgendeine Geheimwaffe fertigstellt. Plötzlich hat er Düsenjäger, neue Raketen.«

»Falls Hitler das Gerät hat, setzt er's gegen die Russen ein«, sagte Oppy.

»Ist das eine schlechte Idee?« fragte Groves.

Joe bog von der Straße ab und hielt so, daß die Motorhaube auf einen Stacheldrahtzaun wies. Die Zaunpfähle aus gespaltenen Kieferstämmen waren grau wie verwitterte Knochen, standen zweieinhalb Meter voneinander entfernt und neigten sich aus alter Gewohnheit mit dem Wind. Jenseits des Zauns lag schlechtes Weideland.

»Stallion Gate«, verkündete Joe.

»Niemand da.« Groves blickte nach beiden Richtungen die Straße entlang. »Dabei sollten wir von einem Halbkettenfahrzeug und zwei Jeeps erwartet werden.«

»Ja, Sir. Sie hätten hier durchs Tor kommen müssen.«

»Wissen Sie bestimmt, daß wir an der richtigen Stelle sind?«

»Ja, Sir.« Joe deutete auf die etwas weißere Doppelspur einer Zufahrtsstraße, die unter dem Stacheldrahtzaun hindurchführte. »Ich versuche mal, sie über Funk zu erreichen.«

Das Tornisterfunkgerät war ein Vorkriegsmodell mit Kurbel, das bei günstigem Wetter etwa 40 Meilen Reichweite hatte, und als die Verbindung hergestellt war, war die Antwort wegen atmosphärischer Störungen kaum zu verstehen. Die aus Alamogordo entsandte Gruppe hatte durch einen Defekt eine Kette und viel Zeit verloren, aber sie würde trotzdem am Zaun zu ihnen stoßen.

Der ganze Wagen schwankte, als Groves sich in seinen Sitz zurückfallen ließ. »Ich soll morgen wieder in Washington sein, und wir drehen hier Däumchen vor einem Stacheldrahtzaun.«

»Joe, Sie sind als einziger schon mal hier gewesen«, stellte Oppy fest. »Was raten Sie uns?«

»Das Wetter wird schlechter. Ich schlage vor, daß wir warten.«

»Sergeant, ich habe noch nie etwas durch Stillstehen erreicht.« Groves, dessen Entschluß feststand, beugte sich nach vorn. »Der Schnee liegt keine drei Zentimeter hoch. Mit den anderen können wir uns unterwegs treffen.«

Joe brauchte zehn Minuten, um Schneeketten auf die Hinterräder zu montieren, den Stacheldraht beiseite zu räumen, hindurchzufahren und die Öffnung wieder zu schließen. Dann saßen sie wieder im Wagen, klopften sich Schneeflocken von ihren Mänteln und begannen, den querfeldein führenden schwachen Fahrspuren zu folgen.

Joe blieb im zweiten Gang und bemühte sich, die Fahrspuren im Scheinwerferlicht zu behalten, ohne mit den Rädern in sie hineinzugeraten. Fuchs studierte eine detaillierte Landkarte.

»Wie kann es zu so einem Kettendefekt kommen?« erkundigte Oppy sich.

»Verbindungsbolzen«, antwortete Groves. »Panzer, Halbkettenfahrzeuge, Planierraupen – alle gleich. Hätten sie Schwierigkeiten mit einem Antriebsrad gehabt, lägen sie für länger fest.«

Joe schaltete in den ersten Gang hinunter, als die Fahrspur vor ihnen zu Ende war.

»Wir sind schon fast in Mexiko.« Fuchs wischte die beschlagene Windschutzscheibe ab. »Wenn sie uns wirklich entgegenkommen, dann müßten sie jede Minute auftauchen.«

Schneeschauer stürmten gegen den Wagen, der sich über leicht gewelltes Gelände weiterarbeitete. Als Joe den Weg wiederfand, war er froh, mit den Rädern in die Fahrspuren gleiten und in ihnen bleiben zu können. Er steckte seinen Kopf aus dem Seitenfenster. Der Erdboden vor ihnen war zum Teil aufgewühlt; unter dem Schnee zeichneten sich Krater ab.

»Wie beim Segeln!« Oppy war begeistert. »Der gleiche dunkle Himmel, das gleiche Weiß, die gleichen Wellenberge.«

»Ich erinnere mich an meine erste Seereise«, berichtete Fuchs. »Damals haben die Briten uns bei Kriegsausbruch als feindliche Ausländer nach Kanada verfrachtet. Der Geleitzug ist von deutschen U-Booten angegriffen worden. Sie haben das Schiff unmittelbar vor uns versenkt.«

»Ich hab nicht gewußt, daß Sie ein feindlicher Ausländer sind«, warf Groves ein.

»Jetzt bin ich Brite«, versicherte Fuchs.

»Deutscher und Brite«, faßte Groves trocken zusammen.

Explodieren. Implodieren. Zwei gleichzeitig ablaufende Ereignisse. An Bord des Truppentransporters nach Manila hatte Joe das Meer beobachtet. Aus Mangel an anderweitiger Beschäftigung, weil die Offiziere wegen der Aussicht, MacArthur dem Großen unterstellt zu sein, so stramm auf Disziplin achteten, daß selbst Kartenspiele verboten waren, hatte er an Deck gestanden und die See betrachtet. Er hatte auf große und kleine Ereignisse von auftauchenden Walen bis zu Delphinschulen und Fliegenden Fischen geachtet. Eines Tages war ihm etwas aufgefallen: Der steife Ostwind trieb Schaumkronen vom Heck zum Bug vor sich her. Trotzdem stampfte das Schiff durch von Stürmen tausend, zweitausend Kilometer weiter westlich aufgeworfene Wellenberge. Die Wasseroberfläche, die stiebende Gischt, glitt lediglich täuschend über die wahre Eigenbewegung der See hinweg. Als sollten ihre eigentlichen Absichten dadurch getarnt werden. Joe erinnerte sich so deutlich daran, weil er in diesem Augenblick erstmals erkannt hatte, daß er und alle anderen an Bord vielleicht nicht zurückkommen würden.

»Sir, wir sind da, glaube ich.« Joe stellte den Motor ab und schaltete die Scheinwerfer aus. Der Schneefall hatte nachgelassen, aber die Flocken waren größer geworden.

Fuchs setzte sich ruckartig auf und fragte: »*Was ist das?*«

Über einen Hügel kamen drei mit Gewehren bewaffnete Männer auf den Wagen zu.

»Mescaleros«, sagte Joe. »Apachen.«

»Reden Sie mit Ihnen«, wies Oppy ihn an.

»Halten Sie sie vom Auto fern, damit sie uns nicht erkennen«, verlangte Groves, als Joe ausstieg.

Zwei der Männer waren Vater und Sohn, beide fast so

groß wie Joe, beide auf Schneeschuhen. Sie hatten lange Haare und trugen Wollmützen und schmuddelige Jacken, einer aus Lammfell, der andere aus Cordsamt. Haar und Kleidung waren mit Schnee bestäubt, und ihre Gesichter glänzten schweißnaß. Der dritte Mann hatte einen leicht quadratischen Schädel und kürzeres Haar; er trug eine karierte Pendleton-Jacke und hatte Hände und Füße in Lappen gewickelt. Joe hielt ihn für einen Navajo. Keiner von ihnen sah so aus, als werde er Groves erkennen und Tokio verständigen, aber was zum Teufel hatte ein Navajo hier unten zu suchen?

»Hast du die Pferde gesehen?« fragte der Alte Joe.

»Pferde?«

»Überall Pferde«, sagte der Alte.

Joe bot Zigaretten an. Apachen waren ihm fremd wie Chinesen. Navajos waren Diebe. Apachen wie Navajos hielten ihrerseits alle Pueblos für Weiber. Der Navajo kam dicht genug heran, um sich eine Zigarette zu nehmen, und trat wieder zurück. Schneeflocken fielen lautlos. Der Sturm hatte sich nicht verzogen, sondern nur eine Atempause eingelegt. Das Gewehr des Navajos blieb wie unabsichtlich auf den Wagen gerichtet.

»Sie haben die weißen Rancher vertrieben«, fuhr der Alte fort. Joe wußte, daß er mit »sie« die Army meinte. »Trotzdem gibt's hier noch Pferde. Wenn wir sie uns nicht holen, werden sie einfach abgeknallt.«

»Sie kommen mit Flugzeugen und schießen sie mit Maschinengewehren ab«, sagte der Sohn. »Manchmal bombardieren sie sie auch. Tag und Nacht.«

»Könnten Texaner sein«, meinte Joe.

Die Apachen brachen in Gelächter aus. Sie schlugen sich gegenseitig auf die Schultern; dann klopften sie Joe auf den Rücken. Sogar der Navajo lachte nervös.

»Diese Schweinehunde!« rief der Sohn aus. »Militärflugzeuge – die sind doch verrückt!«

»Die Army hat die Ranches aufgekauft«, vertraute der

Vater Joe an, »aber sie hat den Kaufpreis auf einmal gezahlt, so daß die Rancher das meiste an Steuern zurückzahlen mußten, und wenn die Rancher auf ihr Land zurückzugehen versuchen, werden sie bombardiert.«

»Im Norden sind's die Schafe.« Der Navajo hatte eine hohe Stimme und die Angewohnheit, lange Wörter halb zu verschlucken. »Irgend jemand in Washington sagt, daß ein Indianer bloß dreiundachtzig Schafe halten darf. Teil des Kriegseinsatzes. Was haben Schafe mit dem Krieg zu tun?«

»Nichts«, sagte Joe.

»Der Indian Service kommt und schießt die Schafe ab. Du wirst auch erschossen, wenn du ihnen in die Quere kommst.«

Joe erinnerte sich an eine Meldung. Bei Gallup hatte eine Bande von Navajos mehrere IS-Reiter als Geiseln genommen und war mit ihnen untergetaucht. Im ganzen Staat hatten die Zeitungen die Sache wie einen Indianeraufstand behandelt. Indian Service und FBI fahndeten bis nach Salt Lake City im Norden nach den Flüchtlingen. Nicht aber im Süden bei den Mescaleros.

Der junge Apache warf Joe einen forschenden Blick zu. »Hast du jemals in Antonio geboxt?«

»Ja.«

»In Antonio hast du gegen meinen Bruder geboxt. Der Ring ist im Motel hinter dem Café aufgebaut gewesen. Kid Chino?«

»Er ist betrunken gewesen, er hätte gar nicht in den Ring klettern dürfen.«

»Er ist nüchtern gewesen, als du aufgehört hast.« Er stampfte mit einem Schneeschuh auf, um seinen Worten Nachdruck zu verleihen. »So nüchtern, wie ich ihn noch nie erlebt hatte.«

Joe erinnerte sich an den Bruder: in der ersten Runde wilder, blindwütiger Angriff, in der zweiten dem Erbrechen nahe.

»Ziemlich guter Boxer, dein Bruder.«

»Ein guter Junge.« Der Alte starrte seinen Sohn aufgebracht an.

Joe reichte die Zigaretten erneut herum. Die Apachen begutachteten sein Feuerzeug: ein Zippo mit der eingravierten Inschrift *Battery C, 200th Coast Artillery.*

»Bataan.« Der Sohn gab es zurück.

Der Vater blickte zum Himmel auf. »Gutes Wetter. Bomber können nicht fliegen, und die Fährten sind im Schnee leicht zu verfolgen.«

Joe sah keine Spuren. Er war ein guter Fährtensucher, aber er war kein Apache.

»Lieber kriegt ihr die Pferde als niemand.«

Der Navajo zitterte und ließ sein Gewehr sinken. Die vier Männer rauchten und betrachteten gedankenverloren die Stille zwischen den tiefhängenden Wolken und dem schneebedeckten Boden. Dann traten Vater und Sohn ihre Zigarettenstummel aus und nickten Joe zu. Der Navajo folgte ihrem Beispiel. Die drei marschierten nach Norden weiter, wobei sie einen weiten Bogen um den Buick machten. Aber wäre das nicht ein interessantes Ende der Atombombe gewesen – Groves und Oppy aus Rache für die Schafe im Schnee erschossen?

Joe öffnete die Tür des Generals. »Ich glaube nicht, daß sie Sie erkannt haben, Sir. Ich habe ihnen erklärt, daß sie sich unbefugt auf dem Bombenabwurf- und Schießgelände Alamogordo aufhalten und es auf dem schnellsten Wege verlassen müssen.«

»Ich hatte den Eindruck, die Sache stünde ein bißchen auf Messers Schneide«, meinte Oppenheimer.

Oppy stieg aus dem Wagen, zündete sich sichtlich erleichtert eine Zigarette an und gab auch Fuchs Feuer. Groves trat in den Schnee und hob den Kopf, um mit einem Rundblick die Umgebung zu prüfen.

Oppy breitete die Landkarte auf der Motorhaube aus. »Hier sind wir. Dreiunddreißig Grad vierzig Minuten einunddreißig Sekunden nördlicher Breite, hundertsechs Grad achtundzwanzig Minuten neunundzwanzig Sekunden östlicher Länge.«

»Und wo ist das?« fragte Groves.

»Im Osten liegen die Oscura Mountains.« Joe deutete auf sie. »Süden – Mockingbird Gap; Westen – drei Vulkane, die bei den Einheimischen ›Dreieinigkeit‹ heißen; Norden – Stallion Gate.« In allen Richtungen begegnete der Blick weißen Wällen.

Wo Joes Fingerspitze auf die Landkarte getippt hatte, zeichnete Fuchs mit weichem Bleistift ein X ein und umgab es mit einem perfekten, freihändig gezogenen Kreis.

»Wenn das hier der Detonationspunkt ist, brauchen wir eine Entfernung von zehn Kilometern oder sechs Meilen bis zu den ersten Kontrollbunkern.«

Groves baute einen Theodoliten im Schnee auf. Als die drei Beine feststanden, schwamm die Luftblase mitten in der Libelle. Ebener Untergrund. Der General wirkte zuversichtlich; er sog die Luft mit gewisser Vorfreude ein. Die ausgebliebene Gruppe aus Alamogordo war vergessen.

»Genau wie wir Los Alamos ausgesucht haben!« rief er Oppy zu. »Die führenden Männer an Ort und Stelle ...«

Während Groves durch den Theodoliten visierte, schritt Joe mit Trassierband, Fähnchen und Pflöcken 50 Meter ab.

Als Groves winkte, steckte Oppy eine rote Flagge vor Joe in den Boden.

»Captain Augustino behauptet, auf dem Hügel gebe es einen Spion«, sagte Joe.

»Hat er gesagt, wer?« Oppy sah mit dem Blick eines Unschuldigen auf.

»Nein«, log Joe.

»Überhaupt keine Namen?«

»Sagen wir einfach, dieser Mensch sei nur ein Sicherheitsrisiko.«

»Er würde von dem Projekt abgezogen werden müssen.«

»Sein Ruf?«

»Ruiniert. Keine Namen?«

»Nehmen wir an, ich wollte den Hügel verlassen. Sagen wir, ich wollte an die Front.«

»Das beträfe die Army, Joe. Der Hügel ist schließlich eine militärische Einrichtung. Sie müßten sich an den Standortkommandanten wenden.«

»Das ist wieder Augustino!«

»In seinem eigenen kleinen Reich ist der Captain ein mächtiger Mann.«

»Und sein Reich ist der Hügel.«

»Er hat Ihnen wirklich keine Namen genannt?«

»Ich nehme an, daß er *Sie* informieren würde, wenn er einen bestimmten Verdacht hätte.«

»Richtig!« Oppy grinste mit Verschwörermiene. »Denken Sie daran, daß der Captain ein Nachrichtenoffizier ist. Da ist's seine Pflicht, paranoid zu sein!«

Bei den nächsten Flaggen wechselten Oppy und Fuchs sich ab.

»Es muß interessant sein, ein Indianer zu sein.« Fuchs folgte Joes gleichmäßigen Schritten. »Frei von der Zivilisation zu sein, einfach als Mensch mit der Natur zu leben.«

»Meinen Sie damit nackt rumlaufen?«

»Nein, ich meine damit die Nichtbeachtung aller bourgeoisen Verhaltensregeln. Sie verstehen, was ich mit ›bourgeois‹ meine?«

Joe beobachtete, wie Oppy langsam eine andere Richtung abschritt. Eine hagere, von ihrem Mantel umflatterte Gestalt. Als er sich mit ausgebreiteten Armen und Fähnchen in den Händen umdrehte, schien er auf ungelenke Weise im Schnee zu tanzen.

Sie bauten das zukünftige Testgelände im Modell auf: rote Flaggen zur Bezeichnung der Himmelsrichtungen, beschriftete Pflöcke zur Kennzeichnung von Kontrollbunkern, Unterkünften, Beobachtungsposten, Evakuierungsstraßen und bewohnten Gebieten. Als sie sich wieder um den Theodoliten – den Detonationspunkt des Modells – versammelten, hatte der Schneefall fast ganz aufgehört. Groves war lebhaft und mitteilsam: ein Bauingenieur beim ersten Spatenstich. Mit weit ausholenden Handbewegungen beschrieb er den Bombenturm, die meilenlangen Drahthindernisse, Straßen und Lastwagen, die vor seinem inneren Auge standen. Oppy hatte eine Flasche Cognac mitgebracht, und selbst Groves, der sonst nie mehr als ein Gläschen Sherry trank, ließ sich zur Feier des Tages einen Schluck einschenken. Joe, der allein im Wagen saß, suchte Funkverbindung mit der Eskorte, die schon vor Stunden zu ihnen hätte stoßen sollen. Während er zwischen atmosphärischen Störungen herumfischte, schraubte er seine eigene Taschenflasche auf. Wodka. Im Krieg stellten Brennereien Wodka aus Kartoffeln, Mais, Molasse, Korn, aus Äthylalkohol, Methan, Erdölderivaten, aus Pferdeschweiß und gefilterter Pisse her. In Schnapsläden in Santa Fé konnte man keine Flasche irgendeines Drinks kaufen, wenn man nicht auch eine Flasche Wodka nahm. Eine weitere kommunistische Verschwörung.

»... Schwierigkeiten ... Treibrad abgesprungen ... baldmöglichst, kommen.«

Joe wiederholte seine Koordinaten wegen der atmosphärischen Störungen zur Sicherheit nochmals und meldete sich ab. Der General hatte sein Flugzeug verpaßt; er würde Roosevelt bei anderer Gelegenheit aufsuchen müssen.

Plötzlich war es kälter und dunkler. Wolken zogen vorüber, und direkt über ihnen spannte sich ein Band aus Sternen über den Himmel. Als Joe zurückkam, machte er Feuer mit aus dem Schnee ausgegrabenen Kuhfladen. Die anderen drei waren nach wie vor beim Cognac. Joe überlegte sich, daß diese Minuten, in denen sie auf ihre Begleitmannschaft warteten, wahrscheinlich die ersten Augenblicke der Entspannung, der völligen, zwangsweisen Ruhe waren, die Oppy oder Groves seit einigen Jahren genossen.

»Man fragt sich, wie's den chinesischen Alchimisten, die das Schießpulver erfunden haben, ergangen sein mag«, meinte Oppy. »Haben sie auch das Glück gehabt, eine so stille und schöne Nacht wie diese zu erleben, als sie am Rande ihrer Entdeckung standen? Vielleicht hat der Kaiser von China sie von Reitern suchen lassen, wie wir von Jeeps gesucht werden. Vielleicht begegnen wir ihnen.«

»Wie meinen Sie das?« fragte Groves.

»Einstein behauptet, die Zeit biege sich in einer gekrümmten Linie ums Universum. Auf dieser Linie können wir uns vorwärts oder rückwärts bewegen. Dieses Stallion Gate finden wir hier niemals wieder, aber wir können es stets auf einer anderen Zeitebene wiederfinden. Wenn das möglich wäre, könnten wir auch den chinesischen Reitern begegnen.«

»Ich kann Ihnen sagen, wie's ist, in die Vergangenheit zurückzugehen!« schnaubte Groves und füllte seine Hand mit Karamellen aus seiner Manteltasche. »Der bitterste Tag meines Lebens war der, an dem ich den Auftrag erhalten habe, dieses Projekt zu retten. Erst eine Woche zuvor war mir mein erstes Frontkommando angeboten worden. Ein Soldat will kämpfen. Mein Vater war Militärseelsorger, und selbst er hat gekämpft. Da stand ich also – in der Army geboren und aufgewachsen – und hatte Befehl, den größten Krieg der Geschichte an der Heimatfront zu verbringen und eine Ansammlung wissenschaftlicher Primadonnen zu beaufsichtigen, die – soweit ich's beurteilen konnte – dem Präsidenten unhaltbare Versprechungen gemacht hatten.« Er schob sich eine Karamelle zwischen die Lippen und schien grüblerisch wiederzukäuen. »Nun, ich leite keine Phantasieprojekte, die zu keinen Ergebnissen führen. Ein Haufen Wissenschaftler und sogenannte Genies haben mir einzureden versucht, wie diese Atombombe gebaut werden müßte. Der größte amerikanische

Physiker ist E. O. Lawrence. Ich mag Lawrence. Er hat das Zyklotron entwickelt und dafür den Nobelpreis bekommen, aber er hat kaum ein Stäubchen angereichertes Uran produziert. Trotzdem werde ich dieses Projekt zum Erfolg führen. Es basiert größtenteils auf – allerdings komplizierten – Installateurarbeiten.« Oppys Augen glitzerten amüsiert. Groves wischte sich die Finger im Schnee ab. »Tatsächlich ist mir der Erfolg nie sicherer erschienen als jetzt in diesem Augenblick, hier an diesem Ort.«

»Das wird Ihr Denkmal«, versicherte Oppy ihm.

»Denkmal?« Groves seufzte. »Nachdem ich das Pentagon gebaut hatte, habe ich ausgerechnet, daß ich in meiner Laufbahn genügend Erde bewegt und Beton verarbeitet habe, um zweihundert Cheopspyramiden zu errichten.«

»Dies ist eine ganz andere Pyramide«, wandte Oppy ein. »Sie besteht aus unterschiedlichen Blöcken – teils aus Stahl, teils aus Gold, teils aus Wasser, teils so radioaktiv, daß man sie nicht anfassen oder auch nur in ihre Nähe kommen darf –, und die Pyramide muß nach einem Plan errichtet werden, den noch kein Mensch gesehen hat.«

»Ich will Ihnen sagen, welches Denkmal ich mir setzen möchte«, antwortete Groves. »Ich habe Schätzungen der Verluste gesehen, die uns die Invasion in Deutschland und Japan kosten dürfte. Ich hätte nichts gegen ein Denkmal aus einer Million vor dem Tode geretteter Amerikaner.«

Groves' Ernsthaftigkeit hatte Gewicht, war aufrichtig und verlangte Schweigen. Die Glut flammte auf und sank wieder zusammen.

»Die Hindus glauben, die letzte Vision Brahmas werde aus Nebel, Rauch und Sonne, Blitz und Mond bestehen.« Oppy ging vor dem Feuer auf und ab, weil er zu aufgeregt war, um stillzustehen. »Brahma wäre ein guter Name für die Bombe.«

Joe stand am Rande des Feuerscheins. Außerhalb dieser warmen Zone lagen Klapperschlangen kalt und zusammengerollt unter dem Schnee. Hier gab es eine ganze Palette des Winterschlafs: in ihren Löchern zusammengerollte Mäuse, im Schlamm überwinternde Kröten, in unterirdischen Gängen geschützte Erdhörnchen. In Gedanken war er dort draußen, bei einer Palette im Dunkel zusammengerollter Japse.

Tatsächlich hatte er nach seiner Ankunft in Manila ein sehr angenehmes Leben geführt. Die Army wollte vor allem, daß er boxte: Er hatte eine Flugplatztournee mit Schaukämpfen gegen die dortigen Champions bestritten, beim jährlichen Boxfestival im Rizal-Stadion gekämpft und im Offiziersclub Klavier gespielt. Als die Angehörigen evakuiert wurden, kamen die Offiziere wie Männer, die aus ihrem Hausgarten ins Paradies entlassen worden sind, mit den wunderschönsten Nutten: mit kaffeebraunen Filipinas und Weißrussinnen mit Talmischmuck.

Als dann drei Tage vor Weihnachten die Invasion kam, führte Joe einen Zug philippinischer Späher. Zum ersten nächtlichen Kontakt kam es auf einer Bananenpflanzung, wo er im Dunkel zwischen den raschelnden Wedeln hörte: »He, Joe! Hierher, Joe!« Selbst nachdem ihm klar geworden war, daß die Japse alle Amerikaner »Joe« nannten, daß sie nicht eigens seinetwegen über den Pazifik gekommen waren, wirkten die Stimmen beunruhigend, als sei das Dunkel zum Leben erwacht.

Er wünschte sich, er könnte das Autoradio einschalten und irgendeine Big Band aus Albuquerque hören oder – falls die Ätherwellen ihm wohlgesonnen waren – einen Jazzsender aus Kansas City. Ellington, der wie ein schwarzer Indianer in einem unsichtbaren Kanu durch die Wolken paddelte. Paddle, Duke! Rette mich.

Groves war bei seiner letzten Karamelle angelangt. »In großen Zügen kann man sagen, daß sonst niemand die industriellen Voraussetzungen und technischen Fähigkeiten besitzt. Sie dürfen niemals die dem Sowjetsystem eigene mangelnde Leistungsfähigkeit vergessen. Sie werden zwanzig Jahre für die Entwicklung einer Atombombe brauchen, falls sie's überhaupt schaffen.«

In den Wolken war irgend etwas. Schwache Lichter blitzen auf und verschwanden wieder, während fernes Donnergrollen erklang.

»Eine Welt ohne Krieg«, meinte Oppy.

»Eine Pax Americana«, bestätigte Groves.

Zwischen den Sternen im wolkenfreien Raum zeigten sich erneut Lichter. Unter ihnen breitete sich im Schnee ein diffuses Leuchten aus. Näher. Die letzte Karamelle des Generals fiel ihm aus den Fingern. Oppy legte den Kopf schief, so daß er wie ein ganz vergeistigter Heiliger wirkte. Fuchs starrte durch die Flammen, die sich in seinen Brillengläsern spiegelten. Joe zählte mit, bis er wieder Donner hörte.

»Bomber, ungefähr sechs Meilen entfernt.«

»Hier?« fragte Groves.

»Dies ist ein Bombenabwurfgebiet, Sir. Nachtübungen.«

»Was bombardieren die eigentlich?« fragte Oppy.

»Nachts«, antwortete Joe und starrte ins Lagerfeuer, »beleuchtete Ziele.«

Er spurtete zum Wagen, hechtete auf den Vordersitz und kurbelte das Funkgerät an. Durch die Windschutzscheibe des Buicks beobachtete er, wie die drei Männer das Feuer austraten. Groves war überraschend gelenkig, Oppy so unbeholfen wie immer. Hinter ihnen glühten am Horizont Lichter in langer Kette auf. Das Funkgerät gab knatternde atmosphärische Störungen ohne ein einziges verständliches Wort von sich.

Als Joe zurückkam, war vom Lagerfeuer nur noch ein rußiger Kreis übrig. Fuchs lag auf den Knien und schlug die letzten Funken aus. Da das Feuer jetzt nicht mehr blendete, konnten die vier Männer sehen, daß der Mond hinter den Wolken hervorgetreten war und das Abwurfgelände mit silbernem Schimmer übergoß.

»Können wir hier weg?« fragte Groves Joe.

»Auf der Herfahrt ist mir aufgefallen, daß sie hauptsächlich das Straßenstück hinter uns bombardieren. Schalten wir die Scheinwerfer ein, versuchen sie, uns eine Fünfzigpfünder auf die Motorhaube zu werfen. Fahren wir ohne Licht, überschlagen wir uns in einem Graben. Wir können ebensogut hierbleiben.«

»Was ist, wenn er unrecht hat?« Fuchs' Gesicht war rauchgeschwärzt, und die Haare standen ihm zu Berge. »Ich bin dagegen, daß dieses ganze Projekt wegen eines blöden Indianers in Gefahr gebracht wird!«

»Halt die Klappe, Klaus«, forderte Oppy ihn halblaut auf.

»B neunundzwanzig«, sagte Joe.

Die herankommenden Bomber waren größer als alles, was er bisher in der Luft gesehen hatte. B-29 Superfestungen, Startgewicht 60 Tonnen, doppelt so groß wie B-17 Fliegende Festungen, jede mit vier Motoren von der Größe eines Jagdflugzeugs. Fallschirme glitten aus den Bombenschächten, entfalteten sich und wurden zu Fallschirmleuchtbomben.

»Großer Gott, wie schön!« rief Oppy aus.

Wozu Leuchtbomben? fragte Joe sich.

Die führende Maschine stieg widerstrebend und wurde durch den nächsten Bomber abgelöst, der noch tiefer ging, als konzentriere die Aufmerksamkeit der Besatzung sich auf den Erdboden. Warum so tief? Der MG-Turm unter dem Rumpf drehte sich; die Läufe der beiden 12,7-mm-MGs schwenkten hin und her. Joe konnte das grüne Licht in der Plexiglas-Bugkanzel erkennen. Ein grüner Bombenschütze deutete senkrecht nach unten, und als ob eine magische Verbindung zu seinem Finger bestehe, erhellte eine gleißend helle Phosphorbombe den Talboden. Ihr Licht zeigte galoppierende Gestalten: schaumbedeckte, im Phosphorschein schweißglänzende Pferde, die unter dem Bomberflügel dahinrasten. Mustangs, die nachts aus den

Bergen kamen, um zu grasen, und die von den Ranchern zurückgelassenen Stuten. Joe konnte keine einzelnen Tiere unterscheiden; er nahm lediglich ihre durch die Lichtketten von Leuchtspurgeschossen angestachelte angstvolle Fluchtbewegung und ihr Ausweichen vor dem Feuerschein des brennenden Phosphors wahr. Er bildete sich nicht nur ein, ihren Hufschlag, sondern auch ihren keuchenden Atem hören zu können, obwohl er wußte, daß beides in Motorenlärm und dem Hämmern der Zwillings-MGs unterging. Dann bewegten die Mustangs und die Bomber sich gemeinsam wie ein einziger Sturm weiter, bis die Geräusche in der Ferne leiser wurden und nichts mehr außer einem gelegentlichen Aufblitzen, das an fernes Wetterleuchten erinnerte, zu sehen war.

Woran Joe sich am besten erinnerte, war eine Äußerung Oppys, als sie in Alamogordo allein waren, nachdem das Halbkettenfahrzeug und die Jeeps schließlich doch gekommen und sie zu dem Stützpunkt eskortiert hatten.

»Es war schrecklich, aber es war trotzdem schön.«

JUNI
1945

6

In Santiago wurden Kälber in der Stunde vor Tagesanbruch kastriert und gebrandmarkt, damit die Männer den Morgenbus nach Los Alamos erreichen konnten, wo sie als Heizer und Hausmeister arbeiteten.

Joe war im zweiten Corral mit den zum Verkauf bestimmten Stieren allein. Wegen der Fleischrationierung herrschte Nachfrage nach indianischen Rindern, und es war Joes Aufgabe, sie mit einem Geigerzähler zu überprüfen. Der Zähler bestand aus einem Metallring, Draht und einem Kasten mit 20 Pfund Batterien. Auf dem Kasten war ein Mikroamperemeter montiert montiert. Bei einem Rind war das Ticken von Gammastrahlen zu hören. Joe warf dem Tier ein Seil über den Kopf und führte es aus dem Corral und um einen Heuschober herum, hinter dem ein Pfad zu einem Wäldchen von Pappeln und Weiden begann. Am Vortag hatte es geregnet, was selten genug vorkam, und der Schlamm quatschte bei jedem Schritt unter seinen Schuhen. In der Mitte des Wäldchens war ein Hügel von Müll und Abfall. Er riß den Stier ruckartig nach vorn, so daß seine Vorderbeine einknickten, setzte seine Pistole Kaliber 45 auf die Stelle, wo die Nackenwirbel ins Schädeldach übergingen, und drückte ab. Im letzten Augenblick sah der Stier jedoch neugierig auf, und die Kugel durchschlug seine Halsschlagader. Blut schoß in starkem schwarzen Strahl über Joes Arm und Brust.

Er hielt den Stier fest und drückte erneut ab. Das Rind brach zusammen. Joe übergoß das tote Tier mit einem

Kanister Petroleum, setzte es in Brand und torkelte vor der Gluthitze zurück. Die gelben Flammen zeigten ihm, daß der Stier gefleckt war, daß sein Fell zur Hälfte gebleicht war. In jedem Canyon um Los Alamos weidete Vieh, und in jedem Canyon gab es Stellen, an denen giftige Isotope freigesetzt oder explodiert, in die Luft geblasen oder auf den Erdboden und ins Wasser gekippt wurden. Deshalb mußten die auf dem Hügel Beschäftigten sich diesen Nasenabstrichen, Stuhlproben und Urinuntersuchungen auf Radioaktivität unterziehen, aber in bezug auf das ahnungslose Vieh, das an solche Stellen geriet, lautete die Anweisung der Army »Erschießen, verbrennen, vergraben!«, und das perfekte Werkzeug dafür war Joe.

Weißgewordenes Fell? Das war neu. Dann entdeckte er im Feuerschein, daß der Stier in Wirklichkeit eine Kuh war – eine trächtige noch dazu. Jetzt erinnerte er sich daran, warum er so wütend auf Augustino gewesen war, als sie miteinander auf die Jagd gegangen waren. Daran hatte er seither nicht mehr gedacht. Kein trächtiges Tier zu erlegen war ein indianisches Gebot, ein primitives Tabu. Es richtete sich nicht dagegen, Leben zu töten, sondern die *Saat* des Lebens zu töten. Er trat auf die Kuh zu, als könne er sie aus den Flammen zerren, erkannte dann, wie unsinnig diese Vorstellung war, und taumelte zurück. Gott, was für ein Schlächter! Wie die Kuh ihre großen Marmoraugen verdreht hatte, um zu ihm aufzublicken. Der seitlich spritzende Blutstrahl. Während der Scheiterhaufen knisternd brannte, dachte er an das zweite Herz im Leib der Kuh.

Eben noch hatte er so dicht am Feuer gestanden, daß sein Hemd dampfte; im nächsten Augenblick befand er sich im Dunkel des Weidengestrüpps, durch das er sich einen Weg zur Straße und zu seinem Jeep bahnte, um nicht an den Corrals vorbeizumüssen, wo er gesehen werden konnte. Als er aus dem Unterholz stolperte, geriet er in das Licht von Autoscheinwerfern.

Ein Buick kam mit ausbrechendem Heck so zum Stehen, daß sein rechtes Hinterrad im Schlamm am Straßenrand steckte. Ray Stingo und dann Oppy kamen auf Joe zugelaufen und riefen gleichzeitig: »Bist du okay? Was ist passiert?«

»Ich bin ein bißchen als Ihr Verbindungsmann zu den Einheimischen tätig gewesen«, erklärte Joe Oppy.

»Das Blut...«

»Warum ist die Kuh gebleicht gewesen?« fragte Joe.

»Gebleicht...?«

»Die Kuh, die ich erschossen habe, weil sie ›heiß‹ gewesen ist.«

»Haar kann auf niedrige Strahlenbelastung reagieren. Dann ist's also Kuhblut.« Oppy starrte Joe an. »Sie sollten sich selbst sehen!«

»Was tut ihr hier?« fragte Joe Ray.

»Wir sind auf dem Bahnhof Lamy gewesen. Frühzug aus Chicago.«

»Ich habe Sergeant Stingo angewiesen, auf dem Rückweg hier vorbeizufahren, weil ich Sie bitten wollte, Doktor Pillsbury heute zu den Sprengstoffanlagen zu fahren. Und denken Sie daran, daß Sie heute abend bei einer Party Wache halten müssen.«

»Okay, aber ich will einen Urlaubsschein übers Wochenende.«

»Joe, in vier Wochen steigt der Versuch!«

»Ich brauche einen Urlaubsschein.«

»Warum?«

Joe sprach langsam, Wort für Wort. »Um das Blut wegzukriegen. Ich erschieße nicht gern Kühe.«

»Gut, ich tue, was ich kann.« Oppy sah zu dem Buick hinüber. »Glauben Sie, daß Sie uns helfen können, den Wagen flottzumachen?«

Als die drei Männer auf das Auto zugingen, sah Joe, daß eines der hinteren Fenster heruntergekurbelt war. Natürlich – Ray und Oppy waren zum Bahnhof gefahren, um jemand vom Zug abzuholen. Wegen der mit Hochdruck betriebenen letzten Vorbereitungen für den Versuch kamen alle möglichen Leute aus Oak Ridge, New York und Chicago. In der Morgendämmerung erkannte er sie an ihrem kühlen grauäugigen Blick: Fuchs' Tanzpartnerin auf der Weihnachtsparty. Joe hatte sie seither nicht wiedergesehen.

»Ihm fehlt nichts, Anna«, sagte Oppenheimer. »Das ist nicht sein Blut.«

»Wessen dann?« fragte sie.

Joe blieb hinter der Stoßstange stehen. Das rechte Hinterrad hatte sich in den Schlamm eingegraben.

»Sie soll aussteigen, damit ich den Wagen rüberheben kann.«

»Doktor Weiss?« Ray öffnete ihr die Tür.

Sie musterte Joes Hand, als betrachte sie geronnenes Blut am Körper eines vierbeinigen Ungeheuers. Joe sah die weiße Azalee in ihrem tiefschwarzen Haar; das war Oppys Lieblingsblume. Er konnte sich vorstellen, wie er sie ihr überreicht hatte, als sie aus dem Zug gestiegen war.

»Ein wahrer Riese wäre imstande, auch mich zu heben.«

»Anna«, mahnte Oppy, »sei vernünftig!«

»Okay«, sagte Joe »Bleiben Sie sitzen.«

»Joe, wenn wir drei ...«, versuchte Ray vorzuschlagen.

Mich heben? Joe packte die verchromte Stoßstange, schaukelte den Wagen und prüfte, wie stark die Saugwirkung des Schlamms auf den Reifen war. Er konnte einen Elefanten heben und mit Fußtritten die Straße entlangjagen. Hinter der Heckscheibe glitzerten ihre Augen. Beim dritten Versuch löste der Reifen sich schmatzend aus dem Schlamm; mit demselben Schwung wuchtete Joe das Autoheck auf die Straße. Als er es fallen ließ, lachte sie, als finde sie nichts, was er tat, erstaunlich oder gar erschreckend.

»Vergessen Sie Harvey Pillsbury nicht!« Oppenheimer warf Joe beim Einsteigen einen besorgten Blick zu.

Tatsächlich hatte er Harvey – und die Kuh – vergessen.

Während er den entschwindenden Schlußleuchten nachblickte, hätte er schwören können, einen hellen Fleck zu sehen, als habe sie sich nach ihm umgedreht.

Auf der Two Mile Mesa südlich von Los Alamos hatten Planierraupen Piñon, Zeder und Kaktus abgeräumt, um Platz für Prüfstände und Betonbunker zu schaffen. Dort gab es Photobunker mit Vorrichtungen, die sich blitzartig schlossen, bevor Sprengstücke die Kameras im Inneren zerstören konnten. Es gab Röntgenbunker, deren sargförmige Stahlpanzer an im Sand versinkende Kriegsschiffe erinnerten. Und dazu Meßbunker, Lagerbunker, Kontrollbunker.

Der »hängende Garten« war der größte Prüfstand: ein von Jaworskis Leuten bearbeiteter Hügel. Er sah wie eine Aztekenpyramide aus, deren obere Plattform 40 Meter Seitenlänge hatte, aber statt eines blutbefleckten Altars stand dort ein von Feuer geschwärzter stählerner Prüfstand, an dem statt Priestern ein Dutzend von der Wehrpflicht ausgenommene Doktoranden in Shorts und Baseballmützen amtierten. Das allgemeine Gewirr aus verbrannten Kabeln und zersplittertem Glas weckte einen falschen Eindruck von Unordnung. Das Ganze hatte nämlich System. Am äußeren Rand ragten die Periskope der mit Blitzlicht und rotierenden Prismen arbeitenden Kameras auf, die jede Mikrosekunde der Detonation festhalten würden. Auf halbem Weg zu dem Prüfstand befanden sich tiefe Gräben für die Druckmesser. In unmittelbarer Nähe des Prüfstandes folgte ein Röntgenbunker mit der charakteristischen Aluminiumkuppel, aus der die Röntgenstrahlen austreten würden, um ihre geisterhaften Bilder zu machen. Auf dem Prüfstand selbst stand ein hüfthoher Holztisch mit dem Zeichen »U.S.E.D.« – United States Engineers Detachment –, und mitten auf diesem Tisch lag ein Modell einer Plutoniumbombe im Maßstab 1 : 4 – eine aus blanken Stahlplatten zusammengeschraubte Kugel mit 50 Zentimeter Durchmesser. Männer mit Baseballmützen verbanden schwarze Kabel mit den Zündöffnungen in jeder Platte.

Leopold Jaworski trug einen Anzug mit Hosenträgern, hatte sein graues Haar militärisch kurz geschnitten und färbte sich den Schnurrbart pechschwarz. Er hatte als Soldat gegen den deutschen Kaiser Wilhelm II., den russischen Zaren Nikolaus II. und den polnischen Marschall Pilsudski gekämpft. Tatsächlich war er der einzige Wissenschaftler auf dem Hügel, der eine Ahnung vom Krieg hatte.

»Sehen Sie«, erklärte er Joe, »eine Uranbombe ist im Vergleich zu dieser hier ein Kinderspiel. Man steckt einfach die Hälfte seines Urans in ein Ende eines Rohrs, die andere Hälfte ins andere Ende, schießt beide mit Schießbaumwolle gegeneinander und hat damit seine kritische Masse samt Kettenreaktion. Aber Plutonium muß mit weit höherer Geschwindigkeit zu einer kritischen Masse zusammengebracht werden: mit Sprengstoff, mit fast dreitausend Sekundenmetern. Eine Explosion reicht dafür nicht aus. Der Sprengsatz dieser Bombe drückt einen Plutoniumkern zusammen und *implodiert* ihn in eine kritische Masse.«

»Dazu braucht's eine Menge Sprengstoff«, sagte Joe, der sich Mühe gab, intelligent zu wirken.

»Joe, die durch die Kernverschmelzung eines Kilogramms Plutonium freigesetzte Energie entspricht siebzehnhundert *Tonnen* TNT!«

Joe nickte zu dem Modell auf dem Prüfstand hinüber. »Hier ist kein Plutoniumkern drin, stimmt's?«

»Nein.« Harvey trat schweratmend zu ihnen; er war zum Jeep zurückgelaufen, um seine Klarinette zu holen, die er wie eine Reitgerte schwang. »Leo will den Prüfstand, nicht die Mesa in die Luft jagen.«

»Für diesen Versuch habe ich einen Squashball genommen«, sagte Jaworski. »Ich nehme an, daß der Kern des Modells in natürlicher Größe den Umfang eines Krocketballs haben wird.«

»Ungefähr«, bestätigte Harvey.

»Ungefähr?« Jaworski schien entsetzt und entzückt zugleich zu sein. »Doktor Pillsbury, Sie als Vorsitzender des Planungsausschusses wissen nicht, wie groß der Kern sein wird? Sind Sie nicht ausdrücklich für den Kern zuständig?«

»Falls dieses Spielzeug verpufft, gibt's genügend Anerkennung für jedermann.«

»Harvey, falls es ›verpufft‹, kriegt kein Mensch was davon zu hören. Dann hat das Projekt Manhattan einfach niemals existiert!«

»Was testen Sie jetzt?« Harvey wollte das Thema wechseln.

»Jetzt? Wir erproben verschiedene neue Sprengkapseln, die durch einen Satz Hochspannungskondensatoren in einer Millionstelsekunde gezündet werden müssen. Wir erproben Linsen aus Baratol-Sprengstoff, die den Druckstoß zentrieren. Und wir erproben eine Blitztechnik für Schattenphotos.«

»Bis Trinity sind's nur noch dreißig Tage. Sind alle diese Informationen unbedingt notwendig?«

Jaworski wandte sich an Joe. »Hitler kommt in die Hölle. Der Teufel führt ihn durch verschiedene Räume, damit er sich seine Strafe aussuchen kann. Im ersten Raum ist Göring an ein Rad genagelt, das durch siedendes Öl rollt. Im nächsten Raum wird Goebbels von roten Riesenameisen angenagt. Im dritten liebt Stalin Greta Garbo. ›Das will ich!‹ sagt Hitler. ›Stalins Strafe.‹ ›Gut‹, sagt der Teufel, ›aber eigentlich ist das die Strafe der Garbo.‹« Er nickte Harvey zu. »Sehen Sie, es ist immer nützlich, möglichst viele Informationen zu haben. Machen Sie sich keine Sorgen, ich erprobe seit dreißig Jahren Waffen. Ich weiß, wie die Militärs denken. General Groves will seine Bombe. Ich bin davon überzeugt, daß er etwas auf Japan abwerfen läßt.«

Während Jaworskis Team die Kabel angeschlossen,

hatte, hatte sich der Himmel verändert. Juni und Juli war Regenzeit. Dieses Jahr gab es statt des Regens trockene Gewitter, die rumpelnd von den Jemez Mountains herüber donnerten und übers Tal zogen. Zwei schwarze Wolken tauschten Blitze aus, während sie in unheimlicher Stille auf den Hängenden Garten zu zogen. Der Donner war wegen der großen Entfernung noch nicht hörbar, und auf der gesamten Mesa herrschte Ruhe, weil Versuche mit Sprengstoff bei Gewitter wegen möglicher Entladungen untersagt waren. Jaworski ging mit seinen Leuten ungerührt in den Kontrollbunker zum Mittagessen.

»Kommen Sie?« fragte Joe Harvey.

Harvey hielt seine Klarinette hoch. »Ich bleibe lieber hier und übe. Dann kann ich ›Entwarnung‹ blasen.«

»Prima Platz zum Üben. Neben einer Bombe auf einem Hügel im Gewitter.«

»Sie haben selbst gesagt, daß ich Übung brauche. Außerdem kann ich dabei besser nachdenken.«

Der Hängende Garten verdankte seinen Namen den scharlachroten Levkojen, Wucherblumen und Schafgarben, die im aufgewühlten Erdreich des Hügels Wurzeln geschlagen hatten und dort prächtig gediehen. Diese wild wachsenden Blumen bildeten für kurze Zeit einen unwahrscheinlichen Farbenklecks aus Rot-, Orange- und Krapptönen, der sich bei jeder Brise bewegte, die über die lohfarbene Eintönigkeit der Mesa dahinstrich. Sie rankten sich um die Periskope, überwucherten die Holzverbauungen des Hügels und verwandelten sie in Blütenterrassen. Angeblich gediehen die Blumen, weil ein gebrochenes Wasserrohr sie wässerte. Andere behaupteten, Jaworski komme nachts mit Gießkannen. Jedenfalls gedieh der Hängende Garten so gut, daß die in den Fuß des Hügels hineingebaute Ladeplattform des Bunkers mehr an eine Gartenlaube erinnerte.

Jaworski lud Joe ein, mit seinem Team im Schatten der Ladeplattform zu Mittag zu essen. Das einzige Getränk, das Jaworski anbieten konnte, war Milch, denn die Army war zu dem Schluß gekommen, Milch wirke vorbeugend gegen die Gesundheitsgefährdung durch TNT; deshalb lieferte sie Wannen mit Eis und Frischmilch in Flaschen an. Auf einer Seite der Flaschen stand »Zeichnet Kriegsanleihen!« Seit der Schlacht um Stalingrad stand auf der anderen Seite »Es lebe Rußland!« Joe blieb allein auf dem Vorplatz, dem einzigen Punkt des Hängenden Gartens, an dem man rauchen durfte.

Die beiden Wolken trieben näher. Er hielt nach Regen Ausschau, doch der blieb aus; er sah nur einen Blitz in zwei Meilen Entfernung einschlagen. Auf der Mesa konnte er berittene MPs auf der Suche nach Deckung beobachten. Vom Vorplatz aus war ein Munitionsbunker zu erreichen. Er hatte zehn Zentimeter dicke Doppeltüren und lag schräg hinter einem Erdwall, so daß eine etwaige Detonation vom Kontrollbunker fortgelenkt worden wäre. Über dem Eingang stand in roter Schrift RAUCHEN VERBOTEN. Während Joe Feuerzeug und Zigaretten hervorholte, trat er dicht genug an die Stahltür heran, um das Vorhängeschloß zu überprüfen. Es wies eine Einkerbung auf. Er hatte die Schlösser schon vor Monaten ausgetauscht. Dies war sein Schloß.

Während Joe sich die Zigarette ansteckte, fühlte er, daß ihm die Nackenhaare zu Berge standen. Die Flamme seines Feuerzeugs wurde seitlich abgelenkt. Bunker, Mesa und Himmel verschmolzen zu einem einzigen gleißend hellen Lichtschein. Er hatte nicht mehr genug Zeit, um zur Plattform des Hängenden Gartens aufzublicken – das war eine Illusion –, aber er fühlte sie detonieren, während der weiße Lichtschein sich rötlich färbte und der Feuerball aufstieg und größer wurde. Dann klang die Druckwelle ab, schmerzhaft laute Geräusche drangen wieder in die Ohren, und auf dem Vorplatz ging ein Sandregen nieder.

»Harvey!« brüllte Joe, während er die Rinne zum Prüfstand hinaufhastete. Jaworski und die anderen riefen denselben Namen.

Der Holztisch und die Stahlkugel waren vom Prüfstand verschwunden. Die freiliegenden Kabel fehlten, und der Boden um den Prüfstand war verbrannt und schien noch zu beben; dort gab es keine Ameise, kein Unkraut mehr, sondern nur noch einen hauchdünnen Schimmer aus Graphit und Gold. In weiterem Umkreis lagen Glassplitter und beschädigte Meßinstrumente. An den Rändern des Hügels brannten Levkojen und Beifuß. Die schwarzen Wolken waren verschwunden, als seien sie vom Himmel geblasen worden. Die Berge flimmerten in der heißen Luft. Harvey war nirgends zu sehen.

»Das ist der Blitz gewesen!« Jaworski holte Joe ein. »Eine Überladung!«

»Kordit!« brüllte irgend jemand, und alle gingen in Deckung.

Kordit war eine weitere Gefahr für den Betrieb am Hängenden Garten. Es gab keinen verläßlicheren Sprengstoff als Kordit in geschlitzten Röhren, aber das Zeug hatte die Angewohnheit, bei Versuchen weggeschleudert zu werden, später Feuer zu fangen und zu detonieren, wenn man es nicht wollte. Auf dem Boden liegend, sah Joe Rauch aus der Nähe eines Kabelgrabens aufsteigen. Seinen typischen Geruch verdankte Kordit seinem Acetongehalt.

Aus dem Graben erhob sich eine Gestalt. Sie hielt in beiden Händen je eine halbe Klarinette. Ihr Kopf erinnerte an eine Sonnenblume: ein kohlschwarzes Gesicht von steifem Blondhaar umgeben. Die Hemdbrust hing ihr nach vorn über den Bauch, der schwarzgolden glänzte.

»Harvey!« rief Joe. »Deckung!«

Harvey ließ die beiden Klarinettenhälften fallen, während er an das glimmende Kordit trat und umständlich fummelnd seinen Hosenschlitz öffnete. Er zögerte und suchte die Reihen der in Deckung Liegenden ab, bis er Jaworski entdeckt hatte.

»Ich hab darüber nachgedacht. Der Plutoniumkern wird genau so groß wie ein Krocketball.«

Dann richtete er seinen Strahl bis zum letzten Tropfen auf das qualmende Kordit.

7

»Der japanische Soldat ist fanatisch, gut ausgebildet und siegesgewiß. Er hat die koreanische Halbinsel besetzt und die Armeen Chinas geschlagen. Er herrscht von Singapur bis Saigon, von Schanghai bis Peking und hat seine größeren asiatischen Gegenspieler unterworfen und die Briten überrumpelt. Aber – und dies ist ein großes Aber – er muß noch den kampfbereiten Streitkräften der Vereinigten Staaten und der Philippinen gegenübertreten.«

Joe und etwa 50 Rekruten der Philippinischen Armee waren auf dem Dorfplatz angetreten. Auf der betonierten Fläche, die sonst als Markt diente, lösten sich drei Leutnante aus MacArthurs Generalstab ab, um sie anzufeuern. Hinter den Soldaten warteten die Händler, geduldig im Schlamm stehend. Ihre Rücken waren unter der Last ihrer Waren gebeugt; Töpfe, Messer, Wetzsteine, orangerote Beutel mit Safran, geflochtene Körbe mit Fischen, Chinintabletten in Fläschchen, Gipsheilige, holländisches Tuch in Ballen, Käfige mit Kampfhähnen, Kokosnüsse, Brotfrucht, grüne Bananen, rote Bananen, Butterschmalz in Dosen, Teeziegel, Kaffee, Schönheitsmittel, Liebestränke und Irrigatoren. Die Dorfbewohner waren klein, braun und breitnasig: Männer in Lendenschurzen, Frauen mit Grasschals, Säuglinge auf ihren Hüften. Nach den Regenfällen des Vortags stieg von den Nipahütten starker, nach Jasmin, faulendem Fisch und Schweinemist stinkender Dunst auf. In einem Lichtstrahl tanzten Fliegen. Die Rekruten hatten Shorts und Trainingsgewehre aus Bambus erhalten. Joe trug einen flachen Buschhut und einen Leibgurt mit Schulterriemen; die Leutnants glänzten mit weißen Tropenhelmen und scharfen Bügelfalten.

»Und er muß erst noch gegen amerikanische und philippinische Christen kämpfen. Der Japs – ob Buddhist, Taoist oder Hindu – achtet das Leben gering. Seine Seele gehört seinem Kaiser, nicht ihm selbst.«

Die Dorfbewohner, Händler und Rekruten nickten ausdruckslos. Sie sprachen Tagalog, wenig Spanisch, kein Englisch. Ihre Blicke waren auf den *Teniente del barrio,* den Dorfschulzen, gerichtet. Sie nickten, wenn er nickte. Ein Hahn plusterte sich in seinem Käfig auf und ließ sich mit grünschimmernden Federn nieder.

»Es ist eure Christenpflicht, die Philippinen zu verteidigen. Ihr Rekruten werdet von den besten Männern der amerikanischen Armee ausgebildet. Die Amerikaner werden mit den modernsten Waffen ausgerüstet. Sie werden von dem größten General geführt. Ihr werdet das Bollwerk der christlichen Demokratie im Pazifik sein. Wenn die japanischen Horden über die Philippinen herfallen, schlagen wir sie an den Stränden zurück, werfen sie ins Meer zurück und versenken sie auf den Boden der Manila Bay.«

Der *Teniente del barrio* hatte einen zahmen Leguan an einer Leine. Um den Hals trug die Echse eine Goldkette mit einem Kruzifix. Bei jedem Ruck an der Leine stellte sie ihren Kamm auf und zischte, während das Kreuz auf ihren Schuppen funkelte.

»Dieser amerikanische Sergeant ist aus einer großen Wüste jenseits des Meeres gekommen, um euch zu helfen, eure Inseln zu verteidigen. Er ist eigens dazu abgestellt worden, eure patriotischen jungen Männer für den Dienst in einer großen neuen Philippinischen Armee auszubilden. Hört auf ihn, gehorcht ihm, folgt ihm, dann werden die Philippinen niemals fallen! Danke.«

Die Leutnante traten zurück. Der *Teniente del barrio* zögerte, bevor er Beifall klatschte. Auch alle anderen klatschten, so leise, daß es wie Regen klang. Die Leutnants salutierten. Joe salutierte, und die Rekruten ahmten seine Handbewegung sofort nach.

Eine Woche später liefen die Japse jedoch nicht in die Manila Bay ein; sie zerstörten die Luftwaffenstützpunkte Clark Field und Iba, landeten bei Vigan und Legaspi – an beiden Enden der Insel Luzon – und marschierten auf Manila in der Mitte zu. Joe erinnerte sich an einen seiner Rekruten, der auf eine Bombe gepinkelt hatte: auf einen Blindgänger, der den Glockenturm einer Kirche durchschlagen hatte. Das war ein Akt der Frustation gewesen, weil ihre Flakmunition so alt und korrodiert war, daß sie unter 1500 Metern detonierte. Mitsubishi-Bomber flogen in 2000 Meter Höhe an und warfen den ganzen Tag lang Bomben. Deshalb stand der Rekrut am Rande des Trichters, den die Bombe in den Boden der Sakristei geschlagen hatte, und gab seiner persönlichen Verachtung für den Blindgänger auf diese Weise Ausdruck. Er war groß für einen Filipino und trug ein weites Hemd, Shorts und amerikanische Stiefel. Joe stand gerade am Altar und rauchte. Aber die Bombe war gar kein Blindgänger, sondern hatte einen Zeitzünder. Ihre Ladung flog mit ungefähr 3000 Sekundenmetern auseinander, aber Joe blieb stets der Überzeugung, durch den Kopf des Jungen müßten Schock, Begreifen und Enttäuschung gezuckt sein, bevor die Bombe den Kirchturm in einen Geschützlauf und ihn in das Geschoß verwandelte, das nach oben hinausgeschleudert wurde. Irgendein Augenblick, irgendein Begreifen. Wenn auch nur kurz, dann doch gleißend hell.

Eine Nachmittagskarawane von MPs zog langsam über die Mesa und wich jedem Felsbrocken, jeder möglichen Schlange aus. Als die Reiter außer Sicht waren, schlüpfte Joe unter einem Piñon hervor und glitt die vom Hängenden Garten zur Ladeplattform führende Rinne hinab. In der rechten Hand hielt er einen entrindeten Stock. Der

Kontrollbunker war leer. Er hatte eine halbe Stunde Zeit, bevor er zu einer von Oppys seltenen Partys auf dem Hügel antreten mußte.

Das Vorhängeschloß am Lagerbunker hatte er schon vor Monaten durch ein anderes ersetzt. Er hatte einen Schlüssel stecken gelassen, den die Wissenschaftler jetzt gewissenhaft hüteten, als erfüllten sie strengste militärische Geheimhaltungsvorschriften. Joe sperrte das Schloß mit seinem Zweitschlüssel auf, zwängte sich durch die Tür, zog sie hinter sich zu, schaltete die Taschenlampe ein und stellte sie auf ein Regal. Rechts und links von sich hatte er Regale mit Meßinstrumenten, Ersatzteilen, Gierblättern, Filmmagazinen und Röhren aus Kupfer und anderen Legierungen. In einem Metallkäfig an der Rückwand lagen die Sprengstoffe. Joe erkannte Torpex, Baratol, Comp B und Pentolit – alle auf TNT-Basis. Außerdem Kordit, Primacord, Rauchpatronen, Gelignit, Zünder und Navy-Pulver. Der Käfig reichte vom Boden bis etwa einen Viertelmeter unter die Decke, und seine Tür war mit einem Zahlenschloß gesichert. Er konnte mit einem Arm über den Käfigrand fassen und die Sprengstoffe fast berühren.

Joe holte einen dünnen Hirschlederriemen aus seiner Tasche und band ihn an ein Ende des Stocks. Als Junge hatte er sich im Winter mit Freunden am Rio versteckt, um Winter-Juncos zu fangen. Die fetten grauen Vögel versammelten sich gern auf Kiesbänken, auf denen der Schnee geschmolzen war. Die Jungen banden Schlingen aus Pferdehaar an in den Fluß hineinragende Weidenzweige, fingen damit zwei Vögel auf einmal und brieten sie über einem rasch entfachten Feuer. Joe ließ die Hirschlederschlinge behutsam über einen Gelignitziegel gleiten. Der Sprengstoff war für Santo Domingo, einen Pueblo südlich von Santa Fé, bestimmt; unter den Domingos gab es einige Veteranen, die mit Sprengstoff umgehen konnten. Das Gelignit fiel um. Er bewegte den Stock, um die Schlinge anzuziehen, hob den Ziegel dann vorsichtig vom Regal und brachte ihn über den Käfigrand in seine freie Hand. Er fühlte sich kühl wie Ton an. Der zweite Ziegel rutschte aus der Schlinge, als er ihn über den Rand hob, und Joe fing ihn in Hüfthöhe auf.

Die New Mexico National Guard war im September 1941 in Manila eingetroffen. Sie war vermutlich für diesen Einsatz ausgewählt worden, weil die Soldaten aus New Mexico braun waren, Spanisch sprachen und gemeinhin gut mit den Filipinos auskamen. Rudy Peña hatte sich wegen seines Bruders Joe freiwillig zur Nationalgarde gemeldet.

Joe konnte sich kaum noch an Rudy erinnern. Er war zehn Jahre jünger, dicklich und weinerlich. Sein schwarzes Haar sträubte sich wie Hahnengefieder. Er war lange Bettnässer gewesen, obwohl er sich ein Bett mit Joe teilen mußte, krabbelte lange und brauchte lange, um Sprechen zu lernen. In dem schlimmen Winter, als die Army mit Lastwagen durch Santiago fuhr und Fünfzigpfundsäcke mit Trockenmilch abwarf, die wie Zementsäcke hartgefroren waren, schleifte Joe mit beiden Händen je einen Sack hinter sich her, während sein kleinerer Bruder, dessen Gesicht eine Maske aus gefrorenem Rotz war, sich brüllend an sein Bein klammerte: Je energischer Joe ihn abzuschütteln versuchte, desto verzweifelter klammerte er sich fest.

Mit 16 Jahren hatte Joe den Pueblo verlassen und sah Rudy nur noch auf Photos, die Dolores ihm schickte: Rudy mit Kaninchen, Rudy auf einem Pferd, Rudy mit Krawatte: ein weiches, etwas mürrisches Gesicht, das sich in einen Fremden mit dunklem Teint verwandelte, der fast ein Araber hätte sein können. Nachdem Joe jahrelang in New York geboxt und Musik gemacht hatte, bedeutete die Nachricht, daß er seinen Bruder mitten im Pazifik wiedersehen würde, fast einen Schock für ihn.

Joe und eine Reihe Kameraden bildeten die neuformierte Philippinische Armee aus, und als er nach Manila zurückkam, war die National Guard bereits nach Clark Field in Marsch gesetzt worden. Die Geschichte dieser Einheit mutete wie eine gewaltige Ironie des Schicksals an. Obwohl sie aus dem Binnenstaat New Mexico kam, wurde sie als Küstenartillerie ausgebildet. Bei ihrer Ankunft erhielt sie britische Kanonen, die überschüssiges Rüstungsgut aus dem Ersten Weltkrieg waren. Innerhalb einer Woche nach der Invasion kämpfte sie als Infanterie im Dschungel. General MacArthur sagte, die Philippinen würden niemals fallen, und Präsident Roosevelt schickte Geleitzüge mit Munition und Nachschub nach Manila, aber auf See wendeten sie und nahmen Kurs auf Europa, und MacArthur machte sich eines Nachts an Bord eines Torpedoboots davon.

Rudy war verschwunden, bevor Joe ihn aufspüren konnte. Die gesamte New Mexico National Guard verschwand auf Bataan. Als Joe die Flucht gelang und er nach seiner Rückkehr in die Staaten Rüstungsbetriebe bereiste, nannte der für die Öffentlichkeitsarbeit zuständige Colonel ihn eine wandelnde Reklame für die Army, was Joe unlogisch erschien, da er im Gegensatz zu den vielen Tausenden, denen das nicht gelungen war, zu der Handvoll Männer gehörte, die es geschafft hatten, die Philippinen zu verlassen.

Dolores schien einer Meinung mit Joe zu sein. Sie schrieb ihm, er sollte nicht nach Santiago zurückkommen, denn aus ihrer Sicht sei ihr einziger wahrer Sohn – Rudy – tot. Anstatt heimzukehren, ging Joe deshalb mit der Frau des Colonels ins Bett und wurde nach Leavenworth verfrachtet.

Ein Trick der Japse bestand darin, sich hoch oben in den Wedeln einer Kokospalme festzubinden. Während der oft langen Wartezeit aß der Heckenschütze eine Handvoll Reis und trank dann Wasser aus seiner Feldflasche, damit der Reis quoll und ihm den Magen füllte. So konnten sie bis zu drei Tagen oben im Baum bleiben. Aber dieser eine war schon über eine Woche dort oben; er war so fest angebunden, daß er nicht herunterfallen konnte, schwankte in der Brise und sah die Welt an sich vorbeiziehen: Flugzeuge, Spähtrupps, Wolken. Joe hätte ihn nicht bemerkt, wenn er nicht auf ein Gewehr getreten wäre und nach oben geblickt hätte, wo ihn ein Gesicht aus der Palme anstarrte. Der Kopf war schwarz wie eine Kokosnuß: Löcher anstelle von Augen, ein Loch als Mund, Hemd und Bauch aufgeplatzt. Eine fliegende Reklame für Bataan.

Joe knallte die Tür des Lagerbunkers zu, ohne sich auch nur zu bemühen, leise zu sein, ließ das Vorhängeschloß einschnappen und folgte seiner Taschenlampe über die Plattform in Richtung Hügel. Seiner Rechnung nach war er der Army nichts schuldig.

8

Oppenheimer hatte das Haus des Direktors der ehemaligen Ranch School übernommen. Es war ein aus Stein und Holz errichtetes Landhaus hinter einem Fichtenwäldchen am Ende der Bathtub Row. Die Sonne war eben hinter den Jemez Mountains verschwunden, so daß die Mesa dunkel unter dem noch hellen Himmel lag. Joe hatte seinen Leibgurt mit Schulterriemen und Pistolenhalfter umgeschnallt. Er hielt im Garten Wache.

Durch die Fenster beobachtet, erinnerte die Cocktailparty an einen Bildband, in dem irgend jemand ohne sonderliches Interesse blätterte. Die Oppenheimers luden nur selten zu stets kurzen Abenden ein; wenn sie's jedoch einmal taten, wurde nur die Elite der auf dem Hügel tätigen Wissenschaftler eingeladen, so daß die Gästeliste hauptsächlich europäische Namen umfaßte. Ihre Gesichter waren von Alkohol und Nervosität rosig angehaucht. Joe sah Fermi und Foote diskutieren: Der nachdenkliche Italiener wippte leidenschaftslos auf den Zehen, während der Engländer mit einem Highballglas gestikulierte. Fermis und Tellers Ehefrauen, zwei zierliche Schwarzhaarige, steckten auf dem Sofa vertraulich die Köpfe zusammen. Das Ensemble aus Gesichtern veränderte sich von einem Augenblick zum nächsten, aber alle dort drinnen schienen zu leuchten.

»Sergeant, Sie sehen einsam aus.« Kitty Oppenheimer brachte ihm einen Scotch ins Freie. Mit einem Lächeln auf den Lippen hätte sie eine hübsche Frau sein können. Ihr braunes Haar war schlecht frisiert. Sie schaffte es irgendwie, schlampig und scharf zugleich auszusehen.

»Danke.« Joe nahm das Glas entgegen.

»Aber auf einmal kippen!«

»Wird gemacht.«

»Scheiße!« Sie stolperte über einen Kinderroller und fiel rückwärts in ein Blumenbeet. »Meine Zinnien ... Heute klappt wirklich nichts. Lassen Sie mich um Himmels willen ein bißchen ausruhen!« Sie winkte ab, als Joe ihr aufhelfen wollte. »Dort drinnen singen sie schon wieder die Marseillaise. Geben Sie mir eine Zigarette.«

Joe stellte den Drink ins Gras, steckte ihr eine Zigarette zwischen die Lippen und gab ihr Feuer. »Sie sind stinkbesoffen«, sagte er dabei.

»Allerdings, verdammt noch mal! Sergeant, eigentlich bin ich rausgekommen, um Ihnen zu sagen, daß Sie wunderbar aussehen. Wirklich! Ganz dunkel und romantisch hier draußen in der Abenddämmerung ... Sie ist hübsch, nicht wahr, Joe? Und jung. Er ist früher mal mit ihrer Schwester verlobt gewesen, haben Sie das gewußt?«

»Wer?«

Kitty plapperte weiter. »Für Anna ist er ein wirklicher Held gewesen, nehme ich an. So wirken Männer auf kleine Mädchen. Wenn aus den Mädchen dann Frauen werden, versuchen die Männer romantische Gestalten zu bleiben. Dabei gibt's massenhaft interessante psychologische Aspekte. So, jetzt hab ich mich wieder erholt.«

Sie reichte Joe die Hand, und er zog sie hoch. Angeblich stammte sie zum Teil aus einer europäischen Adelsfamilie und war zudem mit Admiral Canaris von der Abwehr verwandt.

»Können Sie stehen?«

»Ich muß wieder meine Pflichten als Gastgeberin der Königlichen Gesellschaft Schwanzloser Physiker wahrnehmen.«

»Können Sie gehen?«

»Das Merkwürdige ist, daß man sich ab einem gewissen Stadium überhaupt keine Sorgen wegen anderer Frauen macht. Wer clever ist, macht sich wegen der Mädchen Sorgen.«

»Holen Sie tief Luft!« Joe entfernte eine Blume von ihrer Schulter. »Sie können's schaffen!«

»Ich sehe wie Ophelia aus.« Kitty hatte ein heiseres, kehliges Lachen. »Dabei hab ich immer gedacht, ich wäre Lady Macbeth.«

Nachdem sie ins Haus zurückgegangen war, goß Joe den Scotch aus. Die Party würde bald zu Ende sein, und er würde nach Santa Fé fahren, um das in seinem Jeep liegende Gelignit zu übergeben; da konnte er sich dann einen Drink genehmigen. Außerdem kamen jetzt einige Gäste in den Garten, um den Abend zu genießen: die Stunde zwischen der Hitze eines Junitages und der empfindlichen Kühle der Gebirgsnacht. Der Hügel lag immerhin 2100 Meter hoch. Ihre Stimmen schienen weit zu tragen; vielleicht waren sie auch nur lauter als sonst. In den letzten Wochen, seit der Niederlage Deutschlands und dem Tod Hitlers, schienen alle Emigranten in rosigen Patriotismus gehüllt zu sein, als sei ihr Amerikanertum bestätigt worden. Sie würden unter allen Umständen dafür sorgen, daß Trinity funktionierte. Er sah Kitty drinnen mit Oppy und der Frau, die an diesem Morgen in Oppys Wagen geses-sen hatte. Kitty saß auf dem unteren Kaminsims, und die Neuangekommene stand am anderen Ende des offenen Kamins, während Oppy beinahe unnatürlich verdreht zwischen ihnen am Sims lehnte. Eine seiner Stiefelspitzen berührte fast Kittys Knie, und seine langen Finger strichen über das Glas, das die jüngere Frau an der Ecke des Kaminsimses abgestellt hatte. Er sah wie ein diktierender Dichter aus. Kitty wirkte wie eine kampferprobte Muse. Die jüngere Frau schien mißtrauisch und fasziniert zugleich zu sein. Sie trug die Azalee nicht mehr im Haar.

»Eine Handgranate könnte hier die Geschichte der Physik verändern, nicht wahr, Sergeant?«

Captain Augustino war am Gartentor vorgefahren und hatte seinen Jeep hinter Joes abgestellt.

Joe salutierte. »Ja, Sir.«

»Was machen sie jetzt, um Himmels willen?«

Ein Radio wurde aus dem Fenster gereicht. Klaviermusik war bis zu den Fahrzeugen hinüber zu hören. Joe fiel erst jetzt auf, daß die Mesagrillen zirpten und nun mit Beethoven in Konkurrenz traten. Eine Sonate mit Insektenbegleitung lockte die ganze Gesellschaft ins Freie – nur Oppy und die beiden Frauen nicht.

»Das ist der Hügel-Sender, glaube ich, Sir. Ich vermute, daß Teller spielt.«

Los Alamos strahlte ein schwaches Signal aus, das im Tal nicht mehr zu empfangen war. Teller war technisch nachlässig, aber sein Spiel war sehr schwungvoll.

»Sergeant, was würden Sie sagen, wenn ich Ihnen erzählte, daß Mrs. Augustino tot ist? Daß sie daheim in Texas von einem Eindringling erschossen worden und daß der Täter entkommen ist?«

Die Musik wurde lauter. Niemand im Garten konnte hören, was ein Captain und ein Sergeant am Tor sagten.

»Ich würde sagen, daß Sie lügen, Sir. Wozu sollten Sie

sie umbringen, wenn Sie sie für den Rest ihres Lebens büßen lassen können?«

»Sergeant, Sie lassen sich wirklich gut an. Treten Sie näher!«

Der Musik folgte leichtes atmosphärisches Rauschen, während die um das Radio Versammelten erwartungsvoll schwiegen. In den Schatten glühten Zigaretten.

»Sir?«

»Warten Sie«, sagte Augustino.

»*Once upon a time in a dark wood there lived three little pigs ...*« Aus dem im Gras stehenden Radio drang eine tiefe Stimme mit mitteleuropäischem Akzent. Wieder Teller, der eine Gutenachtgeschichte vorlas. »*The first little pig was a poet. The second little pig was an artist. But the third little pig was a practical pig who enjoyed working with hammers and saws.*«

»Weiter!« forderte Augustino Joe auf.

»Ich habe Oppy heute nicht gefahren, deshalb gibt's nichts zu berichten.«

»Bei Doktor Oppenheimer gibt's immer was zu berichten. Er hat die weite Fahrt zum Bahnhof auf sich genommen, um eine Frau Doktor Weiss abzuholen. Sie sind in Santiago vorbeigefahren. Dort sind Sie ihnen begegnet. Was haben sie gesagt?«

»Nichts. Ihr Wagen ist von der Straße abgekommen, ich hab ihn wieder flottgemacht, und das war's schon.«

»Sergeant, daß Sie nicht mehr im Bau sitzen, haben Sie nicht der Gnade Gottes, sondern mir zu verdanken. Ich kann Sie jederzeit in dieses Loch zurückschicken.«

»Aber sie haben nichts gesagt, Sir!«

»*The poet was a lazy pig and made himself a house out of nothing but straw. Straw walls, straw tables and chairs and a straw door he always left open ...*«

»Ich habe eine FBI-Meldung, daß ein sowjetischer Kurier zum Hügel unterwegs ist. Doktor Oppenheimer nimmt sich plötzlich die Zeit, diese Doktor Weiss abzuholen, und begleitet sie persönlich hierher. Dafür gibt's keine vernünftige Erklärung. Sie haben sie gesehen?«

»Heute morgen ist's noch dunkel gewesen.«

»Sie ist jetzt dort drinnen mit den Oppenheimers zusammen. Das könnte eine richtige kommunistische Zellenversammlung sein. Wär's nicht interessant mitzuhören, wovon sie im Augenblick reden, was sie sagen, wenn sie unbelauscht zu sein glauben?« Augustino dachte über diese Möglichkeit nach. Er sah zu Joe auf. »Ich möchte, daß Sie Doktor Weiss im Auge behalten. Ich möchte, daß Sie sich mit ihr anfreunden. Setzen Sie Ihren indianischen Charme ein. Nächstes Mal haben Sie mir hoffentlich was zu melden!«

Der Captain ließ seinen Jeep an, wendete und fuhr in Richtung Lodge davon. Im Garten erklang Gelächter.

»*Or I'll buff ...*« Teller erhob dramatisch seine Stimme. »*... and I'll puff. And I'll buff. And I'll puff ...*«

9

Santa Fé war zwar eine Stunde weit entfernt, aber es war das Einkaufs- und Unterhaltungszentrum für die Bewohner des Hügels. Die Leute gingen tagsüber zu Woolworth's oder Sears und abends ins Hotel La Fonda. Das La Fonda an der Plaza in der Stadtmitte war eine zweistöckige Pseudo-Adobe-Fantasie mit freiliegenden Balken und Holzbalkonen. Darüber hinaus war das Hotel wegen des Hügels zu einer FBI-Filiale geworden.

Das FBI hatte den Auftrag, jeden zu beobachten, der vom Hügel nach Santa Fé kam. Da jeder in die Bar des La Fonda ging, postierten die FBI-Agenten sich behaglich in der Hotelhalle. Als Joe hereinkam, blickten ein halbes Dutzend Agenten auf, erkannten Oppys Leibwächter und ließen sich in rustikale Ledersessel zurücksinken. Die FBI-

Agenten bezeichneten Wissenschaftler vom Hügel als »Langhaarige«. Alle Leute vom Hügel, die sie an ihren schmalkrempigen Strohhüten erkannten, bezeichneten die Agenten als »Schleicher«.

Die Bar war voll. Santa Fé war die Hauptstadt des Bundesstaats und zog zahlreiche Alkoholiker an, die Abgeordnete, Senatoren oder Lobbyisten waren; dazu kamen Vorarbeiter von den Ölfeldern, Rancher und Touristen. Der Barkeeper war ein strategisch optimal placierter FBI-Agent, und alle hatten zu leiden gehabt, bis er gelernt hatte, einen anständigen Martini zu mixen. Ausnahmsweise sah Joe weder Harvey noch sonst jemand vom Hügel. Er hatte zwei Stunden nach Santa Fé gebraucht, weil er auf der Abkürzung den Pojaoque Creek entlang zur Hauptverkehrsstraße zwei Reifenpannen gehabt hatte. Unter dem Arm trug er eine Zeitung, mit der verpackte Gelignitstangen getarnt waren. Er wollte lediglich den Sprengstoff übergeben, um nach Albuquerque ins Casa Mañana weiterfahren zu können.

»Einen Bourbon«, bestellte Joe, nachdem er einmal da war.

»Das ist illegal!« Ein Gnom in einem weißen Anzug hopste auf den Barhocker neben Joe. Hilario »Happi« Reyes schwenkte eine Havanna Panatella, als säße er behaglich in seinem eigenen Wohnzimmer, was die Bar im La Fonda in vieler Beziehung für ihn war. »Ts, ts. Alkohol für einen Indianer? Aber für den Chief können wir eine Ausnahme machen, schätze ich.«

»Und für dich«, sagte Joe.

Hilario war stellvertretender Gouverneur des Bundesstaats New Mexico. Er stammte aus dem Pueblo Santiago, und Joe hatte alte Aufnahmen von ihm gesehen, wie er 1898 auf der Weltausstellung in Omaha in weißen Hirschleder-Leggings getanzt hatte. Aber als New Mexico im Jahre 1912 ein Bundesstaat geworden war, hatte Hilario sich in den spanischen Politiker »Happy« Reyes verwandelt, war seitdem unter allen Regierungen in Amt und Würden geblieben und hatte nur einmal mit einem Richterposten vorliebnehmen müssen. Seit Roosevelts zweiter Amtszeit war er Demokrat geworden. Er war uralt und quicklebendig, mächtig wie ein Joker in einem Spiel Karten, ein verlebter, aber noch immer kraftvoller Zauberer.

»Auf die Heimat der Tapferen!« Joe griff nach seinem Drink.

»Ich möchte, daß du boxt, Joe. Ich habe einen Jungen aus Texas. Von Natur aus Linksausleger. Schnell. Er knockt sie mit links und rechts aus. Hat noch nie länger als vier Runden im Ring stehen müssen. Arbeitet oben auf dem Hügel bei euch.«

»Bist du wieder unter die Boxpromoter gegangen?«

»Joe, das ist der Geist der Zeit. Unterhaltung. Baseball hat auch nicht aufgehört. Bei den St. Louis Browns spielt jetzt ein einarmiger Outfielder. Hat Baseball nicht zum Erliegen gebracht.« Nachdem Hilario jahrelang seinen weißen Pflanzerhut getragen hatte wie ein Mädchen, das sich mit einem Sonnenschirm schützt, war seine braune Haut so ausgebleicht, daß seine pechschwarzen Augen um so durchdringender wirkten. »Joe, wenn du so alt bist wie ich, wird dir klar, daß die Menschen ein sehr kurzes Leben leben.«

»Das ist mir schon auf Bataan aufgefallen.«

»Dann ist diese Erfahrung nicht umsonst gewesen. Jetzt ist wieder Zeit für Vergnügen. Ich möchte dich mit einem Fan von dir bekannt machen.«

»Harry Gold.« Hilarios Freund flitzte hinter dem Barhocker hervor. Gold war klein, dunkelhäutig und so dick, daß er in seinem Zweireiher wie aufgeblasen wirkte. Er schwankte in neuen Stiefeln und nahm einen neuen Stetson ab, um Joe die Hand zu schütteln. Sein Haar war schwarz und wellig.

»Harry ist ein New Yorker Jude«, sagte Hilario.

»Ich hab Sie in der Fifty-second Street mit Charlie Parker gehört«, erklärte Gold Joe. »Und vor ein paar Wochen in der Casa Mañana. Ich hab mich immer gefragt, was wohl aus Ihnen geworden sein mochte.«

»Joe ist der indianische Joe Louis gewesen, bis diese Niggermusik ihn nicht mehr losgelassen hat. Joe, du bist noch immer beliebt. Dieser Junge hat alle anderen im ganzen Staat geschlagen. Du bist die letzte Attraktion.«

»Hilario, ich hab zwei Jahre nicht mehr geboxt.«

»Für einen Boxer deiner Klasse ist das nicht weiter gefährlich. Jedenfalls bist du wie ein Vollblüter, der seine Rasse verleugnet.«

»Das Comeback von Chief Joe Peña?«

»Lach nicht, ich kann den Kampf binnen zwei Tagen arrangieren und garantiere dir zweitausend Dollar nur dafür, daß du in den Ring kletterst und dich hinlegst.«

»Ich bin auf der Suche nach Anlagemöglichkeiten in New Mexico«, erklärte Gold Joe.

»Warum stecken Sie Ihr Geld nicht direkt in Hilarios Tasche?«

»Das ist das Problem mit dir, Joe«, behauptete Hilario. »Du weißt nicht, wie man seinen eigenen Heimatstaat fördert. Wie man hört, soll irgendein Schwarzhändler den Indianern Sprengstoff verkaufen. Dabei gibt's ehrliche Geschäftsleute, die im Krieg keine Sprengstoffe bekommen – Landerschließer und Bauunternehmer, Männer mit Geld. Ich möchte dir diese Gelegenheit verschaffen, Joe, weil dieser Junge aus Texas Hackfleisch aus dir machen wird.«

Als Joe auf dem Rückweg durch die Hotelhalle war, lasen die Special Agents ihren Sportteil zum zweiten oder dritten Mal. Die Schlagzeile der Zeitung unter seinem Arm lautete B-29 ZERMÜRBEN NIPS. Ein Damenkränzchen in Häkelkleidern befand sich auf dem Rückzug vor einem Indianer, der Halsketten verkaufte. Der Alte, der sein graues Haar zu einem Zopf zusammengefaßt hatte und sein schmutziges Hemd bis zum Hals zugeknöpft trug, hielt ihnen erst einen und dann den anderen Arm voller Türkisketten hin. Die Damen und der Indianer bewegten sich gemeinsam an einem Plakat mit einer Flamencotänzerin vorbei durch die zweiflügelige Glastür, die in den Speisesaal des La Fonda führte.

Joe hatte nur einen Blick hineinwerfen wollen. Die etwa 20 Tische reichten aus, um ein künstliches Santa Fé im kleinen zu bilden: spanische Damen der Gesellschaft in ererbten Mantillas, aus New York geflüchtete Künstler, aus Kalifornien geflüchtete Kultanhänger und Rechtsanwälte, die nicht clever genug waren, um anderswo praktizieren zu können, saßen dort im Lichtschein punzierter Zinnleuchter. Das Damenkränzchen fand einen Tisch. Der Indianer stand davor und brachte eine Handvoll Silberringe und -nadeln zum Vorschein. Von dem Tisch nahe beim Kücheneingang winkte Harvey mit einer Klarinette. Bei ihm saßen Klaus Fuchs und die Frau aus dem Buick, Anna Weiss. Sie waren beim Kaffee.

»Wieder im Geschäft.« Harvey hielt Joe das Instrument zur Begutachtung hin. Es war eine gebrauchte Pan American mit Chromrand am Schalltrichter, das Standard-Highschoolmodell. »Bei einem Pfandleiher aufgetrieben.«

»Die dürfte den Tenno in Angst und Schrecken versetzen«, sagte Joe und gab ihm die Klarinette zurück. »Na, wie geht's? Alles in Ordnung?«

»Auf dem Prüfstand hat's heute nachmittag eine vorzeitige Detonation gegeben«, erklärte Harvey Anna. Er sah zu Joe auf. »Nur die blutige Nase. Sonst geht's mir gut. Nehmen Sie doch Platz!«

»Der Sergeant hat bestimmt andere Obliegenheiten«, wandte Fuchs ein.

»Setzen Sie sich, bitte«, sagte Anna Weiss.

Sie war keine rosige englische Schönheit. Aber auch nicht farblos. Ihr Teint war eher porzellanweiß glatt und wirkte um so verblüffender durch ihr Haar, das schwarz wie das eines Indianers, aber feiner war, und gewagt durch einen roten Lackkamm betont wurde. Sie trug ein Hawaiihemd mit roten Palmen. Aus ihrer ganzen Aufmachung sprach eine Unbekümmertheit, die den Mut jedes Begleiters – von einem Fatzke wie Fuchs ganz zu schweigen – auf die Probe gestellt hätte.

»Durch klare Überlegung und rasches Handeln hat Doktor Pillsbury heute nachmittag vielen Männern das Leben gerettet«, sagte Joe, während er Platz nahm. Er legte seine Zeitung auf den Tisch.

»Davon haben Sie uns gar nichts erzählt, Harvey!« rief Anna aus.

»Sagen Sie's ihnen, Harvey«, forderte Joe ihn auf. »Wie Sie das Kordit gelöscht haben.«

»Nein, nein ...« Harvey hatte schon einiges getrunken. Er wurde bis über beide Ohren rot. »Joe ist der wirkliche Kriegsheld.«

»Ich habe ihn heute morgen im Einsatz erlebt«, sagte Anna. »Er hat ein Auto besiegt.«

»Unglaublich, daß er hier reingelassen wird!« Fuchs, der Joes Anwesenheit noch nicht zur Kenntnis genommen hatte, starrte den Grund seiner Verärgerung an.

Der alte Indianer stand an ihrem Tisch und zeigte seine mit Halsketten – blaue und grüne Türkisknöllchen an geknoteten Schnüren – behängten Arme vor. Cleto stammte aus Santo Domingo, und die Domingos verkauften Schmuck den ganzen Rio entlang und sogar im Navajoland in Utah. Seine Lider hingen herab, und sein Hemd wies Flecken von brauner Chilisauce auf, aber seine Haarbänder leuchteten. Das La Fonda duldete Cleto nicht nur, sondern forderte ihn sogar auf, die Gäste anzusprechen, solange er sich dabei auf ein Minimum an Verachtung beschränkte.

»Wieviel?« fragte Joe.

»Zwei Dollar.« Cleto legte die Halsketten auf den Tisch.

»Lächerlich!« Fuchs griff nach einer der Ketten und hielt sie ans Kerzenlicht. Er kratzte einen Stein mit dem

Fingernagel an. »Weiß du, was ein Türkis ist?« fragte er Cleto.

»Türkis.«

»Tatsächlich handelt es sich dabei um Aluminiumphosphat mit Spuren von Eisen und Kupfer.«

»Ein Dollar.« Cleto zuckte mit den Schultern.

»Siehst du, du hast nicht mal gewußt, was du da verkaufst! Ich hab's dir erklärt; dafür müßtest du mir etwas zahlen. Ich kenne diese Steine. Sie wechseln die Farbe, sie verblassen, sie sind nicht mit Diamanten zu vergleichen. Man kann sie einfach irgendwo auflesen.«

»Nicht so einfach.« Joe griff nach einer der Halsketten. »Sie werden bergmännisch abgebaut. Die alte Methode besteht darin, an einem Felsen ein Feuer zu entzünden und ihn dann mit Wasser zu besprengen. Das Gestein zerspringt, und man sieht eine frische Türkisader wie einen blauen Wasserlauf. Mit Sprengstoff wäre der Abbau einfacher, aber der ist jetzt nirgends zu kriegen.« Er legte zwei Dollar auf den Tisch und gab Anna Weiss die Halskette. »Für Sie.«

»Sie sind ein Gentleman, Sergeant. Danke.«

Sie ließ die Türkiskette über ihren Kopf und in den Hemdkragen gleiten. Die Steine waren verschiedenfarbig: nachtblau, kornblumenblau, bergseeblau, grasgrün. Mit dem Hemd und dem Kamm sah sie wie eine schöne Lumpensammlerin aus.

Cleto raffte hastig die Halsketten und das Geld zusammen und ging davon.

Fuchs holte tief Luft. »Sergeant, Ihre Schlichtheit wirkt manchmal beinahe clever. Sie besitzen etwas, das wir in Deutschland ›Bauernschläue‹ genannt haben. Verstehen Sie, was ich damit meine? Aber zwischen Cleverness und Intelligenz besteht ein großer Unterschied. Wo Sie hübsche Steine sehen, sehe ich Phosphate. Wo Sie ›Langhaarige‹ sehen, sehe ich eine Elite. Um ganz ehrlich zu sein: Der Krieg wird von der Intelligenz, von Wissenschaftlern, nicht von Soldaten gewonnen werden. Ohne irgend jemands Opfer herabsetzen zu wollen.«

»Klaus, wir sind alle Soldaten, die für die gleiche Sache kämpfen«, warf Harvey ein.

»Und wir alle haben unterschiedliche Motive.« Fuchs wandte sich an Anna Weiss. »Nimm die Kette ab, sie sieht albern aus!«

»Wäre dir ein gelber Stern lieber?« fragte sie auf deutsch. »Oder ein roter?«

Bei diesen deutschen Worten verstummte der gesamte Speisesaal. In der allgemeinen Stille flüsterte Harvey: »Joe, der alte Knabe mit den Halsketten hat Ihre Zeitungen geklaut.«

»Sie sehen Gespenster«, behauptete Joe. »Sie brauchen eine Kur. Kommen Sie, wir verschwinden hier. Ich bringe Sie zu einer heißen Quelle, zu heiligen Heilwassern. Sie sind ebenfalls eingeladen«, erklärte er Anna Weiss und Fuchs.

»Unmöglich«, wehrte Fuchs ab.

»Wann?« fragte Harvey.

»Sofort«, sagte Joe. »Heute nacht. Ich fahre mit dem Jeep voraus.«

Anna Weiss sagte: »Ja.«

10

Hoch über der Straße durch die Jemez Mountains ergoß sich eine Thermalquelle in ein Felsbecken. Rosa Korallenwurz drängte sich zwischen Kiefernnadeln hervor. Fichtenzweige und der Mond schwammen auf schwefligen Dämpfen.

Joe war bereits in dem schwarzen Wasser. Harvey paddelte wie eine Gummiente darin herum. Anna Weiss legte ihre Kleidung am Beckenrand ab und stieg hinein.

Während sie versank, blickte sie Joe direkt in die Augen und sagte: »Kraft durch Freude!« Sie tauchte unter, und als sie wieder heraufkam, zeichnete ihr nasses Haar die Seiten ihres Gesichts nach.

»Schade, daß Klaus unten im Wagen bleiben wollte«, meinte Harvey. »Er ist in letzter Zeit ein bißchen reizbar. Das liegt an dem Druck durch Trinity. Nur noch vier Wochen.«

»Weshalb ›Trinity‹?« fragte sie. »Warum nennt Oppy das Versuchsgelände so?«

»Nach einem englischen Sonett – laut Oppy von John Donne.« Harvey imitierte Oppys heiseres Flüstern. »›*Batter my heart, three person'd God, for you as yet but knock, breathe, shine and seek to mend.*‹«

»Hat es nicht schon einen Namen?« wollte Anna wissen.

»Stallion Gate«, sagte Joe.

»Ein amerikanischer Name. Der gefällt mir besser.«

»Mir auch.«

»Dies ist der Musterfall einer Durchschnittstemperatur«, stellte Harvey fest. »Zur Hälfte koche ich, zur Hälfte erfriere ich, aber der Durchschnitt ist sehr behaglich.«

Bei jeder ihrer Bewegungen schwappte etwas von dem dunklen Schwefelwasser über den Rand des natürlichen Beckens ins Moos, das ebenso stechend schweflig roch. Zwischen den Bäumen waren die Gipfel der Jemez Mountains zu sehen: einige in Schatten gehüllt, andere mit im Mondschein glänzenden Geröllhalden. Vom Ostwind getriebene Wolken ließen die Berge wie eine erstarrte Woge vorwärtsdrängen.

»Vor ungefähr einer Million Jahren hat hier ein Vulkan so groß wie der Everest gestanden.« Joe breitete seine Arme entlang des Beckenrandes aus. »Als er ausgebrochen ist, hat er Felsbrocken bis nach Kansas geschleudert. Unter uns befindet sich noch immer ein Seitenkrater.«

»Wie tief unter der Asche liegende Glut«, sagte Anna.

»Alle diese Hügel sind den Alten heilig gewesen. Schreine in den Höhlen. Man weiß nie, in was man hineinstolpert. Mein Vater und ich sind eines Tages auf der Jagd beide in die Erde eingebrochen. Ein Loch im Boden, um uns eine Staubwolke. Wir waren in eine alte ›Kiva‹ gefallen und saßen auf ihrem Boden. Um uns herum lauter Gestalten. Ein Mann mit blauer Haut, blau wie ein Hüttensänger, und mit dem Kopf eines Büffels. Eine purpurrote Schwalbe mit einem Frauenkopf. Ein wie ein Mensch dasitzender Berglöwe. Die Kiva kann fünfhundert, vielleicht sogar tausend Jahre alt gewesen sein, aber die Farben waren frisch wie am ersten Tag. Nach ungefähr einer Stunde begannen sie zu verblassen. Nach zwei Stunden waren sie kaum noch zu erkennen. Ich würde die Stelle heute nicht einmal mehr wiederfinden. Das Loch hat sich mit Erde angefüllt und ist verschwunden, aber es gibt noch andere.«

Joe staunte darüber, daß er diese Geschichte erzählt hatte. Erstens, daß er sich an sie erinnerte. Zweitens, weil sie nach Edle-Rothaut-verführt-Touristin klang. Aber vielleicht versuchte er gerade das. Offenbar hatte er's darauf abgesehen.

»Was glauben die Leute hier?« fragte Anna. »Ist Adam am sechsten Tag erschaffen worden? Ist Eva aus seiner Rippe entstanden?«

»Anders.«

»Wie anders?«

»Es gibt verschiedene Legenden, an die ich mich nicht sehr gut erinnere. Haben Sie die Clowns bei den hiesigen Tänzen gesehen?«

»Nein.«

»Nun, als die Welt neu war, zogen ein Bruder und seine Schwester über die Berge. Er sah gut aus. Sie war schön. Als sie auf einem Gipfel schliefen, erkannte er, daß er sie liebte. Als sie aufwachte, sah sie, daß er's tat. Sie versuchte zu entkommen, indem sie mit dem Fuß aufstampfte und den Berg spaltete, so daß ein Fluß zwischen ihnen strömte. Der Bruder warf sich zu Boden, bis er blutete, und sie hatte so viel Mitleid mit ihm, daß sie über den Fluß zurückschwamm und mit ihm schlief. Die Blutschande machte sie zu Ausgestoßenen. Ihre Kinder wurden Clowns.«

»Und alle anderen?«

»Alle anderen sind irgendwie aus der Erde hervorgekommen … Ich kann Ihnen wirklich nichts über Indianer erzählen.«

Am wenigsten über diesen eingeweichten Indianer. Warum zum Teufel riskierte er es, Sprengstoff zu stehlen, um das Zeug Cleto zu schenken, wenn er sich bei Bauunternehmern in Albuquerque eine goldene Nase verdienen konnte? Wollte er erwischt und zurück nach Leavenworth oder in den Pazifik verfrachtet werden? Darin lag nicht nur ein Element der Selbstverachtung, sondern der Selbstzerstörung.

»Ich kann euch von Indianern erzählen«, sagte Harvey. »Mit acht Jahren bin ich von einigen sogenannten zivilisierten Cherokees in einen Wassertank geworfen worden. Seine Wände waren ungefähr zwei Meter hoch, und der Tank war halb voll. Das Wasser hatte nicht dieses Aroma, aber die Wände waren schleimig und besaßen somit Unterhaltungswert für die Indianer, weil sie sich vorstellen konnten, wie ich aussehen würde, wenn ich's endlich geschafft hatte hinauszuklettern. Beim ersten Versuch ist mir aufgefallen, daß der Wasserspiegel etwas sank. Ich bin wieder eingetaucht, und das Wasser ist gestiegen. Das hat sich mehrmals wiederholt. Dann habe ich den Rauminhalt des verdrängten Wassers und sein Gewicht berechnet, um so zu meinem Gewicht und Rauminhalt zu gelangen. Zwischen Photos von afrikanischen Brüsten hatte ich vor kurzem im *National Geographic* gelesen, daß Krokodile sich beschwerten, indem sie Steine verschluckten, um tiefer schwimmen zu können. Deshalb habe ich den Jungen aus dem Wasser zugerufen, große Steine in den Tank zu werfen. Damals hat meine Physikerlaufbahn eigentlich begonnen. Dieses Wasser hier gefällt mir allmählich, wißt ihr. Heißt das, daß ich Giftstoffe ausschwitze oder daß ich gar bin?« Er paddelte zwischen Anna Weiss und Joe hin und her. »Was hast du nach dem Krieg vor, Joe? Denkst du immer noch daran, einen Jazzclub aufzumachen? Ich möchte wetten, daß du einen stillen Teilhaber brauchst.«

»Wie still? Gilt das auch für die Klarinette?«

Harvey hielt mitten im Becken an. »Joe, glaubst du, daß ich betrunken bin?«

»Bist du's?«

»Pi auf zehn Stellen genau ist 3,1415926535. Könnte ein Betrunkener das sagen?«

»Du hast's eben gesagt.«

»Er hat recht«, sagte Harvey halblaut zu Anna. »Im Texas Panhandle gibt's Zeltmeetings, bei denen Menschen sich sabbernd am Boden wälzen und Hebräisch, Hethitisch oder Walisisch sprechen. Es bedeutet nichts, das einfache Alphabet der Algebra oder das entstellte Griechisch der Physiker zu sprechen. Aber, Joe, ich will dich nicht in Schwierigkeiten bringen.«

»Wie könntest du mich in Schwierigkeiten bringen?«

»Ich hätte nicht davon angefangen, aber ich möchte, daß du mich verstehst, wenn ich verschwinde. Weil du mein guter Freund bist.«

»Wovon redest du überhaupt?«

»Joe, ich verlasse den Hügel.«

»Du willst gehen?«

»Kein Mensch erinnert sich mehr daran. Wir haben dieses Projekt nur begonnen, weil Hitler sein Projekt hatte – damit er uns nicht mit seiner Bombe erpressen konnte. Jetzt sieht's so aus, als habe er nie eine gebaut. Jetzt sagen wir, daß wir sie gegen Japan einsetzen wollen, das überhaupt kein Projekt dieser Art hat.«

»Augenblick! Heute nachmittag im Hängenden Garten

hast du bei der Arbeit an dieser Bombe dein Leben riskiert und wärst beinahe umgekommen.«

»Da bin ich noch unschlüssig gewesen. Ich dachte, ich würde das Schicksal für mich entscheiden lassen.«

»Eine herrliche Pose – du und das Kordit! Trotzdem verstehe ich das alles noch nicht. Glaubst du nicht, daß die Japse die Bombe auf uns abwerfen würden, wenn sie sie hätten?«

»Aber sie haben sie nicht! Wir haben sie, und wir müssen die ethische Entscheidung treffen. Joe, ich bin nicht aus Amarillo weggegangen, um Physiker zu werden und hunderttausend Menschen zu atomisieren. Als Oppy mich von der Columbia University geholt hat, sollten wir eine Bombe bauen, um Hitler daran zu hindern, seine eigene einzusetzen. Für mehr hab ich nicht unterschrieben; für mehr hat niemand unterschrieben.«

»Außer Heer, Marine und Marinekorps.«

»Die ethische Entscheidung ...«

»Ist ein gottverdammter Luxus! Jedenfalls einer, den kein Wehrpflichtiger genießt.«

»Nun, als Zivilist ...«

»Du bist Zivilist, weil Oppy dich vom Wehrdienst hat zurückstellen lassen, damit du hier eine Bombe bauen kannst. Ich bin dein Freund, und ich gönn's dir. Bau die Bombe, damit der Krieg beendet wird. Mann, Captain Augustino hätte seinen Spaß an dieser Unterhaltung! Augustino würde dich in seinem Kofferraum vom Hügel wegkarren.«

»Ich bin bereit, für meinen Entschluß zu leiden.«

»Für deinen Entschluß zu leiden? Harvey, überall im Pazifik sterben Männer auf beschissenen Sandhaufen! Andere sind in den Laderäumen von Schiffen zusammengepfercht, die zur Invasion Kurs auf Japan genommen haben. Ich glaube, daß *sie* für deinen Entschluß leiden werden. Wem hast du sonst noch davon erzählt?«

»Nur mir«, sagte Anna.

»Sie haben Harvey geholfen, zu seinem Entschluß zu kommen?«

»Das hoffe ich!«

»Na, in Augustinos Kofferraum dürfte Platz für euch beide sein. Alles Gute!« Joe stemmte sich aus dem Wasser. Er sammelte rasch Uniform, Gürtel und Schuhe ein. Dies war nicht die idyllische Nacht in der Thermalquelle, die er sich vorgestellt hatte, durchaus nicht.

Harvey stand so groß und trotzig wie nur möglich im Wasser. »Willst du uns melden?«

»Nein, aber ich überlasse es euch Genies, den Runterweg selbst zu finden.«

»Bleib!« bat Harvey.

»Ja, erzählen Sie uns weiter faszinierende Indianergeschichten«, sagte Anna. »Stemmen Sie weiter Autos. Spielen Sie weiter Walzer.«

11

Licht fiel durch die Lamellen der blauen Fensterläden und den Spalt zwischen Tür und Schwelle. Das Haus hatte zwei Räume: eine Küche mit einem Holzherd und ein größeres Zimmer für alles übrige. Die Adobewände waren mit Kaolin weißgetüncht. Die Einrichtung bestand aus einem Feldbett, einer Ahornkommode, einem mit Emailblech beschlagenen Tisch und Stühlen, staubigen Eimern, einem offenen Karton mit Gefäßen und einem Eckkamin, der schwarz und leer war. An den Wänden hingen ein Kruzifix, die Jungfrau Maria, die Heiligen Michael und Christophorus (der mit dem Jesuskind auf den Schultern einen Fluß durchwatete) und Photos von Rudy: im Konfirmationsanzug, in einem Tanzkostüm mit Federn und Glöckchen, in Uniform mit Schirmmütze.

Joe hatte erfahren, daß Rudy tot war. Die B-17 auf Clark

Field hatten vollbetankt in Reih und Glied gestanden, als die Japaner den Platz bombardierten. Ein Bomber brachte den nächsten zur Explosion, und die letzte B-17 hatte bei ihrem Startversuch eine Geschützstellung überrollt, bevor sie explodiert war. Leichen waren keine gefunden worden.

Er saß auf dem harten Bett, rauchte und benützte einen Eimer als Aschenbecher. Er blickte nicht auf, und ihm war bewußt, daß er befürchtete, Dolores könnte mit einem Geschirrtuch in der Hand aus der Küche kommen. Oder Rudy könnte am Bettende stehen und ihn anjammern, er möchte mit ihm boxen. Dies war seit Jahren das erste Mal, daß er wieder in dem Haus war, und es war so schlimm, wie er es sich vorgestellt hatte.

Rudy konnte noch am Leben sein. Irgendwo im Dschungel versteckt; in einem Gefangenenlager; in Japan.

Fuchs hatte natürlich recht. Wenn die Bombe funktionierte, konnten alle Rudy Peñas der Welt sich nicht mit einem einzigen Oppenheimer, Harvey oder Fuchs messen.

Der gottverdammte Harvey war schuld daran, daß Joe hier gelandet war. Klein-Harvey mit seinem Bedürfnis nach Zustimmung. Wozu einem Sergeanten erzählen, daß man aus einem Krieg aussteigt? Joe war nicht auf den Hügel zurückgefahren. Er hatte sich in einer Bar ein paar Flaschen geholt und war zu Schießübungen auf Coyoten losgefahren. Er hatte damit gerechnet, daß er in einem Motel in Esperanza, der spanischen Stadt auf dem anderen Flußufer gegenüber von Santiago, aufwachen würde. Statt dessen war er in Santiago, in diesem Haus aufgewacht.

Wenigstens hatte er sich dazu entschlossen, Augustino zu informieren. Der Captain wollte etwas gegen Anna Weiss, und Joe würde es ihm liefern.

Das Haus ächzte – oder war er das selbst gewesen? Die Kiva, in die er einst gefallen war, war nicht schlimmer gewesen. Er grub in seiner Tasche nach einer weiteren Zigarette.

Die Tür wurde aufgestoßen. Gleißend helles Sonnenlicht erfüllte den Raum, und auf der Schwelle stand ein Phantom.

»Rudy?«

»Wer?« Joe hielt sich eine Hand über die Augen.

»Mrs. Quist. Joe? Sie sind's?« Das Gespenst trat ein und verwandelte sich in eine zierliche kleine Dame in einem weißen Kostüm mit Turban und Sonnenbrille. »Sie sind der letzte Mensch, den ich hier zu sehen erwartet hätte.«

»Da sind wir schon zu zweit.« Er sah, wie verknittert seine Uniform war, und genierte sich wegen der Zigarettenkippen auf dem Fußboden.

»Ich handle mit Töpfen, Joe. Dies ist stets meine erste Station.«

»Gut, ich will Sie nicht weiter stören.« Er stemmte sich vom Bett hoch und stellte dabei fest, daß er noch immer seine Schuhe anhatte. Sobald er Mrs. Quist den Karton mit den Keramiken auf den Tisch gestellt und geöffnet hatte, stolperte er nach draußen zur Pumpe. Ihr Hudson parkte neben seinem Jeep.

Es war bereits Mittag. Überall in Santiago stiegen jetzt dünne schwarze Rauchsäulen auf, weil der Mittag eine gute Zeit für das Brennen der Gefäße war. Im Hinterhof gegenüber schürte Sophie Reyes ein Feuer aus Kiefern, Zedern und zersägten Kanthölzern, die um einen mit Gefäßen vollgepackten Metallträger aufgestellt waren. Sie hob ein Stück Holz auf, das ganz in Flammen zu stehen schien, und legte es an eine Stelle, wo das Feuer etwas schwächer brannte. Als ein Stück Glut davonrollte, kehrte sie es mit einem Handbesen aus Yuccastielen ins Feuer zurück. Sie hielt eine rußgeschwärzte Blechplatte in den Händen, um unerwünschten Luftzug abzuhalten. Sie machte alles genau wie Dolores. Sophie und Dolores waren Schwestern gewesen, und Sophie hatte das gleiche graugesprenkelte schwarze Haar, das wie ein Helm wirkte, und trug das gleiche traditionelle Gewand, das eine

Schulter freiließ, dazu eine schmutzige Schürze und abgetragene Schuhe.

Ben Reyes kam durch eine mit Fliegengitter bespannte Tür auf den Hof. Zu beiden Seiten seines zerknitterten, lederartigen Gesichts hingen Zöpfe herab. Er trug kein Hemd, sondern nur Weste, Hose und Mokassins. Im allgemeinen bestand sein Beitrag zu Sophies Arbeit darin, daß er auf einem Stuhl hockte und Federn sortierte. Heute befand er sich in Gesellschaft eines weiteren tatterigen Alten, der am Stock ging.

Joe pumpte Wasser in seine Hände, spülte sich den Mund aus und kämmte sich das Haar mit den Fingern. Bei hochstehender Sonne wirkten die eingeschossigen Adobehäuser besonders niedrig. Die an den Dachrändern lehnenden Leitern waren ausgebleicht und krumm. Der Pueblo war ein Labyrinth aus ungepflasterten Straßen und Gassen, im Freien stehenden Backöfen, Corrals und Ramadas sowie Häusern, die sich nur dadurch voneinander unterschieden, daß beim einen die Fensterrahmen blau und beim anderen grün gestrichen waren. Die Häuser der Familien Peña und Reyes standen am Rande des Pueblos, aber die angrenzende Gasse führte direkt zur Plaza, und Joe konnte die Pappel mit den aus alten Autoreifen improvisierten Schaukeln sehen. Er beobachtete, wie zwei Jungen über die Plaza rannten, ein Dach erkletterten, ihren Mut in einem tiefen Atemzug zusammennahmen und auf ein niedrigeres Dach hinuntersprangen. Er erinnerte sich aus seiner Jugend an ähnlich schwindelerregende Sprünge und an das Rascheln von getrocknetem Mais und die Wolke aus Chilistaub bei der Landung.

Santiago. In diesen Augenblicken konnte er vergessen, daß er sein Leben als Erwachsener in New York verbracht und im ganzen Land, an der Ost- und Westküste, in Mexico und Frankreich auf Tournee gewesen war. Vor dem Krieg war er mit Big Chief Russell Moore, einem Posaunisten von dreieinhalb Zentnern, einem Pima aus Komatke,

Arizona, in Paris gewesen. Im dortigen Sportpalast hatte Joe den französischen Schwergewichtsmeister dreimal durch die Ringseile befördert und trotzdem nach Punkten verloren, weil die Franzosen ihren Mann jedesmal zurückgeworfen hatten. Big Chief hatte seine Posaune mitgebracht und bei jedem dieser drei Male einen langsamen, im Ton ansteigenden Slide gespielt. Nach dem Kampf hatten Joe und Big Chief in einem Café Absinth aus Cognacgläsern getrunken – ohne wegen des drohenden Krieges besorgt zu sein, weil die Franzosen ein größeres Heer als die Deutschen hatten.

Das war vor sechs Jahren gewesen. Jetzt war er wie ein Felsbrocken zu seinem Ausgangspunkt zurückgerollt. Das merkwürdige war, daß der Krieg die meisten Männer aus Santiago befreit, für den Militärdienst von ihren Bohnenfeldern geholt und den einzigen Mann, dem die Flucht von dort gelungen war, zurückgebracht hatte. Die Mühlen Gottes mahlten langsam und eigentlich beschissen.

Jazz war befreiend. Joe hatte sich stets auf Konterschläge verlegt, und darum ging's beim Bebop: die kurze Gerade abblocken. Charlie Parker behauptete, Cherokee- oder Creeblut in den Adern zu haben. Jede Garderobe für schwarze Musiker war voller Möchtegernindianer. Dies hier waren Joes Indianer.

Als Ben und sein Freund herankamen, setzte er sich auf, um ihnen wenigstens ein Mindestmaß an Achtung zu erweisen. Bens Begleiter trug einen schmutzigen Overall, Zöpfe und die weiße Baumwolldecke eines Taos-Ältesten, aber er war nicht alt, sondern nur blind.

»Der Frühling kommt, Onkel«, sagte Joe.

»Ja, er kommt wirklich sehr schön.« Ben machte ein finsteres Gesicht, bevor er den anderen vorstellte. Sein Freund hieß Roberto.

Die drei Männer sprachen Tewa. Das war die Sprache einer ganzen Anzahl Rio-Grande-Pueblos mit vielfältigen Ausdrücken für die Schönheit von Wolken, Regen, Wasser und Mais. Darüber hinaus war Tewa die Sprache eines Volkes, das streitend durch die Wildnis gezogen war. Es gab keinen Pueblo, dessen Einwohnerschaft nicht schon bald in zwei Parteien zerfallen wäre, die einander verachteten oder zumindest mißtrauten. Deshalb war Tewa eine an Betonungen und Redewendungen, die Spott und Verachtung ausdrückten, sehr reiche Sprache.

»Ist's in Taos noch kalt?«

»Etwas kühler.« Robertos Stimme klang forschend, als erfasse er damit ein neues Thema. »Kommst du oft nach Taos rauf?«

Taos hielt sich für das Höchste auf Erden, dem Himmel schon sehr nahe. Joe fiel ein, daß er keinen religiösen Fanatiker, sondern einen Kaffee oder ein kaltes Bier brauchte, um diesen Tag richtig zu beginnen.

»Hab dich lange nicht mehr gesehen, Onkel.«

»Hab dich im Dezember gesehen. Du hast gejagt.«

»Ben hat gesagt, daß der andere Jäger dich gejagt hat«, warf Roberto ein.

Joe erinnerte sich an die Episode mit Augustino und den beiden durch einen Strick miteinander verbundenen Trappern, die in der Morgendämmerung aus dem Wald gestolpert waren. Ben und ein Blinder.

»Danke, Onkel, ich hab nicht gewußt, daß du's gewesen bist. Du bist gerade im richtigen Augenblick vorbeigekommen.«

»Dafür kannst du dich bei Roberto, nicht bei mir bedanken. Ist nicht meine Idee gewesen.«

»Er hat Jagd auf dich gemacht?« fragte Roberto. »Er ist verrückt gewesen?«

»Er ist ein Offizier gewesen. Zigarette?« Joe tastete nach einer Packung, aber seine Tasche war noch immer leer.

»Rauch eine von mir.« Roberto zog eine dicke handgedrehte Zigarette aus der Tasche.

»Danke.« Joe griff danach. Die Dinger schmeckten immer nach Mist. Roberto steckte sich eine zwischen die

Lippen, und Joe gab ihm Feuer, bevor er seine eigene Zigarette anzündete. »Starkes Zeug!« Joe mußte husten.

»Aus Taos.«

Roberto lehnte sich an den Jeep. Er hatte eine lange spanische Nase. Seine Hände waren erstaunlich kräftig und trugen gelbe Lehmspuren an den Fingernägeln. Joe erkannte, womit Roberto sich seinen Lebensunterhalt verdiente: Er mischte Adobe mit den Händen. Das war etwas, das ein Blinder konnte.

»Wir wissen, was ihr oben auf dem Hügel macht, und wir wollen, daß du dafür sorgst, daß es aufhört«, sagte Ben.

Weder Joe noch Roberto achteten auf ihn.

»Ich hab deine Mutter mal kennengelernt«, fuhr Roberto fort.

»Ja?«

»Damals bist du in New York gewesen. Sie ist eine Clanmutter gewesen, stimmt's? Winter-Clan?«

»Gehörst du zum Winter-Clan?«

»Sommer.«

»Sie ist eine Winter gewesen.« Großer Gott, auf dieser Seite des Pueblos gehörten alle dem Winter-Clan an. Dann fiel ihm ein, daß Roberto ja blind war. »Hier leben hauptsächlich Leute vom Winter-Clan.«

»Wir wollen, daß du und die Army dafür sorgt, daß es aufhört«, sagte Ben.

»Hör zu, Ben«, antwortete Joe, »ich bezweifle sehr, daß du weißt, was auf dem Hügel vorgeht, aber wenn du willst, daß es aufhört, mußt du dich an einen General, nicht an einen Sergeanten wenden.«

»Deine Mutter hat schöne Gefäße gemacht«, stellte Roberto fest. »Sie hat diese besondere Tonerde verwendet.«

»Ja, den weißen Ton.«

»Sie hat gesagt, daß du außer ihr der einzige bist, der weiß, wo er zu finden ist«, erklärte Roberto Joe.

»Und Sophie.«

»Ihr macht Gift«, warf Ben ein.

»Ben«, fragte Joe so sanft wie möglich, »erinnerst du dich an Pearl Harbor? Bataan?«

»Sie hat gesagt, daß du Klavier spielst«, fuhr Roberto fort. »Und ich hab deinen Bruder Rudy kennengelernt.«

»Das muß aufhören, sag ich dir!«

Joe bemühte sich, nicht die Beherrschung zu verlieren. »Du solltest deinen Fall wirklich Roosevelt vortragen, Ben. Oder vielleicht den Jungs aus Santiago, die jetzt an der Front stehen. Oder ihren Müttern.«

Ben spuckte vor den Jeep. »Wenn ich mit dir rede, fällt mir der Wurm ein. Der Wurm hat keine Ohren und keinen Mumm.«

»Na ja, Ben, dein Beitrag zum Kriegseinsatz, indem du dahockst und furzt und Federn sortierst, ist allgemein bekannt und anerkannt.«

»War ein netter Besuch«, sagte Roberto. Er schlug Ben mit seinem Stock ans Schienbein, um festzustellen, wo er stand.

»Kannst jederzeit wiederkommen«, sagte Joe.

Ben tat so, als gebe es noch viel zu reden, aber Roberto umklammerte den Arm des Alten und führte Ben, obwohl er selbst blind war, über die Straße in den Hof zurück.

Verrückt! Erst Harvey, jetzt Ben Reyes.

»Ich gebe Ihnen einen Dollar pro Stück«, sagte Joe. Mrs. Quist stand auf der Schwelle und klopfte sich Staub von ihrem weißen Kostüm.

Sie kam aus Südkalifornien nach Saratoga, solange Joe zurückdenken konnte. Früher war sie eine allen sichtbare Frau, von Jahr zu Jahr etwas sonnengebräunter, gewesen. Jetzt war sie vermummt, als habe sie schwere Verbrennungen erlitten. Ihre Stimme klang nasal. Joe rutschte vom Sitz seines Jeeps und folgte ihr ins Haus.

Auf dem Tisch waren fünf Keramiken aufgereiht. Ein mehrfarbiges Gefäß mit einer geflügelten Schlange, die sich so kringelte, daß sie sich endlich selbst in den Schwanz biß. Ein kohlschwarz glänzender runder Teller, der mit einem Ring aus hundert feingezeichneten Federn geschmückt war. Ein brauner Topf mit Rillen wie ein Eichelkürbis und glattpolierter Außenfläche. Ein Hochzeitskrug mit elegantem Doppelhals. Eine kleine schwarze Saatschale: kugelrund mit kleinem Loch.

»Das Haus sieht schrecklich aus! Wenn Dolores es so sähe ...« Mrs. Quist seufzte irritiert und wedelte den Staub weg.

»Einen Dollar pro Stück?«

»Dabei setze ich noch zu. Wenn Sie sich meine Reisekosten, die Benzinmarken, Hotel, Mahlzeiten und den Verdienstausfall wegen des geschlossenen Ladens vorstellen, kann ich unmöglich daran verdienen. Wegen der Benzinrationierung bin ich zum ersten Mal seit zwei Jahren wieder hier. Dolores und ich haben allerdings eine Vereinbarung.«

»Sie haben einen Dollar gesagt.«

Mrs. Quist stellte den Kürbistopf behutsam in einen mit Holzwolle und Zeitungspapier ausgepolsterten Pappkarton. »In Santa Fé kann ich sie nicht verkaufen. Dort gibt's bloß Soldaten, keine Touristen. Soldaten kaufen Postkarten, keine Keramik. Bis ich nach Los Angeles komme, ist die Hälfte zerbrochen.«

Sie packte den Teller ein und legte ihn vorsichtig in einen weiteren Karton, bevor sie das mehrfarbige Gefäß einwickelte und daraufstellte. »Vielleicht kann ich überhaupt nichts davon verkaufen. Der Krieg hat alles verändert. Die Leute kommen aus Italien und Frankreich zurück, sie sind in der ganzen Welt herumgekommen. Sie wollen große Kunst, sie wollen Gemälde sammeln – Picassos, Monets –, nicht Indianerkeramik.«

»Klingt wirklich schlimm.«

»Das ist der Lauf der Welt, Joe.«

Er konnte ihre Augen hinter der dunklen Brille nicht

erkennen. Er war mit den jährlichen Besuchen von Mrs. Quist, mit ihren Weisheiten aufgewachsen. Er konnte sich an kein Jahr erinnern, in dem Indianerkeramik sich gut verkauft hatte.

»Tatsächlich arbeiten die meisten Händler jetzt nur noch auf Kommissionsbasis.« Sie packte den großen Hochzeitskrug besonders sorgfältig ein. »Von denen bekämen Sie überhaupt kein Geld, so daß Sie mit leeren Händen dastünden.«

»Mit leeren Händen statt mit fünf Dollar?«

Mrs. Quist verpackte die Saatschale zuletzt, bevor sie je einen Dollarschein an die Stelle legte, wo die Gefäße gestanden hatten, und sie dort glattstrich. »Bitte!«

Die Geldscheine knisterten. Einer drehte sich langsam.

»Wollen Sie das Geld nicht nehmen?«

»Später.«

Die Brise war kaum mehr als in ein kühles Adobehaus fließende warme Luft. Der kreiselnde Geldschein näherte sich dem Tischrand.

»Na ja, das ist Ihr Geld, mit dem Sie tun können, was Sie wollen.«

»Oh, ich tue nur, was Dolores getan hätte, wenn sie hiergewesen wäre, Mrs. Quist. Sie hätte Ihnen geduldig zugehört und einen Dollar pro Gefäß genommen. Sie verdienen zwanzig, fünfundzwanzig Dollar pro Stück, oder? So haben Sie schon immer an Dolores verdient – und sie hat's genau gewußt! Ich hab's ihr immer wieder gesagt, aber sie hat sich zu sehr für Sie geniert, um etwas zu sagen. Sie hat sich wegen Ihrer Geldgier geschämt. Aber sie hat gesagt, Sie könnten die Sachen haben, deshalb sollen Sie sie auch bekommen. Bis auf die hier.« Joe nahm die Saatschale aus dem Karton. »Der Dollar auf dem Fußboden gehört wieder Ihnen, wenn sie ihn aufheben wollen.« Joe hatte sie nicht erschrecken wollen, aber Mrs. Quist wich zurück, als habe er ausgeholt, um sie schlagen. »Nein? Dann will ich Sie hinausbegleiten.«

Er trug die Kartons zu ihrem Hudson und stellte sie vorsichtig auf den Rücksitz. Dann hielt er ihr die Fahrertür auf, während sie rasch einstieg, den Schlüssel ins Zündschloß steckte und auf den Anlaßknopf drückte. Ihre Sonnenbrille zitterte, bis sie wieder zu Atem gekommen war.

»Joe, an Ihrer Stelle würde ich das viele Geld aufheben und das Haus putzen, bevor Dolores es zu sehen kriegt.«

»Dolores ist tot. Letztes Jahr gestorben.« Joe knallte die Autotür zu. »Ich dachte, das wüßten Sie.«

Ein Cadillac zwängte sich durch die Gasse am rückwärtigen Gartenzaun der Familie Reyes entlang, und Joe achtete nicht mehr auf Mrs. Quist, die jetzt anfuhr. Der Cadillac war ein weißes Coupé mit verchromtem Kühlergrill. Das Fahrerfenster wurde heruntergekurbelt, und ein dünner schwarzer Arm hing nonchalant ins Freie. Am kleinen Finger glitzerte ein Brillant.

»He, du bist also *doch* wieder zu Hause, Joe! Ich hab dich gestern Abend in der Casa gesucht, aber du bist nicht dort gewesen.« Pollack grinste und schüttelte dabei den Kopf, um widersprüchliche Gefühle auszudrücken. »Irgend jemand hat erzählt, er habe deinen Jeep hier draußen stehen gesehen. Das ist gut. Es ist gut heimzukommen.« Pollack hatte ein etwas verschlagenes Lächeln, eine breite Nase und eine flache Stirn, die in gekräuseltes graues Haar überging, unter dem seine blauschwarze Kopfhaut durchschien. Wenn er sprach, machte er fahrige Handbewegungen, die Joe an die Fächer der Damen bei Gospelmeetings erinnerten. War Pollack aufgeregt, schienen seine Augen vor nervöser Energie aus ihren Höhlen quellen zu wollen. Er trug tagsüber stets seidene Hemden und abends einen Smoking. Insgesamt erinnerte er an eine streunende Katze, die es zu würdevollem hohen Alter gebracht hatte. »Ich freue mich, dich wieder hier zu sehen.«

»Du bist eigens hergekommen, um diesen Anblick zu genießen?«

»Ich hab dich gesucht. Wie du weißt, darf ich nicht auf euren geheimen Berg, um dich zu sprechen, deshalb muß ich zusehen, wo ich dich erwische. Gestern abend hätte ich dich brauchen können. Hab einen Klavierspieler gehabt, wohl ein Deutscher. Er hat bloß Polkas gekonnt. Muß ein Kriegsgefangener gewesen sein.«

»Tut mir leid.«

»Der Club gehört schließlich auch dir ...«

»Das hab ich lange nicht mehr von dir gehört.«

»Du kriegst keinen Gewinnanteil, versteht sich, weil dein Daddy Mike niemals Geld eingezahlt hat. Aber wir sind Partner gewesen. Sein Name steht in den Papieren. Er wollte sich immer einkaufen, aber dann ist's nie dazu gekommen. Wie du weißt, hab ich auf diese Weise deine Mutter immer ein bißchen unterstützt. Ich hätt's nicht zu tun brauchen, aber ich hab's getan. Was rauchst du da? Riecht wie irgendwas, das sich in einem Huf angesammelt hat.«

»Ich weiß.« Joe ließ die Selbstgedrehte fallen und trat sie aus.

»Ich hab frühzeitig gelernt, daß man immer elegant sein muß. Wer im Blickpunkt der Öffentlichkeit steht, muß einfach was hermachen.«

Joe setzte einen Fuß aufs Trittbrett. »Worauf willst du hinaus? Gut, ich bin also gestern nicht in der Casa gewesen.«

»Ich verkaufe sie.« Pollack freute sich über Joes überraschtes Gesicht.

»Die Casa Mañana?«

»Ja. Eddie Junior kommt aus Italien heim. Ich will uns einen netten Club in Harlem einrichten.«

»Verdammt schade! Ich meine, für dich und Eddie ist's natürlich großartig, aber die Casa ist der beste Club im ganzen Staat gewesen.«

»Der einzige mit dem authentischen Big-Band-Sound. Hunderttausend Dollar. Inklusive Küche, Stühle und

Tische, Schnapsvorräte, Schanklizenz und Parkplatz – praktisch ein ganzer Block. Albuquerque steht nach dem Krieg ein Boom bevor, weißt du.«

»Warum kommt Eddie Junior nicht hierher?«

»Er ist bei seiner Mutter aufgewachsen. Er kennt bloß New York.«

Pollack starrte nachdenklich in die Ferne.

»Und Italien.«

»Richtig, Italien!« Pollack grinste wieder. »Ein Held wie du. Ein Veteran. Wär's nicht großartig, wenn du nach New York kommen und in unserem neuen Club spielen würdest? Noch eine Kleinigkeit, Joe. Es handelt sich darum, daß ich nicht allein verfügungsberechtigt bin. Ich werde deine Unterschrift auf den Papieren brauchen, weil du Mikes Erbe bist.«

»Ich sein Erbe? Was hätte er mir denn vererbt? Ich bin nicht am Club beteiligt, hast du gesagt.«

»Es ist eine juristische Spitzfindigkeit.«

»Die darin besteht, daß ich ein Partner ohne Anteil bin?«

»Du kriegst eine Entschädigung.«

»Geld?«

»Eine Entschädigung.«

»Einen bestimmten Betrag?«

»Beträchtlich.«

»Ich will eine Zahl hören! Hundert Dollar Entschädigung? Tausend Dollar Entschädigung? Ich will wissen, in welchem Bereich sie liegen soll.«

»Kann ich nicht sagen.«

»Aber ich vielleicht! Wie schlimm kann ich deine Verkaufsverhandlungen stören?«

»Joe, wir sind Freunde, wir sind Partner.«

»Das merke ich gerade.« Joe betrachtete Pollacks entsetzte Miene. Er schlug mit der flachen Hand aufs Autodach. »Scheiß drauf! Bring die Papiere mit, dann unterschreib ich sie. Du brauchst keine ›Entschädigung‹ mitzubringen.«

»Du hast mir Angst eingejagt!« Pollack wirkte noch immer grau.

»Tut mir leid. Mir setzt nur heute die Schwerkraft ziemlich zu.«

»Na ja ...« Pollack wagte nicht, mehr zu sagen.

»Hast du dich jemals gefragt, was sie auf diesem geheimen Berg tun? Auf dem Hügel? Was würdest du sagen, wenn ich dir erzähle, daß sie dort eine Maschine bauen, um das Ende der Welt herbeizuführen? Um alles in die Luft zu jagen?«

»Jetzt weiß ich, daß du flunkerst!« Pollack ließ den Motor an und hatte es plötzlich eilig wegzukommen.

»Ja, natürlich.«

»Gut, nachdem das jetzt geregelt ist, Joe, fahre ich am besten weiter. Freut mich, daß du wieder in deinem eigenen Haus bist.«

»Ja.«

Pollack stieß zurück, wendete und rollte langsam zwischen dem Hof der Familie Reyes und dem Ziegenzaun davon, der als Grenze für Außenaborte, Komposthaufen und Maisfelder diente. Joe folgte dem Cadillac mit den Augen durch Lücken zwischen Adobewänden, an der Winter-Squash-Kiva vorbei, auf die Plaza und unter der Pappel hindurch. Dann fiel sein Blick wieder auf die unbefestigte Straße. Erst jetzt entdeckte er, daß Mrs. Quists Hudson vor einem Chollakaktus stand, gegen den sie beinahe gefahren wäre. Ihre Tür stand offen, und Joe sah, daß sie die Hände vors Gesicht geschlagen hatte. Daß sie weinte, merkte er allerdings erst, als ihre Sonnenbrille zu Boden fiel. Mrs. Quist wäre beinahe aus dem Wagen gekippt, als sie sich vorbeugte, um die Brille aufzuheben.

Einfach unglaublich! Mrs. Quist hatte Dolores begaunert, solange er zurückdenken konnte; sie hatte Dolores über Jahre hinweg 50 Cent oder einen Dollar pro Keramik gezahlt – ein Zwanzigstel dessen, was sie dafür in Santa Fé oder Los Angeles erzielen konnte. Wenn Joe an das Geld dachte, das sie an Dolores verdient haben mußte … Mrs. Quist hatte Dolores ausgebeutet. Er kam sich vor, als beobachtete er eine Katze, die eine Maus beweinte. Verrückt!

Er ging ins Haus. Auf dem Tisch stand die schwarze Saatschale: ein dunkler Mond, der oben ein Loch von der Größe eines Samenkorns aufwies. In der Luft hing noch der Staub, mit dem die Gefäße bedeckt gewesen waren, der Stärkegeruch trockenen Tons und der überwältigende Geruch alter Erinnerungen. Dolores saß dort drüben auf ihrem Stuhl am Tisch; er brauchte nur den Blick zu heben, um sie zu sehen. Sie war eine kleine Frau mit feingeschnittenen Zügen, glatter Haut, stets voller Konzentration. Ihre Hände arbeiteten flink, wenn sie einen Polierstein über das entstehende Tongefäß zogen. Sie zog eine Linie vom Boden bis zum oberen Rand und schloß zahllose Parallelen an, wobei sie jeweils nur soviel Druck ausübte, daß der an der Ritze leicht sich aufwerfende Ton etwas kräftiger leuchtete. Sobald das Gefäß dann mit Hunderten von Linien überzogen war, die an die Iris eines Auges erinnerten, glätteten ihre Finger das Gefäß bei einer weiteren Drehung, indem sie den winzigen Erhebungen zwischen den Rillen folgte. Joe verstand nicht, was sie sagte, aber er hörte den musikalischen Tonfall ihrer Stimme. Er lehnte sich gegen die Wand und sah auf.

Keine Dolores. Nur Sonnenstäubchen, die langsam im Licht über Tisch, Stuhl und schwarzem Gefäß tanzten – dem letzten und einzigen Stück, das er von ihr hatte. Er riß es an sich und stürzte ins Freie.

Der Hudson war fort. Zwischen Aborten und Zäunen holperte ein Jeep mit Sergeant Shapiro am Steuer und Korporal Gruber auf dem Beifahrersitz heran. Die Militärpolizisten trugen Helme, Revolver und Schlagstöcke, folglich waren sie im Dienst. Beide waren Gewichtheber. Gruber hatte ein grobes, wie aus Holz geschnitztes Gesicht; Shapiros Kinn mit dem starken Bartschatten hing schlaff herab, und auf seinem Gesicht stand ein an Leidenschaft oder Verzweiflung grenzender Ausdruck. Joe hatte die beiden MPs bisher noch nie in der Reservation erlebt.

Der Jeep bremste scharf und kam dicht vor ihm zum Stehen. Gruber machte ein angewidertes Gesicht. Shapiro hatte Mühe, die richtigen Worte zu finden. »Chief, hast du mich neulich gesehen?«

»Wann?« Joe sah sich noch immer nach Mrs. Quists Hudson um.

»Auf Streife, mit meinem Pferd am Zügel.«

»Nein.« Joe konzentrierte sich auf die beiden.

»An dem Tag, an dem aus dem Hängenden Garten Sprengstoff gestohlen worden ist. Hast du mich nicht auf Streife gesehen?«

»Welchen Tag meinst du?«

»Es war schlimm genug, daß in den Bunker eingebrochen worden ist. Augustino hat mich gesehen. Captain Augustino sagt, daß ich Reiten lernen muß, sonst komme ich zur Infanterie, und er will persönlich dafür sorgen, daß ich in den Pazifik versetzt werde. Er sagt, daß ich aufs erste Scheißschiff komme, das Japan erreicht.«

»›Als erstes Arschloch im Wasser‹, hat der Captain gesagt«, erinnerte Gruber ihn.

»Du hast Doktor Oppenheimer beigebracht, wie man reitet, du kannst's auch mir beibringen«, erklärte Shapiro Joe. »Morgen ist Sonntag. Mein Leben liegt in deinen Händen.«

»Ich arbeite morgen.«

»Chief, es soll nicht dein Schaden sein. Du kannst haben, was du willst. Das verspreche ich dir!«

»Vielleicht nachmittags.«

Der Hudson war noch immer nicht über die Plaza gefahren. Er schien einfach verschwunden zu sein, als sei Mrs. Quist geradewegs gen Himmel gefahren, um direkt bei Dolores einzukaufen.

12

Sonntagmorgen. Solange Oppy sich in Washington aufhielt, war Joe den Werkstätten auf der Two Mile Mesa zugeteilt. Es waren nagelneue schieferverkleidete Gebäude, in deren Innerem allgemeine Panik wegen der Vierwochenfrist für den Trinity-Versuch herrschte. Im Gießereigebäude waren die handelsüblichen Bonbonkessel, in denen Sprengstoffe geschmolzen wurden, defekt geworden, weil ihre Rührwerke mit dem zähen braunen Baratol, einem TNT-Derivat, verklebt waren.

Gegossene Neunzigkilostücke Sprengstoff wurden mit für Kinder konstruierten Red Flyer Wagons durch die Gegend gekarrt. Wenn ihre Achsen brachen, flüchtete alles. Ersatzwagen standen in einem Lagerraum mit der Türaufschrift FUBAR: »Fucked Up Beyond All Repair«. Außer einem Mangel an Wagen gab es einen an Firnis. Damit nichts von ihnen absprang, wurden die Sprengstoffstücke mit Firnis gestrichen; es gab nichts Zerbrechlicheres als Sprengstoff.

Die rohen Sprengstoffbrocken wurden mit Bronzesägen zurechtgetrimmt, um die Funkengefahr möglichst zu verringern. Joe besprühte ein Gußteil, während ein Maschinist vorsichtig die von der Gußform zurückgebliebenen Grate entfernte. Beide Männer sahen den Funken gleichzeitig. Joe setzte das Gußteil unter Wasser, bis er sicher war, daß nur ein einzelner Baratolkristall gefunkt hatte und keine Detonation zu befürchten war. Der Maschinist war bis auf die Haut durchnäßt. »Das ist das Tolle an diesem Job«, erklärte er Joe. »Ich kann mir in die Hosen machen, und kein Mensch merkt's!«

Nachmittag. Ein Basaltcanyon, an dessen Rand Zedern wuchsen. Unten ein Bach, Moos, Veilchen und eine einsame Apachenweide. Joe beobachtete, wie Shapiro ängstlich auf einer zwölfjährigen Stute namens Dixie das Gleichgewicht hielt.

»Schon viel besser«, sagte Joe und ging um Pferd und Reiter herum. »Das Geheimnis ist, daß Dixie dich nie im Stich läßt. Sie folgt einfach dem Pferd vor ihr. Du reitest niemals ganz vorn, du reitest niemals ganz hinten. Sie ist's zufrieden, einen Sack zu tragen. Du bist ihr Sack. Sei ein Sack für sie!«

Shapiro runzelte die Stirn. »Oppenheimer, der galoppiert und springt mit seinem Pferd.«

»Sein Pferd heißt Crisis. Willst du ein Pferd reiten, das so heißt? Du mußt dich mit Dixie anfreunden. Bring ihr jeden Tag Karotten, Äpfel und Würfelzucker.«

Shapiro sackte etwas zuversichtlicher im Sattel zusammen. »Zu Hause in Brooklyn hat mein Bruder Tauben gehalten«, sagte er.

Vor Joes innerem Auge erschien ein Bild Shapiros in einem Taubenschlag auf dem Dach, mit Blut und Federn an den Händen.

»Nett. Gut, dann freundest du dich auf ähnliche Weise mit Dixie an.«

Über ihnen hoben die Zedern sich wie eine Reihe von Scherenschnitten vom Himmel ab. Joe bildete sich ein, dort oben jemanden gesehen zu haben, der sie beobachtete. Das konnte aber auch eine Krähe gewesen sein.

»Chief, wenn du mir einen richtigen Gefallen tun willst, hilfst du mir boxen. Hast du gesehen, wie Ray Stingo gegen den Jungen aus Texas geboxt hat?«

»Ja.«

»Jetzt boxe ich gegen den Jungen.«

»Der bringt dich um!«

»Diese verdammten Linkshänder!« Aus Shapiros Stimme sprach tiefer Schmerz, als spreche er über ein unheilbares Leiden. »Ich hab von Anfang an gelernt, bei einer linken Geraden nach rechts auszuweichen und mit der Rechten zu kontern. Auf diese Weise gerate ich aber mitten in den Cross eines Linksauslegers. Ich sehe ihn gar nicht kommen. Ich sehe ihn nie kommen.«

»Vielleicht hast du eine Chance.«

»Augustino steckt dahinter. Er wettet auf den Jungen. Diese Scheißtexaner halten immer zusammen.«

»Steig ab.«

»Ich bin dir wirklich dankbar, Chief.«

Shapiro rutschte aus dem Sattel. Beide Männer legten ihre Mützen, Webgürtel und Pistolen ab und gingen in Boxstellung.

Joe stellte den rechten Fuß nach vorn, als sei er ein Linksausleger. »Deine rechte Hand ist zu tief. Laß mal sehen, wie du dich bewegst.« Er schlug eine langsame Gerade mit offener Hand, um Shapiros Reaktion zu testen. »Nein, nicht so! Duck dich nach links. Laß die Rechte oben. Noch mal! Jetzt muß sein linker Haken kommen!« Shapiro, dessen Fäuste wie wildgewordene Dreschflegel arbeiteten, griff an. Joe versuchte es mit einer weiteren linken Geraden im Zeitlupentempo. »Ducken, ausweichen, den Haken schlagen.« Er blockte Shapiros Haken mit dem Arm ab. Das weiche Moos war mit Lichttupfern übersät, wo das Sonnenlicht durch die Bäume fiel.

»Glaubst du, daß ich eine Chance habe, Chief?«

»Mal sehen.«

Joes Rechte kam diesmal schneller und traf leicht Shapiros Kinn. Der Militärpolizist wich instinktiv nach rechts aus und lief dadurch in Joes linke Gerade hinein. Er wehrte einige Linke von Shapiro ab und traf dann erneut das Kinn des Sergeanten. Sobald Shapiro etwas auf sich zukommen sah, verfiel er in seine alte Gewohnheit und bewegte sich entgegengesetzt – in den nächsten Cross hinein. Joe blockte zwei Haken ab, wich einer Geraden aus und traf Shapiro erneut. Die rechte Backe des Militärpolizisten verfärbte sich rot.

»Vergiß es.« Joe packte Shapiros Handgelenke.

»Vergiß es?« Shapiro spannte frustriert die Muskeln an.

»Du kannst nicht gewinnen. Tut mir leid.«

»Hilf mir!«

»Wie viele Runden sind's?«

»Sechs.«

»Der Junge ist im Grunde genommen ein Amateur. Er hat wahrscheinlich noch nie länger als drei Runden geboxt. Wie ich höre, legt er alle in zwei Runden flach.«

»Wunderbar!«

»Das bedeutet, daß der Junge ausgepumpt ist, wenn du die vierte Runde erreichst. Kannst du bis vier zählen? Gut. Du bewegst dich also nicht nach links, du bewegst dich nicht nach rechts, du bewegst dich nicht rückwärts, weil du zu langsam bist. Du gehst einfach in den Clinch. Dabei kriegst du einiges ab, aber das kannst du wegstecken. Dann klammerst du dich an ihn. Los, halt meinen Arm fest! Du hängst dich daran, du reißt daran, das macht die Schultern müde. Nicht lockerlassen!« Joe wich zurück und wandte sich abwechselnd nach rechts und links. »Drei Runden sind neun Minuten. Wenn du acht Minuten lang mit ihm im Clinch bist, kann er dich nur eine Minute lang killen. Aber im Clinch keine Kopfstöße! Du hast Narbengewebe wie ich, deshalb kriegst du leichter Platzwunden als er. Dichter ran, näher ran!« Joe ärgerte sich über sich selbst, weil er Spaß daran hatte, wieder ins Schwitzen zu geraten, sich zu konzentrieren und leichtfüßig vor seinem Gegner herzutänzeln. Einen Schwinger abzublocken, eine kurze linke Gerade anzubringen. Als Shapiro stehenblieb, winkte Joe ihn ungeduldig heran. »Bewegung, du dämlicher Klotz!«

Shapiro blickte über Joes Schulter. Er drehte sich um und sah jemanden im Schatten der Weide stehen. Er mußte die Augen zusammenkneifen, weil sie gegen die Sonne so dunkel war.

»Klaus klettert eine Felswand hinauf«, sagte sie. »Das Zusehen hat mich gelangweilt, deshalb bin ich gegangen.«

Joe sah eine von rückwärts beleuchtete schlanke Gestalt

in weißer Bluse und langer Hose. Das Haar in Pagenfrisur, pechschwarz und ungewellt. Graue Augen, die ihn prüfend betrachteten. Kein Lippenstift, aber volle Lippen.

»Der Chief hat mir Reitunterricht gegeben«, sagte Shapiro leicht verlegen.

»Eine alte indianische Methode?« fragte Anna Weiss Joe.

Gleißend helles Sonnenlicht streifte ihre Wange.

»Bei der indianischen Methode langweilt sich wenigstens niemand«, anwortete er.

Zaunkönige flatterten hastig über den Canyonrand zu ihren Nestern.

Weit unter und hinter ihnen ritt Shapiro in die entgegengesetzte Richtung davon, indem er sein Pferd dem Bachlauf zum Hügel zurück folgen ließ.

»Ich hab Ihnen ja erzählt, daß Teile der näheren Umgebung noch von den Einheimischen genutzt werden«, sagte Joe. »Welchen Berg wollte er denn besteigen?«

»Eigentlich keinen Berg, sondern nur die Wand des nächsten Tals.«

»Canyons?«

»Richtig, das hätte ich beinahe vergessen! Hier gibt's keine Täler; hierzulande gibt's nur Canyons. Und Schluchten.«

Hinter den Zedern, die den Canyonrand säumten, breiteten sich die Jemez Mountains aus. Hohe, aus Kiefernwäldern aufragende Gipfel, die nach Süden hin flacher wurden und sich in Richtung Norden wie hochgehende Wogen auftürmten. Anna, die den Aufstieg sichtlich genossen hatte, drehte sich nach den von Mariposa-Lilien purpurrot gefärbten Bergwiesen um. Sie dreht sich wie ein Kind um, dachte Joe – als ob die Erde sich um sie drehe.

»Eigentlich glaubt man, von hier aus müßte die ganze Welt zu überblicken sein«, meinte sie. »Das Gute daran ist, daß man's doch nicht kann.«

»Sie fahren nach Chicago zurück?«

»Bald.« Als Joe vor ihr herging, fragte sie spitz: »Sollte die Dame nicht Vortritt haben?«

»Klapperschlangen.« Er nickte zu den Felsen entlang des Weges hinüber.

Sie marschierte hinter ihm her. »So, diese Berge sind also Ihre Heimat, Sergeant.«

»Ja, wenn's nach der Army geht.«

»Sie mögen die Army nicht?«

»Ich kenne keinen vernünftigen Menschen, der die Army mag.«

»Das ist keine direkte Antwort. Captain Augustino scheint die Army zu mögen.«

»Bleiben Sie von Captain Augustino weg.«

»Haben Sie ihm von Harvey berichtet?«

Der Captain interessiert sich für dich, nicht für Harvey, dachte Joe.

»Da gibt's nichts zu berichten«, sagte er.

»Erzählen Sie mir von Mrs. Augustino«, forderte Anna ihn auf.

»Mrs. Augustino hat den Hügel vor Monaten verlassen.«

»Ziemlich eilig, sagen die Leute.«

Sie blieben stehen. Anna schien ihn kühl zu studieren.

»Was sagen die Leute noch?« fragte Joe.

»Daß Sie eine Schwäche für Offiziersfrauen haben.«

»Für Frauen.«

»Halten Sie mich für unhöflich, Sergeant?«

»Nein, ich halte Sie für interessiert.«

Ein Windstoß hob einen Kragenzipfel ihrer Bluse gegen ihr Haar.

»Vielleicht suchen wir jetzt besser Doktor Fuchs«, schlug sie vor.

Der Weg führte in einen aus einer Quelle gespeisten Canyon hinunter, in dem das Wasser sich durch Schichten aus Bimsstein, rosa Sandstein und Kalk gegraben hatte.

Eschen wuchsen auf dem Boden des Canyons, Ponderosas an den Seiten. Große Gebiete der Jemez Mountains waren abgeholzt worden, um Bauholz zu gewinnen. Aber in diesem Canyon standen noch gewaltige Kiefern: dunkelorangerote Stämme, grünsilbern glänzende Nadeln, über hundert Jahre alt. In Felshöhlen über den Baumwipfeln nisteten Eichelhäher und Wasseramseln. In den höchsten und unzugänglichsten Wandfluchten waren Löcher wie riesige Pockennarben und die Schatten von Felsbändern zu erkennen.

»Ist Fuchs hier geklettert?«

Anna nickte. »Mir wurde es langweilig.«

Joe pflückte eine Krähenfeder von einem Zweig; sie hinterließ graue Spuren an seinen Fingern. »Könnte inzwischen aber ganz lustig geworden sein.«

Am Fuß der Wand lehnte hinter einer als Sichtschutz dienenden Kieferngruppe eine primitive Leiter, an der weitere Federn hafteten. Joe forderte Anna auf, unten zu warten. Er stieg die Leiter hinauf und kletterte in griffigem Fels weiter, als er sie hinter sich herkommen hörte.

»Warum sollte ich etwas Lustiges verpassen?« fragte sie.

Vom Wind bewegte Kiefernzweige streiften seinen Rücken. In zwanzig Meter Höhe hatte er die Baumwipfel unter sich und erreichte ein Felsband, das in eine etwa drei mal fünf Meter große Höhle überging, die aus dem weichen Tuffstein herausgehauen worden war. Das niedrige Dach und der Höhlenboden waren mit einer schwarzen Rußschicht bedeckt, die mit Federn vermischt war. In der Höhle saßen sich zwei Männer gegenüber: Klaus Fuchs, dessen Hemd schmutzig und zerrissen war, und Roberto, der Blinde aus Taos.

»Gott sei Dank, daß du hier bist!« rief Fuchs aus, als er Anna sah.

»Ich bin's – Joe Peña«, erklärte Joe Roberto.

»Ich hab euch kommen gehört«, sagte Roberto.

Roberto trug sein Haar diesmal lang, nicht zu Zöpfen geflochten. Er hatte seine Decke umgehängt, und Joe merkte erst, als er Anna aufs Felsband half, daß Roberto eine doppelläufige Marlin-Schrotflinte in den Händen hielt und ihre Mündungen gegen Fuchs' Hodensack drückte.

»Wir stören doch nicht etwa?« fragte Joe.

»Ihr nicht, nein«, versicherte Roberto ihm.

»Ich bin ein Gast der amerikanischen Regierung auf staatlichem Grund und unter staatlichem Schutz, nicht wahr?« fragte Fuchs besorgt.

An seinem Hals waren schmutzige Fingerabdrücke, folglich mußte es zu einer Rangelei gekommen sein. Joe hatte den Eindruck, sein Haar sträube sich vor Angst. In einer Ecke der Höhle lagen hölzerne Götterfiguren in rote Federn und bemaltes Leder gehüllt. Unter einer Rußschicht waren Geister zu erkennen, in den weichen Fels gehauen: Schlangen wie Reifen, als Stöcke gezeichnete Blitze.

»In diesem Gebiet, vor allem in diesem Canyon, sind Bereiche für die Einheimischen zur Ausübung ihrer Religion reserviert«, stellte Joe fest.

»Für Indianer, meinen Sie«, sagte Fuchs.

»Das sind die Einheimischen«, bestätigte Joe.

»Sie meinen ...«, begann Fuchs.

»Genug!« unterbrach Roberto ihn und gab ihm einen Stoß mit dem Doppellauf – nicht kräftig, aber doch so, daß Fuchs sich leicht nach vorn beugte. »Er ist hier oben gewesen, als wir raufgekommen sind, Joe.«

Joe konnte sich die Szene vorstellen: Fuchs von etwa einem Dutzend Priester entdeckt, zu denen vermutlich auch Ben Reyes gehört hatte. Daß jemand aus Taos an einer Zeremonie der Santiagos teilnahm, war ungewöhnlich, aber nicht gänzlich abwegig. Viele der Männer waren beim Militär. Priester reisten zwischen den Pueblos hin und her, um die alten Rituale nicht in Vergessenheit geraten zu lassen. In dieser Höhle mußten Altäre gestanden haben, die Ben und die anderen weggeschleppt hatten. Ben würde zurückkommen. Die Höhle war so niedrig, daß Joe nur in gebückter Haltung stehen konnte. Falls Roberto mit seiner Schrotflinte um sich schoß, konnte er ein Blutbad anrichten. Clever von dem Blinden, daß er sich für einen so winzigen Raum und eine doppelläufige Waffe entschieden hatte.

»Wollen wir die Dame nicht wieder runterklettern lassen?« schlug Joe vor.

»Damit sie weglaufen und Hilfe holen kann?« Roberto schüttelte den Kopf.

»Darf ich mich hinsetzen?« fragte Anna.

»Ja.« Roberto wirkte zufrieden. Er nahm die Schrotflinte in die andere Hand und hielt Anna seine Decke hin.

»Danke!« Sie breitete die Decke auf dem Fels aus und nahm Platz.

»Du auch, Joe«, forderte Roberto ihn auf.

»Danke.« Joe begriff den Wink.

»Wie beim Picknick.« Roberto drehte den Kopf in Annas Richtung. Unter der Decke trug er ein weißes Hemd und Arbeitshosen; das Hemd war an Hals und Ärmeln zugeknöpft, so daß seine graue Körperbemalung kaum zu sehen war. Seine geschlossenen Augen waren leicht eingesunken. Ansonsten sah er besser aus, als Joe ursprünglich geglaubt hatte. Joe trug seine 45er in einem Halfter mit Schnappverschluß. Er fragte sich, wie gut Robertos Gehör sein mochte.

»Warm.« Joe stellte fest, daß die Schrotflinte entsichert war.

»Wird ein trockener Sommer«, stimmte Roberto zu.

»Ich hab noch immer einen Anteil an einem Bohnenfeld unten im Pueblo. Was hältst du von den Aussichten für die Bohnenernte?«

»Schlechtes Jahr für Regen«, sagte Roberto. »Gutes Jahr für Blitze.«

»Er ist blind«, flüsterte Fuchs.

»Was hat das mit dem Wetter zu tun?« fragte Joe. Die blassen Augen hinter Fuchs' Brillengläsern fixierten die Pistole an Joes Gürtel.

Joe griff nach seinen Zigaretten. »Zigarette? Ich bin dir eine schuldig.«

Roberto nickte.

»Er ist ein Irrer!« zischte Fuchs.

»Er ist ein Spion«, erklärte Roberto Joe.

Joe klopfte die letzte Zigarette aus seiner Packung.

»Tut mir leid, ich hab nur noch drei«, sagte er zu Fuchs. Er zündete alle drei gleichzeitig an und gab zwei Anna, die Roberto eine zwischen die Lippen steckte.

Roberto inhalierte. Dann lächelte er. »Ich spüre, daß sie hübsch ist. Hübsche Frauen haben eine bestimmte Ausstrahlung.«

»Er redet nicht wie ein Irrer«, meinte Anna an Fuchs gewandt.

»Sehr witzig!« Fuchs starrte den Doppellauf zwischen seinen Beinen an.

»Bist du auch Deutsche?« fragte Roberto Anna. »Dein Akzent gefällt mir.«

»Ich wäre ihn lieber los«, antwortete sie.

»Nehmen Sie sich Billie Holiday als Vorbild. Kaufen Sie sich ihre Schallplatten«, empfahl Joe ihr. Er wandte sich an Fuchs. »Etwas Fats Waller würde auch Ihnen weiterhelfen. Sie haben also spioniert?«

»Er hat's versucht!« warf Roberto ein.

»Ich hab nicht spioniert; ich bin nur zufällig hier raufgekommen.«

»Haben Sie sich dafür entschuldigt?« fragte Joe.

Fuchs schnaubte.

Die meisten Priester waren alte Männer; sie hatten Altäre, Gebetsstöcke, Steine und Fetische in Sicherheit bringen müssen – eine schwere Last, die über die Wand abtransportiert worden war. Joe machte eine achtungsvolle Pause, bevor er fortfuhr. »Wie du hörst, ist er ziemlich unwissend, Roberto. Was hast du mit ihm vor?«

»Erschießen.«

»Großer Gott!« ächzte Fuchs.

»Könnte man machen«, stimmte Joe zu.

»Großer Gott«, murmelte Fuchs erneut.

»Bist du religiös?« fragte Roberto ihn.

»Sein Vater ist Geistlicher«, stellte Anna fest.

»Mormone?« fragte Roberto. »Hier gibt's massenhaft Mormonen.«

»Evangelisch«, sagte Fuchs.

»Das ist interessant! Findest du das nicht interessant, Roberto?« erkundigte Joe sich.

»Um so schlimmer, wenn er ein Missionar ist« sagte Roberto.

»Das stimmt«, bestätigte Joe.

»Ich bin Wissenschaftler«, beteuerte Fuchs. »Ich glaube nicht an Gott.«

»Sie müssen zugeben, daß Ihre Äußerungen sich von einem Augenblick zum anderen widersprechen«, sagte Joe zu Fuchs. »Zu schade, daß Sie nicht an Gott glauben, denn es gäbe einen Ausweg, ohne erschossen zu werden. Sie könnten sich aufnehmen lassen.«

»Aufnehmen?« fragte Fuchs.

»So kommen viele neue Priester dazu«, erklärte Joe ihm. »Wer zufällig auf eine Zeremonie stößt, muß eintreten. Auf diese Weise werden die Geheimnisse niemals preisgegeben.«

»Wie in der Kommunistischen Partei«, sagte Anna.

»Die Partei ist nicht mit auf einem Felsen heulenden indianischen Medizinmännern zu vergleichen!« wehrte Fuchs ab.

»Wo heult die Partei denn?« fragte Joe.

»Das ist irrelevant.«

»Oh, wie empfindlich!«

»Warum hast du Indianern nachspioniert?« wollte Anna wissen.

»Warum schlägst du dich auf die Seite dieser Dummköpfe? Warum steckst du mit den Indianern zusammen? Warum seid ihr alle gegen mich?« fragte Fuchs laut. Er spuckte vor Roberto aus. »Du dämlicher kleiner Blinder, du würdest es gar nicht wagen abzudrücken!«

Joe war seit einiger Zeit der Überzeugung, daß Roberto nicht abdrücken würde, deshalb saß er unbeweglich da, als Robertos Zeigefinger den Abzug betätigte. Der geriffelte Hammer stieg in die Höhe, schnappte nach vorn und schickte ein metallisches Klicken durch den leeren Lauf und in Fuchs' Körper. Das Gesicht des Physikers wurde grün und schien zerfließen zu wollen, und sein nächster Atemzug war ein Stöhnen.

»Faszinierend«, meinte Anna.

Fuchs ächzte tiefer – wie ein Cello. Roberto knickte die Schrotflinte auf. Der erste Lauf war leer, aber im zweiten steckte eine Schrotpatrone. Roberto zog sie heraus, tastete nach Fuchs' Hemd und ließ sie hineinfallen.

»Roberto!« Joe schüttelte den Kopf.

»Das macht ihn gläubiger oder höflicher, glaub ich«, sagte Roberto.

Joe überlegte, ob er die Schrotflinte in den Canyon werfen sollte, aber für eine neue würde ihr Eigentümer bei Ward's zwölf oder dreizehn Dollar zahlen müssen.

»Hast du noch Patronen?« fragte er Roberto.

»Nein.«

»Kommen die anderen zurück, um dich zu holen?«

»Klar.« Roberto war unbekümmert, als verabschiede er Gäste, die zum Tee gekommen waren. »Am besten verschwindet ihr, bevor sie kommen.«

»Ja, natürlich.«

»Freut mich, dich kennengelernt zu haben«, erklärte Roberto Anna. »Vielleicht seh ich dich und Joe bald wieder.«

»Alles scheint möglich zu sein.«

»Gut.« Roberto deutete ungefähr in Fuchs' Richtung. »Aber ihn laßt ihr lieber zu Hause.«

Joe mußte sich Fuchs über die Schulter legen und so mit ihm die Canyonwand hinunterklettern. Als sie endlich den Boden erreichten, verschwand Fuchs würgend hinter den Kiefern und riß sich im Laufen den Gürtel auf.

Anna beobachtete, wie er verschwand. »Dies ist ein anderer Planet.«

»New Mexico.« Joe tastete nach seinen Zigaretten, bis ihm einfiel, daß sie die letzten oben auf dem Felsband geraucht hatten.

»Hätte er den anderen Abzug betätigt, hätte er Klaus erschossen.«

»Hätte er Klaus umlegen wollen, hätte er's getan, bevor wir oben waren.«

»Das habe ich mir auch überlegt, aber ...« Sie lächelte. »Ist Roberto verrückt oder nicht? Haben wir ihm seinen Willen oder hat er uns unseren gelassen?«

»Roberto weiß, was er tut.« Joe holte tief Luft und blickte nach oben, wo die Wipfel der Ponderosas hoch über ihnen zusammenzustreben schienen. Auf der höchsten Spitze turnte ein Eichhörnchen vor dem leuchtenden Himmel.

»Angeblich sind Sie so gewalttätig, Joe. Diesen Eindruck machen Sie gar nicht.«

Ihm gefiel ihre Art, die Wörter fast ohne Pause aneinanderzuhängen; in ihrem Mund klang ihr Akzent sinnlich: warm und lebendig unter der kühlen Oberfläche. Dies war das erste Mal, daß sie seinen Vornamen gebraucht hatte. Ihm gefiel die kleine Explosion, mit der sie das *J* aussprach.

»Ich erschieße keinen Blinden.«

»Ihre Aura von Gewalttätigkeit muß aber auf manche Frauen anziehend wirken.«

»Ja, erst beschlafe ich sie, dann skalpiere ich sie.« Er seufzte. »Manchmal auch andersrum.«

Sie klatschte in die Hände und lachte. »Wild, wild, Joe!«

Um sie herum nickten Wacholderzweige unter Misteln. Fuchs, dessen Hemd übelriechende Flecken aufwies, war weit hinter ihnen zurückgeblieben.

»Oppy hat in Göttingen – in Deutschland – bei meinem Vater studiert«, erzählte Anna. »Er hat praktisch bei uns im Haus gelebt. Wir alle haben geglaubt, er werde meine ältere Schwester Emma heiraten. Mein Vater hat sich große Sorgen gemacht, weil die Ansicht vorherrschte, Oppy werde die Physik aufgeben, um Lyriker zu werden. In Deutschland ist er sehr deutsch gewesen – außer er hat über New Mexico gesprochen.«

»In Deutschland über New Mexico?« fragte Joe verwundert.

»Mit meinem Vater hat er über Physik debattiert. Mit Emma hat er über Poesie, Philosophie und Psychologie diskutiert. Mit mir hat er über wilde Indianer gesprochen. Ich glaube, daß ich von allen am besten weggekommen bin.«

»Oppy redet leidenschaftlich gern.«

»Ist Roberto ein Medizinmann?«

»Ein Priester«, stellte Joe richtig.

»Glauben Sie an indianische Medizin?«

»An so verrücktes Zeug? Nein, ich glaube, daß Christus gestorben, nach drei Tagen wiederauferstanden und wie eine B-19 gen Himmel aufgefahren ist. Aber das Indianerzeug gibt's hier noch überall. Wie Roberto heute, wie die Kiva, von der ich Ihnen erzählt habe.«

»Früher habe ich geglaubt, wenn ich eine Krabbe äße, sei ich ein unreines Mädchen und in den Augen Gottes eine Schande. Einmal hab ich einen Hummer gegessen und mir fest eingebildet, noch in dieser Nacht sterben zu müssen.«

Er konnte sich Anna nicht verängstigt vorstellen. Er hatte Angst vor Roberto gehabt; sie nicht.

»Woran glaubt Oppy Ihrer Meinung nach?« wollte sie wissen.

»Na ja, er ist kein sehr orthodoxer Jude. Er umgeht die religiöse Problematik sozusagen, indem er sich dem Hinduismus zuwendet. Wirklich glaubt er meiner Ansicht nach an die Wissenschaft. Er ist der Überzeugung, sie könne die Welt retten. Wäre jeder Wissenschaftler ein so guter Mann wie Oppy, würde ich dem vielleicht zustimmen.«

»Wie gut ist das?«

»Der Beste!«

Sie hatten den Anfang der nach Los Alamos hinunterführenden Skiabfahrt erreicht. Dunkle Fichten säumten die teilweise mit Espen bestandene Piste, die sich wie ein Lichtband den Berg hinabzog.

»Genug von Indianern, genug von Führern!« Fuchs hatte sie wieder eingeholt. »Was mich interessiert, Sergeant, ist die Frage, was Sie wegen des Verrückten, der mich umzubringen versucht hat, unternehmen wollen.«

»Der Sie bedroht hat, meinen Sie.«

»Der mich umzubringen versucht hat, während Sie untätig geblieben sind.« Fuchs wippte auf den Zehenspitzen.

»Ich sehe keinen Grund, Streit mit dem Pueblo zu suchen. Warum vergessen wir die Sache nicht einfach?«

»Vergessen? Ich verlange, daß Sie ihn melden! Sie wissen, wer er ist; Sie haben seinen Namen gesagt. Und er kennt Sie.«

»Wenn Sie ihn anzeigen ...«, begann Joe.

»Nein. Sie melden ihn, Sergeant«, unterbracht Fuchs ihn. »Sie!«

»Würden Sie das tun?« fragte Anna.

»Wenn Doktor Fuchs darauf besteht, muß ich den Vorfall melden.«

»Und Ihren Freund ins Gefängnis bringen?«

»Das hängt nicht von mir ab.« Joe fühlte sich in die Enge getrieben. Roberto war nicht sein Freund; er kannte ihn erst seit zwei Tagen.

»Von wem hängt's sonst ab?« wollte sie wissen.

»Von dem für Sicherheit verantwortlichen Offizier.«

»Captain Augustino?« fragte sie.

»Ja.«

»Aha!« Fuchs rückte seine Brille zurecht. »Nach all Ihrem Geschwafel sehen wir jetzt, was für ein Indianer Sie wirklich sind.«

»Sobald ich damit zu Augustino gehe, ist die Army zuständig«, versuchte Joe Anna zu erklären.

»Ich hab's dir ja gesagt!« Fuchs wandte sich an sie. »Ich hab dich gewarnt, daß er Captain Augustinos Mann ist. Gut, Sergeant, tun Sie, was ich Ihnen gesagt habe.« Fuchs wich vor Joe zurück, wandte sich ab und stolperte durchs trockene Gras bergab davon.

Anna Weiss kniff die Augen zusammen, als versuche sie, in der Ferne etwas zu erkennen. Graue Augen mit schwarzen, wie verkohlten Rändern. »Die Welt ist voller Leute, die Befehle ausführen.«

»Los Alamos ist ein Standort der Army. So einfach ist die Sache.«

»Sie haben recht. Es ist dumm von mir gewesen, etwas anderes zu glauben.«

»Ich bin bloß ein kleiner Sergeant.«

»Captain Augustinos Mann. Und Mrs. Augustinos Mann. Viele Dinge, aber nicht sehr indianisch.« Sie sah zu Joe auf. »Die Antwort auf Ihre Frage lautet: ›Nein, ich bin nicht daran interessiert.‹«

Sie folgte Fuchs den Berg hinab. Joe, der ihrer weißen Gestalt nachstarrte, die leichtfüßig von Espe zu Espe abstieg, wollte etwas rufen, als ob Worte sie hätten aufhalten können. Aber ihm fehlten die Worte; auf seinem Gipfel war er stumm wie ein von Verlangen beherrschtes unvernünftiges Tier.

Augustino war weder in der Kommandantur noch im Technischen Bereich. In der Verkaufsstelle hörte Joe, der Captain sei mit seinem Jeep in der Bathtub Row gesehen worden.

Die Bathtub Row hatte nichts außer langen Nachmittagsschatten zu bieten. Keine Dienstmädchen, die Wäsche aufhängten oder Kleinkinder spazierenführten. Die einzigen Geräusche waren Schreie von Eichelhähern und der ferne Lärm eines Softballspiels auf dem Baseballplatz. Als Joe an Fermis Cottage und Jaworskis Steinhaus vorbeiging, fiel ihm ein, daß in der Nachmittagsvorstellung *Schneewittchen und die sieben Zwerge* gezeigt wurde. Alle, die Kinder hatten, selbst Kitty Oppenheimer, waren in *Schneewittchen.*

Am Ende der Bathtub Row schirmte ein kleiner Park mit Fichten und Pappeln das Landhaus der Oppenheimers ab. Augustino kam aus der in den Garten führenden Küchentür und bewegte sich so seltsam, daß Joe stehenblieb, um ihn zu beobachten. Der Captain trug eine kleine Rolle mit weißer Litze, die dünner als die auf dem Hügel verwendeten elektrischen Leitungen war. Er verließ den Garten durchs rückwärtige Tor und verschwand unter den Bäumen.

Der Roller lag noch immer im Blumenbeet, als sei er dort festgewachsen, und die abgeknickten Blumen waren verwelkt. Joe klopfte leise an die Haustür. Sie war nicht abgesperrt. Durch die Flügelfenster fiel Sonnenlicht, das von dem Hartholzparkett und den weißen Wänden zurückgeworfen wurde. Die Einrichtung bestand aus rustikalen spanischen und Rattan-Möbeln, einem Sessel mit Lorbeerblattmuster, Standaschern, einem Sofa mit Schabracken, Bücherregalen und Santiagokeramik auf dem Kaminsims. Auf den ersten Blick wirkte alles ganz normal.

Kitty konnte es nicht leiden, wenn das Dienstmädchen im Schlafzimmer aufräumte. Ein Himmelbett erhob sich über Aschenbechern, aufgeschlagenen Büchern, herumliegenden Zigarettenstummeln und Wassergläsern. An der Wand neben dem Bücherregal, in dem chaotische Unordnung herrschte, hing eine Picassolithographie. Entlang der Fußbodenleisten war keine weiße Litze zu entdecken.

In Oppys Arbeitszimmer gab es einen spanischen Eckkamin, einen mit Papieren überladenen Schreibtisch, zwei Aschenbecher mit Zigarettenstummeln und einen dritten mit zwei Pfeifen, einer Meerschaum- und einer Bruyèrepfeife. Die Bilder an den Wänden zeigten Krischna und ein Segelboot.

Das Kinderzimmer war ein Wintergarten gewesen; heller Sonnenschein durchflutete es. Ein Gitterbett an einem Ende, ein Kinderbett am anderen, Teddybären auf dem Teppich, ein Regal mit Kinderbüchern, in dessen oberstem Fach deutsche Romane standen. Kitty beschäftigte ein deutsches Kindermädchen.

Joe kehrte ins Wohnzimmer zurück, untersuchte die Wände, rückte die dort stehenden Möbel weg. Als er das Bücherregal nach vorn zog, entdeckte er eine weiße Litze, die an der Wand aus dem Boden kam, fast unsichtbar die weiße Zimmerwand hinaufführte und im Bücherregal verschwand. Er suchte zwischen den Schallplatten im untersten Fach: Beethoven, Bach, Fauré. Er zog die darüber stehenden Bücher heraus: Austen, Unamuno, *Jeune Fille Violaine, Thermodynamique, Upanishaden, Traumdeutung.* Hinter Sigmund Freud befand sich das Mikrofon, ein Knopf aus Drahtgeflecht nicht größer als ein Dime. Er riß es ab.

Als er die Litze bis in den Heizungsraum im Keller verfolgte, entdeckte er eine vom Verteilerkasten ausgehende neue Leitung und ein Funkgerät hinter dem Verschlag mit weicher Kohle aus New Mexico. Joe nahm das Funkgerät mit und stellte die Bücher ordentlich ins Regal zurück. Als er das Haus verließ, erinnerte nichts mehr an seinen Besuch oder den des Captains.

13

Der Himmel über Utah war anders als der über New Mexico. Blankgeschrubbt. Salzhaltig. Statt Geiern flogen Möwen.

Fort Douglas in Salt Lake City war anders als Los Alamos, viel stiller. Keine Detonationen von der Mesa, keine Indianer, keine Frauen. Nur die olivgrüne Lethargie des rückwärtigsten Etappenpostens der United States Army.

Der Kraftwagenpark bestand aus einer Nissenhütte mit geöffneten Torflügeln aus verzinktem Wellblech, hinter denen das Dunkel durch funkensprühende Schweißbrenner erhellt wurde. Joe Peña und Ray Stingo warteten an der Tankstelle. In der Mittagssonne stieg Benzindunst von dem Makadambelag vor den Zapfsäulen auf. Rays sonst mit Wildroot in Form gebrachte Haartolle hing schlaff herab.

»Chief, du hättest boxen sollen.«

»Du und ich sind aber angefordert worden.«

»Warum?«

Joe ging auf die andere Seite der Zapfsäulen hinüber, um nicht weiterdiskutieren zu müssen. Ray und er waren am Abend zuvor mit dem Flugzeug aus Santa Fé gekommen, und Ray hatte unterwegs ständig diese Frage gestellt.

»Der Junge aus Texas hat aus Shapiro Hackfleisch gemacht«, sagte Ray.

»Ja, das hab ich gehört.«

Ray lauerte Joe hinter einem Ölfaß auf. »Captain Augustino muß gewollt haben, daß du boxt.«

»Mir hat der Captain nie was davon gesagt.« Joe hatte seit Oppys Cocktailparty vor einer Woche nicht mehr mit Augustino gesprochen. »Hör zu, solange Oppy in Washington ist, stehe ich für solche Aufträge zur Verfügung.«

»Aber was ist mit mir?«

»Du wirst's schon überleben!«

Eine Kolonne rollte auf die Zapfsäulen zu. Zwei Dienstlimousinen, Lastwagen, Krankenwagen waren am Vortag in Hanford, Washington, losgefahren und hatten 550 Meilen zurückgelegt. Hier in Fort Douglas wechselten die Teams.

»Zu spät«, jammerte Ray.

Alles verlief genau nach Plan. Sobald die vordere Limousine die erste Zapfsäule erreichte, sprangen vier CIC-Leutnants heraus, und ein neues Quartett nahm ihre Plätze ein. Aus dem Lastwagen, einem Dodge 6 x 6 mit schräg nach hinten verlaufenden Kotflügeln, kletterten übermüdete Mechaniker. Die beiden Männer, deren Ablösung Joe und Ray waren, zogen gemeinsam die Handbremse des Krankenwagens an und stiegen aus. Joe und Ray kletterten hinein, Joe hinters Lenkrad. Der Krankenwagen war im Olivgrün der Army gestrichen. Kein rotes Kreuz auf weißem Feld, keine Pritschen, keine Tragbahren, keine Medikamente. Nur zwei Klappsitze und weiter hinten ein offenes Stahlquadrat, das den größten Teil der Ladefläche einnahm: etwa 1,20 Meter Seitenlänge, am Wagenboden festgeschraubt und von den Seitenwänden her abgestützt. Nylongurte mit 500 Kilogramm Bruchlast waren von den acht Ecken des Quadrats nach innen gespannt, um als Aufhängung für einen 25 Kilogramm schweren Behälter aus Schleuderguß zu dienen. Der Behälter war mit Blei und Graphit ausgekleidet und enthielt in einem als Moderator dienenden Wasserbad eine bleigepanzerte Kapsel aus Edelstahl mit zehn Gramm gallertartigem Plutoniumnitrat, die von den Fahrern als Larve bezeichnet wurde.

Die beiden Sergeanten aus Hanford hatten glänzende Augen und Bartstoppeln und den Gesichtsausdruck von Männern, die aus dem Totenreich zurückkehren.

»Wollt ihr ein paar Bennies?« Einer von ihnen trat an Rays Fenster und bot ihm eine Handvoll weißer Benzedrin-Pillen an. Ray nahm drei und schluckte sie sofort. »Hier, die nehmt ihr lieber auch mit.« Der Mann übergab ihm die Maschinenpistole, die der Beifahrer mitzuführen hatte.

»Kolonne sichern!« riefen die Leutnants einander zu. Diese Jungen waren frisch aus dem College zum Nachrichtendienst gekommen und würden niemals an die Front müssen. Während sie mit Pistolen Kaliber 45 und MPs herumliefen, erinnerten sie Joe an kleine Jungen, die zu Meisterschaftsspielen Baseballhandschuhe mitbrachten. Neue Mechaniker bestiegen den Lastwagen. Seine Ladefläche war für den Fall einer Panne mit Ersatzteilen für den Krankenwagen, die Limousinen und den LKW vollgestopft. Der Marschbefehl – wie immer von Groves – lautete: Ohne Halt durchfahren!

»Fahr um Himmels willen schon los!« Ray umklammerte die MP. Seine Tolle klebte auf schweißnasser Stirn. Sein Blick war gefährlich ausdruckslos und starr geworden. Er weigerte sich standhaft, sich nach dem aufgehängten achtarmigen Behälter im hinteren Teil des Krankenwagens umzusehen.

»Augenblick, Leute!«

Ein weißhaariger Mann, der eine Tweedjacke trug und ein Schreibbrett in der Hand hielt, hastete aus der Nissenhütte auf den Krankenwagen zu.

»Santa!« sagte Joe.

»Den bring ich um«, drohte Ray.

Santa war der Psychiater auf dem Hügel. Er gehörte sozusagen zum Inventar der Lodge: ein liebenswürdiger Hirnflicker, der bereitstand, um an Depressionen leidenden Langhaarigen sicherheitsdienstlich überprüften emotionalen Beistand zu gewähren. Joe konnte sich nicht vorstellen, was er in Fort Douglas zu suchen hatte. Er rechnete damit, daß die Leutnants ihn zurückweisen würden, weil sich kein Unbefugter dem Krankenwagen nähern durfte, aber die Offiziere winkten ihm zu, er könne passieren.

»Bitte an Bord kommen zu dürfen!« Santa nahm einen Brief von seinem Schreibbrett und reichte ihn Joe durchs

Fenster. Das Schreiben war eine Genehmigung für Dr. Delmore Bonney, die Fahrer des Sanitätsfahrzeugs YO 3 von Fort Douglas nach Site Y (Los Alamos) zu begleiten, und von Oppy und Groves unterzeichnet.

»In einer der Limousinen hätten Sie's bequemer.« Joe gab ihm das Schreiben zurück.

Santa zuckte nonchalant mit den Schultern. »Befehl ist Befehl. Manchmal müssen sogar Zivilisten leiden.«

»Sergeant Stingo fühlt sich nicht allzu gut. Das könnte ansteckend sein«, warnte Joe ihn.

Santa zog buschige weiße Augenbrauen hoch. »Es könnte psychosomatisch sein.«

Joe stieß Rays Tür auf. Ray beugte sich hölzern zur Seite, damit Santa zu einem der Klappsitze hindurchschlüpfen konnte. Die erste Limousine und der Lastwagen, dann auch Krankenwagen und zweite Limousine wendeten bereits um die Tankstelle herum, um die restlichen 450 Meilen bis nach New Mexico und dem Hügel in Angriff zu nehmen.

»Nasenabstriche, Jungs.« Santa reichte Wattestäbchen nach vorn. »Gehört alles zur Routine.«

Joe und Ray steckten sich die Wattestäbchen in die Nase und gaben sie dann Santa zurück, der sie in Hüllen steckte.

»Für uns ist's nicht Routine, diese Strecke zu fahren«, stellte Joe fest. »Und für Sie ist's nicht Routine, solche Transporte zu begleiten.«

»Wir sind Leibwächter«, knurrte Ray mit zusammengebissenen Zähnen. »Wir sind keine Versuchskaninchen. Für diese Transporte gibt's genügend verrückte Lastwagenfahrer.«

»Weshalb sind Sie Ihrer Meinung nach ausgewählt worden, Sergeant Stingo?« Santa beugte sich nach vorn über Rays Schulter.

»Weil sie mich hassen.«

»Wenn das wahr wäre, hätten sie mich nicht aufgefordert, Nasenabstriche vornehmen zu lassen. Die dienen dazu, Radioaktivität in den Atemwegen festzustellen. Nach unserer Ankunft entnimmt man Ihnen eine Blutprobe und verbrennt möglicherweise Ihre Uniform. Würden sie alle diese Sicherheitsvorkehrungen treffen, wenn sie sich nichts aus Ihnen machten?«

»Auch wieder wahr«, gestand Ray ein.

»Haben Sie bloß eine Mitfahrgelegenheit von Salt Lake City aus gesucht?« fragte Joe, als Santa sich zu ihm hinüberbeugte. »Warum sind Sie hier?«

»Ich kann Ihnen sagen, warum sie mich hassen«, unterbrach Ray ihn. Die Amphetamine hatten seine Paranoia verstärkt und das Weiße seiner Augen rosa gefärbt. »Zum ersten Mal im Leben geht's mir wirklich prima. Mein Vater fährt einen Müllwagen, meine drei Brüder fahren Müllwagen und verdienen fünfzig Dollar die Woche. Ich hab zehntausend Dollar Pokergeld auf der hohen Kante. Ich komme aus diesem Scheißkrieg mit beiden Armen und Beinen raus. Wenn ich nach New Jersey zurückkomme, kann ich mir einen Schnapsladen kaufen. Ich halte mir dann eigene Boxer; vielleicht werde ich sogar Promoter. Kaufe mir ein Boot an der Küste, heirate, kriege Kinder. Aber sie wollen nicht, daß ich all das kriege.«

»Warum haben Sie Ihre Mutter nicht erwähnt?« Santa beugte sich wieder über Rays Schulter.

»Was ist mit meiner Mutter?« Ray drehte sich aufgebracht um. Da er die Maschinenpistole noch immer in den Händen hielt, zielte sie jetzt auf Santa.

»Man fragt keinen Mann nach seiner Mutter«, erklärte Joe Santa und drückte den Lauf nach oben.

»Weshalb ist Sergeant Stingo Ihrer Meinung nach so nervös?«

»Weil die Army Mannschaftsdienstgrade haßt, zu denen Sie nicht gehören.«

»Warum sind Sie also hier?« wollte Ray wissen.

Santa lächelte geduldig. Um seine blaßblauen Augen

herum bildeten sich dabei zahllose Fältchen. Sein rosiger Teint war das Ergebnis lebenslänglicher Spaziergänge im milden Sonnenschein der San Francisco Bay. Seine Harris-Tweed-Jacke duftete nach einer Mischung aus Pfeifentabak und Bai-Rum. Sein Haar war wuschelig wie Holzwolle: oben licht, an den Seiten üppig dicht, mit aus den Ohren wachsenden Haarbüscheln. Auf dem Hügel hatte er natürlich von jedermann den Spitznamen Santa Claus bekommen. Nur von Harvey nicht. Harvey nannte ihn Bugs Bonney.

»Ich bin hellauf begeistert von der Zeit, die wir gemeinsam verbringen werden«, behauptete Santa. »Soviel ich erfahren habe, fahren wir durch einige spektakuläre Landschaften. In der Garage habe ich übrigens gehört, wie einer der Offiziere diese Transporte von …« Santa räusperte sich, um anzudeuten, daß er den Plutoniumbehälter hinter ihnen meinte. «… als Razzle-Dazzle-Expreß bezeichnet hat.«

»Sehen Sie hier drin Offiziere?« murmelte Ray. »Dies ist der beschissene, im Dunklen leuchtende Arschloch-Expreß.«

Der Mormonentempel blieb im Norden zurück und schrumpfte unter dem weiten Nachmittagshimmel Utahs zur Größe eines Claimpflocks zusammen. Die Berge begannen gewaltig und wuchsen ins Riesenhafte. Während die Kolonne im weiten Jordan Valley allmählich schneller wurde, machte Ray ein Gesicht, als habe er einen schwarzen Tunnel unmittelbar vor sich.

Der quadratische Rahmen und die Nylongurte dienten zum Schutz des aufgehängten Kanisters gegen Erschütterungen, aber sie schützten die Fahrer nicht vor dem Anblick des Behälters. Er hüpfte in seiner Aufhängung, wenn der Krankenwagen über Viehgitter rollte; er schwankte, wenn Kurven zu durchfahren waren. Trotz seiner glatten, schlanken Form hatte der Behälter etwas Unheilschwangeres an sich. Nach Joes Auffassung war die

Larve tief in seinem Inneren lebendig. Eine interessante Vorstellung: Metall, das lebte. Nicht einfach nur ein zu irgendeiner chemischen Reaktion fähiges Mineral, sondern mit seiner Alphastrahlung so aktiv, daß das die Larve umgebende Wasser sich auf 40 Grad erwärmte.

»Herrlich – die Sonne und diese Wasatch Mountains!« Santa drehte sich hierhin und dorthin, um die Aussicht besser genießen zu können. »Für euch muß diese Strecke ein Genuß sein, Leute.«

»›Machine Gun Joe was a rough and ready redskin‹«, sang Joe halblaut. »›He'll never let plutonium touch the ground. / And he will always remember the Seventh of December, / With his bebop-rebop and he'll blow-em down.‹ Ich kann dir sagen, was wir täten, wenn wir nicht mit dieser Fuhre unterwegs wären«, erklärte er Ray. »Wir wären irgendwo im Südpazifik und würden auf einem Korallenriff Massengräber ausheben. Wir würden ein halbes Jahr alte zerfetzte Leichenteile einscharren und hätten gemeinsam nur eine einzige stumpfe Schaufel zur Verfügung.«

»Im Südpazifik, glauben Sie?« fragte Santa.

»Irgendwo, wo kein Mensch uns finden würde, bevor der Krieg ein Jahr zu Ende ist«, sagte Joe zu Ray. »Wir würden um Muscheln pokern.«

Die Farbe von Rays Augäpfeln verwandelte sich von Rosa in Hellrot.

»Warum gerade wir?« wollte er wissen.

Santa verfiel in atypisches Schweigen. Die Kolonne gewann bei den Mormonenweilern Orem, Provo und Helper an Höhe, rollte bei Moab wieder zum Colorado River hinunter und kletterte dann die La Sal Mountains hinauf. Rays Augen wurden immer blutunterlaufener. Er deutete mit seiner MP auf jedes überfahrene Kaninchen auf der Straße und lachte dabei schallend.

Rays Zustand hatte sich durch die Amphetamine verschlechtert; er war jedoch nicht viel schlimmer als bei seiner ersten gemeinsamen Fahrt mit Joe, auf der er unterwegs unaufhörlich geschluchzt hatte. Er war ein primitiver Sizilianer, der sich einbildete, Strahlung – jegliche Art von Strahlung – erzeuge Krebs. Mit seinen Pokergewinnen konnte er es sich leisten, andere Mannschaftsdienstgrade dafür zu bezahlen, daß sie ihm gefährliche Aufträge abnahmen. Ray kam niemals näher als hundert Meter an radioaktives Material heran – außer wenn Joe und er die Larve zu fahren hatten.

Nacht wurde es in Cortez, Colorado, am Rande der San Juan Mountains, die sich terrassenförmig gegliedert dem abnehmenden Mond entgegenreckten. Hier war die Gebirgsbildung noch im Gange und zerrieb den Makadambelag der Fahrbahn zu Staub. Wolken zogen wie Dampfschwaden aus vulkanischen Tiefen der Erde vorbei, und der Wind lockerte Steine, die den Reifen zusetzten und aufs Dach des Krankenwagens prasselten. Joe folgte den roten Schlußleuchten des vor ihm fahrenden Instandsetzungswagens, die jedoch manchmal in einer engen Kurve verschwanden oder verzweifelt aufblinkten, wenn der LKW eine Gefällestrecke zu bewältigen hatte. Auf einer Seite erstreckte sich Granit, auf der anderen gähnte ein schwarzer Abgrund. Manchmal verlief die Straße auf einem Grat, der rechts und links ins Leere abfiel; dort hatte Eis die Fahrbahnränder abgetragen, so daß kaum Platz genug für den Lastwagen blieb. Der Wind heulte aus den Tiefen zu ihnen herauf, als versuche er, Felsblöcke vor sich herzublasen. Die Kolonne hatte in Moab gehalten, damit die Männer essen konnten, aber Ray war außerstande zu essen, zu trinken, zu pissen oder zu scheißen; er würde es auch nicht tun, bevor die Fahrt zu Ende war. Immerhin würde die Nacht Rays Schweiß kühlen, überlegte Joe sich, und das Dunkel würde den hinter ihrem Rücken schlingernden Behälter verbergen.

»Ich will euch ins Vertrauen ziehen, Leute, und euch erzählen, weshalb ihr hier seid«, begann Santa nach längerem Schweigen. »Weshalb ihr wieder für diesen Transport eingeteilt worden seid, obwohl diese Tätigkeit nicht zu euren gewöhnlichen Pflichten gehört. Ihr seid dafür ausgewählt worden, weil eure Sicherheitseinstufung höher als die anderer Fahrer ist – und weil ihr zumindest eine Ahnung von dem wirklichen Zweck des Projekts und dem der heute nacht beförderten Fracht habt. Je näher das Versuchsdatum rückt, desto mehr Männer – Mannschaftsdienstgrade auf dem Hügel und auf dem Versuchsgelände Trinity – werden ungefähr mitbekommen, worum es bei dem Projekt geht. Es wird wilde Gerüchte geben. Beispielsweise werdet ihr vielleicht hören, Doktor Teller habe einmal versucht, das Projekt stoppen zu lassen, weil seine Berechnungen gezeigt hätten, daß schon eines dieser Geräte die Erdatmosphäre in Brand setzen werde …«

»Hat er das wirklich getan?« fragte Joe.

»Ja, aber spätere Berechnungen haben gezeigt, daß diese Gefahr nicht besteht.«

»Kaum besteht?«

»Kaum. Sie sehen also, wie solche Gerüchte entstehen. Tatsächlich …« Santa lachte in sich hinein. »Tatsächlich will Doktor Teller eine hundertmal größere Bombe, folglich kann er keine Angst haben.«

»Was sagt er?« Ray schreckte aus seiner Benommenheit auf.

»Teller hat keine Angst«, sagte Joe.

»Angst wovor?« Ray zuckte zusammen, als Joe einem Schlagloch auswich.

»Trotzdem können bei Mannschaftsdienstgraden ungerechtfertigte Ängste auftreten, wenn mehr und mehr Männer mit dieser Art Fracht in Berührung kommen.«

»Glauben Sie?« fragte Joe.

»Die Möglichkeit besteht«, antwortete Santa.

»Verursacht Strahlung nicht Gewebekrebs, Blutkrebs, Knochenkrebs und sofortigen oder langsamen Tod?« wollte Joe wissen.

»Ja, theoretisch«, gab Santa zu. »Aber bei Plutonium sind bisher keine schädlichen Nebenwirkungen nachgewiesen worden.«

»Das Zeug existiert erst seit fünf Monaten«, stellte Joe fest. »Ray und ich haben den ersten Transport gefahren.«

»Im Scheißschnee«, warf Ray ein.

Vor ihnen schleuderte der Lastwagen auf Geröll von einer Straßenseite zur anderen.

»Aber in ein paar Wochen«, fuhr Santa fort, »gibt's in Trinity Hunderte von GIs, die sich alle fragen werden, weshalb sie dort sind und was sie dort zu tun haben. Sie werden mit Militärpolizisten reden, die etwas aus den Gesprächen der Wissenschaftler aufgeschnappt haben – das liegt in der Natur des Menschen begründet –, und da GIs keine Wissenschaftler sind, wird's gewisse Ängste wegen ihres Aufenthalts in der Nähe einer Atomexplosion geben. Dort gibt's kein Strahlenproblem, verstehen Sie, aber vielleicht ein psychologisches Problem, obwohl die Leute wissen, daß die Army keinen Soldaten in eine irgendwie gefährliche Lage bringen würde. Schließlich handelt es sich um eine Bombe, die mit nur ein paar Pfund Erzkonzentrat eine ganze Stadt in die Luft jagen können soll. Mich hat interessiert, was ihr zwei davon haltet.«

»Die Sache mit der Stadt ist okay«, sagte Ray.

»Uns dürfen Sie das nicht fragen«, wehrte Joe ab.

»Aber ihr könntet doch Angst empfinden«, meinte Santa. »Ihr seid die Männer, die dieses Erzkonzentrat transportieren. Obwohl ihr wißt, daß ihr von pflichtbewußten Offizieren umgeben seid und beschützt werdet, könntet ihr Angst haben.«

»Haben Sie denn keine?« fragte Joe.

»Keine«, versicherte Santa ihm. »Nicht im geringsten.«

Joe warf einen Blick nach rückwärts. Hinter Santa schwebte der Behälter sicher in den Gurten des Stahlrahmens.

»Ich seh keine pflichtbewußten Offiziere in dieser Scheißkiste!«

»Dann bekennen Sie, Sergeant Stingo, sich zu Ambivalenz.«

»Richtig, dieser Wagen ist 'ne Ambulanz gewesen«, stimmte Ray zu. »Jetzt ist er bloß noch 'ne Scheißkiste!«

»Nein, ich meine Ambivalenz.«

»Früher. Jetzt nicht mehr.«

Ray bewegte sich. Sein bisheriger Geisteszustand begann sich zu konzentrieren, begann nach zweihundert Meilen sein Ziel zu finden. Er war noch nicht eindeutig fixiert; aber Ray drehte sich auf seinem Sitz um, weil er Santa genauer unter die Lupe nehmen wollte.

»Ambivalenz, Sergeant. Wenn man zwei Dinge zur gleichen Zeit will.«

»Ja«, murmelte Ray. »Zwei Ambulanzen. Damit könnten wir die doppelte Menge transportieren.«

»Jedenfalls«, fuhr Santa fort, ohne das Warnsignal in den ihn anstarrenden roten Augen zu beachten, »habe ich mich gefragt: Wie soll ich ein Problem behandeln, von dem ich nichts verstehe? Wie kann ich mich auf die möglicherweise gehäuft auftretenden emotionalen Krisen auf dem Versuchsgelände vorbereiten, ohne wenigstens einige der Mannschaftsdienstgrade zu beobachten, die schon jetzt mit dem gefährlichen radioaktiven Material umgehen?«

»Deshalb sind wir also hier?« fragte Ray.

»Weil nur Sie und Sergeant Peña wirklich wissen, woraus die Fracht besteht. Die sonstigen Fahrer und selbst die Sicherheitsoffiziere wissen nur, daß sie für den Kriegseinsatz äußerst wichtig ist.«

»Wir sind Ihretwegen hier?« wollte Ray wissen.

»Genau das hab ich eben gesagt.«

»Wir sind *Ihretwegen* hier?« Ray wollte ganz sichergehen.

»Das hab ich eben gesagt.«

»Ihretwegen?« Ray starrte wieder ruckartig nach vorn,

als Joe ein Kaninchen überfuhr. Seine Hände umklammerten nervös die Maschinenpistole.

»Meinetwegen«, bestätigte Santa gutmütig energisch, um weiteren Mißverständnissen vorzubeugen.

Joe merkte, daß Ray sich umdrehen und Santa erschießen wollte, sobald er es wagen durfte, den Blick von der Straße zu nehmen, die jetzt völlig unbefestigt war. Im vergangenen Sommer hatte ein Tankwagen der Colorado Highways Öl als dünne Binderschicht auf die Fahrbahn gesprüht, aber seither war ein Winter in den Rockies vergangen, und das wenige noch verbliebene Öl bildete dunkle glatte Flecken zwischen langen Eisplatten auf einer Straße, die mit 15 Prozent Gefälle bergab führte, so daß Ray sich selbst als Beifahrer ganz darauf konzentrieren mußte, auf der Straße zu bleiben. Und wenn Joe hätte halten wollen, um Ray die Waffe wegzunehmen, wäre die zweite Limousine auf sie aufgefahren und hätte sie über den Fahrbahnrand in das bodenlose Dunkel gestoßen, das sie wie ein schwarzes Meer umgab.

Santa schien den Straßenzustand, das Gefälle und die Dunkelheit überhaupt nicht wahrzunehmen, als fielen Gefahren und Naturerscheinungen unter Joes Fachkompetenz. Er hatte gelegentlich eine Bemerkung über mondbeschienene verschneite Gipfel oder das Glitzern eines Flusses 300 Meter unter ihnen gemacht, aber ansonsten benahm er sich, als habe Joe bewußt eine Strecke mit vielen Aussichtspunkten gewählt.

»Sie!«

Ray versuchte, seinen Blick von der Straße loszureißen, um Santa erschießen zu können, aber durch einen Erdrutsch war die äußere Fahrspur abgebröckelt, und die Bremslichter des Lastwagens vor ihnen leuchteten immer wieder grell auf, so daß er sich nicht abwenden konnte.

»Das dürfen Sie mir ruhig glauben, Sergeant.« Joe nahm eine Bewegung hinter sich wahr und roch das Aroma von Pfeifentabak. »Es stört doch nicht, wenn ich rauche,

Leute?« Ein Zündholz wurde angerissen, flammte mehrmals auf und erlosch wieder.

»Wir drei sind wie Helios, der die Sonne über den Himmel trägt. Natürlich eine Neusonne – wie wir den Mond, den wir nicht sehen können, als Neumond bezeichnen. Es gibt einen gewaltigen Synchronismus im Vorfeld von Trinity: eine zunehmende psychische Spannung. Ihr fühlt sie, Leute; ich kann sie spüren.«

»Wollen Sie mal was spüren?«

Ray wollte die MP nach hinten schwenken, aber in der Haarnadelkurve vor ihnen blockierte eine Geröllawine fast die Straße, und Joe mußte bremsen und lenken, ohne daß die Räder blockierten.

»Deshalb rechne ich damit, daß unsere Probleme mit Trinity hauptsächlich psychologische sein werden.« Santa raschelte mit Papier. »Was dagegen, wenn ich ein paar Fragen stelle, Leute?«

Joe schaltete herunter. Der Krankenwagen rutschte über Geröll bis an den Straßenrand. Größere Felsbrocken wurden von den Vorderrädern hochgeschleudert und prallten scheppernd vom Kurbelgehäuse ab.

»Sergeant Stingo, wie wäre Ihnen zumute, wenn Sie erführen, daß Sie sich in unmittelbarer Nähe von radioaktivem Material aufhalten: unbesorgt, etwas besorgt, leicht ängstlich, sehr ängstlich?«

»Scheiße!« sagte Joe.

Die roten Schlußlichter des Lastwagens vor ihnen schleuderten wild.

»Felsblock«, sagte Joe.

Der Felsblock von der Größe einer Hundehütte lag mitten auf der Straße. Der Lastwagen fuhr rechts an ihm vorbei und streifte die Felswand, daß der Granit Funken sprühte. Joe steuerte dieselbe Lücke an, schleuderte und hielt das Lenkrad eisern fest. Ray wurde mitsamt seiner MP gegen die Windschutzscheibe gedrückt. Als der Krankenwagen an dem Felsblock vorbeirutschte, sah Joe den

LKW erneut die Felswand streifen. Im Scheinwerferlicht seines Wagens quollen Werkzeug und Ersatzteile unter der aufgeschlitzten LKW-Plane hervor. Während der Lastwagen mit der Schnauze zur Wand stehenblieb, lenkte Joe zwischen seinem Heck und dem Straßenrand vorbei. Die erste Limousine war mitten auf der Straße stehengeblieben. Joe zog nach rechts, bremste, riß zugleich die Handbremse hoch und kam so zum Stehen, daß seine Stoßstange die der Limousine eben berührte – nur eine Sekunde bevor die zweite Limousine den Krankenwagen von hinten rammte. Ein Reifen taumelte aus dem Dunkel und hüpfte im Scheinwerferlicht davon. Sicherheitsoffiziere rannten auf und ab und schwenkten Taschenlampen und Maschinenpistolen. Selbst Ray wurde abgelenkt.

Ein Aufschrei, der fast unmenschlich klang, gellte in Joes Ohr; dann folgte ein dröhnender Gongschlag, als Santa von seinem Klappsitz hochschoß und mit dem Schädel gegen das Dach des Krankenwagens knallte. Er schien noch immer in der Luft zu hängen, als Joe an ihm vorbei nach hinten sah und feststellte, daß das Stahlquadrat mit den schlaff herabhängenden Gurten leer war. Der Plutoniumbehälter hatte sich losgerissen und war glitzernd und warm nach vorn gerollt, bis an Santas Füße. Das Plutonium konnte nicht explodieren. Das hätte Joe Santa gern erklärt, um seine psychische Belastung zu mindern, aber Santa war auf dem Wagenboden zusammengesackt.

»Na so was!« sagte Ray.

»Wir haben Befehl, ohne Halt durchzufahren«, entschied der als Transportführer bestimmte Leutnant, als Joe ihm die zusammengesunkene Gestalt des Psychoanalytikers zeigte.

»Er ist bewußtlos, Sir. Wahrscheinlich hat er eine Gehirnerschütterung.«

»Hören Sie, Sergeant, wir können von Glück sagen, daß es im Lastwagen keinen Toten gegeben hat.«

»Was ist damit?« Joe deutete auf den Behälter. »Die Gurthaken sind abgerissen.«

»Um Himmels willen, das Ding darf nicht durch den Wagen rollen! Irgend jemand muß es festhalten. Wir verlieren nur Zeit! Entscheiden Sie sich: Einer von Ihnen muß den Kanister festhalten oder irgendwie festklemmen.«

Der LKW, dessen vordere Stoßstange eingedrückt war, schob sich bereits an dem Krankenwagen vorbei.

Der Leutnant rannte nach vorn zu der ersten Limousine. Die Kolonne gruppierte sich wieder.

»Ich klemm das Ding schon fest.« Ray hatte blutunterlaufene Augen, aber sein Blick war stetig.

Während Joe einkuppelte, rutschte Ray über die Rückenlehne seines Sitzes nach hinten. Die Fahrzeuge rollten vorsichtig weiter bergab. Wolkenfetzen verdeckten die Sterne. Hinter Joe raschelte Stoff, dann scharrte Metall über den Wagenboden. Er sah sich um und stellte fest, daß Ray Santa in eine Ecke der Ladefläche gezogen hatte. Der Plutoniumbehälter war nirgends zu sehen.

Ray keuchte, als er auf seinen Sitz zurückkehrte. »Das Ding ist heiß, Chief. Wie eine Suppendose.«

Joe wußte, daß die Haken nicht hätten reißen dürfen. Acht Stahlhaken hätten nicht brechen dürfen. Man hätte glauben können, der Behälter sei bei erster Gelegenheit nach vorn geschnellt. Ich erzähle Oppy von Augustino, nahm er sich vor. Wenn sie mich vom Hügel verfrachten, habe ich außer einem phosphoreszierenden Leuchten nichts zu verlieren.

»Wie eine Blechbüchse mit heißer Suppe, Chief. Als ob's lebendig wäre!«

Die restlichen Kehren nach Durango hinab und bis zu den Hügeln von Tierra Amarilla, New Mexico, kam von der Ladefläche das Geräusch von Santas schwerfälligem Schwanken, als sei das Sanitätsfahrzeug ein rasender Leichenwagen.

JULI
1945

14

Sechs Clowns trugen weiße Bemalung mit waagrechten schwarzen Streifen um Rumpf, Arme und Beine. Ihre Augen und Münder waren schwarz umrandet. Schwarzweiße Baumwollmützen, die zu Hörnern aufgedreht waren. Kurze schwarze Schals um Hals, Knie und Handgelenke. Lange schwarze Lendenschurze, die im Staub schleiften. Um ihre Hüften klapperten an Stricken aufgereihte Hirschhufe. Mokassins.

Gemeinsam drängten sie die Tänzer scherzend mitten auf der Plaza zu einem großen Kreis zusammen. Die Männer trugen normale Arbeitskleidung und zu Stirnbändern verknotete Taschentücher. Die Frauen trugen Sommerkleider. Mann, Frau, Mann, Frau, alle mit einer Getreideähre in einer Hand und einem gelben Blitzstab in der anderen. Die Ältesten, die Sänger und ein Trommler mit einer großen Cochiti-Trommel hatten sich entlang der Nordseite aufgestellt.

Ein neuer Akzent waren patriotische blaue Oberarmbänder mit einem goldenen V wie »Victory« für alle Tänzer. Einer der Männer war darüber hinaus mit einer Sonnenbrille erschienen. Ein Clown stiebitzte sie ihm und setzte sie einem anderen Clown auf, als das Trommeln begann. Tiefe Stimmen erklangen, und die Tänzer begannen, sich entgegen dem Uhrzeigersinn im Kreis zu drehen.

»Wir brauchen Captain Augustino und seinen Sicherheitsapparat nicht«, erklärte Oppy Anna. »Los Alamos hat viel bessere Abwehrmittel. Der Hügel ist kein Ort; er ist eine Zeitverwerfung. Wir sind die Zukunft, die von einem Land und einem Volk umgeben ist, die seit einem Jahrtausend unverändert geblieben sind. Uns umgibt ein unsichtbarer Zeitgraben. Jeder aus der Gegenwart, jeder bloße Spion, kann uns nur erreichen, indem er die Vergangenheit durchschreitet. Wir sind durch die vierte Dimension geschützt.«

Die beiden und Joe und die übrigen Touristen beobachteten den Tanz aus dem breiten Schatten der Pappel am Südrand der Plaza. Oppy, der an diesem Morgen aus Washington zurückgekommen war, hatte sich in sein Westernkostüm geworfen: Jeans, Stiefel, Gürtel mit Silberschnalle, schräg aufgesetzter Hut. Anna trug ihren bizarren Overall und einen eleganten weichen Filzhut.

»Das Ganze ist vollkommen animistisch«, sagte Oppy, »wie ein altgriechisches Fruchtbarkeitsritual. Das ist das Wundervolle daran. Die Getreideähren sind natürlich Phallussymbole.«

Aus Washington verlautete, Trumans Militärberater behaupteten, Trinity sei eine Zeitverschwendung, die Bombe ein wissenschaftlicher Reinfall, ein Schwindel, ein Blindgänger. Oppy trug ein tapferes Lächeln zur Schau.

»Sie tanzen nicht mit?« fragte Anna Joe. Sie war lediglich höflich zu ihm, als kennten sie sich kaum.

»Nein.«

»Joe ist anders«, warf Oppy ein. »Er ist ein fortschrittlicher Indianer. Ein Bebop-Indianer.« Er wandte sich an Joe und sprach leiser weiter. »Groves will übrigens, daß Sie nach Apachen Ausschau halten, wenn wir nach Trinity kommen. Der Vorfall damals im Schnee scheint ihm im Gedächtnis geblieben zu sein. Er glaubt, daß man einen Indianer braucht, um Indianer aufzuhalten.«

Dies war keine wichtige Zeremonie, kein Fest eines Heiligen und kein Korbtanz, nur ein öffentlicher Tanz zur Spätsaat, der jedoch nicht öffentlich angekündigt worden war. »Bei uns findet was statt«, hatten Dienstmädchen aus

Santiago auf dem Hügel erzählt. Unter den rund hundert Zuschauern erkannte Joe Fermi und Teller. Foote war mit britischen Militärshorts und einem Sombrero erschienen.

Die Tänzer bewegten sich abwechselnd im Schritt, in halbem Sprung und Drehung. Auffällig war das Fehlen junger Männer, die beim Militär waren. Großeltern und Mädchen bewegten sich zufrieden im Rhythmus der dumpfen Trommelklänge und wirbelten leichten Staub auf. Sprung, Schlurfen. Diese Monotonie hatte Joe früher stets erregt. Ein friedliches Karussell aus zahmen Indianern und Getreideähren. Kurze Schritte, Drehung.

»Wer sind die Bemalten?« fragte Anna Joe.

»Clowns.«

»Was verkörpern sie in Ihren Augen?«

»Alte Griechen.«

Die Clowns rissen müde Possen im Inneren des von den Tanzenden gebildeten Kreises. Joe erinnerte sich an Zeiten, in denen sie grimmige Possenreißer gewesen waren, die Navajos, Touristen und katholische Geistliche imitiert hatten – Zeiten, zu denen die Clowns zumindest etwas Leben in den Puebloalltag gebracht hatten.

Pappelblätter raschelten; selbst an heißesten Tagen konnte dieses Rascheln wie Regen klingen. Damen aus Santa Fé, erfahrene Zuschauerinnen, stellten Klappstühle auf. Oppy murmelte etwas, das Anna zum Lachen brachte, und Joe entschuldigte sich, um einen Spaziergang zu machen.

Hinter einer niedrigen Steinmauer und einem kleinen Friedhof stand die Missionskirche von Santiago am Westrand der Plaza. Mit ihren am Fuß über zwei Meter dicken und zehn Meter hohen Mauern wirkte die Kirche geradezu monolithisch. Tatsächlich war sie ein Fort aus jener Zeit, als das Rio Grande Valley noch häufig Apachenüberfälle erlebt hatte. Das Dach zierten ein elegantes Eisenkreuz und eine Glocke, beide im spanischen Mutterland gegossen. Das Kirchenportal war während der Tänze stets geschlossen.

Auf dem Friedhof erhoben sich gekennzeichnete wie namenlose Grabhügel, zwischen denen vereinzelt weiße Kreuze für gefallene Soldaten standen. Zwei Cowboys, die der Plaza den Rücken zukehrten, hockten rauchend auf Grabsteinen: drahtige Männer mit Schweißflecken an den Hüten. Der Ältere war etwa sechzig und hatte schwielige Hände und einen dünnen, faltigen Hals. Der Jüngere hatte langes blondes Haar und trug ein farbenprächtiges Hemd; der Satin glänzte schmutzig, und die Paspelierung war teilweise abgerissen.

»Sergeant Joe Peña«, sagte Joe und streckte seine Rechte aus. »Ich hab noch nie Cowboys bei einem Indianertanz gesehen.«

»Ich bin Al.« Der Alte schüttelte Joe flüchtig die Hand. »Das hier ist Billy.«

Billy legte den Kopf schief, als werde Joe dadurch kleiner. Seine Nase verzog sich, als er grinste. »Verpiß dich!«

»Da drüben auf der Plaza sieht man besser«, stellte Joe fest.

»Wir wissen, wie Indianer aussehen«, sagte Billy.

Joe wollte den beiden noch eine Chance geben. »Indian Service?« fragte er.

»Wer sagt das?« Al sah auf und schob seinen breitkrempigen Hut zurück, wobei Haarsträhnen sichtbar wurden, die an seiner feuchten, ungebräunten Stirn klebten.

»Ihr seid Service-Reiter«, sagte Joe.

Billy ließ seine Zigarette fallen und trat sie aus. »Das hat keiner gesagt!«

»Nicht schwer zu erraten«, stellte Joe fest. »Cowboys, die hier sind, aber sich nicht für den Tanz interessieren und was gegen Indianer haben. Und ihr stinkt nach Schafmist. Richtig, ihr seid unterwegs gewesen, um Navajoschafe abzuknallen. Etwa damit?« Er warf einen Blick auf Als Revolver, einen mit Rost gesprenkelten Colt Kaliber 45.

»Leistet ihr euren Beitrag, damit wir den Krieg gewinnen?«

»Nur weil sie dich in die Army gelassen haben…«, begann Billy.

»Aber wir sind hier nicht in der Navajoreservation«, unterbrach Joe ihn. »Hier gibt's keine Navajos. Ihr habt euch verlaufen.«

»Peña.« Al wiederholte den Namen laut, um ihn sich besser merken zu können. »Du arbeitest auf diesem Zauberberg, den die Army hat.«

»Ich zeige euch die Straße aus dem Pueblo«, bot Joe ihnen an.

»Hör zu, wir lassen uns nicht…« Billy stand auf.

»Was ich übrigens noch sagen wollte«, fiel Joe ihm ins Wort. »Dein Hemd sieht wie Scheiße und Spaghetti zusammen auf einem Teller aus.«

»Ich hab dich gewarnt!« Al rutschte von dem Grabstein, streckte sich und marschierte in Richtung Friedhofstor davon. »Wir sprechen uns später wieder, Sergeant.«

Obwohl Billy sichtlich verwirrt war und nur ungern ging, folgte er dem älteren Mann. Auf halbem Wege zum Tor drehte er sich jedoch um und sagte: »Wir haben die Navajos übrigens erwischt – alle!«

Der Grabstein, auf dem Al gesessen hatte, war eine verwitterte Marmorplatte mit der Inschrift *Miguel Peña, 1895–1935.* Dolores hatte den weißesten Stein gekauft, der in Santa Fé zu haben gewesen war, und ihn blankgescheuert, solange sie lebte. Billy hatte auf einer kleineren Grabplatte aus rosa Marmor mit der Inschrift *Dolores Montenegro Peña, 1899–1944* gesessen. Sie hatte ihren Grabstein damals gleich mit dem für Mike gekauft, weil sie ihn eines Tages doch brauchen würde; für Dolores hatte es nichts Exotischeres gegeben als eine Rose. Joe hob die Kippe auf, die Billy zurückgelassen hatte, zerriß das Papier und blies den Tabak weg.

Als Joe zurückkehrte, hatte der Tanz bestimmte Formen, eine bestimmte Richtung eingenommen. Einer der schwarz-weißen Clowns hatte eine Kamera, mit der er Foote aufnahm, um dann mit dem Apparat wie mit einer Pistole zu zielen. Der Clown mit der Sonnenbrille gab vor, blind zu sein, stolperte an einem Stock die vorderste Touristenreihe entlang, zwickte hier in einen Rock und grapschte dort nach einer Bluse. In den Reihen der Tanzenden kicherten Frauen. Gleiten, Sprung, Drehung.

Ein dritter Clown verließ den Kreis. Über seinen Lendenschurz hatte er je ein Kissen auf Bauch und Rücken gebunden. An seiner Oberlippe klebte ein Schnurrbart aus Pelz, seine Schultern waren mit goldenen Sternen beklebt, und er trug eine Offiziersmütze mit einem Papierstern. In dieser Aufmachung stolzierte er schwerfällig im Uhrzeigersinn im Kreis, so daß die Tanzenden an ihm vorbeizogen. Als er dabei noch etwas mit dem Hintern wackelte, war die Imitation General Groves' perfekt. Die anderen Clowns verbeugten sich tief und ehrfürchtig grüßend. Anna lachte, aber Oppys Gesichtsausdruck wirkte eher gequält.

Ein viertüriger Buick rollte heran und hielt vor der Mission. Fuchs saß am Steuer und hatte Augustino bei sich. Autos durften nicht so dicht heranfahren. Als ein Stammespolizist auf den Wagen zuging und Fuchs ein Zeichen gab, er solle weiterfahren, wurde das hintere Fenster heruntergekurbelt, und Joe sah Al, den Indian-Service-Reiter. Der Wagen blieb stehen.

Der Clown mit der Sonnenbrille brachte einen kleinen Feuerwerkskörper zum Vorschein. Ein weiterer Clown nahm ihn ihm ab, ein dritter segnete ihn, und ein vierter legte den Feuerwerkskörper auf den Boden und gab vor, ihn anzuzünden, während der Groves-Clown ein Fernglas an seine schwarzgeränderten Augen hob, um ihn dabei zu beobachten. Alle anderen Clowns – mit Ausnahme des einen, der die Sonnenbrille trug – steckten ihre Zeigefinger in die Ohren.

Nichts.

Ein weiterer Versuch mit einem zweiten Streichholz. Mit einem dritten. Und einem vierten.

Ein Blindgänger.

Ein Clown nach dem anderen inspizierte den Feuerwerkskörper und reichte ihn weiter, bis er bei dem Groves-Clown angelangt war, der ihn durchs Fernglas betrachtete, bevor er ihn an den Clown mit der Sonnenbrille weitergab, der sich umdrehte und ihn Oppy präsentierte. Die Zuschauer drängten sich zusammen, um nichts zu versäumen. Die Tanzenden waren nicht stehengeblieben, und die Sänger waren nicht verstummt, aber auch sie starrten alle Oppy an. Joe hatte noch nie erlebt, daß Oppy errötet war. Der Clown mit der Sonnenbrille kniete nieder und hob bittend die Hände.

»Mach schon, Oppy!« rief Foote. »Sei kein Spielverderber!«

In dem geparkten Wagen deutete Augustino auf den Clown mit der Sonnenbrille.

Anna hielt Oppy ein Feuerzeug hin. Auch die übrigen Clowns fielen bittend auf die Knie. Oppy rang sich ein Lächeln ab, setzte die Zündschnur in Brand und warf den Feuerwerkskörper in die Luft, wo er rauchend und krachend detonierte.

Ob die Sache mit dem Feuerwerkskörper zufällig mit dem Ende des Morgentanzes zusammengefallen oder ob der Knall ein vereinbartes Signal war, ließ sich nicht eindeutig feststellen. Jedenfalls brachen die Tanzenden ihre Darbietung abrupt ab und gingen zum Mittagessen auseinander. Die Clowns marschierten im Gänsemarsch davon, indem sie das lang herabhängende Rückenteil des Lendenschurzes ihres jeweiligen Vordermannes festhielten, und verschwanden in einer für Touristen nicht zugänglichen Gasse am Nordrand der Plaza.

Fuchs' Buick war verschwunden.

»Sie sollten stolz sein«, sagte Jaworski und schüttelte

Oppy die Hand. »Diese Leute haben für unseren Erfolg, unseren Sieg getanzt.«

»Hat ihr Tanz nicht auch bedrohliche Elemente enthalten?« wandte Teller ein.

»Unsinn!« widersprach Foote. »Oppy, du hast deine Rolle wunderbar, sogar bescheiden gespielt.«

Oppy gab Anna das Feuerzeug zurück. »Anna, ich muß jetzt fort.«

»Ich bleibe noch. Sie sind lebendiger, als du gesagt hast.«

Augustino hatte sich zu ihnen gesellt. »Lebendig sind sie allerdings! Können wir kurz miteinander reden, Doktor Oppenheimer? Sie und ich und Sergeant Peña?«

Der Parkplatz war ein zu Staub zermahlenes Haferfeld. Die Zahl der ankommenden Autos überstieg die der wegfahrenden. Augustinos Jeep stand neben der grauen Armeelimousine, mit der Joe Oppy hergebracht hatte. Er konnte Fuchs' Buick noch immer nirgends entdecken.

»Die Männer mit der schwarz-weißen Körperbemalung, Sergeant – sind das Idioten oder Verräter?« wollte Augustino wissen.

»Die Clowns?«

»Jedenfalls«, sagte Augustino, »ist das ein ernster Verstoß gegen die Geheimhaltungsbestimmungen gewesen. Sie haben Doktor Oppenheimer in aller Öffentlichkeit herausgestellt und mit Sprengstoff in Verbindung gebracht. Jeder Außenstehende, der eine Ahnung von Physik hat, mußte auf ihn und Teller aufmerksam werden. Die Imitation des Generals war so geschmacklos wie irgend möglich. Welcher religiöse Zweck verbirgt sich dahinter?«

»Das müßten Sie sie selbst fragen, Sir.«

»Mit Vergnügen! Wer sind *sie*?«

»Das weiß ich nicht, Sir.«

»Ein Stammesgeheimnis?«

»Sozusagen, Sir.«

»Sie verschweigen mir in letzter Zeit vieles, Sergeant. Tanzen sie noch mal?«

»Heute nachmittag, Sir.«

»Dieselben Clowns, dieselben Leute?«

»Ja, Sir.«

»Dann ist's vielleicht besser, wenn Sie den Direktor jetzt auf den Hügel zurückfahren, bevor es zu einem weiteren Zwischenfall kommt. Einverstanden, Doktor Oppenheimer?«

Oppy starrte zur Plaza zurück. »Ich habe geglaubt, wir hätten gute Beziehungen zu diesen Leuten. Ich habe geglaubt, wir seien Freunde.«

»Welchen Zwischenfall meinen Sie, Sir?« fragte Joe den Captain.

»Bringen Sie den Direktor einfach zum Hügel zurück«, wies Augustino ihn nach einer Pause an. »Fahren Sie hinter mir her.«

Captain Augustino fuhr mit dem Jeep voraus. Alle Autos, die den Parkplatz verlassen wollten, mußten auf dem Weg zur Straße ein schmales Gatter passieren. Joe hielt, um entgegenkommende Fahrzeuge hereinzulassen, während der Jeep weiterfuhr. Oppy saß vorn neben ihm – wie immer, wenn sie zu zweit unterwegs waren. Seine Finger trommelten ungeduldig aufs Instrumentenbrett, als werde er von einer Horde Schwachsinniger aufgehalten. Die Nachricht, daß getanzt wurde, hatte die Runde gemacht. Offene Busse aus Santa Fé setzten Touristen ab, die zu Fuß durchs Gatter hasteten. Joe erkannte eine untersetzte, mit Kamera und Fernglas behängte Gestalt: den New Yorker Harry Gold aus der Bar des Hotels La Fonda.

Joe griff in seine Tasche und gab Oppy etwas, das wie ein Knopf aus Drahtgeflecht aussah. »Dieses Mikrofon hat Augustino in Ihrem Haus installiert, während Sie verreist gewesen sind. Sie müssen allmählich erfahren, was um Sie herum vorgeht.«

Oppy hielt das Mikrofon hinter der Windschutzscheibe ans Licht, als untersuche er ein merkwürdiges Artefakt.

»Es ist versteckt gewesen«, ergänzte Joe. »Es hätte nicht zu Ihrem Schutz dienen sollen. Er beobachtet Sie; er hat's auf Sie abgesehen.«

»Ja, ich weiß.« Oppys Stimme war nur ein Flüstern. Er drehte das winzige Mikrofon unablässig zwischen den Fingern hin und her.

»Sie müssen General Groves informieren«, verlangte Joe. »Sagen Sie ihm, daß sein Leiter des Sicherheitsdienstes Sie für einen kommunistischen Spion hält.«

»Das weiß der General.« Aus dem freimütigen Blick, den Oppy Joe zuwarf, sprachen Resignation und Verachtung. Es war ein verinnerlichter Blick, wirkte fast meditierend. Er streckte seine Hand aus dem offenen Fenster und ließ das Mikrofon in den Straßenstaub fallen. »Sie können mir nicht helfen, Joe.«

»Sie leiten die wichtigste Forschungsstätte dieses Krieges und haben Angst vor einem Captain? Die anderen sind doch auf Sie angewiesen! *Sie* sind die gottverdammte Bombe!«

»Das … damit muß ich vorläufig zurechtkommen.«

Der Gegenverkehr ließ für kurze Zeit nach. Augustinos Jeep wartete weit vor ihnen auf der Straße.

Joe stieg aus. »Dann helfe ich Augustino.«

Oppy rutschte nach links unters Lenkrad. »Ihm helfcn?« fragte er.

»Er will wissen, wer diese Clowns sind. Man braucht einen Indianer, um Indianer aufzuhalten, stimmt's?«

»Joe …«, begann Oppy zu widersprechen. Er verstummte und nahm dann einen neuen Anlauf. »Joe, noch zwanzig Tage! Nach Trinity kann uns kein Mensch mehr etwas anhaben.«

Auf dem Rückweg machte Joe einen weit ausholenden Rundgang durch Santiago. Fuchs' Buick blieb verschwunden; wahrscheinlich befand er sich schon auf halbem Wege zum Hügel. Billy und Al, die beiden Indian-Service-Reiter, hockten biertrinkend auf dem Rücksitz eines in einer Gasse geparkten Dienstwagens der Stammespolizei. Überall am Rande der Plaza aßen Indianer auf ihren Dächern geröstetes Brot. Auf einer Insel des Schattens unter der großen Plazapappel mampften Touristen Sandwiches. Wachspapierstücke trieben in Staubwolken über den Erdboden.

15

Im Sonnenlicht entlang der zum Kivadach hinaufführenden Leiter besserten drei Clowns ihre weißen und schwarzen Streifen mit Körperfarbe aus Konservengläsern aus. Zwei Clowns ohne Kopfbedeckungen ruhten sich auf den in die Wände eingebauten Bänken aus. Der letzte stand in einer dunklen Ecke, um ein Coca-Cola zu trinken und zugleich in einen Eimer zu pissen. Alle drehten sich nach dem Seiteneingang um, als Joe hereinkam.

Er war seit fast zwei Jahrzehnten in keiner Kiva mehr gewesen. Von außen schien die Kiva der Clowns ein schlichtes Adobehaus zu sein; innen waren die Wände jedoch mit im Halbdunkel kaum erkennbaren Gestalten bemalt. Schlangen. Schwalben. Felsterrassen und rotweiße Wolken. Die zickzackförmigen Blitzleisten eines demontierten Altars standen zwischen spanischen Truhen mit Gebetsstöcken und Tanzstäben. In der Fußbodenmitte befand sich das traditionelle Loch, das zum Mittelpunkt der Erde hinabführte. Die Clowns selbst wirkten wie Halbreliefs: weiße Felder, schwarze Balken. Trotzdem erkannte Joe, daß einer der Clowns ohne Kopfbedeckung – ein Clown mit schütterem grauen Haar, Schmerbauch und spindeldürren Beinen – Ben Reyes war.

»Hau ab!« sagte Ben, als jage er einen Hund hinaus. »Verschwinde!«

»Draußen warten zwei Cowboys vom Indian Service«, erklärte Joe dem anderen Clown ohne Kopfbedeckung. »Ich glaube, daß sie gekommen sind, um dich zu verhaften.«

»Du hast ihn ihnen gezeigt!« behauptete Ben.

»Fuchs hat dich ihnen gezeigt«, teilte Joe dem anderen Clown mit.

Der Clown hatte langes braunes Haar, das ihm bis auf die Schultern fiel. Obwohl es in der Kiva dunkel war, trug er noch immer die Sonnenbrille, die er beim Morgentanz aufgehabt hatte. Jetzt legte er den Kopf schief und lächelte Joe an, als amüsierten sie sich gemeinsam über einen Scherz.

»Du hast Oppenheimer den Feuerwerkskörper gegeben und nicht versucht, ihn wieder zurückzukriegen«, fuhr Joe fort. »Selbst als angeblicher Blinder bist du mit zu vielen Leuten zusammengeprallt.«

»Aber für einen wirklichen Blinden nicht schlecht«, sagte Roberto.

»Nicht schlecht.«

»Würden sie sich das wirklich trauen?«

»Du hast den falschen Kraut mit deiner Schrotflinte bedroht. Er ist unser Deutscher, und wir befinden uns im Krieg. Ich weiß nicht, wie er erfahren hat, daß du tanzen würdest, aber er hat's gewußt, und der Captain, den den Sicherheitsdienst auf dem Hügel leitet, hat's ebenfalls gewußt, und die beiden haben dich zwei Reitern vom Indian Service gezeigt. Aber du brauchst dir keine Sorgen zu machen: Fuchs und der Captain haben auf dich gedeutet und sind verschwunden. Die Cowboys haben den Tanz fünf Sekunden lang beobachtet und dich nur aus der Ferne gesehen. Du läßt einfach einen anderen an deiner Stelle tanzen – dann hast du den ganzen Nachmittag Zeit, nach Taos zurückzukehren.«

»Coke?« fragte Roberto. »Hast du Durst?«

»Nein, danke.«

»Heiß dort draußen, was?«

»Wenn ihr einen Ersatzmann beschaffen wollt, müßt ihr euch beeilen.«

Roberto nahm die Sonnenbrille ab und legte sie neben sich auf die Bank. Seine Augen schienen nicht nur eingesunken, sondern angemalt zu sein.

»Hmmm, so einfach ist die Sache nicht, Joe. Solange wir Clowns hier sind, darf niemand rein oder raus. Ich glaube nicht, daß jemand gegen diese Regel verstoßen würde.«

»Wenn hier keine sechs Clowns rauskommen, kommen die Reiter und holen dich ab.«

»Du mußt tanzen«, sagte Roberto.

»Er?« fragte Ben.

»Es gibt keinen anderen«, stellte Roberto fest.

»Das wäre ein Witz!« protestierte Ben.

»Du zeigst ihm, was er zu tun hat«, wies Roberto ihn an.

Die drei Clowns an der Leiter kauerten nieder und sprachen leise miteinander. Es wäre eine große Schande, einen so unwissenden Mann wie Joe Peña an der Zeremonie teilnehmen zu lassen. Andererseits wäre es eine noch größere Schande, wenn ein Ältester aus einem anderen Pueblo in Santiago verhaftet würde.

»Nein«, wiedersprach Joe. »Ben hat ausnahmsweise recht. Ich bin nur gekommen, um euch zu warnen.«

Roberto wirkte ehrlich verwirrt. »Was nützt eine Warnung, wenn du nicht helfen willst?« fragte er. »Das ist eine Warnung, die ein Schwindel ist.«

»Von einem Indianer, der ein Schwindel ist«, sagte Ben.

»Ich hab euch jedenfalls gewarnt!« Joe hob grüßend die Hand, während er zur Tür ging. »In Zukunft kenne ich euch nicht mal.«

»Er ist als Indianer weggegangen und als Schwarzer zurückgekommen«, meinte Ben bedauernd. »Er ist in die Army gegangen und ein Weißer geworden. Vielleicht ist überhaupt niemand mehr dort draußen. Aber sein Bruder – das ist ein Indianer gewesen!«

»Ben«, sagte Joe kopfschüttelnd.

»Seine Mutter kann von Glück sagen, daß sie vor diesem Tag gestorben ist«, behauptete der Alte.

Joe kam von der Tür zurück. »Ben, Ben, Ben. Halt endlich den Mund!«

»Ich brauche deine Hilfe«, stellte Roberto fest.

Die Farbe war so dick und fettig, daß er das Gefühl hatte, sein ganzer Körper sei eine Maske. Sein Haar steckte unter der gestreiften Kappe, die von einem schwarzen Band unter dem Kinn festgehalten wurde. Die anderen Clowns malten dunkle Linien um seinen Mund und seine Augen und knoteten ihm schwarze Schals um Hals, Knöchel und Handgelenke. Unglaublich! dachte Joe; das alles geschieht nicht mit mir, sondern mit einem anderen. Er hatte das Gefühl, neben sich selbst zu stehen und zuzusehen, wie er vorbereitet wurde – als leihe er lediglich seinen Körper aus. Das Rückenteil des langen Lendenschurzes schleifte am Boden hinter ihm her. Da alle Mokassins zu klein waren, ging er barfuß. Roberto riet ihm, möglichst im Kreis der Tanzenden zu bleiben. Alle versammelten sich an der Leiter zu einer letzten gemeinsamen Zigarette. Roberto trug seine weiße Taosdecke, um dann durch den Seitenausgang verschwinden zu können. Die Sonnenbrille hatte jetzt einer der anderen Clowns. Ben klemmte sich eine Bullenpeitsche unter den Arm. Die Sonne war nach Westen weitergewandert, so daß das von oben hereinfallende Licht schwächer und schräger war und Joe das Gefühl hatte, die Kiva schließe sich über ihm. Dann stiegen sie nacheinander die Leiter hinauf, Joe als letzter.

Sie kletterten vom Dach und liefen, von mitrennenden Hunden und Jungen begleitet, eine Gasse hinunter. Obwohl Joe ganz hinten zu bleiben versuchte, brachte seine größere Schrittlänge ihn von selbst an die Spitze.

Nach einem Tunnel aus Schatten kam die blendende, brütende Hitze der Plaza, auf der noch größeres Gedränge als am Morgen herrschte. Alle Dächer am Nordrand waren dicht besetzt. Auswärtige Besucher, deren Zahl sich verdoppelt hatte, nahmen den gesamten Südrand der Plaza ein. Nur die den Tanz beobachtenden Priester und Ältesten waren dieselben, als hätten sie sich seit vormittags nicht von der Stelle bewegt. Joe rechnete damit, daß jeden Augenblick irgend jemand rufen würde: »Das ist kein richtiger Clown, das ist Joe Peña!« Er trieb eine alte Frau und ein Mädchen in die Reihen der Tanzenden zurück.

Die Plaza schien sich um ihn herum zu drehen. Seine Körperbemalung troff bereits von Schweiß. Er sah Foote, Jaworski und Harvey, der inzwischen dazugekommen war. Der Trommelrhythmus setzte ein. Am Ostrand der Plaza stand der Service-Reiter Al zwischen den letzten Touristen. Billy hatte am Westrand Posten bezogen.

Nur lange genug, bis Roberto verschwunden ist, sagte Joe sich. Als der Kreis der Tanzenden sich zu drehen begann, schlüpfte er hinein und benützte ihn als Deckung. Die Schritte waren leicht zu lernen; das Tempo war ein langsamer 4/4-Takt. Ohne Vorwarnung wechselten der Trommler und die Sänger jedoch in einen raschen 3/4-Takt über, dem wieder ein 4/4-Takt folgte. Joe stolperte, aber das wurde als Scherz aufgefaßt – schließlich war er ein Clown.

Der Grundgedanke dieses Tanzes war, daß sämtliche Teilnehmer zur selben Zeit denselben Schritt machten – ohne Schnörkel und ohne aufzufallen. Der Kreis war ein kosmisches Getriebe, das Wolken bewegte, Wild herbeirief und Getreide wachsen ließ. Jede Individualität wäre wie eine lockere Schraube gewesen.

»*Zuerst zuckt der Blitz im Norden, dann grollt der Donner, danach fällt der Regen, weil Blumen blühen*«, intonierten die Sänger.

Obwohl von Blitz und Donner nichts zu sehen und zu

hören war, hüpften und drehten die Tanzenden sich so, als erlebten sie es – mit einer Getreideähre in der einen und einem Blitzstab in der anderen Hand. Ihre abgetragenen, frischgewaschenen Overalls und gestärkten Kleider verliehen ihnen das Aussehen von mit nüchternem Fleiß hergestellten Puppen. Die Frauen und Mädchen rissen die Knie nicht so hoch wie die Männer und stampften weniger kräftig auf. Aber sie erkannten Joe: Er nahm ihre verstohlenen Blicke wahr und hörte ihr Flüstern, wenn er sich auch nur umdrehte.

»Auf den Feldern kann man Melonenblüten sehen«, sang der Chor. *»Auf den Feldern kann man Korn blühen sehen. Auf den Feldern singt der Wasservogel, und am Himmel wachsen die schwarzen Wolken.«* Hundert Tanzende ließen den Erdboden leicht erzittern.

Noch einmal im Kreis, dann höre ich auf, sagte Joe sich. Aber der Kreis bewegte sich quälend langsam. Die gesamte Einwohnerschaft Santiagos schien versammelt zu sein – tanzend oder auf den Dächern –, ihn zu umringen und darauf zu warten, daß er irgend etwas tat. So viele Frauen sahen wie Dolores aus. Nicht wie Dolores, die berühmte Töpferin, sondern wie Dolores als junge Frau. Wie Dolores als Mädchen. Schritt, halber Sprung, Drehung.

Zwei der Clowns nahmen Zuschauerinnen aus Santa Fé Klappstühle weg, setzten sich darauf und gaben vor, miteinander zu schwatzen, Lippenstift aufzulegen und Hüfthalter zurechtzurücken. Ein dritter marschierte die Ränder der Plaza entlang, um die nach vorn drängenden Touristen zurückzuhalten. Er drohte einem Zuschauer, der vom Ostrand aus bis fast an den Kreis der Tanzenden herangekommen war. Dieser Mann war Billy, der sich Joe aus der Nähe ansehen wollte und den dicklichen alten Clown ignorierte, der ihn abzudrängen versuchte. Als der Clown eine Peitsche entrollte und sie vor Billys Füßen knallen ließ, schlug der Blonde ihn nieder.

Der gesamte Kreis tanzte jetzt langsamer, weil die Teilnehmer diese Auseinandersetzung beobachteten. Joe sah, daß die Stammespolizisten sich zurückhielten, weil sie keine Schwierigkeiten mit dem Indian Service wollten. Ohne es bewußt wahrzunehmen, drängte Joe sich durch die Reihen der Tanzenden; er schien die Entfernung bis zu Ben mit wenigen Schritten zurückzulegen.

Billy machte eine warnende Handbewegung, als Joe über Ben hinwegstieg, ihn vorn am Hemd packte und mit einer Hand hoch über den Kopf hob. Der Cowboy strampelte und schlug mit den Fäusten um sich, während Joe ihn zu der Pappel trug, unter der die meisten Zuschauer standen. Er hatte vorgehabt, ihn sanft abzusetzen, aber als er den Mann losließ, flog Billy irgendwie über die beiden ersten Zuschauerreihen hinweg und landete am Fuß des Baumes.

Footes Sombrero rollte nach vorn, als die Menge zurückwich. Stühle wurden geräuschvoll zugeklappt. Ein Mann lachte. Al arbeitete sich durch die Menge auf Billy zu und lachte dabei, als sei sein Freund das Opfer eines guten Scherzes geworden. Die Clowns stimmten ein, als habe Joe tatsächlich einen Scherz gemacht. Foote und sein Gefolge vom Hügel, Harvey, Gold und die Touristen aus Santa Fé begannen leicht verängstigt zu lachen, weil sie glauben wollten, dies sei eine verabredete Vorführung, und der riesenhafte Clown sei im Grunde genommen ganz harmlos. Anna Weiss lächelte nicht einmal. Sie war nicht zurückgewichen. Sie beobachtete Joe, als ob aus heiterem Himmel ein Riese herabgestiegen sei.

Der Trommler setzte keine Sekunde lang aus. Der Kreis der Tanzenden drehte sich weiter.

Später wuschen sich die Clowns in einem Fluß einige Meilen außerhalb von Santiago. Da Joe nicht wirklich zu ihnen gehörte, wusch er sich allein an einer anderen Stelle, wo Pappelstämme und Sand das Wasser zu einem Tümpel aufgestaut hatten. Brombeersträucher mit papierweißen

Blüten überwucherten beide Flußufer. Die schwarzen Streifen ließen sich nur mühsam mit Hafermehlseife und einer Yuccabürste abscheuern.

Das von der Wasseroberfläche reflektierte Sonnenlicht blendete ihn fast. Er brauchte einige Zeit, um zu merken, daß er nicht allein war, und um Anna zu entdecken, die ihn von einem halb im Schwemmsand vergrabenen Baumstamm aus beobachtete.

16

In Zimmer zwanzig des Motels Cordoba bildete Tageslicht einen heißen weißen Rand um die heruntergezogenen Jalousien.

Sie wand und spreizte sich, und als sie auf ihn herabsank, legte er seine Hände auf ihre Hüften. Ihre sich weitenden Augen ließen ihn keine Sekunde los. Trotz der heruntergezogenen Jalousien glühte sie von innen heraus. Ihre Augen leuchteten dunkel, ihr Haar war dunkel, die Spitzen ihrer weißen Brüste waren dunkel. Tief in ihr richtete er sich weiter auf. Als ob er vor langer Zeit von einem hohen Gebäude gesprungen sei und erst jetzt auf den Erdboden prallte. Fallend und steigend gleichzeitig.

»Ich hab noch nie einen Riesen geliebt.«

Er drehte sie auf den Rücken und drang tiefer in sie ein. Zwischen ihren Brüsten glänzte Schweiß. Das Bett ächzte, während sie ihre Beine um ihn schlang. Sie zog ihn mit den Händen an sich.

Ihre Schuhe und ihr Filzhut lagen in der Nähe der Tür, wo sie sie abgestreift hatte, sobald sie hereingekommen waren. Ihr Overall lag in der Zimmermitte auf dem Boden. Seine Uniform war achtlos über einen Sessel geworfen.

Draußen ging der Nachmittag in die Abenddämmerung über. Drinnen breitete sich perliges Grau über die

Wände. Der Wandschmuck des Zimmers bestand aus Fotos der Alhambra. Die Bilder zitterten, als er sie gegen eine Wand drängte, so daß ihre Zehen kaum mehr den Boden berührten. Die Wand zitterte wie ein senkrechtes Bettlaken.

Sie war gewichtslos und stark. Sie schien ihn zu reiten, ihn von allen Seiten zu umgeben, ihn zu verschlingen und zugleich verschlungen zu werden.

Als sie die Stellung wechselten, trug die Wand den feuchten Abdruck ihres Rückens und seiner Hände.

Die Wände hätten aus Papier sein können, das jederzeit in Flammen aufgehen, zerreißen oder sich zurückfalten und ihn ins Leere fallen lassen konnte.

»Du bist verrückt, daß du das tust«, sagte er.

»O ja, ich bin für geistesgestört erklärt worden.«

»Geistesgestört?«

»Amtlich«, sagte sie und lächelte.

Es waren Augenblicke gegenseitigen Kennenlernens. Das Kennenlernen von Beinen, Händen, Haut, Schweiß, wenn der gesamte Körper das zu erforschende Terrain und der Mittelpunkt besessener Aufmerksamkeit ist. Jedes Wort hallt endlos lange nach und verleiht dem Handeln Farbe.

Sie hockten im Schneidersitz auf dem Bett und hatten den Aschenbecher und Schleier von Zigarettenrauch zwischen sich. Obwohl die Tageshitze abgeklungen war, glänzte ihr Schweiß.

»Ich bin verliebt gewesen«, erzählte sie. Sie zündete eine Zigarette für ihn an und steckte sie ihm zwischen die Lippen. »Ich habe einen jungen Franzosen geliebt. Er ist sehr romantisch gewesen. Ich habe einen jungen Deutschen geliebt. Er ist sehr deprimiert gewesen. Es hat Spaß gemacht, verliebt zu sein. Was mir daran gefallen hat, ist das Element der Irrationalität gewesen. Dies hier ist überhaupt keine Liebe; es ist reine Irrationalität.«

Er inhalierte, füllte seine Lungen und ließ den Rauch austreten, so daß sein Atem den Raum füllte. Eines wußte er ganz sicher. »Du bist früher noch nie verliebt gewesen«, sagte er. Sie beobachtete ihn katzengleich distanziert. Bis ihre Augen sich schlossen und sie sich zurücklehnte. Bei nach hinten fallenden Haaren wirkte ihre Stirn höher. Er zog ihren Kopf zu sich und öffnete ihren Mund mit seinem, und sie vergrub ihre Finger in seinem Haar und dehnte den Kuß endlos lange aus.

»Du bist aber doch verliebt gewesen?« fragte sie.

»›It was a flight to the moon, a night in June. Icy fingers up and down my spine, that same old witchcraft when your eyes meet mine.‹«

Sie legte eine Fingerspitze auf den Nasensattel zwischen seinen Augen. »Heute ist die letzte Juninacht.«

»Ich hab gewußt, daß eine davon richtig sein würde.«

In tiefster Dunkelheit lag sie auf ihm: in letzter, lange ausgedehnter Vereinigung. So tief vereint, daß sie Hälften eines einzigen Wesens waren. So still, daß die einzigen Geräusche die entfernte Brandung des Straßenverkehrs und das langsamer werdende, zielbewußte Schlagen ihrer Herzen war.

Der Wagen war ein zweitüriger Plymouth, den er sich im Pueblo von Teller geliehen hatte. Im Autoradio fand er eine Jazzsendung. Die Straße vor ihnen lag im Sternenschein. Der Fahrtwind zerzauste Annas Haar.

»Ich hab für King Kong geschwärmt«, sagte sie. »Ich hätte jederzeit mit diesem Mädchen getauscht. King Kong ist in Deutschland sehr populär gewesen. Und du kannst noch dazu Klavier spielen!«

»Großartig.«

»Und du bist Boxer. Ich hab alles über dich in Erfahrung gebracht.«

»Bin Boxer gewesen.«

»Ein guter?«

»Nicht schlecht. Nur haben mich dann andere Dinge interessiert.«

»Musik?«

»Ich liebe Konzertflügel. Ich liebe ihre Form, ihr Gewicht. Es fasziniert mich, einen Flügel vor mir zu haben, in einem leeren Haus ein hohes E anzuschlagen.«

»Und Frauen? Dasselbe Gefühl – ein hohes E in einem leeren Haus?«

»Hmmm, ein bißchen. Wie bist du dazu gekommen, auf dem Hügel zu arbeiten?«

Sie überlegte kurz, aber er konnte bereits ihre Stimme hören. Am wichtigsten war ihm, daß eine Frau eine unverwechselbar eigene Stimme hatte, und er hatte noch nie eine wie ihre gehört.

»Ich habe schon als kleines Mädchen Zahlen gesehen. Damit schafft man sich eine eigene Welt, zu der nur wenige andere Zutritt haben. Primzahlen. Positive und negative Zahlen zu regelmäßigen Strukturen angeordnet. Um mich zu unterhalten, habe ich als Sechzehnjährige eine Arbeit über multiple Reaktionen geschrieben. Ich bin damals in einer Nervenheilanstalt gewesen.«

»Warum?«

»Hysterie, Blutarmut. Schwangerschaft. Die Diagnose war davon abhängig, mit welchem Arzt man gesprochen hat. Ich hatte noch Glück, daß ich überhaupt aufgenommen wurde, denn eigentlich durften Juden nicht behandelt werden. Aber mein Vater war so angesehen, obwohl er seinen Lehrstuhl an der Universität hatte räumen müssen, daß ich trotzdem aufgenommen wurde. Die Anstalt war früher ein Kloster mit Park und Obstgärten gewesen, in denen sogar Zitronenbäume standen und die in Terrassen zur Elbe hinunterführten. In einem Winkel des Parks stand eine Geißblattlaube, um die herum es von Bienen summte. Dorthin habe ich mich zurückgezogen. Ich habe versucht, an Dinge zu denken, die so klein und unbedeutend waren, daß sie fast zu reiner Mathematik wurden und nichts mit der größeren realen Welt zu tun hatten. Ich habe den Bienen zugesehen, wie sie von Blüte zu Blüte geschwirrt sind. Das war kurz nach dem Erscheinen des Meitner-Frisch-Artikels über Kernspaltung – an den erinnerst du dich vielleicht?«

»Ich glaube, ich hab an diesem Tag in Chicago geboxt. Ich muß ihn verpaßt haben.«

»Bienen und Neutronen weisen gewisse Ähnlichkeiten auf. Die Arbeit war nur wenige Seiten lang und durfte nicht veröffentlicht werden, weil ich Jüdin bin. Fünf Jahre später ist Oppenheimer bei mir in New York vorbeigekommen.«

»Hat dich das überrascht?«

»Es war merkwürdig, ihn so wiederzusehen, denn er hatte früher lange braune Locken. Er hatte sein Haar wie die Jungfrau von Orleans geschnitten, um in den Krieg zu ziehen. In der Hand hatte er eine Kopie der Arbeit, die ich als Sechzehnjährige geschrieben hatte. Zuerst hat er mich gefragt, ob mir daran gelegen sei, meine Zahlen zu Leben erwachen zu sehen; dann hat er mich eingeladen, an seinem Projekt mitzuarbeiten.«

»Er ist ein Verführer.«

»Ja.« Sie schaute eine Minute lang in den Canyon hinunter und zu den Bergen hinüber, hinter denen es wetterleuchtete. »Du hast niemand von Harvey erzählt, stimmt's? Und du hast auch deinen Freund Roberto nicht angezeigt, nicht wahr?«

»Das heißt nicht, daß ich Robertos Meinung bin.«

»Oder Harveys und meiner.«

»Noch zwei Wochen bis Trinity, dann ist alles vorbei. Vielleicht schlägt der Versuch fehl.« Er spürte ihre Enttäuschung. »Ich hasse Auseinandersetzungen. Ich bin ein Feigling. Auseinandersetzungen sind voller Worte, und jeder Beteiligte bildet sich ein, nur er kenne ihre wahre Bedeutung. Aus meiner Sicht gleicht jedes Wort einem

Korb Aale. Jeder bekommt nur einen Aal zu fassen – und das ist dann seine Auslegung, für die er bis zum Tode kämpfen würde. Roberto stammt aus Taos, was ihm seiner Überzeugung nach das Recht gibt, einfach zu behaupten, oben sei unten. Harvey ist aus Texas, was es merkwürdig macht, daß er und ich überhaupt in irgendeinem gottverdammten Punkt übereinstimmen. Und was dich und mich betrifft?«

»Ja?«

»Deshalb liebe ich Musik. Man schlägt ein C an, und es ist ein C, und damit hat's sich. Wie die ersten deutlichen Worte. Wie Intelligenz, wie Begreifen. Ein Mozart oder Art Tatum sitzt am Klavier und spielt die unwiderlegbare Wahrheit.«

»Du wirst einiges über mich zu hören bekommen«, sagte sie langsam. »Daß ich verrückt und ein Luder bin. Was die Leute sagen, ist mir gleichgültig, aber du sollst wissen, daß nur eines von beiden stimmt.«

»Welches?«

»Welches ist dir wichtig?«

Er zögerte, und im nächsten Augenblick tauchte der erste Kontrollpunkt vor ihnen auf. Da er die MPs stets mit Zigaretten und Bezugsscheinen versorgte, hatte er damit gerechnet, wie üblich durchgewinkt zu werden. In dieser Nacht glich die Kontrollstelle jedoch einer Westernszene, einem Touristengemälde: aus einem Schuppen fallendes gelbes Licht beleuchtete Männer auf Pferden – die Reiter ermüdet zusammengesunken, die Tiere in der Nachtluft dampfend. Dahinter Jeeps mit eingeschalteten Scheinwerfern, die die Straße hinter der Schranke blockierten. Er hielt und ließ die Scheinwerfer brennen. »Du bleibst am besten hier«, erklärte er ihr, als er ausstieg. »Falls jemand dich fragt, sind wir rumgefahren, aber du weißt nicht, wo überall.«

Einer der Reiter war Sergeant Shapiro. Korporal Gruber trug einen Arm in einer Schlinge.

Shapiro lachte. »Vom Pferd gefallen, Chief. Hat sich seinen Scheißarm gebrochen.«

Captain Augustino sah von der Landkarte auf, die er mit Al und Billy studierte, als Joe den Schuppen betrat. Die beiden Cowboys waren nach einem Tag im Sattel staubig und verschwitzt. Als kleine Augen und sein Mund waren zusammengekniffen, und er hatte weiße Bartstoppeln. Billys blondes Haar hing strähnig und schmutzig herab.

»Wenn man den Teufel ruft ...« Augustino war sichtlich entzückt, als erwarte ihn am Ende eines anstrengenden Tages ein verdientes Amüsement. »Herein, nur rein mit Ihnen, Sergeant Peña! Unsere Freunde Billy und Al vom Indian Service kennen Sie ja schon. Billy ist der Mann, den Sie beim Tanz wie einen Düngersack über die Zuschauer geworfen haben.«

Der Schuppen war klein für vier Männer und einen Kanonenofen. Die Beleuchtung bestand aus einer nackten Glühbirne. An den Wänden hingen eine Uhr, eine Landkarte, das Telefon, ein vergilbtes Plakat mit Umrissen deutscher Flugzeuge, Klemmbretter mit alten Tagesbefehlen, Listen mit Autokennzeichen und Listen für Wegfahrende und Zurückkommende. Joe hatte den Verdacht, daß Anna und er die einzigen waren, die noch zurückerwartet wurden.

Augustino machte eine Pause, um das allgemeine Unbehagen zu steigern. »Sie haben die ganze Aufregung verpaßt, Sergeant.«

»Ja, Sir?«

»Unbedingt, Sergeant. Wir haben eine regelrechte Posse veranstaltet, um einen Ihrer indianischen Freunde suchen zu lassen. Sie wissen schon: Ihren Freund, der einen unserer Gäste mit einer Schrotflinte angegriffen hat und dessen Platz Sie beim zweiten Tanz eingenommen haben. Sollten Sie nicht den Direktor fahren?«

»Er wollte wissen, wer die Clowns waren, Sir, deshalb habe ich mitgetanzt.«

»Einfach so! Haben Sie rausgekriegt, wer die waren?«

»Nein, Sir. Ich hab sie nie ohne Masken oder Bemalung zu sehen bekommen.«

Al schnaubte. »Du hast nicht gewußt, daß der Tänzer, dessen Platz du eingenommen hast, verhaftet werden sollte?«

»Woher hätte ich das wissen sollen?«

»Ausgezeichnete Frage, Sergeant«, sagte Augustino. »Sie ist so ausgezeichnet, daß wir sie uns den ganzen Tag lang gestellt haben. Diese Gentlemen tippen auf irgendeinen Informanten, aber ich glaube, daß die dumm und Sie clever sind. Wer hat Ihrer Meinung nach recht?«

»Das weiß ich leider auch nicht, Sir.«

»Nun, ich habe größte Hochachtung vor Ihnen, Sergeant, wirklich!« Er strich die Landkarte mit beiden Händen glatt. »Wir haben einen anstrengenden Tag auf allen unbefestigten Straßen und Pfaden in der weiteren Umgebung des Pueblos Santiago verbracht. Wir haben einige Klapperschlangen aufgestöbert. Wenn ich recht informiert bin, ist Korporal Gruber bei einem häßlichen Sturz verletzt worden. Ihr Freund scheint jedoch spurlos verschwunden zu sein.«

»Er muß ziemlich schnell sein, Sir.«

»Und blind dazu, Sergeant. Erschreckend und bemerkenswert zugleich. Und wie haben Sie den Tag verbracht, Sergeant? Doch wohl nicht untätig?«

»Nein, Sir. Ich habe versucht, den Befehl des Direktors auszuführen – leider ohne Erfolg.«

»Wo er gewesen ist, finden wir seinen blinden Freund«, erklärte Billy Augustino, »und brauchen nicht wieder alle beschissenen indianischen Ruinen zu durchsuchen.«

»Sind Sie allein gewesen, Sergeant?« Augustino sah zu dem Plymouth hinaus. »Allein auf der Suche nach den Unbekannten?« Der Captain nahm die Liste für Zurückkommende vom Haken. »Sie brauchen nicht zu antworten. Bleiben Sie einfach hier, bis ich zurückkomme.«

Dann verließ er den Raum und näherte sich mit großen Schritten dem Plymouth. Joe konnte Annas Silhouette auf dem Beifahrersitz erkennen.

»Wie einen Sack Scheiße geworfen, ha?« fragte Billy.

»Das hat der Captain gesagt«, murmelte Joe, während er beobachtete, wie Augustino sich durchs Autofenster beugte.

»Also Billy hat sich heute wie ein richtiges Arschloch benommen und eine Zeremonie gestört, wofür ich mich entschuldigen möchte.« Al hatte eine leicht asthmatische Singsangstimme. »Als Gegenleistung dafür will ich von dir hören, wer dir den Tip gegeben hat, daß wir uns deinen blinden Freund schnappen wollten. Irgend jemand muß dich gewarnt haben, denn darauf bist du nicht selbst gekommen. Bitte, ich trete seit dreißig Jahren Indianer in den Arsch, ich kenn mich mit Indianern aus. Dreh dich bitte um, wenn ich mit dir rede.«

Al hielt seinen rostfleckigen Colt – ein als Shopkeeper's Friend bekanntes altmodisches Modell mit kurzem Lauf – in der rechten Hand. Er war ziemlich klein, weil Cowboys sich im Laufe der Zeit wie Zaunpfähle abzunutzen scheinen, aber die Waffe machte ihn etwas größer, als führe er eine Levitation vor. Billy lehnte sich zurück.

»Wir sind hier im Indianerland«, fuhr Al fort. »Nur der Indian Service sorgt dafür, daß hier alles in zivilisierten Bahnen verläuft. Wer den Indian Service beleidigt, unterminiert das System, das euch Leute am Leben erhält.«

Joe warf einen Blick aus dem Fenster. Eine Handbewegung Augustinos zeigte ihm, daß der Captain Anna zum Aussteigen aufforderte.

»Den Kernpunkt dieses Systems bildet Respekt. Billy und ich leben wochenlang inmitten von Indianern, um die Einhaltung von Gesetzen zu erzwingen. Gesetze über Schafe, über Alkohol, über Schulpflicht. Unser einziger Schutz vor allen besoffenen Rothäuten ist ihr Respekt vor uns. Mann, sonst müßten sie uns jedesmal von der

Kavallerie eskortieren lassen, stimmt's? Sieh mich gefälligst an!«

Al kniff die Augen zusammen, während er ernsthaft weiterdozierte. Sein Hut war zurückgerutscht und ließ die flach auf seiner ungebräunten Stirn klebenden Haare sehen.

»Deshalb ist das, was du heute mit Billy angestellt hast, so gefährlich gewesen – weil es unseren beruflichen Respekt unterminiert hat. Selbst wenn nur Pueblos zugesehen haben. Gott sei Dank, daß es Pueblos, nicht Navajos oder Apachen gewesen sind! Darum entschuldigt Billy sich also.«

»'tschuldigung«, murmelte Billy rasch.

»Und du«, verlangte Al erneut, »sagst uns jetzt, wer dir den Tip gegeben hat und wo dein blinder Freund steckt.«

Durchs Fenster sah Joe, daß Augustino einen Schritt zurücktrat, als wolle er Anna aussteigen lassen.

»Sieh mich gefälligst an, Scheißkerl!« Als Revolver zielte auf Joes Körpermitte. »Hör zu, für mich bist du bloß 'ne weitere Rothaut, die in Bars den Helden spielt. Aus dem ersten Krieg seid ihr Rothäute auch so zurückgekommen, und ich hab euch schnell wieder Manieren beigebracht. Wenn du nicht reden willst, kannst du zusehen, wie ich dir was abschieße. Denn du bist ein Scheißindianer, und ich bin der Indian Service, und du benimmst dich nicht richtig.«

Als Hand war ruhig, breit, zwischen Daumen und Zeigefinger von Lassos schwielig. Sein Daumen zog den Hammer des Revolvers zurück.

»Nein!« sagte Joe. »Dies ist eine Dienststelle der United States Army. Ich bin ein Staff Sergeant, der die Befehle des Direktors eines militärischen Projekts ausführt. Du bist ein Misttreter und Schafficker, und du tust überhaupt nichts!«

Al schüttelte den Kopf, ließ seinen Colt sinken und achtete darauf, daß der Hammer langsam nach vorn glitt. Dann ging die Tür hinter Joe auf. Augustino kam allein zurück. Al lachte. »Sie haben recht gehabt«, erklärte er dem Captain. »Nach diesem Krieg wird's 'ne Weile dauern, bis wieder normale Zustände hergestellt sind.«

Augustino starrte die Waffe an. »Raus!« befahl er Al.

»Ich wollte nur ...«

»Raus mit euch beiden!«

Während die Cowboys an Joe vorbeischlüpften und nach draußen verschwanden, setzte Augustino sich auf die Landkarte. Er nahm eine Zigarette aus seinem Etui, zündete sie an und seufzte.

»Spiel und Spaß, Spiel und Spaß, Sergeant. Nicht ernstzunehmen. Wenn Strolche wie diese beiden nicht vom Staat beschäftigt würden, stünden sie vor irgendeiner Suppenküche an. Immerhin können sie sich im Sattel halten, was mehr ist, als man von der Militärpolizei behaupten kann.« Sein Blick fiel auf die Tür und schien dem draußen stehenden Wagen zu gelten. »Sie sagt, daß sie Sie gebeten hat, sie herumzufahren. Sie sagt, daß Sie den ganzen Tag und die ganze Nacht ein höflicher Chauffeur gewesen sind. Doktor Oppenheimer sagt, daß er Sie zurückgeschickt hat, um Sie die Clowns überprüfen zu lassen. Jeder bemüht sich, Sie zu decken, Sergeant.«

»Ja, Sir.«

Der Captain nahm seine Mütze ab, als wolle er andeuten, daß der formelle Teil ihres Gesprächs beendet sei. Im Licht der nackten Glühbirne war der Ausdruck seiner tief in ihren Höhlen liegenden Augen nicht zu erkennen. Seine schmalen Backen wiesen einen bläulichen Schimmer auf. Unter seinen Manschetten hervor krochen Haare über die Handrücken.

»Wissen Sie, Sergeant, der Vorfall zwischen Fuchs und Ihrem Medizinmann erscheint mir wie ein klassisches Mißverständnis zwischen Angehörigen verschiedener Rassen. Sie sind Doktor Oppenheimers inoffizieller Verbindungsmann zum Pueblo. Ich verstehe, daß Sie versucht haben, das Problem unter der Hand aus der Welt zu schaffen. Aber ich habe gehört, daß Sie mich am Sonntag, nachdem Sie sich von Fuchs getrennt hatten, gesucht haben. Haben Sie mich gefunden?«

»Nein, Sir.«

»Man hat Ihnen gesagt, ich sei in der Bathtub Row. Haben Sie mich dort gesucht?«

»Ja, Sir.«

»Wen haben Sie dort gesehen?«

»Dort war niemand zu Hause, Sir.«

»Und danach haben Sie mich nicht mehr gesucht?«

»Muß mir entfallen sein, Sir.«

Augustino schüttelte den Kopf wie ein überforderter Beichtvater.

»Sergeant, ich glaube, daß Sie übergeschnappt sind. Sie lassen zu, daß Fuchs mit einer Waffe bedroht wird. Sie konnten keinen Blinden überwältigen, aber Sie greifen einen Angehörigen des Indian Service an? Sie bei einem Indianertanz? *Sie!* Ich sage Ihnen, Sergeant, heute abend sind Sie bereits wieder in Leavenworth im Loch gewesen – und das tiefer als je zuvor. Sie sind praktisch begraben gewesen, bis Sie mit diesem Wagen vorgefahren sind.«

Joe folgte dem Blick des Captains zu dem Plymouth hinaus. »Sir?«

»Als ich heute die Straßen in der weiteren Umgebung abgegrast habe, bin ich durch Esperanza gekommen. Dort habe ich dieses Coupé im Hof eines Motels gesehen. Da ich alle Fahrzeuge auf dem Hügel kenne, habe ich mir das Kennzeichen und die Uhrzeit notiert.«

»Vielleicht haben wir dort einen Kaffee getrunken, Sir.«

»Heute abend bin ich wieder an dem Motel vorbeigefahren. Das Coupé hat noch dort gestanden. Jetzt ist's hier, und ich sehe, daß Sie sich doch an meine Anweisungen gehalten haben.«

»Das stimmt nicht ganz, Sir.«

»Die schmuddeligen Details Ihrer Methode interessieren mich nicht, aber ich will alles über Doktor Weiss' Privatleben, ihre Verbindungen zur Partei und ihr Verhältnis zu Doktor Oppenheimer wissen.«

»So was erzählt sie mir nicht.«

»Doch, das tut sie! Ich glaube, daß Sie's mit Frauen verstehen, Sergeant. Wenn Sie sich Mühe geben, erzählt sie Ihnen bestimmt alles.«

Die beleuchtete Straße schien unter Joes Füßen wie Schnee nachzugeben, als er den Schuppen verließ. Er setzte sich ans Steuer, knallte die Tür zu, ließ den Motor an und legte den ersten Gang ein. Er wagte nicht, zu Anna hinüberzusehen.

Pferde wichen schnaubend vor den Autoscheinwerfern zurück, als der Plymouth anfuhr. MPs drehten sich im Sattel um und starrten ihnen nach. Al und Billy standen rechts und links der geöffneten Schranke, als der Wagen unter ihr hindurchrollte.

»Du hast meine Frage noch nicht beantwortet«, sagte Anna. »Wofür hältst du mich – für verrückt oder für ein Luder?«

»Willst du mich wiedersehen?« fragte Joe.

»Ja.«

»Dann mußt du verrückt sein.«

17

Im Bombenmontagegebäude auf der Two Mile Mesa hielt Joe ein Modell der Trinitybombe mit 50 Zentimeter Durchmesser auf einer Ringermatte fest. Die kugelförmige Bombe bestand aus Stahl, ihre beiden Hälften waren aufgeklappt. Foote und ein Gefreiter namens Eberly fügten noch die letzten Linsen aus Sprengstoff ein. Die Temperatur in dem grünlichen Schiefergebäude betrug 50 Grad; die drei Männer waren bis zur Taille nackt und in Schweiß gebadet. Foote war ein Baronet – der niedrigste britische

Adelstitel – und gebärdete sich am exzentrischsten unter allen Wissenschaftlern auf dem Hügel. In der Sonne trug er einen mexikanischen Sombrero; im Montagegebäude trug er eine Halskette, an der geweihte Medaillen klirrten. Eberly war ein junger Physiker, der ursprünglich als unbekümmerter ziviler Wissenschaftler auf den Hügel gekommen war, um dann eingezogen und mit einem Viertel seines bisherigen Gehalts auf den Hügel zurückgeschickt zu werden. Er war hochaufgeschossen und hager, trug einen Bürstenhaarschnitt und hatte fast soviel Hals wie Kopf. Jetzt tanzte sein Adamsapfel vor Empörung unaufhörlich auf und ab.

Die Linsen waren gegossene Keile aus Baratol und Composition B, beides TNT-Derivate, deren Detonationsgeschwindigkeit jedoch unterschiedlich war. Wie Glaslinsen Lichtstrahlen beugten und im Brennpunkt konzentrierten, lenkten die schmutziggrauen Sprengstofflinsen die Druckwelle der Explosion von außen nach innen, so daß die Wirkung einer Implosion entstand. Dies hier war natürlich nur ein Modell, das auf dem Prüfstand erprobt werden sollte, so daß der Plutoniumkern durch einen Spalding-Baseball ersetzt war.

Auf weiteren Ringermatten lagen oder standen weitere Bomben in unterschiedlichen Baustadien, funkenfreies Bronzewerkzeug, rote Handwagen und Wannen mit längst geschmolzenem Eis und warmgewordener Milch in Flaschen. An den Wänden hingen Blaupausen, geisterhafte Röntgennegative, ein Bildnis der Muttergottes von Guadalupe, ein hochgeschätztes Aktfoto von Hedy Lamarr und alle sieben Meter ein Feuerlöscher und ein Sandeimer. Letztere dienten eher zur Dekoration, denn alle waren sich darüber einig, daß das Montagegebäude sich im Falle einer Explosion bereits in Wolkenhöhe befinden würde, bevor auch nur jemand »Feuer!« rufen konnte.

Foote bereitete jede Linse vor – etwas Zellstoff in dieses Loch, ein Stück Klebstreifen über jenen Riß. Nachdem er sie eingesetzt hatte, benützte Eberly einen Schraubenschlüssel aus Bronze, um über die Linse eine Stahlplatte festzuschrauben: eine fünfeckige Platte, die an andere fünfeckige Platten anschloß, bis aus ihnen allmählich die Wandung einer Kugel entstand. Joe hinderte den Ball lediglich am Wegrollen.

»Ich hasse die Army!« stieß Eberly hervor.

»Die Army will, daß du sie haßt«, sagte Joe. »Das ist gerade ihr System. Das bindet uns alle zu einer schlagkräftigen Truppe zusammen.«

»Nein, hier handelt's sich um ein individuelles Problem«, widersprach Eberly. »Du kennst doch die neue Sicherheitskampagne? Lesbierinnen! Warum muß der Sicherheitsdienst sich von allen hier tätigen Heereshelferinnen ausgerechnet meine Kleine aussuchen und sie fragen, ob sie lesbisch ist?«

»Joe, ich bin Ihnen wirklich sehr dankbar, daß Sie uns aushelfen.« Foote wechselte zartfühlend das Thema und setzte eine weitere schwere Linse so ein, daß ihre konkave Spitze an dem Baseball anlag. »Oppy schickt meine Jungs immer wieder nach Trinity runter. Ein schrecklicher Ort, wie ich höre. *Jornada del Muerto*. Todesreise, haben die Spanier dazu gesagt. Skorpione, Wüsten, Schlangen, giftige Ameisen, feindselige Indianer. Ich frage mich nur, wo da der Unterschied zum übrigen New Mexico sein soll... Hab Sie übrigens tanzen gesehen. Höchst eindrucksvoll!«

»Für die Touristen tun wir alles.«

»Was fängt ein Mann wie Sie nach dem Krieg an? Sie sind offenkundig zu alt und zu intelligent, um wieder zu boxen. Sie sind der unwahrscheinlichste Sergeant, den ich je erlebt habe.«

»Groves wird der Atomgeneral. Vielleicht werde ich der Atomsergeant.«

»Sie könnte die Atomlesbe sein«, sagte Eberly.

»Werden Sie rechtzeitig damit fertig?« fragte Joe.

»Das Urangerät ist weit einfacher«, antwortete Foote.

»Hier muß eine massive Plutoniumkugel zu einer dichteren, superkritischen Masse komprimiert werden, was theoretisch möglich ist, wenn sie von völlig symmetrischen Druckwellen zusammengedrückt wird. Das klappt wiederum nur, wenn alle diese Linsen in derselben Millionstelsekunde detonieren.«

»›Kritisch‹, ›symmetrisch‹.« Joe zuckte mit den Schultern. »Das Ding ist auch bloß eine Bombe, stimmt's? Als ich zu Weihnachten mit Oppy und Groves nach Trinity gefahren bin, haben sie von einer Sprengwirkung von fünfhundert Tonnen TNT gesprochen. Das ist viel, aber nicht gerade fantastisch.«

»Dieser Wert ist nach oben korrigiert worden. Wir rechnen jetzt mit fünftausend Tonnen. Ein weiterer Unterschied besteht darin, daß bei einer gewöhnlichen Bombe Temperaturen von einigen tausend Grad auftreten. Eine Nuklearexplosion kann's auf zehn Millionen Grad bringen. Das ist etwas ganz anderes.«

Eberly stäubte die letzte Linse mit Babypuder ein. Während er sie ins letzte Loch gleiten ließ, steuerte Foote ihre Spitze mit einem langen Schuhlöffel.

»Und was bin ich«, fragte Eberly, »wenn sie eine Lesbierin ist?«

Die Linse blieb zwei Zentimeter vor ihrer Endposition stecken. Foote legte die letzte Stahlplatte darauf und griff nach einem mit Rindleder überzogenen Fäustel. Von seiner Nasenspitze tropfte Schweiß. Wie ein Diamantschleifer, der einen Stein abklopft, mußte er die steckengebliebene Linse kräftig genug treffen, um sie zum Weiterrutschen zu bewegen, aber nicht so kräftig, daß sie zersplitterte. Berücksichtigte man die Gesamtkosten des Projekts, war die Linse tatsächlich mindestens so wertvoll wie ein Diamant. Aber ein Diamantschleifer brauchte sich keine Sorgen wegen Funken zu machen.

Foote fuhr sich mit der Zungenspitze über die Lippen. »Lesben, freilich!«

Er versetzte der Stahlplatte einen kurzen Schlag. Die explosive Linse darunter schien zu erzittern und rutschte an ihren Platz. Eberly richtete die Platte aus und machte sich daran, sie festzuschrauben.

»Ich glaube, ich könnte die Dämpfe einer guten Zigarette vertragen«, sagte Joe und erhob sich matt.

»Nur zu! Wir werden allein fertig.«

Im Gebäude und innerhalb der 15 Meter breiten Sicherheitszone herrschte Rauchverbot, aber alle machten nervöse Rauchpausen neben einem Sandeimer an der Rückwand. Joe zündete sich eine Zigarette an.

An der Wand über dem Eimer schwebte Hedy Lamarr in verlockender Pose. Einen Meter daneben waren mit Reißzwecken fünf Röntgennegative und ein Zettel befestigt, auf den jemand die Erläuterung gekritzelt hatte, sie seien mit je einer Millionstelsekunde Abstand aus einem Röntgenbunker am Hängenden Garten aufgenommen worden.

Das erste dunkle Negativ zeigte zwölf kreisförmig angeordnete Lichtpunkte. Das war die Detonation. Die Röntgenstrahlen hatten Druckwellen in reines Licht umgewandelt.

Auf dem zweiten Negativ waren die Lichtpunkte größer geworden und hatten sich blütenförmig vereinigt: zu einem brennenden Gänseblümchen.

Das dritte Negativ ließ zwölf zur Mitte ausgreifende Flammenlinien erkennen.

Im Mittelpunkt des vierten Negativs zeichnete sich eine dunkle Scheibe, ein Metallkern ab. Ein Teil des Lichts wurde zurückgeworfen und bildete eine Korona.

Auf dem letzten Negativ war der Kern auf die Hälfte seiner ursprünglichen Größe zusammengedrückt, und die reflektierten Lichtstrahlen schossen nach außen. Kein Zusammenbruch ins Dunkel, sondern ins Licht.

Joe sah sich nach der Bombe auf der Ringermatte um. Nach ihrer Fertigstellung war sie eine aus Stahlplatten zusammengesetzte Puzzlekugel mit einem halben Meter Durchmesser und einer Vierteltonne Gewicht. Nicht das, was die Röntgenaufnahmen zeigten: eine kleine Sonne.

An diesem Abend strömten alle ins Theater 2, um einen soeben aus Washington eingetroffenen Film zu sehen. Robert P. Patterson, der Staatssekretär im Kriegsministerium, sein Schreibtisch und seine Fahne füllten die Leinwand. Er hatte ein stupsnasiges Gesicht, volles graues Haar und mächtige Pranken, die er zwischen Schreibutensilien und Telefonen gefaltet hielt. Der Film war körnig und der Ton schwankend, was das Dringende der Botschaft nur erhöhte.

»Die Bedeutung dieses Projekts wird durch den Zusammenbruch Deutschlands keineswegs gemindert.« Der Staatssekretär beugte sich nach vorn. »Sie wissen, mit was für einer Art Krieg wir es im Pazifik zu tun haben. Wir haben begonnen, den Japanern ihre Grausamkeiten und ihre Massenmorde an hilflosen Zivilisten und Kriegsgefangenen heimzuzahlen.« Patterson schüttelte nachdrücklich den Kopf. »Wir werden nicht ruhen, bis sie vollständig zerschmettert sind.« Er ballte die Hände zu Fäusten. »Ihnen fällt bei ihrer Niederringung eine wichtige Aufgabe zu. Es darf kein Nachlassen geben!«

Die Abendfilme waren *Back to Bataan* und *Bugs Bunny Nips the Nips*. Unterdessen waren Joe und Anna bereits hinausgeschlüpft.

18

Im Feuerschein schien der Raum zu vibrieren. Anna sah sich um und betrachtete das Kruzifix und die Heiligen an den Adobewänden, die niedrigen Deckenbalken und den gestreiften Überwurf auf dem Feldbett. Joe stellte Piñon-

Scheite zeltförmig über das brennende Kleinholz im Eckkamin. Durch die geschlossenen Fensterläden drangen Abendgeräusche: ferne Kinderstimmen, eine zufallende Fliegenschutztür, ein kläffender Hund, der fortgejagt wurde.

Während er sie auf die rauhe Wolldecke legte, küßte er ihren offenen Mund, ihren Hals, die kleinen dunklen Spitzen ihrer Brüste. Seine Hand glitt über den Alabasterglanz ihres Leibes zu ihren Beinen und zu dem eigentlichen Geheimnis: schwarzes Gekräusel über einem harten Hügel.

»Willkommen in Santiago.«

Während er mit ihr in den Armen schlief, träumte er von Augustino. Der Captain verfolgte ihn mit einem Gewehr in der Hand, während Joe einen schneebedeckten Steilhang zu Anna hinaufkletterte. Joe und Anna waren nackt, Augustino war mit Cordsamtjacke und hohem Hut wie ein Apache gekleidet. Der Schnee wurde zu Asche. Anna verschwand, und über den Hügelrücken galoppierten Pferde: eine Herde Mustangs in einer Dampfwolke und dem grellen Lichtschein einer Phosphorbombe.

Donner grollte, als reiße irgendwo in der Ferne die Erde auf. Im Kamin lag nur noch trübe leuchtende, zusammengesunkene Glut. Sie war nicht im Bett, und ihre Sachen lagen nicht mehr auf dem Stuhl. Die Fensterläden standen offen und ließen den Vollmondschein herein. Es war nach Mitternacht, und er konnte sich nicht vorstellen, wohin sie gegangen sein sollte, falls sie nicht auf der Toilette war, aber ihre Betthälfte war kalt, und er hatte das Gefühl, sie sei schon einige Zeit fort. Er zog Hemd und Hose an und verließ das Haus.

Der Pueblo war blau. Blaue Adobemauern, blauer Zaun, blaue Bäume. Er hielt seine Hand hoch: blau. Über den Jemez Mountains wetterleuchtete es, aber der übrige

Himmel war klar, und die Sterne erschienen nur deshalb blaß, weil der Mond sie überstrahlte. Der Erdboden fühlte sich wie Eis an.

Der Jeep stand noch an der Pumpe. Er rannte am Haus der Reyes vorbei zu den Aborten, aber dort war niemand. Auf dem Rückweg fiel ihm eine mit Funken durchsetzte Rauchsäule auf, die aus dem Hof der Reyes aufstieg. Sophie Reyes und Anna saßen zu beiden Seiten des Feuers und sprachen mit gedämpften Stimmen, die nicht weit trugen.

Sophie war Bens Frau und Dolores' beinahe stumme Schwester – so menschenscheu, daß sie praktisch ein Familiengeheimnis war. Wären die Keramiken nicht gewesen, die ihre Nichten in Santa Fé unter dem Portal verkauften, hätte nach Joes Überzeugung wahrscheinlich kein Mensch außerhalb Santiagos von ihrer Existenz gewußt. Sie hatte ein sanftes, bescheidenes Gesicht unter kurzem graumelierten Haar und trug eine schmutzige Arbeitsschürze über dem traditionellen Gewand, das eine Schulter freiließ. Das Feuer schwelte nur vor sich hin: Sophie hatte Kuhfladen über brennendes Holz gestapelt, um den Tongefäßen darunter einen kohlehaltigen schwarzen Farbton zu geben. Er wußte nicht, was unwahrscheinlicher war – daß Sophie mitten in der Nacht Gefäße brannte oder daß sie mit Anna sprach.

Die beiden Frauen sahen ihm entgegen, als er durchs Tor hereinkam. »Ich hab nicht schlafen können«, flüsterte Anna.

Beide hielten rußgeschwärzte Stöcke in der Hand, als hätten sie während ihres Gesprächs nebenbei aufs Feuer geachtet. Bereits gebrannte Gefäße waren auf einer Seite des Hofes in angekohlten Regalen gestapelt. Ungebrannte Ware in verschiedenen Formen stand auf der anderen Seite. Maiskolben, auf Schnüre aufgezogener Chili und getrocknete Kamille hingen im gestreiften Mondschatten der Ramada hinter dem Haus. Um die Stühle herum sah

Joe Blecheimer mit Härtemittel, Tonscherben und in Zeitungspapier gewickelte Tonklumpen.

»Was macht ihr?« fragte Joe.

»Das siehst du doch!« Sophie lehnte sich auf ihrem Stuhl zurück, um ihn besser betrachten zu können. Er konnte sich nicht erinnern, daß seine Tante ihn je so direkt gemustert hätte.

»In der Dunkelheit?«

»Es ist hell genug. Ich bin einsam gewesen. Es ist gut, daß sie vorbeigekommen ist. Sie spricht leise. Das ist nett. Wir wecken niemand auf.«

»Es ist kalt.«

»Dann geh in dein Bett zurück«, forderte Sophie ihn auf.

Er ignorierte ihren Vorschlag. Außerdem war es in der Nähe des schwelenden, fast unsichtbaren Feuers warm.

»Du hast eine gute Frau«, sagte Sophie. »Sie denkt sich Zahlen aus.«

»Sie ist Mathematikerin.«

»Was ich gesagt habe. Wie Denkende Frau.«

»Denkende Frau?« fragte Anna.

»Denkende Frau hat sich die Welt ausgedacht«, erklärte Joe ihr. »Ihre Gedanken sind zu Land, Tieren und Menschen geworden. Alles, was sie sich ausgedacht hat, ist Realität geworden.«

»Wie du.« Sophie klopfte mit ihrem Stock an Annas. »Seine anderen Frauen sind alle Schlampen gewesen.«

»Danke«, sagte Joe.

»Weil er nicht hier geblieben, sondern nach New York und zur Army gegangen ist«, erläuterte Sophie Anna. Sie sah zu ihm auf und wollte wissen: »Warum bist du zur Army gegangen?«

»Ja, Joe«, fiel Anna ein, »warum?«

Ihr nächtliches Gespräch erschien ihm allmählich irreal. »Das ist eine komplizierte Geschichte.«

»Du bist bei Kriegsausbruch in der Army gewesen«,

stellte Anna fest. »Folglich mußt du dich als Freiwilliger gemeldet haben.«

»Da siehst du, wie klug sie ist«, sagte Sophie.

»Na ja, nicht ganz freiwillig.«

»Dann mußt du Schwierigkeiten gehabt haben«, stellte Anna fest.

»Siehst du?« warf Sophie ein.

»Okay. Ich bin in New York mit ein paar Freunden zusammengewesen. Wir haben beschlossen, ein kostenloses Konzert für die Soldaten – lauter Neger – in Fort Dix drüben in New Jersey zu geben. Wir wollten ein paar Jazznummern spielen und uns anschließend zu einer Parade formieren.«

»Habt ihr die Sache mit den Offizieren abgesprochen, Joe?«

»Nein. Wir sind nicht erwartet worden.«

»Um welche Tageszeit ist das gewesen, Joe?«

»Gegen drei Uhr morgens. Ungefähr um diese Zeit. Um diese Zeit werden viele Dummheiten gemacht.«

»Du willst damit sagen, daß du betrunken gewesen bist, Joe.«

»Siehst du?« warf Sophie ein.

»Hat's Sachschaden gegeben?«

»Na ja, einige der Musikinstrumente haben ziemlich gelitten, als wir das Haupttor gestürmt haben. Ich kann mich vage an ein Scharmützel auf dem Weg zum Exerzierplatz und ein Rückzugsgefecht am Musikpodium erinnern. Am besten weiß ich noch, daß irgendwann siebzig oder achtzig Militärpolizisten auf mir gesessen haben. Jedenfalls war die Army damals auf der Suche nach Männern. Deshalb hat sie uns vor die Wahl gestellt: Gefängnis oder Freiwilligenmeldung. Wir haben uns alle dafür entschieden, uns freiwillig zu melden – aber ich hab als einziger die Eignungsuntersuchung überstanden.«

»Eine verrückte Art, sich freiwillig zur Army zu melden!«

»Nüchtern und bei Tageslicht zu unterschreiben ist noch verrückter.«

»Männer sind so dumm!« vertraute Sophie Anna an. »Mein Ehemann sollte hier sein, wo's Arbeit für ihn gibt, aber er will sich lieber in einem Canyon verstecken, er will ein Held sein. Männer reden nicht mit uns Frauen, weißt du. Das wäre für sie unter ihrer Würde. Manchmal glaube ich, daß sie ihr ganzes Leben lang nur auf einen guten Tod hinarbeiten. So oder so bringen sie sich irgendwann um. Ben ist alt, dies könnte seine letzte Chance sein. Und ich bin die Dumme, die den ganzen Tag unterwegs sein muß, um ihm Essen und Zigaretten zu bringen.«

»Er ist mit Roberto zusammen?« fragte Joe.

»Wo sollte er sonst sein?«

Deshalb brannte Sophie ihre Tongefäße also nachts! Die meisten Dinge wurden irgendwann verständlich, wenn man nur lange genug wartete.

»Der Indian Service läßt seine Reiter auf der Suche nach Roberto von hier bis Utah ausschwärmen, und du schlurfst mit seinem Rührei mit Schinken an ihnen vorbei?«

»Du gehst an ihnen vorbei?« fragte Anna.

»Ja. Sie achten auf keine alte Frau, die Ton holen geht. Sie suchen Joe.«

»Ich hab nichts mit Roberto zu schaffen.«

»Bei Roberto klingt's anders«, sagte Sophie zu Anna. »Er redet bloß noch von Joe.«

»Dir fehlt dein Mann«, stellte Anna fest.

»Ja. Heute nacht ist der Teufel an meinem Fenster vorbeigegangen. Er hatte gelbe Haut, silberne Hörner und ein Gewehr.«

»Sophie, tust du mir einen Gefallen?« bat Joe. »Wenn du Roberto wiedersiehst, sagst du ihm, daß ich nicht mitmache. Er will Cowboys und Indianer spielen. Ich will's nicht. Das alles hat nichts mit mir zu tun.«

In seinem Haus zündete Joe eine Petroleumlampe an und schenkte zwei Gläser Scotch ein, während sie die Fotos an der Wand betrachtete.

»Keine Bilder von dir.«

»Das ist mein Bruder Rudy. Ich glaube nicht, daß er's geschafft hat, sich von Bataan zu retten. Komischerweise kann ich ihn mir nachts besser als tagsüber vorstellen. Ich habe die Pferde versorgt. Rudy hatte seinen Kaninchenstall. Wir sind jeweils am Abend rausgegangen, um sie zu füttern, und ich sehe noch immer Rudy und diese weißen Weibchen vor mir – ihre flauschige Weißheit im Dunkeln.«

»Aber keine Bilder von dir?«

»Ich bin von zu Hause weggelaufen. Als Fünfzehnjähriger bin ich nach El Paso gegangen. Ein Zirkus hatte dort sein Winterquartier, und ich bin als Tierpfleger untergekommen. Ich hab Heu und Wasser geschleppt.«

»Das muß aufregend gewesen sein.«

»Heu für Elefanten zu schleppen? Hauptsächlich erinnere ich mich ans Niesen«, sagte er und gab ihr eines der Gläser. »Sophie ist heute redseliger gewesen, als ich sie jemals erlebt habe. Gefällt's dir, Denkende Frau zu sein?«

»Mir gefällt die Idee, daß ich dich erdacht habe, daß du meine Idee gewesen bist.«

»Deine Idee?«

»Meine größte. Was hast du im Zirkus noch getan? Ich fühle mich für dich verantwortlich.«

»In einer Nebenschau ist ein alter Boxer aufgetreten. Einheimische Jungen haben fünf Dollar gegen fünfzig gewettet, daß sie ihn niederschlagen könnten. Keiner hat ihn jemals niedergeschlagen. Er hat mir die Anfangsgründe des Boxens beigebracht – wahrscheinlich bin ich deshalb im Grunde genommen ein Konterboxer. Der beste Mann war jedoch der Dirigent der Zirkuskapelle. Ich hatte schon hier ein bißchen auf dem Harmonium in der Kirche gespielt, aber er hat mir Klavierunterricht gegeben. Er selbst hat sich als ›ein Gentleman von Negerart‹ bezeichnet und die Texaner in Weißglut gebracht, weil er sich eleganter gekleidet und vornehmer benommen hat als sie. Er hat Ragtime, aber auch klassische Musik gespielt. Daß ich geboxt habe, hat ihm überhaupt nicht gepaßt, aber damit war Geld zu verdienen – das war die Fahrkarte nach Norden.«

»Du mußt ein guter Boxer gewesen sein. Ich hab dich zweimal nach Bildern gefragt, und du bist meiner Frage zweimal ausgewichen. Du bist bestimmt nie getroffen worden.«

Joe betrachtete ein Foto, das Rudy im Sattel zeigte. »Sophie hat recht, weißt du. Indianer sind wirklich um ihre Würde bemüht. Sie reden nicht viel – sie sind ›nonverbal‹, wie Oppy sagen würde. Sie behalten vieles für sich und sagen zu Außenstehenden, zu denen auch Frauen gehören können, oft kein Wort. Sie trinken sich unter Umständen zu Tode oder fahren in eine Schlucht, aber sie tun's mit stiller Würde. Ich bin kein Indianer dieser Art. Ich habe die Hälfte meines Lebens außerhalb von Santiago verbracht. Ich hab jetzt einen Halbblutverstand. Die alte natürliche Würde ist mir verlorengegangen.«

»Du hast etwas Besseres: Du bist unverwundbar.«

Er war verblüfft. »Ich?«

»Du scheinst der Riese zu sein, der alle Männer von hier auf den Hügel gelockt hat.«

»Hör zu, Santiago ist ein armer Ort. Hier herrscht noch immer die Wirtschaftskrise – hier hat sie niemals aufgehört. In den letzten zwanzig Jahren haben die zuverlässigsten Einkommen auf dem Verkauf von Keramiken basiert, die alle von Frauen hergestellt werden. Die Männer sind unter anderem deshalb so sehr auf ihre Würde bedacht, weil sie außer ihr nichts haben. Dann hat die Army sich auf dem Hügel etabliert, und die Männer sind froh, dort oben arbeiten zu können; sie brauchen mich nicht als zusätzliche Attraktion. Dafür ist natürlich ein Preis zu zahlen:

Wenn die niedrigste Kaste auf dem Hügel die Soldaten sind, stehen die Indianer noch unter ihnen.«

»Bist du jemals getroffen oder verletzt worden oder *be*troffen gewesen?«

»Tiefer als die Indianer stehe ich, weil ich weder hierher noch dorthin gehöre; ich fungiere lediglich als Verbindungsmann. Die Männer aus Santiago wissen zumindest, wer sie sind, und haben einen Heimatort, zu dem sie zurückkehren können. Wer bin ich? Ein Fahrer, ein Spaßmacher, ein Maskottchen. Ich bin der unbedeutendste Mensch auf dem Hügel. Ich bin ein gewesener Boxer, ein passabler Musiker, der für den Rest seines Lebens durch Nachtklubs tingeln wird. Ein Riese? Das ist ein Witz! Ich habe das Gefühl, einen ständigen Betrug zu verüben, weil in meinem Inneren ein Feigling steckt.

Männer lassen sich täuschen, Oppy und Roberto lassen sich hinters Licht führen, aber ich will nicht, daß du dich ebenfalls täuschen läßt. Ich wollte mich eigentlich nicht freiwillig zur Army melden, ich bin auf Bataan kein Held gewesen, ich habe einen Handel abgeschlossen, um aus dem Militärgefängnis rauszukommen. Ich bin wie die Gestapo – mit dieser Behauptung hat Fuchs recht gehabt. Das sage ich nicht aus Selbsthaß, sondern aus schlichter Ehrlichkeit.

Rudy hat sich täuschen lassen. Rudy hat sich zur National Guard gemeldet, weil er wie sein großer Bruder sein wollte. Dolores hat sich nicht täuschen lassen. Sie hat festgestellt, wenn ich nicht gewesen wäre, könnte Rudy noch gesund und munter zu Hause sein. Als ich weggelaufen bin, habe ich ihr einen Sohn geraubt. Als Rudy fortgegangen ist, habe ich ihr den zweiten genommen.

Sie hat mir nach Australien ins Lazarett geschrieben, um mir mitzuteilen, aus ihrer Sicht sei ich so tot wie Rudy. Ich sollte ihr nicht schreiben und nicht mehr nach Hause kommen.

Das ist mir unfair erschienen, aber nach einiger Zeit

habe ich eingesehen, daß sie damit nicht ganz unrecht hatte. Ich habe versucht, mich von allem zu befreien, was an mir indianisch ist, und dabei ist Rudy möglicherweise unter die Räder gekommen. Das hat Dolores mit messerscharfem Blick erkannt, verstehst du? Deshalb hängen hier keine Schnappschüsse, die mich zeigen. Sobald Rudy heimkehrt, wird mein Bild aufgehängt.«

»Deine Mutter ist tot. Du hast gesagt, dein Bruder sei tot. Wie kann's da aufgehängt werden?«

»Bist du nicht Denkende Frau? Laß dir was einfallen! Um deine Frage zu beantworten: Ich bin getroffen und ich bin verletzt worden. Und du ... du könntest mich völlig zerstören.«

Sie saß ihm am Tisch gegenüber. Das Licht des untergehenden Mondes fiel nicht mehr ins Haus; der Lampenschein war die einzige Beleuchtung.

»Ich bin nicht von zu Hause ausgerissen. Im Vergleich zu deiner ist meine Kindheit sehr ruhig und bürgerlich verlaufen. Ich habe mir viel ausgemalt. Ich wollte eine Filmschauspielerin wie Marlene Dietrich werden und reiche Liebhaber haben. Dann habe ich davon geträumt, eine berühmte Fliegerin zu sein, die nach einer Notlandung mit einem Mann wie Tarzan zusammenleben muß, während die ganze Welt nach ihr sucht. Bei meiner Rettung würden alle verstehen, daß ich mich ihm hatte fügen müssen. Möglicherweise haben auch wilde Indianer eine Rolle gespielt.«

»Das tun sie in jeder anständigen Fantasie.«

Sie holte tief Luft. »Aber ab dem vierzehnten Lebensjahr wurde ich von Angstfantasien beherrscht. Ich hatte Angst, wirkliche Angst, alle wollten mich verletzen, mich umbringen. Natürlich weder meine Eltern noch meine Geschwister, aber sonst jeder andere: der Gärtner, der Straßenbahnführer, der Briefträger, Straßenkehrer, Damen in der Konditorei und natürlich Polizisten. Ich bin oft wochenlang nicht in die Schule gegangen. Unser Hausarzt hat gesagt, ich litte an einer unbestimmbaren Hysterie. Aus Berlin ist ein Psychiater gekommen, der bei mir einen weiblichen Kastrationskomplex diagnostiziert hat. Das mag gestimmt haben, aber ich hatte Angst, er wolle mich foltern. Ein verrücktes Kind! Man hat mir alle Scheren, meine Buntstifte und sogar die Strümpfe weggenommen.

Mein Vater, der Freud persönlich kannte, hat ihm nach Wien geschrieben. Freud hat geantwortet, ich litte unter ›Fluchtdrang‹. Seiner Darstellung nach litten immer mehr deutsche Juden unter diesem ›Fluchtdrang‹, aber seiner Ansicht nach ließen die Brutalitäten der Nazis bereits nach, so daß er einem jungen Mädchen nur raten könne, die Drohungen in der Presse zu ignorieren und sich zu überlegen, wie schrecklich ein Emigrantenleben wäre. Ich weiß noch, daß er in einer Nachschrift hinzugefügt hat, von ganz Amerika interessierten ihn eigentlich nur die Niagarafälle. Eine reizvolle Vorstellung: Freud in Betrachtung dieses Naturschauspiels versunken. Meine Eltern haben sich beschwichtigen lassen, weil sie in erster Linie Deutsche und erst dann Juden waren. Deshalb bin ich in eine Nervenheilanstalt gekommen, in der wir mit Bade- und Schlafkuren behandelt wurden und wo ich mich in meiner Laube voller Zahlen und Bienen versteckt habe. Beim Mittagessen haben wir Goebbels aus dem Saallautsprecher gehört. Dem durfte sich niemand entziehen.

Zum Glück sind die Ärzte hilfsbereit gewesen. Einer von ihnen – ein Kommunist – hat mir die Reise nach Stockholm vorgeschlagen. Er hat die nötigen Papiere ohne Wissen meiner Eltern gefälscht, aber die müssen geahnt haben, daß er mich als arisch ausgegeben hat. Wie hätte ich sonst ausreisen dürfen? Man mußte schon Kommunist sein, um sich auf solche Dinge zu verstehen. Er wollte ebenfalls flüchten, deshalb hat er nicht aus reiner Menschenfreundlichkeit gehandelt. Dabei habe ich etwas Merkwürdiges erlebt: Als wir in Stockholm angelegt haben, bin ich plötzlich nicht mehr verrückt gewesen …

Ich frage mich oft, Joe: Warum gerade ich? Warum bin ich als einzige aus meiner Familie – gute, vernünftige Menschen, Onkel, Tanten, Rabbis, Professoren, Babys – der Vernichtung entgangen? Die Frage dabei lautet: Hat Gott mich errettet oder einfach nur vergessen?

Deshalb bin ich bereit für einen neuen Gott. Denkende Frau erscheint mir als große Verbesserung.«

»Hast du den Arzt, der dich rausgebracht hat, noch mal wiedergesehen?«

»Er hat mich verführt. Anfangs haben mich viele Männer verführt.«

»Und Oppy?«

»Wie meinst du das?«

»Wie bist du Oppy wiederbegegnet?«

»Er hat einen Mathematiker gebraucht. Damals hat er Emigranten wie streunende Katzen eingefangen. Weißt du, woraus meine Arbeit besteht? Ich verwandle meine Gleichungen in Programme für einen elektronischen Rechner. Ich verwandle jede Millionstelsekunde eines imaginären Trinitys in einen Stapel Lochkarten, damit wir annähernd berechnen können, was beim richtigen Trinity passieren wird. Alle schuften nur mit diesem Ziel vor Augen, weißt du. Oppy bringt sie alle dazu, sich ganz einzusetzen.«

»Die Bombe ist Oppy ein persönliches Anliegen. Ohne ihn gäbe es sie gar nicht.«

Anna schenkte ihm und sich nach. »Ohne die Bombe gäbe es keinen Oppy. Hier gibt's andere Physiker, die weit brillanter sind.«

»Unsinn! Wenn Harvey einen Satz anfängt, bringt Oppy ihn für ihn zu Ende.«

»Er ist flink, wenn's darum geht, anderer Leute Gedanken zu Ende zu führen. Aber es sind trotzdem die Gedanken anderer. Ich wollte jedoch darauf hinaus, daß niemand in die Zukunft nach dem Einsatz der Bombe blickt. Oder sich fragt, ob die Bombe eingesetzt werden *sollte* – oder ob man sie den Japanern zunächst nur vorführen sollte. Da wir das Ereignis Trinity noch nicht erreicht haben, denkt niemand über seine Folgen nach. *Ich* hab's getan. Auf den Lochkarten sind nicht nur der Feuerball, die Druckwelle und die Strahlung, sondern auch eine imaginäre Stadt mit soundsovielen Gebäuden aus Holz, Mauerwerk und Stahlbeton. Häuser stürzen bei Druck von einer Zehntel- bis zu einer Fünftelatmosphäre ein. Bei Stahlkonstruktionen ist die Dauer der Erschütterung entscheidend. Hält der Vibrationsimpuls mehrere Sekunde an, ist die erreichte Druckspitze ausschlaggebend. Ich kann die Detonation jederzeit anhalten. Ich kann vorwärts und rückwärts gehen. Das alles scheint kein anderer zu erkennen, als könnten sie sich keinen Schatten vorstellen, bevor die Sonne aufgegangen ist. Ich sehe ihn jeden Tag. Ich bringe tagtäglich Tausende und Abertausende imaginärer Menschen um. Das kann man nur, wenn man sich fest einredet, es handele sich lediglich um imaginäre Gestalten, lediglich um Zahlen. Aber das verstärkt bedauerlicherweise meine neueste Fantasie. Ich komme mir manchmal wie eine dieser Zahlen in einer der Kolonnen der durchs Lesegerät rauschenden Lochkarten vor. Ich fühle mich allmählich verblassen und verschwinden.«

»Wohin?«

»Nach Deutschland. Freud hat zuletzt doch recht gehabt. Es ist schwer, ein Emigrant zu sein, sobald man sich selbst für tot hält.«

Joe zog einen Pappkarton unter dem Bett hervor und nahm etwas in Zeitungspapier Gewickeltes heraus. Er entfernte das Papier auf dem Tisch und stellte ein kleines, glänzend schwarzes Gefäß auf den Tisch neben die Lampe. »Das ist eine Samenschale – die letzte, die ich von meiner Mutter habe.«

»Sie ist wunderschön!«

»Ich sollte sie mit den übrigen Gefäßen verkaufen, aber

ich hab's nicht über mich gebracht. Ich wollte irgendeine ihrer Arbeiten behalten.«

»Ein Kunstwerk!«

»Wie eine kleine, glatte Erde. Hübsch, nicht?« Er ließ sie das Gefäß noch eine Sekunde lang bewundern, bevor er die Petroleumlampe ausblies und rückwärtsgehend den Raum durchquerte.

»Was hast du vor?«

»Ich werfe dir einen Topf zu.«

»Ich sehe nichts!«

»Ich kann dich auch nicht sehen. Das könnte interessant werden.«

»Ich kann nicht ...«

»Fang!«

Joe warf das Gefäß mit lockerem, von unten heraufkommenden Schwung. Letztes schwaches Mondlicht ließ die Umrisse des offenen Fensters ahnen. Er beobachtete, wie der kugelförmige Topf durch diesen Lichtschimmer segelte und in der Dunkelheit auf der anderen Seite verschwand. Er wartete auf das Zersplittern der Keramik. Von der anderen Seite her war ein erschrecktes Atemholen zu hören, aber bei diesem Geräusch blieb es.

Er bewegte sich langsam durch den Raum, griff in die Dunkelheit und fand ihre Hände. Sie hatte das Gefäß neben ihrem rechten Ohr gefangen und hielt es dort noch immer umklammert. Als er den Karton unter dem Bett hervorgezogen hatte, war er sich noch nicht darüber im klaren gewesen, was er tun wollte. Aber ein Impuls war dagewesen – und die Gelegenheit, alles zu riskieren.

Anna zitterte. »So was Verrücktes!«

»Vielleicht hast du recht. Aber es hat bewiesen, daß du hier bist.« Seine Hand löste sich von ihrer und glitt zu ihrer Halskette und Bluse und zu Gewicht und Wärme ihrer Brust, unter der er den beschleunigten Rhythmus ihres Herzens fühlte. »Und lebendig.«

Der Lichtschein außerhalb des Fensters wurde heller

und war fast zum Greifen nahe. Einen Augenblick lang glaubte Joe, der Mond sei umgekehrt: vom Flug des dunklen Gefäßes mit seiner konkurrierenden Schwerkraft angezogen. Wenn es Tote zum Leben erwecken konnte, mußte es auch Berge formen und Himmelskörper beeinflussen können. Die Helligkeit wurde zu einem Lichtstrahl, der zunächst nur Petroleumlampe, Tisch und Stuhlrücken streifte, um sich dann durchs Fenster zu ergießen und den gesamten Raum zu erhellen. Draußen lief ein Automotor im Leerlauf. Der Wagen mußte ohne Gas von der Straße hinter dem Hof der Reyes bis vors Haus gerollt sein.

»Wer ist das?« fragte sie.

Er stellte das Gefäß auf den Tisch und öffnete die Haustür einen Spalt weit, um hinauszusehen, aber die Scheinwerfer waren zu hell, und der Fahrer des Wagens stieg nicht aus. »Nicht zu erkennen«, sagte er.

Joe zog eine Pistole aus dem Halfter, steckte sie sich in den Hosenbund, duckte sich dann, um nicht vom Licht erfaßt zu werden, und zog Anna mit sich in die Küche. Durch die Fensterläden über dem Spülbecken konnte er seinen neben dem Haus geparkten Jeep, ein Maisfeld mit langen Reihen von Stengeln und den Hof der Reyes sehen. Aus dem Hof stieg keine Rauchsäule mehr auf. Er erinnerte sich an Sophies Alptraum und konnte ihn jetzt deuten. Sophie hatte erzählt, sie habe einen Teufel mit gelber Haut und einem Gewehr gesehen. Die silbernen Hörner waren die Streifen eines Captains, und der Teufel war Augustino. Er wußte nicht, weshalb der Captain gekommen war, aber daß er's war, stand für ihn fest. Er öffnete lautlos den Fensterflügel.

»Warum wartest du nicht einfach, bis er sich zeigt?« flüsterte Anna.

»Weil ich wahrscheinlich weiß, wer's ist.«

Er hechtete aus dem Fenster und rollte sich zwischen Jeep und Hauswand ab. Draußen waren weder weitere Fahrzeuge noch Schritte zu hören, aber Augustino war imstande, allein herzukommen. Joe richtete sich, mit dem Rücken über die Mauerecke schrammend, auf. Er zog die Pistole aus dem Hosenbund, spannte den Hahn und entsicherte die Waffe. Die Maisstengel schwankten und raschelten im Nachtwind. Er hörte nichts im Corral, nichts auf dem Dach.

Mit zwei, drei Sprüngen hatte er von der Hausecke aus das Scheinwerferlicht durchquert und bedrohte mit seiner Pistole den Fahrer, einen Farbigen im Smoking. Der Wagen war ein Cadillac.

»Joe?« fragte Pollack. Seine Augen waren so weiß und weit aufgerissen, als wollten sie aus ihren Höhlen quellen. »Joe, paß auf, daß du nicht deinen besten Freund erschießt! Tu's nicht, Joe!«

Joe senkte die Waffe. »Verdammt noch mal, was hast du um diese Zeit hier zu suchen?«

»Ich hinterlasse dir eine Nachricht.« Pollacks schwarze Spinnenfinger hielten noch immer wie erstarrt Füllfederhalter und Notizblock umklammert. »Wie kann ich sonst mit dir Verbindung aufnehmen, wenn du auf dem Hügel arbeitest? Dort bist du für mich nicht zu erreichen. Ich kann dir bloß eine Nachricht hinterlassen.«

»Um diese Zeit?«

»Ich hab nicht wissen können, daß du hier sein würdest. Du hättest letztes Wochenende in der Casa Mañana vorbeikommen und die Papiere unterschreiben sollen.«

»Tut mir leid, auf dem Hügel hat's verdammt viel Arbeit gegeben. Hast du die Papiere mit? Dann unterschreibe ich gleich hier.«

»Ich hab sie«, sagte Pollack, ohne jedoch Anstalten zu machen, sie hervorzuholen, nachdem er jetzt seine Fassung wiedergewonnen hatte. »Weißt du, was die Käufer vorhaben? Sie wollen den Club abreißen und dort Gartenapartments bauen. Sie haben das Geld dafür.«

»Das allein zählt.«

Pollack seufzte. »Ein trauriges Ende für die Casa Mañana.«

»Dafür kriegst du einen neuen Club in New York.«

»Aber der ist nur einer von vielen guten New Yorker Clubs. In New Mexico hat's nur *einen* guten Club gegeben. Er ist der beste gewesen, stimmt's?«

»Der allerbeste. Hast du die Papiere da?«

»Der einzige *authentische* Jazz in New Mexico. Selbst wenn ich fort wäre, würd's mir wie ein letztes Lachen vorkommen.«

»Soll ich unterschreiben oder nicht?«

»Sie kommen aus Fort Worth, die Käufer. Ich hab gehört, wie sie miteinander reden. Sie haben mich ›Rastus‹ und ›Teerbaby‹ genannt. Ich hab mich von ihnen in meinem eigenen Club als ›der Swatte‹ bezeichnen lassen müssen. Joe, kannst du fünfzigtausend Dollar zusammenkratzen? Dann gehört die Casa Mañana dir. Club, Schanklizenz, Grundstück, alles.«

Joe sicherte vorsichtig die Pistole und steckte sie in seinen Hosenbund. »Halber Preis?«

»Für dich.«

»Ernsthaft?«

»Hab ich in bezug auf den Club jemals Witze gemacht?«

»Indianern ist's per Gesetz verboten, Schnaps zu trinken – vom Ausschenken ganz zu schweigen.«

»Es gibt auch Gesetze gegen die Schwarzbrennerei, und dein Vater ist trotzdem ein Schwarzbrenner gewesen. Angst?« Pollack grinste ein gelbliches Grinsen. »Willst du ihn oder nicht?«

»Ich will ihn!« bestätigte Joe und wußte zugleich: die Zukunft war da! Sie war in einem Cadillac mit abgestelltem Motor auf ihn zugerollt. »Ich will ihn.«

»Hast du die fünfzigtausend Dollar schon beisammen?«

»Ich brauche einen Monat Zeit.«

»Eine Woche. Eddie Junior kommt aus Italien zurück, und ich will ihn am Kai abholen.«

An Erspartem und Schwarzmarktgewinnen besaß Joe etwas über 15000 Dollar. Selbst wenn er alle Reifen und Nylonstrümpfe verkaufte, die er erwischen konnte, waren pro Woche keine zusätzlichen 500 Dollar zu erzielen – und in zehn Tagen sollte er nach Trinity abfahren.

»Zwei Wochen. Wenn ich das Geld bis dahin nicht für dich habe, kannst du den Club noch immer fürs Doppelte verkaufen und den Überschuß für Eddies Begrüßungsparty ausgeben.«

Pollack gab ihm durchs Fenster hindurch die Hand. »Zwei Wochen, Joe, keinen Tag länger. Wir zeigen dem weißen Gesindel, um was es in diesem Krieg eigentlich gegangen ist!«

Joe beobachtete, wie der Cadillac die Straße hinunterrollte und über die dunkle Plaza davonfuhr. Als er sich umdrehte, sah er Anna an der Haustür stehen. Er wußte nicht, wie lange sie schon dort stand oder wieviel sie mitbekommen hatte. Über ihr und dem Haus schien nach wie vor ein gespenstischer Abglanz des Scheinwerferlichts zu liegen.

Joe Peñas Casa Mañana.

19

Omega Site hieß eine Halle auf der Sohle des Los Alamos Canyons, eines natürlichen Grabens aus Basalt und Kiefern, der eng und tief genug war, um die eineinhalb Kilometer entfernte Tech Area vor den Folgen jeder Explosion zu schützen. Die Halle selbst war durch eine Stahlbetonbarriere unterteilt. In der einen Hälfte stand der Miniaturreaktor, den Fermi als seinen Wasserboiler bezeichnete. In der anderen fand ein Experiment Harveys statt, das er »den Schwanz des Drachen kitzeln« nannte.

Eine kricketballgroße Plutoniumkugel in glitzernder Nickelhülle war der Drache, der Kern der Bombe. Sie paßte genau in eine Paraffinhalbkugel mit 50 Zentimeter Durchmesser, die auf einem hydraulischen Stempel montiert war. Über ihr hing das Gegenstück an einer Kette: eine zweite Paraffinhalbkugel mit entsprechendem Hohlraum. Durch den Versuch sollte geprüft werden, ob eine äußere Schale aus Sprengstofflinsen, die eine nahezu kritische Masse eng umschloß, so viele Neutronen reflektieren würde, daß das Plutonium vorzeitig und verhältnismäßig wirkungslos explodierte. Das Paraffin war mit rußigschwarzem Kohlestaub vermischt, so daß seine Konsistenz dem von Sprengstoff ziemlich nahekam, ohne daß das Risiko bestanden hätte, bei einem Unfall das Ostende des Canyons einzuebnen.

Nur Harvey, Joe und Oppy hielten sich im Omega auf. Harveys Critical Assembly Team erkundete Trinity, und Fermis Team weigerte sich, in die Nähe der Halle zu kommen, wenn der Schwanz des Drachen gekitzelt wurde. Harvey hatte mit der Begründung protestiert, daß während des Versuchs mindestens zwei Physiker anwesend sein müßten, und Oppy hatte geantwortet, obwohl General Groves sein Bestes getan habe, ihn mit Verwaltungstätigkeit auszulasten, sei er noch immer Physiker. Oppy hatte ausdrücklich darauf bestanden, daß Joe dableibe und die roten und grünen Knöpfe an der Wand betätige, mit denen die den Drachen enthaltende untere Halbkugel hydraulisch gesenkt und gehoben werden konnte, um sie der oberen Halbkugel entgegenzuführen oder von ihr zu trennen.

Auf Stahltischen in unmittelbarer Nähe des Drachen waren drei Instrumente aufgebaut: ein Geiger-Müllersches Zählrohr, ein Neutronenzähler, an dem bis zu sechs rote Lämpchen aufleuchteten, und ein weiteres Strahlenmeßgerät, das eine rote Linie auf einen Papierstreifen schrieb. Für den Fall, daß Joe nicht rechtzeitig darauf reagierte, daß der Drache zu heiß wurde, aktivierten diese drei Zähler eine Schnellabschaltung, durch die Hydraulikstempel, untere Halbkugel und Kern in ihre Ausgangslage abgesenkt wurden.

Harvey, der einen langen weißen Laborkittel trug, verfolgte die Entwicklung des Multiplikationsfaktors der Neutronen mit Rechenschieber und Schreibbrett. »Fünfundzwanzig Zentimeter heben«, ordnete er an.

Während Joe den grünen Knopf betätigte, setzte Oppy die Auseinandersetzung fort, die schon den ganzen Morgen angedauert hatte.

»Du behauptest, die Japaner seien praktisch schon besiegt, Harvey. Ich gestehe ein, daß sie das sein sollten, wenn man die Sache vernünftig betrachtet. Du bist der Auffassung, es sollte möglich sein, die Bombe gewissermaßen öffentlich vorzuführen. Dafür wäre eine Insel in der Bucht von Tokio ideal – oder irgendein anderer Ort, an den die Japaner ihre besten Wissenschaftler und Generale entsenden könnten. Sollten wir die Bombe auf sie abwerfen, verlangst du ihren Einsatz gegen ein abgelegenes, rein militärisches Ziel, gegen einen möglichst weit von allen Zivilisten entfernten Stützpunkt. Du kannst nicht einsehen, weshalb Frauen und Kinder nur um unseres Beweises willen sterben sollen. Du fügst hinzu, daß es in einigen der japanischen Großstädte, die unter Umständen als Angriffsziel in Frage kämen, amerikanische Kriegsgefangene geben könne. Du glaubst, daß wir vor der Geschichte mit einem Makel befleckt sein werden, wenn wir diese Waffe als erster Staat einsetzen –, daß wir dadurch die ganze Welt gegen uns aufbringen könnten. Noch schlimmer: Du fürchtest einen Rüstungswettlauf, den Bau einer schrecklichen Waffe nach der anderen, wie sie die Menschheit bisher nicht gekannt hat und nicht wird überleben können.

Unser tatsächlicher Einsatz einer derartigen Waffe verhindert deiner Ansicht nach, daß es in Zukunft zu einem internationalen Abkommen über die Kontrolle solcher Schreckenswaffen kommt. Und zuletzt tragen wir die unmittelbare und besondere Verantwortung für diese Waffen, weil wir die Männer und Frauen sind, die sie geschaffen haben. Wer, wenn nicht wir, sollte bestimmen können, wo und wie diese Waffen eingesetzt werden sollen? Ist das eine faire Zusammenfassung deiner Argumente?«

Tatsächlich war Harveys Argumentation damit besser als von ihm selbst ausgedrückt. Er starrte beschämt auf seinen Schreibblock. »Noch zwanzig Zentimeter.«

»Wir alle haben die gleichen Alpträume«, fuhr Oppy fort, während er mit beiden Händen in den Jackentaschen und nach außen gestellten Zehen um Harvey, die Stahltische und den Drachen herumging. »Dies sind die Jahre der Alpträume, die noch nicht zu Ende sind. Würdest du vor Trinity kündigen, würde ich dich nicht tadeln, sondern beneiden.« Sein hageres Gesicht ließ seine Erschöpfung erkennen, als er jetzt den Kopf hob. »Wir alle würden dich beneiden.«

Joe übte sich im Kopfrechnen. Indem er Schulden eintrieb und seine letzten Benzinmarken und Reisegutscheine einlöste, konnte er sein Barkapital auf 20000 Dollar bringen. Aber wie sollte er diesen Betrag in nur zwei Wochen mehr als verdoppeln? Wieviel Scotch und Zucker aus Armeebeständen konnte ein einzelner Mann verkaufen?

Vielleicht kam er mit Sprengstoff weiter. Hilario hatte von Bauunternehmern unten in Albuquerque gesprochen. Mit ein paar Maultieren konnte er die Lagerbunker auf der Two Mile Mesa ausräumen.

»... um für ein Jahr in die Berge zu gehen«, sagte Oppy gerade. »Keine Schlagzeile sehen, kein Radio hören. Nicht wieder runterkommen, bevor diese ganze schreckliche Sache vorbei ist.«

Harvey sah zu Joe hinüber, als erhoffte er sich von ihm psychische Unterstützung. »Zwölf Zentimeter.«

Falls er das Geld zusammenbekam, stellte sich das Problem der Musiker. Er konnte sich dann nur ein paar Leute aus New York oder Kansas City leisten. Er würde einige Mexikaner engagieren müssen. Posaune und Trompete. Zwischen Juarez und El Paso verkehrte eine Straßenbahn, mit der er sie über die Grenze schmuggeln konnte.

Als die Halbkugeln einander bis auf 30 Zentimeter genähert wurden, begann der Geigerzähler aufzuwachen und wirkte jetzt entschieden interessiert. Der Neutronenzähler registrierte schnelle Neutronen durch Multiplikation. Ein Lämpchen für zwei Neutronen, zwei Lämpchen für vier. Bis zu sechs Lämpchen für 64 freigesetzte Neutronen, bevor der Zählvorgang von vorn begann. Die roten Lichter blinkten wie schlaftrunken blinzelnde Augen.

»Der Krieg ist aber nicht schon bald zu Ende!« Oppys Stimme klang schärfer. »Auf Iwo Jima oder Okinawa haben die Japaner sich nicht ergeben. Ihre eigenen Inseln werden sie noch verbissener verteidigen. Diesmal nicht nur mit Kamikazeflugzeugen. Unser Nachrichtendienst weiß, daß sie Kamikazeboote bauen und Männer ausbilden, die sich mit umgeschnallten Sprengladungen in die Reihen des Gegners stürzen sollen. Die Schätzungen, die ich gesehen habe, sprechen von einer Million Verluste – Japaner und Amerikaner, Soldaten und Zivilisten.«

»Zehn Zentimeter«, sagte Harvey.

Für Bar und Küche mußten Vorräte beschafft werden. Lebensmittel, Tafelwasser, Tischwäsche. Das Gesetz, das einen Alkoholausschank an Indianer verbot, konnte sich als schwierige Hürde erweisen. Unter Umständen würde er keinen Drink eingießen dürfen, selbst wenn ihm der Laden gehörte.

Der Drache glänzte wie Eis.

»Eine Vorführung auf einer Insel scheint auf den ersten Blick eine gute Idee zu sein«, fuhr Oppy fort. »Mit einem

Bunker für den Kaiser und seine Generale. Aber was ist, wenn eine einzige gewaltige Detonation die Japaner nicht davon überzeugt, daß sie durch eine einzige Waffe bewirkt worden ist? Wir sind kaum imstande, *unsere* Generale davon zu überzeugen, von ihren ganz abgesehen … Und was ist, wenn die Bombe sich als Blindgänger erweist?«

»Achtzig Prozent kritisch.« Harvey beobachtete die rote Linie auf dem Meßstreifen, bevor er zum ersten Mal eine von Oppys Fragen beantwortete. »Die Uranbombe funktioniert.«

»Wir haben zwei Bomben. Die Uranbombe, von der wir glauben, daß sie funktionieren wird, und die Plutoniumbombe, von der wir hoffen, daß sie funktionieren wird. Wir besitzen nicht genügend angereichertes Uran, um eine weitere Bombe zu bauen. Die Plutoniumbombe muß in Trinity erprobt werden. Wir können uns weiteres Plutonium beschaffen, obwohl es darauf nicht mehr ankommt, falls Trinity fehlschlägt. Der springende Punkt ist, daß wir nichts für gute Absichten und bloßes Feuerwerk zu vergeuden haben.« Oppy fuhr sich müde mit einer Hand über die Stirn. »Gott weiß, daß ich mir wünsche, wir hätten genügend Material. Aber die Invasion muß stattfinden, bevor auf den japanischen Inseln die Schlechtwetterperiode beginnt. Sie wird nicht verschoben, während wir weitere Bomben bauen oder darüber verhandeln, wo der Kaiser sitzen sollte, um unsere friedliche Vorführung besser sehen zu können. Sollte er nach Trinity kommen? Der dortige Versuch findet in zwölf Tagen statt. Halt die Zeit für mich an, Harvey! Gib mir weitere Bomben und ein Kissen, auf dem der göttliche Kaiser sitzen und zusehen kann.«

»Noch acht Zentimeter, Joe. Dann zumindest einen Militärstützpunkt, Oppy, keine Großstadt.«

»Reine Vergeudung! Die Bombe wäre vergeudet, das Leben unserer Soldaten würde vergeudet. Die japanische Zensur würde sämtliche Berichte unterdrücken, so daß am Ende nur Rauchschleier und Gerüchte blieben. Du kennst doch die Sprengwirkung, Harvey! In einem Militärlager wäre nicht einmal viel zu sehen – nicht wie in einer Großstadt, nicht wie an Gebäuden.«

»Nicht wie an Zivilisten?«

»Ein Ziel, das den Krieg beenden wird, Harvey.«

»Zivilisten und amerikanische Kriegsgefangene?«

»Die Japaner werden dafür sorgen, daß es in jeder Großstadt Kriegsgefangene gibt. Und wie viele weitere Kriegsgefangene, Gefallene und Verwundete würde es bei einer Invasion geben? Wie viele Städte würden mit herkömmlichen Bomben ausradiert? Wie viele amerikanische Gräber würden ausgehoben?«

»Ich bin nicht Physiker geworden, um zu lernen, wie man Japaner atomisiert!« Harveys Stimme wurde lauter.

»So geht's uns doch allen.« Oppys Stimme klang beinahe zärtlich. »Aber wie willst du der Mutter eines jungen Soldaten, der an der japanischen Küste gefallen ist – und von denen wird es Tausende und Abertausende geben –, erzählen, daß du eine Bombe gehabt hast, die den Krieg hätte beenden können, und es vorgezogen hast, sie nicht einzusetzen? Erzähl das seiner Witwe! Erzähl's seinen Kindern!«

Der Geigerzähler tickte wie eine schnellerlaufende Uhr. Da die beiden Halbkugeln jetzt nur noch 20 Zentimeter voneinander entfernt waren, leuchteten die Lämpchen des Neutronenzählers rasch nacheinander auf. Im Schatten zwischen den Kugelhälften glitzerte die Nickelhülle noch immer. Joe hatte gehört, daß bei der Kettenreaktion eines Kilogramms Plutonium soviel Energie freigesetzt wurde, wie 15 Millionen Kilogramm TNT entsprach.

»Es geht hier nicht um die Waffe, Harvey, sondern um den Krieg. Wie wir den Krieg beenden und das sonst unvermeidliche blutige Morden verhindern können.«

Der Preis für solch gewaltige Energiemengen war starke Alphastrahlung, die erst das Knochenmark und dann die Nieren zerstören konnte. Alle wußten, daß die Ärzte auf dem Hügel jegliche Verantwortung für den Drachen ablehnten.

»Achtundachtzig Prozent kritisch bei acht Zentimetern.« Harvey warf einen Blick auf den Meßstreifen. »Mir geht's um die Zukunft nach dem Krieg. Fünf Zentimeter, Joe.«

Nach dem Krieg schließt die Army ihre Einrichtungen in New Mexico, dachte Joe. Aber die Soldaten kommen aus Europa und dem Pazifik heim: reichlich Gäste für die Casa Mañana.

»Teller hat dieselben Befürchtungen gehegt. Ich sage dir jetzt, was ich ihm gesagt habe: Falls es hier um die Nachkriegszukunft der Welt geht – und ich stimme dir darin zu –, läßt die Unmöglichkeit weiterer Kriege sich nur durch den Einsatz dieser Bombe vor den Augen der Weltöffentlichkeit demonstrieren. Dies ist dann endlich der Krieg, der alle Kriege beendet. Edward Teller ist mit uns in Trinity. Und ich hatte sogar gehofft, daß du den Countdown für den Versuch übernehmen würdest.«

»Neunundachtzig«, las Harvey ab.

Der Geigerzähler klang wie ein Bogen, der über eine Baßsaite streicht. Die Lämpchen des Neutronenzählers leuchteten so rasch nacheinander auf, daß sie wie nervöse rote Striche wirkten.

»Noch zwei Zentimeter, Joe«, verlangte Harvey.

»Nach dem Krieg wird es eine internationale Kontrolle aller Nuklearwaffen und internationale Kooperation bei der friedlichen Nutzung der Atomkraft geben müssen. Eine ernüchterte, erschrockene Welt wird sich dazu bereitfinden, Harvey. Aber wir müssen die moralische Führung übernehmen. Wir werden unser Wissen mit unseren Alliierten teilen.«

»Mit Rußland?« fragte Joe.

»Ja, mit Rußland. Selbstverständlich«, sagte Oppy.

»Neunzig Prozent. Noch einen Zentimeter – aber ganz langsam.«

Das Knattern des Geigerzählers war ein Echo der zunehmenden Alphastrahlung.

»Die Zukunft kommt erst«, fuhr Oppy fort. »Der Krieg wütet jetzt. Die Japaner würden die Bombe einsetzen, wenn sie sie hätten. Sie würden keine Sekunde lang zögern. Sie haben diesen Krieg angefangen. Unsere Sache ist gerecht. Im Bhagawadgita steht: ›Es gibt einen Krieg, der die Pforten des Himmels öffnet. Glücklich die Krieger, deren Los es ist, in solch einem Kriege zu kämpfen. Nicht für die gerechte Sache zu kämpfen, bedeutet, Pflicht und Ehre aufzugeben.‹ Wir Wissenschaftler sind Soldaten, sonst nichts. Wir sind wegen eines historischen Zufalls auf dieser Mesa, weil unser Land angegriffen worden ist. Wir besitzen keine besonderen Fähigkeiten auf politischem, sozialem oder militärischem Gebiet. Wir gehören nicht zu den Leuten, die dafür gewählt oder ausgebildet sind, diese Entscheidungen zu treffen. Wir sind keine von Gott auserwählte Elite – nur weil wir Physiker sind –, die den Auftrag hat, die Menschheit zu regieren.«

»Halt!«

Die einander bis auf zwei Zentimeter angenäherten Halbkugeln des Drachen bildeten jetzt fast einen grauen Vollmond, in dem sich ein innerer glitzernder Mond verbarg. Der Geigerzähler tickte geringfügig schneller, die roten Lichter flammten etwas hysterischer auf.

»Weiterhin neunzig Prozent«, sagte Harvey zufrieden, denn genau das hatte er vorhergesagt.

»Ja?« fragte Oppy.

»Ich weiß es nicht.«

»Du könntest Joe fragen. Deshalb wollte ich Joe mithaben – er ist der einzige, den du kennst, der wirklich an der Front gewesen ist. Was würden Sie zu Harvey sagen, Joe, wenn Sie im Namen der Männer sprechen sollten, die in einigen Monaten die Landungsboote bemannen werden, um an der japanischen Küste zu landen?«

Du gerissener Schweinehund! dachte Joe. Er nahm

seine Hand von dem Knopf und stellte fest, daß er einen Krampf im Daumen hatte. Er hatte die Alphateilchen ticken gehört, aber in Wirklichkeit war die Halle mit Worten angefüllt. Sie hatten nur dazu gedient, Harvey zu umgarnen, damit Joe ihm den Todesstoß versetzen konnte.

»Sag's mir, Joe«, bat Harvey.

»Wenn ich für die Jungs in den Landungsbooten sprechen müßte«, begann Joe, »würde ich sagen, daß du ein Schwindler bist. Ich würde sagen, daß du noch unter den Japsen stehst. Ich würde sagen, daß du ein regelrechter Verräter bist!«

Harvey schluckte trocken. Der Geigerzähler verstärkte Elektronen an der Anode, Ionen an der Kathode. Neutronen tanzten im Rhythmus der Lichter.

»Andererseits ...« Joe trat dichter an den Drachen heran. »Als Freund bin ich der Meinung, daß du dich nicht darum scheren solltest, was andere sagen.« Er beugte sich über die fast geschlossene Kugel des Drachen mit ihrem blitzenden Kern. »Wenn du die Bombe wirklich für so schlimm hältst, solltest du ...«

Das Ticken wurde zu einem rasendschnellen Knattern. Der Registrierstift flog vom Meßstreifen. Die sechs Zählerlämpchen brannten durchgehend rot: Sie blinkten so rasch, daß keine Intervalle mehr zu erkennen waren. Der Hydraulikstempel krachte mitsamt der unteren Halbkugel in seine Ausgangslage zurück, so daß der Betonboden erzitterte. Der nickelglänzende Kern rollte bis an den Rand der Halbkugel, umkreiste ihn in einer langsamen Spirale und fiel dann schwer auf seinen Platz zurück. Das Knattern des Geigerzählers verlangsamte sich schlagartig. Die roten Lichter pulsierten wieder in ihrem anfänglichen langsamen Rhythmus.

»Was war das, verdammt noch mal?« Joe starrte den noch immer frei vibrierenden Schreibstift an. Ein roter Strich führte über den Rand des Meßstreifens hinaus. »Der Drache ist ganz von selbst losgegangen!«

»Keine Bewegung!« Harvey begann auf seinem Schreibbrett zu zeichnen.

Joe war ihm nahe genug, um zu erkennen, daß Harvey die Umrisse des Raumes und die Positionen der drei Männer um den Drachen aufzeichnete, bevor er Gleichungen zu Papier brachte und eine Kurve der kritischen Werte entwarf. In der Halle roch es unangenehm fettig nach geschmolzenem Paraffin.

Joe wollte noch zu Ende bringen, was er hatte sagen wollen, aber der rechte Augenblick dafür war vorbei. Implodiert. Oppenheimer war sich darüber im klaren; sein blauer Blick sagte es deutlich genug. Das ist die Farbe seiner Augen, sagte Joe sich: ionenblau.

»Sie haben mich reingelegt!«

»Ich habe Sie aufgefordert, die Wahrheit zu sagen, und Sie haben's getan«, stellte Oppy fest.

»Ich bin aber noch nicht fertig.«

»Doch, das sind Sie.«

Harvey blickte von seinem Gekritzel auf. »Du bist's gewesen!« erklärte er Joe.

»Ich?«

»Der Kern hatte den kritischen Zustand schon fast erreicht. Der menschliche Körper besteht hauptsächlich aus Wasser – Wasserstoffdioxyd –, das Neutronen reflektiert. Oppy und ich haben nichts bewirkt. Du bist größer. Als du dich über den Drachen gebeugt hast, haben die Zähler verrückt gespielt.«

»Sie sind ein noch unberechenbarerer Faktor, als ich gedacht hatte«, stellte Oppenheimer fest.

»Das spielt keine Rolle«, sagte Harvey. »Wir haben die Versuchsdaten.«

»Und sind wir jetzt radioaktiv?« wollte Joe wissen.

»Uns fehlt nichts«, antwortete Harvey. »In Wirklichkeit ist nichts passiert.«

»In Wirklichkeit ist nichts passiert«, bestätigte Oppenheimer.

Die beiden betrachteten Joe mit kühler wissenschaftlicher Gelassenheit, die plötzlich wie eine fast greifbare Trennlinie zwischen ihnen stand. Joe erwiderte ihren Blick, wobei er sich erstmals ganz auf sie konzentrierte. Oppy hatte offensichtlich gesiegt. Interessant war Harveys Kapitulation – und seine Erleichterung darüber.

»Da fällt mir noch was ein«, sagte Harvey und wandte sich an Oppenheimer. »Die Bombe wird doch vermutlich nach Japan geflogen? Was ist, wenn das Flugzeug abstürzt? Vielleicht sollte ich den Drachen in Salzwasser testen.«

Selbst sein Südstaatendialekt schien sich leicht verändert zu haben, als wolle er Oppys knappen Ostküstenakzent nachahmen. Seine Körperhaltung veränderte sich ebenfalls; seine Begeisterung wuchs.

Die Anstrengung, Harvey zurückzugewinnen, hatte Oppy sichtlich gezeichnet. Jede Krise schien ihn eine Unze Fleisch zu kosten, und er wirkte ausgezehrter und entschlossener als je zuvor. Er nickte stolz, während Harvey alle möglichen, für ihn charakteristischen Ideen hervorsprudelte, bis Harvey fragte:« Wolltest du den Countdown für Trinity wirklich mir übertragen?«

»Ich wollte ihn einem amerikanischen Physiker überlassen«, antwortete Oppy, »und dabei habe ich zuerst an dich gedacht. Eine amerikanische Stimme.«

»Achtung!« Joes Stimme riß die beiden aus ihrer gelinden Euphorie.

»Was gibt's?« knurrte Oppy.

Omega lag unter hohen Kiefern versteckt inmitten der Rufe von Eichelhähern, dem Gesang der Canyon-Zaunkönige und dem Rauschen des Windes in den Bäumen. Die anderen brauchten einen Augenblick, um die Sirene zu hören.

»Feuer«, sagte Harvey.

Sie zählten gemeinsam die an- und abschwellenden

Heultöne. Oppy trug ein ironisches Lächeln zur Schau, als sei eine Katastrophe zu erwarten gewesen.

»Technischer Bereich«, stellte Joe fest.

Der mitten auf dem Hügel zwischen Main Drive und dem Südrand der Mesa eingezwängte Technische Bereich umfaßte 26 nicht sonderlich auffällige Gebäude. Alle waren durch Schilder mit den Buchstaben A bis Z gekennzeichnet, aber das war ihr einziges Ordnungsmerkmal. Eine Hälfte der Bauten waren weiße Army-Baracken, die andere Hälfte grüne Army-Wellblechhütten. Sie standen kreuz und quer durcheinander und hatten eine militärische Bauweise gemeinsam, die zu fordern schien, daß alle Seiten wie die Rückfront auszusehen hätten.

Ein Transformator brannte. In gewisser Beziehung lag der Brandherd fast ideal: am rückwärtigen Rand des Technischen Bereichs, weit vom Gaslager, dem Zyklotron und dem Linearbeschleuniger entfernt, in der Nähe der Feuerwehrwache und nicht allzu weit von Hydranten entfernt. Aber es hatte einige Zeit gedauert, bis der Transformator abgeschaltet werden konnte, und als Joe und Oppenheimer eintrafen, stiegen von beiden Strommasten, den Kabeln, Hebelschaltern und dem hohen Holzzaun um den Transformator Flammen und blakender schwarzer Rauch in den Nachmittagshimmel auf. Wegen des Zauns konnten die Feuerwehrleute mit ihren Schläuchen nicht so nahe an den Transformator heran, wie es zur Brandbekämpfung notwendig gewesen wäre.

Der Brand und die Löschversuche wurden von der gesamten Bevölkerung des Technischen Bereichs beobachtet: von Physikern aus dem Zyklotronschuppen, Soldaten aus dem Kesselhaus, Ärzten aus den Labors, Büropersonal und – in vorderster Reihe – von den Indianern, die die Gebäude zu reinigen hatten. Ein Lastwagen mit Bauarbeitern rollte heran, um sich zu den Neugierigen zu gesellen.

Oppenheimer starrte den Brandherd an. »Nein, nein, nein«, flüsterte er eindringlich.

Sein Flehen wurde erhört. Die Texaner sprangen von der Ladefläche. Sobald sie unten waren, hupte der Fahrer und gab wieder Gas. Der Lastwagen war ein alter Reo mit einem Eisenträger als Stoßstange, und während die Feuerwehrleute zur Seite spritzten, beschleunigte der LKW, bis er den brennenden Zaun und die Stahlbetonbarriere um den Transformator rammte. Der Lastwagen setzte zurück, fuhr mit aufheulendem Motor wieder an und krachte gegen das brennende Zauntor. Der Fahrer rammte ein drittes Mal, legte zwei, drei weitere Zaunpfosten um und schob wie eine Planierraupe Schutt gegen den Transformator und um den Fuß der Leitungsmasten. Er setzte zurück, bis der LKW außerhalb der Umzäunung stand, stieß seine Tür auf und sprang aus dem Fahrerhaus wie ein Reiter, der soeben eine Kuh in neuer Rekordzeit eingefangen hatte. Er war groß: eine athletische Gestalt in Jeans und blauem Arbeitshemd, der einzige Bauarbeiter, der ein Hemd trug. Er war jung und hatte blondes, kurzgeschnittenes Haar und die geschmeidige, arrogante Eleganz eines Athleten. Ein Held. Er reckte die linke Faust in die Höhe. Ein Linkshänder.

Während die Techniker Oppy umschwärmten, als sei der Lastwagen eine Manifestation seines Willens gewesen, hielt Joe sich im Hintergrund, wo er Gesellschaft von Felix Tafoya bekam. In Khakikleidung und mit einem groben Besen in der Hand, war Felix auf dem Hügel nahezu unsichtbar; in Santiago war er als Kalbskastrierer und -brandmarker ein allgemein angesehener Mann. Seine Nase war seit vielen Jahren durch einen Hufschlag deformiert.

»Der Texaner ist Hilarios Boxer«, erklärte er Joe.

»Hast du Hilario mal wieder gesehen?«

»Ich kastriere morgen. Hilario bringt jemand mit, der eine Verschneidung nach alter Sitte sehen will.«

Der Feuerwehrhauptmann, ein Zivilist namens Daley, führte Oppy und Joe um die Überreste des Transformators. Rauch hatte sich wie ein Aschefilm auf seinem Gesicht, dem Gummimantel und seinen Gummistiefeln niedergeschlagen. Er hustete und spuckte dunkelbraunen Schleim aus. Beide Hochspannungsmasten waren angekohlt. Verbrannte Kabel und Leitungen lagen im Schlamm. Joe stellte sich vor, daß Daley den Rundgang aus beruflicher Gewohnheit vorgeschlagen hatte, als führe er sie durch die rauchenden Trümmer eines ausgebrannten Hauses.

»Eigentlich wollte ich Ihnen und dem Sergeanten das hier zeigen.« Daley bückte sich, um einen geschnitzten Zickzackstab – halb blasiges Gold, halb angekohltes Holz – aus dem Schlamm aufzuheben.

»Solche Stäbe haben die Tänzer im Pueblo gehabt«, stellte Oppenheimer fest.

»Das ist ein Blitzstab. Er soll Blitze anziehen«, erläuterte Joe. »Hat er's getan?«

»Mehrere Zeugen haben gesehen, wie ein Blitz eingeschlagen hat«, sagte Daley.

Oppy sah ungeduldig zu seinem Büro hinüber. Als er sich wieder umdrehte, lächelte er. »Joe, für Brandstiftung durch einen indianischen Blitzstab sind Sie zuständig. Kümmern Sie sich darum. Ich kann von hier aus zu Fuß gehen.«

»Ich habe gehört, daß morgen in Santiago Kälber kastriert werden«, warf Joe rasch ein. »Ich sollte dabei sein – für den Fall, daß welche verseucht sind.«

»Rinder und Zauberstäbe sind ganz entschieden Ihr Job. Aber sehen Sie zu, daß Sie morgen um elf im La Fonda sind. Wir erwarten Besuch.«

Oppenheimer stakste durch den Schlamm, klopfte sich Ruß von seinem Hut und marschierte in Richtung Verwaltungsgebäude davon.

»Auch Captain Augustino tippt auf Brandstiftung«, erklärte Daley Joe. »Er hat an verschiedenen Brandorten bereits ein Dutzend dieser Stäbe eingesammelt. Wenn er nicht unten in Trinity wäre, wäre er längst hier.«

»Das hier ist kein Brandsatz«, sagte Joe und griff nach dem Stab, »sondern bloß ein Stock. Irgend jemand hat ihn ins Feuer geworfen. Hier oben gibt's massenhaft Indianer.«

»Glauben sie wirklich, daß sie Blitze anziehen können?«

»Sie glauben, daß sie die Erde in Bewegung halten.«

Joe stellte fest, daß die restliche Goldfarbe mit Glimmer durchsetzt war: eine ausgefallene Taos-Spezialität.

»Wie Sie meinen.« Daley spuckte aus, grinste und wischte sich das Kinn ab. »Hol's der Teufel, Sie müssen's ja wissen!«

20

Ein dreistündiger Ritt brachte Joe auf die andere Seite des Santiago Canyons. Dort waren die sanft gewellten Hügel zwischen Canyon und Gebirge mit einem Meer von gelben Blüten bedeckt. Joe ritt Oppys Pferd, den großen Braunen namens Crisis. Der Hengst war seit einem Monat nicht mehr geritten worden und bewältigte die Strecke in schlankem Trab.

Als er absaß, um Crisis aus einem Wassertank zu tränken, sah er die Indian-Service-Reiter vor sich über den Hügel ziehen. Al und Billy hielten an, richteten sich in den Steigbügeln auf und beobachteten den Tank durchs Fernglas, bevor sie weiterritten. Joe wartete noch eine Minute im Schatten des Tanks, bis er zwei weitere IS-Reiter vorbeireiten sah. Als sie außer Sicht waren, schwang er sich wieder in den Sattel und ritt auf die Jemez Mountains zu.

Zunächst ritt er durch warmen, glasklaren Sonnenschein, dann fiel in den Jemez Mountains leichter Regen, was selten genug vorkam, und verhüllte ihre Gipfel mit kaum wahrnehmbaren hellgrauen Schleiern. Der ansteigende Pfad führte zwischen Ponderosas, Zedern, Rinderknochen und unzähligen Wildblumen hindurch. Wo der Canyon sich etwas erweiterte, bevor er in den Bergen aufging, lag eine Mesa, deren Umrisse an ein Schlachtschiff erinnerten. Joe mußte Crisis antreiben, damit er den steilen Geröllpfad zur Mesa hinaufkletterte.

Die Mesa war keine eineinhalb Kilometer lang und an ihrer breitesten Stelle keine hundert Meter breit. Eine Zeder wuchs über verkümmertem Beifuß. Die Zeder war gewunden und kräftig: halb abgestorben, halb lebendfrisch. Das galt auch für den Chollakaktus, den er sah – halb grüner Stamm, halb leeres Pflanzengerüst. Wer in hochgelegenen Wüstengebieten überleben wollte, mußte den Trick beherrschen, gleichzeitig zu leben und zu sterben. Zedern lieferten gutes Brennholz. Ein abgestorbener Zedernast konnte sich jahrelang halten, solange er den Erdboden nicht berührte. Joe band Crisis an einem grünen Ast fest und legte den Rest des Weges zu Fuß zurück.

Mitten auf der Mesa erhoben sich Ruinen: ein von Wind und Wetter abgetragenes kniehohes Netz aus Steinmauern. Im Gegensatz zu den Basaltfundamenten waren die Adobemauern längst verschwunden, so daß nicht mehr zu erkennen war, welche Funktion die einzelnen Räume früher gehabt hatten. Nur noch ein Rätsel, dachte Joe. Weiße Nuggets zwischen den Steinen waren uralte Holzsplitter. Als er einen aufhob, zerfiel er zwischen seinen Fingern zu Staub.

Die einzigen Grabungen auf der Mesa stammten von Tieren. Zwischen den Fundamenten befanden sich von Taschenratten aufgeworfene Hügel, deren weiche Erde mit schwarzen, weißen und rötlichbraunen Tonscherben durchsetzt war, zwischen denen Obsidianbrocken wie Juwelen glitzerten.

Joe ließ sich neben einer von einem Stachelbeerstrauch ausgefüllten Kiva nieder, um eine Zigarette zu rauchen.

Die Sonne ging jenseits der Jemez Mountains unter und färbte die Wolken Stufe für Stufe rot.

»Hallo, Joe.« Ben Reyes und Roberto kamen unter den Zedern hervor. Beide trugen Decken und Zöpfe.

»Hab euch Zigaretten mitgebracht.«

»Woher hast du gewußt, daß wir hier sind?« fragte Ben.

»Wegen des Tons. Sophie hat euch versorgt und gleichzeitig Ton geholt. Den gibt's nur hier.«

»Ich hab gewußt, daß du kommen würdest«, behauptete Roberto.

»Ich bin gekommen, weil sie auf dem Hügel eure Stäbe finden.«

»Was für Zigaretten?« fragte Ben.

»Luckies.« Joe gab das Päckchen Ben, der sich mißtrauisch eine herausklopfte.

»Woher hast du gewußt, daß das meine Stäbe sind?« Roberto hockte sich neben Joe.

»Glimmer in der Farbe. Typischer Taos-Scheiß.«

»Ja.« Roberto grinste. Er hatte eine so lange Nase und so braunes Haar, daß es in seiner Ahnenreihe nach Joes Überzeugung irgendwo einen französischen Händler oder einen Mormonen geben mußte.

Joe gab Ben sein Feuerzeug. »Ihr solltet euch verstecken, anstatt weiter Unsinn zu machen. Diese Leute nehmen die Brände sehr ernst.«

»Er glaubt, daß wir die Blitze hervorrufen?« Ben zündete sich seine Zigarette an.

»Wer?« Joe nahm das Feuerzeug wieder an sich.

»Der Doktor?«

»Oppenheimer? Er durchschaut, daß er das glauben soll.«

»Das ist klug.« Roberto ließ sich auch eine Zigarette geben.

»Ich weiß nicht, ob ich lachen oder weinen soll.« Joe zündete Roberto und sich eine Zigarette an. »Ihr habt gesagt, ihr würdet fliehen, anstatt es mit der U.S. Army aufzunehmen. Ich warne euch! Im Augenblick versteckt ihr euch vor dem Indian Service. Das mag noch angehen. Die Army setzt Captain Augustino auf euch an. Augustino spürt euch auf. Und Augustino kriegt raus, wer euch auf dem Hügel geholfen und jedesmal einen Blitzstab hingelegt hat, wenn irgendwo ein Brand ausgebrochen ist.«

»Glaubst du, daß wir so arbeiten?« fragte Roberto. »Erst der Blitz, dann der Stab?«

»Diese Vermutung drängt sich auf.«

»Sie haben dich geschickt?« wollte Ben wissen.

»Niemand hat mich geschickt. Ich hätte jetzt eigentlich Dienst auf dem Hügel.«

»Aber der Blitz ist ihnen aufgefallen?« fragte Roberto.

»Ja.«

»Dann leisten wir gute Arbeit.« Roberto atmete eine langgestreckte Rauchwolke aus. »Gute Zigarette.«

Als es im Tal dunkel wurde, ging der Vollmond hinter den Sangres Mountains auf. Sie kampierten an der Ostspitze der Mesa, wo uralte flache Zisternen sich in abgetretenen Stufen übereinander erhoben. Ben machte in einer Felsspalte Feuer, indem er Zedernholz und Rindenstücke zwischen Steinen aufschichtete, damit Joe sie mit seinem Feuerzeug anzünden konnte. Das Feuer loderte rasch auf und hatte den Vorteil, nur aus der Nähe sichtbar zu sein. In einer Konservenbüchse kochte Ben einen Eintopf aus Chili und getrockneten Fleischstreifen. Ein Blick über den Rio Grande hinweg zeigte ihnen die Lichter von Santiago und Esperanza, sogar das Dorf Truchas hoch in den Sangres Mountains und den diffusen Lichtschein Santa Fés am Ende der Sangres-Kette. Los Alamos war unsichtbar. Sie verdeckten die Glut ihrer Zigaretten mit den Handflächen und warteten darauf, daß das Essen kochte.

»Ich besorge euch zwei Greyhound-Fahrkarten nach Tucson ... Tucson gefällt euch nicht? Wie wär's mit Los Angeles? Ihr habt noch nicht gelebt, bevor ihr den Pazifik gesehen habt. Was habt ihr überhaupt gegen den Hügel?«

»Was sie dort machen«, sagte Ben.

»Ihr wißt gar nicht, was sie dort machen. Das ist geheim. Das ist das verdammt größte Geheimnis dieses Krieges.«

»Ich hab geträumt, daß sie einen mit Asche gefüllten Kürbis machen«, warf Roberto ein.

»Einen Kürbis voller Asche?«

»Das hab ich in Taos geträumt. Zwei Hopis haben denselben Traum gehabt – zwei Älteste. Auch eine Frau in Acoma hat ihn gehabt.«

»Vier Träume.« Joe nickte, als sprächen sie vernünftig miteinander. Ben hörte zu und rührte den Inhalt der Konservenbüchse um.

Roberto hob den Kopf. »Der Kürbis wird jedesmal auf die oberste Sprosse einer langen Leiter gebracht und dort aufgeschlagen. Die Asche fällt herab und bedeckt die Erde.«

»Das ist alles?«

»Das ist alles.«

»Dann kann ich dich beruhigen. Ich habe gesehen, was dort hergestellt wird – ganz bestimmt kein Kürbis voller Asche. Was haltet ihr davon, wenn ich euch diese Bustickets besorge?«

»Der Traum ist noch nicht zu Ende.«

»Das habe ich befürchtet.«

»In meinem Traum kommt ein Riese vor.«

»Wie wär's mit Eisenbahnfahrkarten?«

»Sobald ich dich kennengelernt habe, hab ich gewußt, daß du dieser Riese bist.«

»Roberto!« Joe beherrschte sich. »Roberto, du bist ein netter Kerl, intelligent, und ich bin davon überzeugt, daß du's ehrlich meinst. Aber du spielst mitten in einem Krieg den Medizinmann. Draußen in der wirklichen Welt sterben Soldaten, brennen Städte, werden Frauen vergewaltigt. Die Leute auf dem Hügel bemühen sich, den Krieg zu beenden. Wenn Ben und du auf euren hirschledernen

Verrücktheiten besteht, soll's mir recht sein – aber ohne mich, verstanden?«

»Heiß!« Ben schob Joe einen Blechteller mit dem Eintopfgericht hin.

»Aber die Asche wird die Wolken und das Wasser und die Erde und alles, was darauf lebt, vergiften!« behauptete Roberto. »Darum geht's in allen diesen Träumen.«

»Klingt wie ein wissenschaftlicher Beweis.« Es gab keine Gabeln. Joe griff mit den Fingern nach dampfenden, grau-grünen Rindfleischstreifen.

»Sie werden eine große Leiter bauen, die in den Himmel aufragt. In meinem Traum steigt der Riese dann die Leiter rauf.«

»Nicht schlecht«, sagte Joe zu Ben. »Der Hunger treibt's hinein. Nur in *deinem* Traum?« fragte er Roberto.

»Ich träume nicht etwa besser; ich kann mich nur besser auf Träume konzentrieren. Das ist der Vorteil, wenn man blind ist. Für mich gibt's keinen so großen Unterschied zwischen Tag und Nacht, zwischen Wachen und Schlafen. Eines führt zum anderen.«

»Träume und Wirklichkeit?«

»Zwei Seiten der gleichen Sache. Bist du anderer Meinung?«

»Ich hätte gesagt, daß es in der Welt von heute nicht darum geht, zu wachen oder zu schlafen, sondern darum, lebendig oder tot zu sein. Und eines führt nicht zum anderen wie eine Hand zu einem Handschuh. Eher wie ein Armstrumpf zu einem Handschuh.« Joe stellte seinen Teller ab. »Träum nicht von einem Riesen auf einer Leiter. Träum von Japan. Träum dir hunderttausend im Wasser treibende Gefallene. Träum rote Strände, Bansai-Angriffe, Kamikazes, Städte aus Papier und B-29. Und sorg dafür, daß deine Träume mit einem Zählwerk ausgestattet werden. Eine Million Tote, zwei Millionen, drei. Siehst du, ich hab nichts gegen deine Träume; ich hab nur was gegen allzu leichte Träume.«

Verdammt, ich bin ein schlechter Gast! überlegte Joe sich. Er schien den anderen den Appetit verdorben zu haben. Ben schluckte krampfhaft. Er war entweder dem Ersticken nahe oder sehr wütend.

»Ich muß zum Kastrieren nach Santiago.« Joe stand auf. »Das ist die letzte Warnung gewesen. Alles Gute!«

Roberto blickte mit eingesunkenen Augen zu ihm auf. »Trotzdem warst du in meinem Traum«, sagte er.

Joe ritt auf einem mondbeschienenen Grat zwischen Canyons zurück. Um ihn herum eine Meereslandschaft aus Hügelrücken mit Schaumhelle auf Fels und Wacholder. Er hörte sich noch immer sprechen und Oppys Argumentation folgen: Invasionsverluste, Kamikazes. Das war eigentlich auch seine Überzeugung, aber die Wörter hatten formelhaft geklungen. Um Roberto nicht unrecht zu tun, mußte man zugeben, daß er in Wirklichkeit nicht vom Krieg gesprochen hatte. Ihm ging es nur um seine kostbaren Pueblos; der Rest der Welt konnte seinetwegen zum Teufel gehen. Andererseits schätzte Oppenheimer die Indianer als Menschen aus einer Zeitverwerfung. Sophie hat recht gehabt, dachte Joe: Ich scheine keine eigenen Worte mehr zu finden. Als gebe es keine Worte für seinen gegenwärtigen Zustand: kein Indianer, kein Oppy, in einer unwirklichen Welt, auf einem hohen Grat, in sanftem Mondschein.

Er verließ den Grat in der Nähe eines Bewässerungsgrabens, wo blau blühende Alfalfa-Felder im leichten Nachtwind wogten. Nachdem er Crisis auf die Weide gebracht hatte, trug er Sattel und Zaumzeug in den Stall auf dem Hügel zurück. Er hatte noch Zeit, sich einen Jeep abzuholen und nach Santiago zu fahren, um Felix beim Kastrieren zuzusehen. Joe nahm sich vor, einen Geigenzähler mitzunehmen und ein paar Rinder zu kontrollieren, um einen Grund für diese Fahrt zu haben.

In der Sattelkammer gingen die Satteltaschen auf und

verstreuten ihren Inhalt. Joe ließ sein Feuerzeug aufflammen. Auf dem Fußboden lagen Schachteln mit Hufnägeln, verbogene Trensen, abgerissene Zügel und zwei gelbe Blitzstäbe. Roberto mußte sie ihm in die Satteltaschen gesteckt haben.

Sein erster Impuls war, sie zu verbrennen, aber er hatte es eilig. Er schob sich die Stäbe ins Hemd und schlüpfte leise aus dem Stall.

Joe hatte die Blitzstäbe noch immer, als er den Kraftfahrzeug-Park erreichte. Die Zündschlüssel steckten in den Fahrzeugen. Auf den Rücksitz legte er einen Geigerzähler. Die Stäbe schob er leicht erreichbar unter den Fahrersitz. Er wollte sie auf der Straße nach Santiago wegwerfen.

21

Männer hockten auf den obersten Stangen des Corrals und riefen Jungen in weiten *Chaparejos*, die im Dunkel Stierkälber jagten, aufmunternde Worte zu. Die Kälber wurden um diese Tageszeit kastriert und gebrandmarkt, weil der Arbeiterbus zum Hügel im Morgengrauen abfuhr.

Zwei Feuer brannten: eines außerhalb des Corrals für Kaffee, eines darinnen für Felix Tafoya. Die Männer am Kaffeefeuer begrüßten Joe. Die Jungen, die im Corral hinter einem Stierkalb herrannten, streiften Joe mit einem Blick. Ihm fiel auf, daß der größte Junge einen selbstgefertigten Winkel am Ärmel trug und sein Halstuch zwischen die Knöpfe seines Hemdes steckte wie ein Soldat seine Krawatte. Alle in Santiago hatten Söhne oder Neffen beim Militär, und Joe wußte, daß er in ihren Augen nicht nur ein Held, sondern der handgreifliche Beweis dafür war, daß man lebend heimkehren konnte.

Die Kälber waren Hereford-Rinder mit schmutzigweißen Köpfen, die an eine Herde kleiner Gespenster erinnerten. Die Jungen fingen sie nacheinander mit dem Lasso ein, fesselten sie und schleppten sie ans Feuer. Felix, der eine Lederschürze über dem Overall trug, der auf dem Hügel seine Uniform war, kniete neben der Glut, wählte ein Messer mit doppelt umwickeltem Rauhledergriff aus und zog die Klinge an seiner Schürze ab. Das Feuer schien Felix eine gebieterische Aura zu verleihen. *»Coont-da, bitos!«* Während die Jungen das Kalb festhielten, streifte Felix die Hoden in ihrem Sack nach unten, trennte sie mit einem raschen Schnitt ab und warf sie in die Glut, bevor er die Wunde mit Kerosin desinfizierte. Die kirschrote Glut des den Kälbern aufgedrückten Brandzeichens grub sich in die Flanke des Stierkalbes, und der Gestank nach verbranntem Fell gesellte sich zu dem Geruch von Kaffee und Kuhmist.

Hilario Reyes – wie immer in weißem Anzug und mit breitkrempigen Hut – huschte behende wie eine Echse den Zaun entlang. »Ah, der Chief persönlich! Hast du gestern meinen Jungen gesehen? Wie ich höre, hat er einen Brand gelöscht und den Hügel gerettet.«

»Hat gut ausgesehen.«

»Du meinst großartig. Was tust du hier?«

»Die Army schickt mich her, damit ich die Rinder kontrolliere. Was tut der stellvertretende Gouverneuer des Staates New Mexico hier?«

»Ich habe großen Respekt vor den alten Sitten und Überlieferungen der hier lebenden Menschen. Weißt du, daß ich noch nie einen Tanz in Santiago versäumt habe? Und vor allem liebe ich den Geschmack von Stierhoden.«

Hilarios Lächeln signalisierte offene, energische Korruptheit, als er weiterging, um sich mit den Männern am Kaffeefeuer zu unterhalten – und um herauszufinden, weshalb Joe wirklich hier war. Hilario war lieber Fischer als Fisch.

Joe lehnte an der Stange und beobachtete, wie der Junge

mit dem Lasso einen *Peal* versuchte – einen schwierigen Wurf, bei dem sich die Schlinge um die Hinterbeine des Kalbs legen sollte. Statt dessen erwischte er jedoch den Kopf und wurde fast aus seinen Schnürschuhen gerissen, als das Kalb einfach weiterrannte.

Felix kam an die Umzäunung, um Joe einen Holzstab anzubieten, auf dem so etwas wie zwei verschmorte Kastanien steckten. »Joe, wenn du mit Hilario redest, brauchst du so viele *Guevos* wie möglich.«

Irgend jemand auf der obersten Stange warf ihm einen Salzstreuer zu, den Joe geschickt auffing. »*Coont-da!*«

»Hilarios Freund ist nicht lange hiergeblieben«, stellte Felix fest. »Er ist losgezogen, um sich die alten Kühe im Gehege anzusehen.«

Joe zog die schwarz verbrannte Haut ab und salzte das perlige Innere reichlich. Dies war eine seltsame Zeremonie: das Kastrieren der Kälber und die Verteilung ihrer Männlichkeit unter die im Corral Versammelten. Eine durch die frühe Morgenstunde um so wirkungsvollere männliche Geheimzeremonie – etwas Grundlegendes und Beschämendes und Machtvolles. Die gerösteten Hoden hatten den Geschmack von Nüssen.

»Helden wird's bald im Dutzend billiger geben.« Hilario kam zurück. Er ist eigentlich weniger eine Echse, dachte Joe, als eine unverbesserlich böse Elfe. Selbst seine weiße Aufmachung hatte etwas von der strahlenden Aura einer bösen Fee an sich. »Dann kann man nicht mal mehr ausspucken, ohne einen Helden zu treffen. Alle mit ihren Narben und Ordensschnallen und Stories. Siehst du, ich bin schon dabei, mir die Stimmen der Veteranen zu sichern. In Zukunft bin ich der Freund der Veteranen – aber zuerst will ich noch dein Freund sein.«

Felix lachte und ging an sein Feuer zurück, wo die Jungen sich mit einem weiteren Stierkalb abmühten.

»Wie willst du das anstellen?« fragte Joe.

»Ich bringe dir bei, wie du dein Verhältnis zur Realität

zu beurteilen hast. Gewinn ist der einzig faire Maßstab für die Realität. Marktwert, Chief. Eine gewesene Größe steht nicht allzu hoch im Kurs, aber ich will dir trotzdem helfen, daraus Kapital zu schlagen. Ich spreche von zweitausend Dollar, die du in diesem Augenblick bar auf die Hand kriegen kannst.«

Das Erdreich um das Feuer herum war zerstampft und ausgetrocknet. Die Jungen und das Kalb wirbelten bei ihrem Kampf immer wieder Staubexplosionen auf.

Zweitausend Dollar? Dafür konnte Joe nicht einmal Barthekenfirnis und Tischtücher für die Casa Mañana kaufen.

»Warum?«

»In ganz New Mexico gibt's keinen loyalen Einheimischen, der nicht seinen letzten Dollar auf dich setzen würde, wenn du wieder boxen würdest. Ehemals der achtbeste Schwergewichtler der Welt. Ein großer Abend in der Turnhalle in Santa Fé, Horden von Anhängern und Freunden, mehrere Geistliche – die geben einem Boxkampf die besondere Note. Ich kann mir nichts Besseres zur Feier des bevorstehenden Kriegsendes vorstellen als Chief Joe Peñas Abschiedsvorstellung.«

»Ich habe mich aus dem Ring zurückgezogen.«

»Dein Gegner wäre übrigens dieser Bursche aus Texas.«

»Ich hoffe für die Zukunft auf bessere Beziehungen zwischen Texas und New Mexico.«

»Dann möchte ich dir eine Frage stellen.« Hilario sprach so laut, daß alle am Corral ihn hören konnten. »Aus reiner Neugier. Könntest du ihn schlagen, wenn ihr euch im Ring gegenüberständet? Nur so aus Neugier.«

Joe zuckte mit den Schultern. Die Männer auf der obersten Stange beugten sich nach vorn. Felix, das Messer in der Hand, blickte auf. Sogar das Kalb schien stillzuliegen.

»Ich glaube nämlich, daß er dich killen würde«, sagte Hilario. »Linksausleger, zehn Jahre jünger, zehn Jahre schneller. Du siehst schlaff und müde aus. Du solltest

Angst vor dem Jungen haben. Es ist nicht lustig, in aller Öffentlichkeit Prügel zu beziehen.«

»Wie macht dich das alles zu meinem Freund?«

»Ich möchte nicht, daß du Prügel kriegst, ohne anständig dafür bezahlt zu werden.«

»Ohne das *du* anständig dafür bezahlt wirst, meinst du.«

»Das auch.«

Joe schüttelte eine Zigarette aus seiner Packung und zündete sie an. Wie sehr außer Form wirke ich tatsächlich? fragte er sich. Er wünschte sich jetzt, er hätte besser aufgepaßt, als der Junge Ray besiegt hatte. Er erinnerte sich an die Gestalt, die mit muskelbepackten Schultern und hochgereckter Faust von dem Lastwagen vor Gebäude D wegstolziert war. Er bedauerte, das Gesicht des Jungen nicht gesehen zu haben. Das Gesicht sagte immer viel mehr.

»Ich will eine ehrliche Antwort!« drängte Hilario. »Siehst du, das meine ich damit, wenn ich von deinem Verhältnis zur Realität spreche. Könntest du ihn schlagen?«

Joe zögerte noch immer.

»Fünftausend Dollar, Joe«, sagte der kleine Mann. »Was du nebenbei wettest, bleibt dir überlassen.«

»Zehntausend Dollar Kampfbörse – und der Sieger kriegt sie ganz.«

»Du spinnst wohl? Wir sprechen von der Realität!«

»Hilario, die Realität ist, daß der Krieg aus ist und die Soldaten heimfahren. Du bist eine Ameise in der Wüste, die zusehen muß, wie Picknickgäste zusammenpacken. Glaubt der Junge, daß er mich schlagen kann?«

»Er weiß, daß er's kann.«

»Dann müßte er damit zufrieden sein, daß der Sieger alles kriegen soll.«

»Okay, dann stelle ich die übrigen Regeln auf. Keine Geistlichen, keine Boxhandschuhe, kein Ring, kein Ringrichter. Eine reine Sportveranstalung für Interessierte. Außerdem weißt du, wie man einen Ring ausnützt; du würdest einen schnelleren Mann an den Seilen festnageln. Ein Ringrichter stört nur. Ich kann die Rundenzeiten nehmen.«

»Wie viele Runden?«

»Ohne Limit.«

»In einer Woche«, sagte Joe.

»Unmöglich!«

»Wir boxen in einer Woche. Du hast neulich behauptet, du könntest den Kampf binnen zwei Tagen arrangieren.«

»Ich brauche Geld aus Texas – aus El Paso, aus Lubbock. Das sind weite Entfernungen.«

»Gut, ich komme ihnen entgegen. Wir treffen uns in der Mitte – im Owl Cafe südlich von Socorro. Am Fünfzehnten abends hinter dem Lokal. Ja oder nein?«

Joe fürchtete, Hilario werde im letzten Augenblick einen Rückzieher machen.

»Du bist eigens *hergekommen*, um mit mir zu feilschen, du großer Hundesohn! Du hast mich hier *gesucht!*«

»Ich hab die Nachkriegszeit im Auge, Hilario – genau wie du.«

»Okay.« Hilario nickte Joe zu; ein weiteres Nicken galt den Männern am Corral. »Okay, du kannst schon mal wetten, Joe. Ich schätze, daß du überrascht sein wirst, wie viele Leute gegen den berühmten Chief Joe Peña wetten wollen.«

Das Stierkalb schien zu versuchen, mit gefesselten Beinen auf der Erde zu schwimmen. Felix drückte den Hodensack zusammen, um einen raschen Schnitt führen zu können. Hilario würde den Kampf organisieren. Es handelte sich nicht darum, das Gesicht zu wahren; es ging darum, tätig zu werden und den Leuten Gelegenheit zu geben, auf die beiden einzigen Boxer in New Mexico zu setzen. Das Kalb riß angstvoll die Augen auf.

Joe marschierte in das Pappelwäldchen, um auszutreten. Er wußte, daß er ab sofort wieder besser auf seine Nieren achten mußte. Ein letzter Kampf. Und er mußte versuchen, mehr zu schlafen. Über dem Fluß leuchtete ein Morgenstern. Jupiter? Venus? Was wäre, wenn es keinen Mond gäbe? Die Menschen bewegten sich von der Schwerkraft der Erde angezogen, aber zugleich von der schwebenden Masse des Mondes emporgehoben. Was wäre, wenn es keinen Mond, keinen Auftrieb, nur die bedrückende irdische Schwere gäbe? Nachts gab es kein besseres Licht als das der Sterne, die zu sagen schienen: »Wir sind kalt und weit entfernt.« Was war, wenn er verlor?

Um ein Alibi zu haben, holte er den Geigerzähler aus dem Jeep und marschierte zu dem Viehgehege jenseits des Wäldchens. Selbst im Halbdunkel erkannte er, daß die Rinder Felix' älteste Kühe aus den höchsten, trockensten Canyons waren. Der gedrungene Mann an der Umzäunung wirkte ebenso unwahrscheinlich. Er kehrte Joe den Rücken zu, weil er die Rinder durch den Zaun hindurch tätschelte – klugerweise, denn die Tiere waren wild genug, um ihn niederzutrampeln, falls er sich in ihr Gehege wagte. Nein, er tätschelte sie nicht, stellte Joe fest: Er fuhr mit einer Bürste durch ihr Fell und ließ die ausgebürsteten Haare in einen Briefumschlag fallen.

»Chief! Oh! Chief!« Der Mann sah sich überrascht um. Er hatte ein dunkles, herzförmiges Gesicht, eine wulstige Unterlippe und lockiges, fast onduliert wirkendes schwarzes Haar. Als er sich jetzt ganz umdrehte, waren Bürste und Umschlag verschwunden. Zu seinem Zweireiher trug er Cowboystiefel. Er trat unsicher einen Schritt vor und gab Joe seine schwammige Hand. »Ich hab Sie nicht kommen gehört. Wir haben uns im La Fonda kennengelernt – in der Bar. Harry Gold.«

»Aus New York.«

»Ich bin mit Happy hergekommen.«

»Mit Hilario. Was geht hier vor?«

Harry Gold kicherte verlegen. »Mein neuer Hut ist weg!«

Joe warf einen Blick ins Gehege. Vor ihnen standen ein

halbes Dutzend schwarz-braune Kühe, eine Mischung aus Angus- und Herefordrindern, eine Gruppe narbenbedeckter, wachsamer Veteranen. Die am bösartigsten aussehende Kuh stand auf einem zertrampelten Stetson.

»Sie wollten ein Tier kaufen?«

»Ich hab daran gedacht, eine Grillparty zu geben.«

»Felix kastriert gerade Kälber. Nehmen Sie eines davon.«

»Gute Idee!« stimmte Gold zu.

»Er schlachtet und zerlegt es Ihnen. Besser als ein Fleischer.«

»Diese Kühe sehen ein bißchen alt aus.«

Nicht nur alt. Als es heller wurde, sah Joe, daß zwei oder drei der Tiere an Bauch und Flanken gefleckt waren. Im allgemeinen wurden Rinder zuerst ums Maul herum grau. Als er das Gatter öffnete, senkte das nächste Rind seine bemoosten Hörner, deren Spitzen einen Meter auseinanderlagen, und wich vor ihm zurück. Joe arbeitete sich bis in die Mitte der Herde vor und strich das milchigweiße Fell einer Kuh zurück. Die Haut darunter war schwarz. Die Tiere waren so gefleckt wie die Kuh, die er damals hatte erschießen müssen.

»Ihr Hut!« Er kam mit dem zertrampelten Stetson zurück.

»Danke«, sagte Gold und trat rückwärtsgehend in einen Kuhfladen. Er blickte an sich herab. »Noch dazu neue Stiefel!«

»Weichen Sie sie ein und lassen Sie sie an«, riet Joe ihm.

»Ich versuch's mal. *Adiós.*«

»Unbedingt!«

Joe hatte die ganze Zeit den Geigerzähler in der Hand gehalten. Wer das Gerät nicht kannte, hätte sicher danach gefragt, dachte Joe.

Harry Gold hatte nicht danach gefragt.

22

Als Joe nach Santa Fé kam, breiteten Indianerinnen ihre Decken am Portal aus, an der Veranda des alten Gouverneurspalasts am Nordrand der Plaza. »Schnüffler«, FBI-Agenten in Zivil und mit Strohhüten, deren Krempen hochgeschlagen waren, nahmen ihre Plätze auf Bänken unter den Pappeln der Plaza ein.

Die FBI-Männer versammelten sich auf der Plaza, weil der Militärbus vom Hügel die »Langhaarigen« nur einen halben Block entfernt an der Palace Avenue absetzte und alle wichtigen Geschäfte um die Plaza herum lagen. Nach dem Einkaufen fanden sich alle stets zum Cocktail im Hotel La Fonda ein.

Joe hatte Ray Stingo abgelöst, der so aufgeregt war, seitdem er gehört hatte, daß es zu dem Boxkampf kommen würde, daß er nicht zum Flugplatz hatte fahren wollen, um die zum Trinity-Versuch eintreffenden VIPs abzuholen. In Santa Fé konnten nur kleine Flugzeuge landen, und der Flug übers Gebirge war so turbulent, daß er den Beinamen »Kotzexpreß« erhalten hatte. Oppenheimer war mit einigen Psychiatern und Leuten aus dem Amt für Kriegsnachrichten, die bereits mit dem Morgenzug in Lamy angekommen waren, im La Fonda.

Anstatt die Kühe zu erschießen, hatte Joe sie den Santiago Creek hinaufgejagt und gehofft, daß sie alle in den Canyon zurückfinden würden. Er war verschwitzt, schmutzig und müde, als er jetzt in den Schatten des Obelisken auf der Mitte der Plaza schlenderte, um von dort aus das La Fonda zu beobachten. Er nahm eine Zigarette zwischen die Lippen und steckte sie in die Packung zurück: keine Zigaretten mehr vor dem Kampf. Er hatte geglaubt, das Boxen zu hassen. Doch trotz seiner Erschöpfung spürte er, wie sein Körper bei der Aussicht auf einen Kampf auflebte, als habe er ihm zu lange angemessene Gegner vorenthalten. Die ersten Touristen waren auf und zum

Portal unterwegs. Noch keine Soldaten. Joe beobachtete, wie Hilario Harry Gold vor dem La Fonda absetzte und weiterfuhr, während Gold das Hotel betrat. Auf der Plaza konzentrierten die Schnüffler sich auf ihre Zeitungen, deren Schlagzeilen verkündeten, daß Truman in Berlin eingetroffen sei.

Ein Spion? Nach so langer Zeit ein richtiger Spion? Dazu brauchte man mehr Beweise als ein paar Haare aus dem Fell einer verseuchten Kuh.

Ein Mann mit einer Aureole aus silbergrauem Haar näherte sich dem Obelisken. Joe brauchte einen Augenblick, um Santa zu erkennen, denn der Psychiater vom Hügel war mit weißen Blasen bedeckt und trug Baumwollhandschuhe.

»Nesselausschlag«, erklärte er Joe. »Rein psychosomatisch, nichts Ansteckendes. Seitdem wir mit dem Sie-wissen-schon über die Berge gefahren sind.«

»Wissen Sie das ganz bestimmt? Haben Sie sich untersuchen lassen?« Joe hatte seit ihrer damaligen Fahrt ein schlechtes Gewissen.

»Täglich«, flüsterte Santa heiser. »Ich müßte jetzt eigentlich gemeinsam mit Oppy unsere Teams einweisen. Wir haben einige ausgezeichnete Leute – Jungianer, Psychiater, ein paar eingefleischte Freudianer. General Groves hat einige Pressemitteilungen verfaßt, die wir jetzt auf ihre psychologische Wirkung hin testen. Falls die Bombe sich als Blindgänger erweist, gibt's natürlich keine Pressemitteilung. Falls sie mit gewaltigem Knall detoniert, melden wir, ein Munitionslager sei ohne Verluste an Menschenleben in die Luft geflogen. Falls wir die ganze Wüste mitsamt allen Menschen in die Luft jagen, müssen wir uns eine andere Story einfallen lassen. Das Wichtigste ist dann, eine Panik zu verhindern und unsere Teams, die größtenteils weit außerhalb des Versuchsgeländes stationiert werden, in die Städte zu entsenden, die von dem unkontrollierbar verbreiteten Fallout am stärksten betroffen sein werden. Ich weiß, daß ich Ihnen vertrauen kann.«

»Ja?«

»In diesem Fall wäre in der Pressemitteilung von einer anderen, halbwegs vergleichbaren Katastrophe die Rede. ›Epidemie‹, ›verseuchtes Wasser‹, ›chemische Kriegsführung‹. Meiner Ansicht nach sollten wir von Anfang an von ›chemischer Kriegsführung‹ sprechen, weil die Bevölkerung niemals an eine Epidemie glauben würde. Die Freudianer wollen natürlich ›verseuchtes Wasser‹.«

Gold verließ gerade das La Fonda. Er trug Schuhe statt seiner Cowboystiefel, hatte den zertrampelten Stetson durch einen weichen Filzhut ersetzt und hielt eine zusammengefaltete Zeitung unter den linken Arm geklemmt. Er überquerte die Straße, als sei er zu dem kleineren Gebäude an der gegenüberliegenden Ecke unterwegs: dem Fahrkartenverkauf der Santa Fé Railroad.

»Sie fragen sich vermutlich«, fuhr Santa fort, »warum ich hier draußen bin, wenn dies alles dort drinnen vor sich geht?«

»Ja?« murmelte Jo geistesabwesend.

»Dort werden Freiwillige für das Team in Trinity gesucht. Halten Sie mich für einen Feigling?«

»Wofür halten Sie sich selbst?«

Santa lachte halblaut. »Ich hab gewußt, daß Sie das sagen würden.«

Gold kam aus dem Schaltergebäude, blieb an der Ecke stehen, sah auf seine Armbanduhr und schien sie dann mit der Normaluhr, einer riesigen Taschenuhr auf einer Säule vor einem Juweliergeschäft am Südrand der Plaza, zu vergleichen. Er ging über die Straße zum La Fonda zurück, überlegte es sich dann anders, ging die Südseite entlang weiter an dem Andenkenladen und dem Juwelier vorbei und betrat Woolworth's, wo er an der Theke Platz nahm.

»Aber es ist gut, mit jemand reden zu können«, stellte Santa fest.

»Entschuldigen Sie mich bitte.« Als Joe sah, daß eine Serviererin Gold einen Kaffee brachte, verließ er seinen Platz am Obelisken und betrat das Schaltergebäude. Die Fahrkartenverkäuferin war eine großmütterliche Spanierin, die Joe erklärte, er habe seinen Freund, den er beschrieben habe, knapp verfehlt –, aber sie könne ihm eine Fahrkarte im selben Zug verkaufen, der am Siebzehnten über Kansas City nach New York fahre. Joe antwortete, er wisse noch nicht genau, ob er dann Urlaub bekomme, und bat sie, seinem Freund für den Fall, daß er zurückkomme, nichts von seiner Nachfrage zu erzählen, weil es eine Überraschung für ihn sein solle.

Als er auf die Plaza zurückkehrte, sah er Santa in Gegenrichtung davongehen, wobei er sich so steif bewegte, als stecke sein Rumpf in einem Gipsverband. Bei Woolworth's saß Gold noch immer vor seinem Kaffee. Obwohl er eine Zeitung hatte – dem Kopf nach den *New Mexican* –, blätterte er nicht einmal darin. Er saß einfach da, starrte die Gipsnachbildungen von Eisbechern mit Früchten an und ließ nachdenklich die Unterlippe hängen. Dann klopfte er an die Krone seiner Armbanduhr, ließ Kleingeld auf die Theke fallen und trat wieder ins Freie.

Die Plaza erwachte zu Leben: Plötzlich tauchten Gruppen von Touristen am Portal auf, während kleine Jungen mit Spielzeugpistolen ums Musikpodium tobten. Die Bank am Ostrand der Plaza machte auf. Postlastwagen rollten von dem einen Block entfernten Postamt aus an der Kathedrale vorbei. Da es hier keine Verkehrsampeln gab, fuhren die Lastwagen entgegen dem Uhrzeigersinn um die Plaza und verließen sie an den ihrer Richtung entsprechenden Ecken.

Gold stand am Randstein, als wolle er mitten durch den Verkehr über die Plaza hasten, direkt auf Joe und den Obelisken zu. Ein Milchlaster fuhr vorbei, dann ein Lastwagen voller Navajos. Gold marschierte jetzt die Straße entlang: unter der Taschenuhr vorbei, an den Indianertrommeln in den Schaufenstern des Andenkenladens vorüber und wieder auf das Schaltergebäude zu. Dann schien er sich dafür zu entscheiden, sich Zeit zu lassen. Er schlenderte an dem Gebäude, an Thunderbird Curios und den ionischen Säulen der Bank vorbei, überquerte die Palace Avenue und machte einen Umweg durch eine Seitenstraße zu Maytag's. Joe wußte nicht recht, weshalb er Gold beschattete. Aus Neugier? Aus dem Gefühl heraus, daß alles an Gold unecht war? Er ließ sich im Kielwasser des dicken kleinen Mannes treiben. Maytag's verkaufte in einer Hälfte des Ladens Waschmaschinen und in der anderen Schallplatten. Gold studierte die von innen ans Schaufenster geklebte Schlagerparade. Zuletzt kam er die Straße entlang zur Plaza und der Hauptattraktion Santa Fe´s zurück: zu den Indianern am Portal.

Das Portal bildete eine schattige Arkade. Frauen aus den Pueblos am Rio Grande hockten an der kühlen Adobemauer. Vor jeder war eine Decke oder ein Teppich ausgebreitet, auf dem rote Gefäße aus San Juan, schwarze Gefäße aus Santiago, Santa Claras zweischnäbelige Hochzeitsgefäße, Türkisschmuck aus Santo Domingo oder aus Silber getriebene Conchogürtel der Navajos ausgestellt waren. Einige der Frauen trugen das eine Schulter freilassende Kleid; die meisten trugen Baumwollkleider, Schürzen und Pullover. Sie gähnten, lasen Filmzeitschriften oder schwatzten miteinander, ohne sonderlich auf die Anglos zu achten, die sich herabbeugten oder niederknieten, um die ausgestellten Waren zu betasten. Da dies zu den Höhepunkten ihres Urlaubs gehörte, hatten sich die potentiellen Kunden entsprechend herausgeputzt und stöberten mit Begeisterung in dem Angebot.

Gold gesellte sich zu einem Trio von Sergeants, die eine Wolldecke mit Ohrringen, Armreifen und Haarspangen betrachteten. Mitsamt seinem Filzhut reichte er den Soldaten gerade bis zu den Schultern. Einer der Männer bewunderte eine Spange mit einem Pfauenschweif aus Silber und schwarzem Jett. Joe stellte sich zwischen die schräg zum Randstein parkenden Wagen vor dem Portal. Der Adobeüberhang ruhte auf massiven Säulen aus Ponderosakiefern, die von Generationen von Touristen blankpoliert worden waren, und er konnte von seinem Platz aus die Kolonnade beobachten, ohne selbst gesehen zu werden.

Joe kannte einige der Keramikverkäuferinnen. Fast unmittelbar vor ihm saß ein hübsches, etwas molliges Mädchen mit schwarzen Zöpfen: seine achtzehnjährige Cousine Paulina, die Polly gerufen wurde. Sie hatte ihr Filmheftchen weggelegt, um einen knienden Mann mit Panamahut eines von Sophie Reyes' glatten, obsidiandunklen Gefäßen zu zeigen. Gold kam näher, wobei seine Augen unstet von Decke zu Decke schweiften. Er blieb stehen, um eine Zigarettenspitze aus Silber aufzuheben und zu begutachten. Er schien sie wirklich zu wollen, legte sie aber bedauernd auf ihren Platz zurück. Dann ließ er sich gutmütig dazu überreden, eine Krawattenspange auszuprobieren. Die Spange sah wie ein silberner Bomber aus. Er gab die Spange zurück und trat an die nächste, an Pollys Decke.

»Für Obst?« Gold hob eine Schale mit einer Natter in Basrelief hoch.

Polly zuckte mit den Schultern, aber der Mann mit dem Panamahut fragte: »Würden Sie Obst auf einen Rubens legen? Das ist eine Schale von Sophie Reyes!«

»Ist sie berühmt?« Gold war beeindruckt.

»Bei Sammlern.«

»Sammeln Sie dieses Zeug?« Gold drehte die Schale um.

»Ich sammle Dolores. Sie ist schon tot, und ihre Arbeiten sind sehr schwierig aufzutreiben.«

»Wie Kunstwerke?«

»Sie *sind* Kunstwerke!« Der Mann mit dem Panamahut blickte auf, als er Gold die Schale aus der Hand nahm, und Joe entdeckte jetzt, daß der Sammler Captain Augustino in Zivil war. »Diese Gefäße sind Ausdruck des indianischen

Begriffs von der Erde, aus der wir Menschen hervorgegangen sind. Jedes ist zugleich Erde und Mutterschoß. Eine schöne, sehr wirkungsvolle Auffassung.«

»Die Verzierung ...«, begann Gold.

»Das ist keine Verzierung«, unterbrach Augustino ihn, »sondern eine bewußte Darstellung. Die Schlange verkörpert den niemals endenden Lebenszyklus. Sie ist zugleich ein Blitzsymbol. Blitze bringen Regen. Regen bringt Mais. Wie Sie sehen, sind die Gegensätze von Gewalt und Fruchtbarkeit in diesem Symbol vereinigt. Diese Schale ist eine Vision primitiver Harmonie – allerdings nicht ganz so künstlerisch wie eine Dolores.«

»Ist das die Töpferin, die Sie sammeln?«

»Wenn Sie wollen, zeige ich Ihnen meine Sammlung.«

»Danke, aber ich bin nur einen Tag in Santa Fé ...«

Gold arbeitete sich an den letzten Decken vorbei und unter dem Portal hervor bis zur Ecke, wo er erneut auf seine Armbanduhr sah. Dort stand ein offener Bus für Stadtrundfahrten, und der Fremdenführer sagte etwas Unverständliches durch sein Megaphon. Kameras wurden gezückt. Falls Gold die Standrundfahrt mitmachte, hatte Joe keine Möglichkeit, ihn weiterhin ungesehen zu beschatten. Gleichzeitig wunderte er sich über Augustino. Der Captain hätte sich zweihundert Meilen südlicher in Trinity befinden müssen.

Der Rundfahrtbus fuhr ohne Gold ab. Der kleine Mann ging so schnell weiter, daß seine kurzen Hosenbeine flatterten. Joe sah sich um. Augustino war vom Portal verschwunden. Joe mußte über die Steinplatten der Plaza traben, um zu sehen, daß Gold auf Woolworth's zusteuerte, wo er seinen Rundgang begonnen hatte, um dann an Rexall Drugs vorbei rechts und in der Don Gaspar Street, die nicht breiter als eine Gasse war, links abzubiegen und an den Bars und Pfandleihern vorbeizuhasten. Joe hielt einen Block Abstand, aber Gold schien nicht einmal mit der Möglichkeit zu rechnen, er könnte beschattet werden.

Zwei Blocks von der Plaza entfernt erinnerte der Santa Fé River entlang der Prachtstraße Alameda an einen ausgetrockneten Abwassergraben. Felsen, Brombeersträucher und rostige Büchsen füllten das Flußbett, obwohl auf dem diesseitigen Ufer prachtvolle Pappeln wuchsen, die von der unterirdischen Feuchtigkeit lebten. Der Betonbogen der Castillo Bridge spannte sich zu den Pappeln auf dem jenseitigen Ufer hinüber, hinter denen in der Ferne die weiße Kuppel des Staatskapitols leuchtete. Mitten auf dem Brückengehsteig rauchte Klaus Fuchs eine Zigarette und betrachtete angelegentlich einen Kinderroller, den offenbar jemand ins Flußbett geworfen hatte. Seine Reifen waren verschwunden – vielleicht bei einer Gummisammelaktion während des Krieges abmontiert worden. Fuchs stellte einen Fuß auf das mittlere der drei Eisenrohre, die das Brückengeländer bildeten. Unter dem linken Arm trug er eine zusammengefaltete Zeitung. Joe blieb im Schatten der Pappeln stehen, um ihn zu beobachten.

Als Gold die Brücke betrat, begann er, seine Jackentaschen, die Tasche seines Hemdes und seine Hosentasche abzutasten. Er hatte eine Zigarette im Mundwinkel hängen. Dann erreichte er Fuchs. Der Physiker suchte in seinen eigenen Taschen, fand Streichhölzer, zündete Golds Zigarette an und ging davon, ohne seinen Dank abzuwarten: eine grimmige Marionette, die über die Brücke in Richtung Alameda marschierte. Gold nahm Fuchs' Haltung auf der Castillo Bridge ein, stellte einen Fuß aufs Geländer und starrte den Kinderroller auf dem trockenen Fels unter dem Brückenbogen an.

Auf der Alameda stieg Fuchs in seinen Buick. Er war nicht mit dem Bus gekommen; er hatte die Plaza völlig gemieden. Joe glaubte zu wissen, daß auf der Brücke nicht mehr als zwei, drei Worte gewechselt worden sein konnten. Gold betrachtete das Flußbett, die übers Ufer hängenden Äste und die in der Ferne hinter den Pappeln aufragende Kuppel des Kapitols. Er lächelte zwei radfahrenden

Mädchen zu. Der Rundfahrtbus, in dem Touristen sich die Hälse verrenkten, rollte vorbei. Gold warf einen raschen Blick über die Schulter in Joes Richtung – jedoch nur aus allgemeiner Vorsicht und nicht etwa, weil er ihn erkannt hätte. Dann löste sich seine Spannung: Er rauchte die Zigarette zu Ende, unterdrückte ein Gähnen, das zu einem erleichterten Lächeln wurde, schnippte den Zigarettenstummel übers Geländer und verließ die Brücke.

Gold schlenderte die Alameda entlang, bog in die Guadalupe Street ab, folgte dann der San Francisco Street und gelangte so auf die Plaza zurück. Am Lensic Theater blieb er stehen, um einen Theaterzettel für *Here Come the Co-eds* mit Abbott und Costello zu studieren. Beim Anblick seines Spiegelbildes fuhr er sich nachdenklich über den Bartschatten an seinem Kinn. Als Joe wenig später an dieser Stelle vorbeikam, sah er sein eigenes Spiegelbild: ein Sergeant in verknitterter Uniform mit glattem Haar und finsterer Miene.

Auf der Plaza herrschte jetzt mehr Leben. Touristen quollen aus Woolworth's, hielten Indianer an und baten sie, sich fotografieren zu lassen. Wie ein Mann, der sich den Wogen entgegenreckt, stand Cleto, der Schmuckverkäufer aus Santa Domingo, mitten auf dem Gehsteig und hielt seine mit Türkisketten behängten Arme ausgestreckt. Sein grauer Zopf hatte sich gelöst, und sein Hemd wies zahlreiche Chiliflecken auf; aus seiner Miene sprach majestätische Verachtung. Gold machte einen Bogen um die Menge, die sich um Cleto angesammelt hatte, und mußte dann warten, bis eine Militärkolonne vorbeigerollt war. Auf der gegenüberliegenden Straßenseite stapelten und sortierten Gepäckträger in *Mariachi*-Westen die Koffer ankommender und abreisender Gäste des Hotels La Fonda.

Joe schlüpfte an Cleto vorbei. Sobald Gold das Hotel betrat, war er für ihn unerreichbar. Auf der Brücke war irgend etwas passiert, obwohl Joe nicht wußte, was. Gold trug noch immer die Zeitung unter dem Arm, als er jetzt am Randstein stand – das *Albuquerque Journal!* Und als er die Brücke betreten hatte, hatte er den *New Mexican* unter dem Arm gehabt. Vor Joes innerem Auge stand die Szene, wie Gold mit einer Zigarette zwischen den Lippen seine Taschen nach Streichhölzern abgetastet hatte, während er über die Brücke auf Klaus Fuchs zugegangen war, der Gold seine zusammengefaltete Zeitung gegeben hatte, um ihm besser Feuer geben zu können, bevor er sie zurückgenommen und Gold dem Anblick des Santa Fé Rivers überlassen hatte. Aber nicht *seine,* sondern Golds Zeitung! Sie hatten sie getauscht.

Wo die Koffer verladen wurden, griff Joe sich Gold, der unwillkürlich einen überraschten kleinen Luftsprung machte.

»Ich hab gehofft, Sie wiederzutreffen«, sagte Joe.

»Tatsächlich?«

Weitere Autos fuhren vor; weiteres Gepäck wurde ausgeladen. Joe legte dem kleinen Mann einen Arm um die Schultern und führte ihn aus dem Gedränge.

»Ich hab daran gedacht, wie Sie Ihren Stetson eingebüßt haben. Einer meiner Freunde hat gleich um die Ecke ein Hutgeschäft. Kommen Sie – wir suchen einen neuen Hut für Sie aus!«

»Ich möchte Ihnen keine Unannehmlichkeiten machen.«

»Oh, keineswegs!«

Gold setzte sich diskret zur Wehr. Joe, der ihn nicht losließ, hatte das Gefühl, einen Ball voller Wasser festzuhalten.

»Tut mir leid, ich muß telefonieren.«

»Gleich um die Ecke. Dauert nur einen Augenblick.«

»Joe! Hierher!«

Das war Annas Stimme. Sie stand am gegenüberliegenden Randstein und trug die Türkiskette, die er ihr geschenkt hatte; ihr Haar war mit der Silberspange geschmückt, die ihm am Portal aufgefallen war, und in der linken Hand hielt sie die schwarze Schale, die Augustino bewundert hatte. Mit ihrem Hawaiihemd wirkte sie wie eine indianisch-jüdisch-polynesische Schönheit. Außerdem hatte sie eine Einkaufstüte von Maytag's unter dem Arm. Das Wochenende hatte begonnen; weshalb sollte Anna nicht zum Einkaufen in die Stadt gefahren sein? Sie überquerte die Straße hinter einem Bus, der dann vor dem Hotel hielt. Der FBI-Agent hinter ihr ließ sich beim Überqueren der Straße Zeit, weil eine so auffällige Erscheinung wie Anna mühelos zu beschatten war.

»Eine Schale, die Sophie gemacht hat.« Auf ihrem Gesicht stand das zufriedene Lächeln, das Menschen zur Schau tragen, die plötzlich eine neue Stadt erobern, nachdem sie beschlossen haben, eine Weile dazubleiben, und sich wider Erwarten wohl fühlen. Sie achtete weder auf Gold, die Gepäckträger noch die aus dem Bus steigenden Touristen.

»Geh in die Bar voraus«, forderte Joe sie auf. »Ich komme gleich nach.«

»Sieh mal, was ich noch ...« Sie schob die Schale vorsichtig in die Tragtüte und zog eine Schallplatte heraus: Billie Holidays »Lover Man«. »Meine amerikanische Fortbildung.«

Gold machte seine Rechte frei und gab sie Anna. »Harry Gold.«

Joe bemühte sich, Anna dazu zu bewegen, ins La Fonda vorauszugehen, als Oppenheimer aus dem Hotel kam und das Trio am Randstein mit angestrengtem Grinsen musterte. Seine Augen schienen vor Übermüdung noch tiefer als sonst in ihren Höhlen zu liegen.

»Wo, zum Teufel, haben Sie gesteckt, Joe? Ich warte seit einer halben Stunde auf Sie.«

»Harry Gold«, sagte Gold und streckte Oppy die Hand entgegen.

»Störe ich bei Ihren Privatgeschäften und -affären?«

fragte Oppenheimer. Er übersah Anna und ignorierte Golds Hand. »Santa hat mir gesagt, daß Sie hier draußen sind. Haben Sie einen Spaziergang gemacht, sich einen Drink oder zwei genehmigt?«

»Können Sie noch eine Minute warten?« bat Joe ihn.

Cleto baute sich vor Gold auf und hielt ihm seinen mit Halsketten behängten Arm hin. »Zwei Dollar.«

Touristen aus dem Bus umringten Cleto und stießen Gold beiseite.

»Muß ich um einen Termin bei einem Sergeanten bitten?« fragte Oppy. »Bei meinem eigenen Fahrer? Und wo sind Sie letzte Nacht gewesen? Ich habe in Ihrer Unterkunft nachgesehen, aber Sie sind nicht dort gewesen.«

»Ich bin für einen Augenblick weggegangen.«

»Ich bin zweimal vorbeigekommen«, stellte Oppy fest. »Ich habe Sie überall gesucht und nirgends gefunden. Wird das bei der Army nicht als unerlaubte Entfernung von der Truppe bezeichnet?«

»Frag mich doch, wo er gewesen ist«, forderte Anna ihn auf. Oppy lief rot an, als habe sie ihn ins Gesicht geschlagen.

Der Rundfahrtbus fuhr wieder an, und Cleto ging weiter.

»Frag mich doch!« verlangte Anna erneut.

Oppy senkte das Haupt wie ein Gekreuzigter.

»Nein?« sagte sie. »Gut, falls dir noch irgendwelche Fragen einfallen sollten, bin ich an der Bar und trinke viel zu früh einen keineswegs perfekten Martini. Später fahre ich mit Klaus auf den Hügel zurück – da du wissen willst, wo jeder sich zu jedem Zeitpunkt befindet.«

Oppenheimer hob erst wieder den Kopf, als sie verschwunden war, und blinzelte dann, als bemühe er sich, ein vor seinen Augen stehendes Bild zu verdrängen. »Joe, wo haben Sie gesteckt?«

Gold war bereits davongehastet. Joe sah ihn in der Nähe eines Fotogeschäfts die Straße entlanghasten; als der

Rundfahrtbus vorbeirollte, spang er mit seiner unter den Arm geklemmten Zeitung vom Randstein aufs Trittbrett.
»Ich bin einem Spion begegnet«, sagte Joe.

Oppy und Joe gingen nebeneinander einen Block weit zu den alten spanischen Innenhöfen an der Palace Avenue. Von dort fuhr der Bus zum Hügel ab, und Joes Jeep stand auf der Straße geparkt, aber Oppy stieß die schmiedeeiserne Tür zu dem kleinsten Hof auf: einem schmalen Durchgang mit geschnitzten Balken und Kürbisblüten um bräunlich verfärbten Rasen. Hinter der Fliegengittertür am anderen Ende des Innenhofs befand sich die anonyme Gepäckaufbewahrung für Bewohner des Hügels in Santa Fé.

»Sie meinen Gold«, sagte Oppy leise, obwohl sie im Hof allein waren. »Augustino hat mir von ihm erzählt. Augustino ist für diese Sache zuständig. Ich verstehe nicht, was Sie damit zu tun haben sollten.«

»Gold ist heute morgen in Santiago gewesen.«

»Augustino ist für alles zuständig. Sie können nichts Besseres tun, als Captain Augustino nicht in die Quere zu kommen. Hoffentlich haben Sie Gold nicht vergrault. Wissen Sie, Joe, wir nähern uns rasch dem Höhepunkt dieses gewaltigen Unternehmens. Ich habe weder die Zeit noch die Geduld, mich zusätzlich mit Ihnen oder Ihren Abenteuern abzugeben –, nicht wenn die Arbeit von Tausenden von Menschen und das Leben vieler Tausender von Soldaten auf dem Spiel stehen. Sie sind der kleinstmögliche Faktor von Trinity. Machen Sie bitte keinen Unsinn. Lassen Sie mich in Ruhe, lassen Sie Captain Augustino in Ruhe, und wenn Sie Anna Weiss einen großen Gefallen tun wollen, lassen Sie sie ebenfalls in Ruhe.«

23

Um Tanzfläche und Musikpodium herum waren die Tische auf halbkreisförmigen Stufen angeordnet: alle mit roten Tischdecken und Kerzen, manche mit Champagnerkühlern, an denen Wassertropfen perlten. Ober in roten Jacken balancierten Tabletts mit Steaks. Schmiedeeiserne Kerzenhalter beleuchteten die ins Deckengewölbe übergehenden Wände, imitierte Adobemauern. Auf dem Parkett tanzten junge Offiziere mit Frauen in weiten Röcken und Puffärmeln, mit Blondinen mit Ginger-Rogers-Frisuren, mit Brünetten wie Dorothy Lamour. Der Club bot bequem Platz für zweihundert Gäste an den Tischen und auf der Tanzfläche; weitere vierzig konnten an der Bar unterkommen.

Die Band vor dem roten Plüschvorhang trug weiße Blazer; ihre Notenständer waren weiß mit glitzernden Violinschlüsseln, und der Flügel strahlte perlweiß; der Pianist trug Khaki. Joe fing die Melodie mit der rechten Hand ganz oben auf der Klaviatur ab, als sei alles bisher Gespielte nur eine empfindsame Einleitung gewesen. Er behandelte die Melodie wie Basie, wie ein Huhn, das nach einem Diamanten pickt, bis er zu einem Boogie-Woogie überleitete, eine Pause für die Antwort der Trompeten einlegte und beim letzten langgezogenen Ton des Trompetensolos in langsam aufgebauten Mollakkorden die Tasten hinunterglitt.

»Erinnerst du dich, daß ich dir erzählt habe, wie ich mich nach dem Mitternachtskonzert freiwillig zur Army gemeldet habe?« hatte Joe Anna gefragt. Das Interessante war nicht, daß er bereit war, Shapiro zu bestechen, um fünf Tage vor Trinity den Hügel zu verlassen und nach Albuquerque fahren zu können, sondern daß sie bereit gewesen war, ihn dorthin zu begleiten. Zu diesem Anlaß trug sie ihre Haarspange und einen langen grünen Navajo-Samtrock. Pollack hatte ihr eine Gardenie fürs Haar geschenkt, und sie saß bei dem Besitzer der Casa Mañana an seinem Tisch in der Nähe der Bar. In seinem Smoking sah Pollack mehr wie ein afrikanischer Botschafter als wie ein Nachtclubbesitzer aus. Er schenkte ihr Champagner nach, während er selbst nur Mineralwasser trank.

»One more time!« verlangten die Saxophonisten.

Diesmal spielte Joe »Moon« mit Anleihen aus »Blues in the Night«, »Swingin' the Blues« und »Blowin' the Blues Away«, die er in die leuchtende Melodie einflocht. Er spürte, wie alle sich mit ihm bewegten, als sei das Dach von dem Club abgenommen und ein sternenglänzender, azurblauer Nachthimmel sichtbar geworden. Diese Menschen waren bereit, das Unmögliche zu glauben. Noch besser als ein Mond im Juni war ein Mond im Juli. Sie befanden sich seit fünf Jahren im Krieg, und nun war der Krieg in Europa zu Ende, der im Pazifik beinahe beendet.

Joe flocht »Blue Skies Smilin' at Me« ein, und der gesamte Club schien explodieren zu wollen. Die Melodien umrankten einander, trennten sich wieder und beschleunigten ihr Tempo, bis Klavier und Tanzende zwischen Flucht und Selbstaufgabe schwankten, bevor Joe das Zeichen für den Einsatz der Trompeten gab, die aufstanden und die Debatte mit Charlie-Parker-Riffs beendeten, die *How high the moon? How high the moon?* fragten, als sei der Mond die Sonne.

»Ist dies die Casa Mañana?« fragte Pollack Joe, als er an den Tisch kam. »Ein wundervoller Club, nicht wahr?«

»Der Beste!« Joe lehnte mit einer Handbewegung einen angebotenen Drink ab.

»Sie haben gesagt, Joes Vater sei Ihr Partner gewesen.« Anna spielte mit ihrer neuen Haarspange, die sie wegen der Gardenie aus dem Haar genommen hatte.

»Ja, Mike Peña«, bestätigte Pollack.

»Als was?«

Pollack sah zu Joe hinüber. »Hauptsächlich im Vertrieb.«

»Eine gefährliche Sache«, warf Joe ein. »Eines Nachts ist Mike mit einer Ladung Schenley aus Mexiko raufgekommen, als ein Reifen geplatzt ist oder er eine Kuh überfahren hat oder jemand ihn überholt und ihm eine Kugel in den Kopf gejagt hat. Der Lastwagen ist von der Straße abgekommen, und Benzin und Schnaps sind wie ein Molotowcocktail hochgegangen.«

»Ob eine Kugel gefunden worden ist, wurde nie ganz klar«, stellte Pollack fest.

»Die Ermittlungen sind von einem Richter Hilario Reyes geführt worden«, fügte Joe erklärend hinzu. »Sie haben keinerlei Ergebnis erbracht.«

»Ich hab Joe nach El Paso runtergeschickt, bevor er hier Dummheiten machen konnte«, berichtete Pollack Anna. »Dort hat einer meiner Brüder im Zirkus gearbeitet. Ich hab geglaubt, Joe würde als Elefantenpfleger arbeiten, aber er ist schnell zum Musiker geworden. Allerdings hat er schon früher im Pueblo das Harmonium gespielt. Er hat auch im Kinderchor mitgesungen und so weiter.«

»Hat Mike deine Musik gefallen?« fragte Anna.

»Nein.« Joe mußte lachen. »Er hat sie gehaßt!«

Er führte sie auf die Tanzfläche, und sie tanzten nach der Ellington-Version von »Flamingo«.

»Gibt's in Chicago Clubs wie diesen hier?« fragte sie.

»Dort oben gibt's großartige Clubs.«

»Würdest du nach Chicago gehen, um Musik zu machen?«

»Nein. Wenn ich aus der Army rauskomme, will ich mir von keinem Menschen mehr befehlen lassen. Ich will einen eigenen Club. Zum ersten Mal in meinem Leben weiß ich, was ich wirklich will.«

»Und das wäre?«

»Dies hier.« Sein Blick umfaßte die blendendweißen Notenständer vor dem roten Samt, die warme Lauheit der Frauen mit ihren langen Haaren und kurzen Kleidern, die geschäftig eisgekühlte Drinks servierenden Ober und die an eine Hollywooddekoration erinnernden sanft geschwungenen Wände, an denen sich die Musik brach, um in mehrfach überlagerten Echos widerzuhallen, die nach einem scharfen Pianoriff, nach harten Dur-Akkorden verlangte.

»Es muß wunderbar sein, genau zu wissen, was man will«, sagte Anna.

»Mit einem einzigen Kampf läßt sich alles bezahlen.«

»Und dann macht die Casa Mañana dich reich?«

»Mir geht's um die Musik, nicht ums Geld. Früher oder später verliert man mit dem besten Club Geld, wie ein prächtiger Ballon Gas verliert. Stört's dich, wenn ich noch mal boxe?«

»Das Ganze klingt wie ein schlechter Film. In Deutschland hat's solche Filme gegeben. Der Mann, der zum letzten Mal in den Ring klettert, um eine Operation für seine Schwester bezahlen zu können, die sonst erblinden müßte. Natürlich verliert er dabei sein Augenlicht.«

»Ich gewinne, verlaß dich drauf! Und ich werde nicht blind oder breche mir die Hände.«

»Wenn du das hier wirklich willst ...«

»Allerdings!«

»Dann kann dich bestimmt kein Mensch davon abhalten, es zu erreichen.«

Es war Mitternacht, als sie aus dem Club auf den Parkplatz kamen.

Dieser Teil der Central Avenue in Albuquerque hieß Old Town, als sei der Alte Westen von Andenkenläden und Leihhäusern mit Stahlrolläden gesäumt gewesen. Nachts war die Straße menschenleer und außerhalb der Lichtkegel der Straßenlaternen dunkel.

Als Anna in den Jeep stieg, betastete sie ihr Haar. »Meine neue Spange! Ich hab sie auf dem Tisch liegen lassen.«

Joe ging zurück, um die Haarspange zu holen, und als

er den Club verließ, wählte er den kürzeren Weg durch die Küche und den Hinterausgang. Dort standen weniger Autos – hauptsächlich die Klapperkisten des Clubpersonals. Zwischen ihnen hörte er Stimmen und ein Lachen; dann ging jemand schwer zu Boden.

Zwischen zwei Fords glitt ein winziger Lichtstrahl über ein Gesicht, ein Hemd, eine zweireihige Jacke und eine in der Jackentasche steckende Hand. Als Joe näher kam, beleuchtete der Lichtfinger wieder das Gesicht, das rund wie ein Pfannkuchen war, den Bartschatten an Kinn und Oberlippe, die geschlossenen Augen und die leicht geöffneten Lippen. Auf der Brust des Mannes waren Führerschein, Geschäftskarten, Ansichtskarten und Geld ausgebreitet. Neben ihm kniete Captain Augustino, der noch immer Zivil trug.

»Harry Gold.« Augustino las die Karten im Lichtschein der Taschenlampe. »Harry Gold von der Philadelphia Sugar Company. Harry Gold, Führerscheinbesitzer im Commonwealth of Pennsylvania. Stadtplan von Santa Fé. Tausendzweihundertdreißig Dollar in bar. Harry Gold auf Urlaubsreise.«

Eine leere Champagnerflasche rollte von Augustinos Knie weg gegen einen Reifen. Joe vermutete, daß der Captain Gold mit der Flasche niedergeschlagen hatte.

»Sie sind über ihn informiert«, stellte Joe fest.

»Heinrich Golodnizki, um es genau zu sagen, Sergeant.« Augustino beleuchtete wieder das runde Gesicht und den zerdrückten Hut. »Heinrich Golodnizki, russichjüdischer Abstammung. Golodnizki, der als Dreijähriger ins Amerika der zuckersüßen Möglichkeiten gekommen ist – nicht nur, um Gold auf der Straße zu finden, sondern um Gold zu *sein*. Golodnizki, Gold. Heinrich, Harry.« Als er den Lichtstrahl auf Joe richtete, wurde auch sein eigenes schmales, leidenschaftliches Gesicht schwach erhellt. »Sehen Sie, Sie haben mich immer für verrückt gehalten, Sergeant. Aber hier liegt er! Man kommt sich vor, als hätte man einen richtigen Teufel erwischt. Einen kleinen Teufel, aber immerhin einen Teufel. Wir sind an der Bar gewesen. Sie haben gut gespielt. Dr. Weiss hat bezaubernd ausgesehen.«

»Ich dachte, Sie seien in Trinity, Sir.«

Augustino öffnete die hintere Tür des ihm am nächsten stehenden Fords. »Ich dachte, Sie seien auf dem Hügel. Helfen Sie mir, ihn in den Wagen zu schaffen.«

Auf dem Parkplatz war die Band nur leise zu hören. Joe konnte den Takt, aber nicht die Melodie unterscheiden: 2/4-Takt, gedämpfte Trompeten.

Er nahm Harry Gold auf die Arme und legte ihn auf den Rücksitz des Wagens. »Was wollen Sie ihm erzählen, wenn er wieder aufwacht?«

»Durch die Gehirnerschütterung ist sein Kurzzeitgedächtnis beeinträchtigt. Ich werde ihm erzählen, er habe sich betrunken, sei gestürzt und habe sich den Kopf angeschlagen. Er ist tatsächlich betrunken gewesen.«

»Das nimmt er Ihnen bestimmt nicht ab! Er läuft sofort zu den Russen.«

»Natürlich glaubt er mir das nicht. Aber wenn Harry Gold nicht gerade spioniert, ist er ein schäbiger kleiner Chemiker, ein Nichts, eine Null. Der größte Glückstag seines Lebens ist der gewesen, an dem er ein Spion geworden ist. Glauben Sie, daß er seine einzige interessante Eigenschaft verlieren will? Er hält den Russen gegenüber dicht. Den heutigen Abend hat's nie gegeben.«

»Wie in unserem Fall, Sir. Ich hab Sie nie gesehen, Sie haben mich nie gesehen.«

»Würde ich eine Romanze behindern, Sergeant? Wenn wir endlich am gleichen Strang ziehen?«

Auf der Rückfahrt zum Hügel machten sie eine Pause, um im Rio Grande zu baden, wo er sich tief in die Sandbänke oberhalb Santiagos eingeschnitten hat. Auf der schwarzen Wasseroberfläche schwammen weiße Blütenblätter vorbei.

Jetzt, da Trinity nur noch fünf Tage entfernt war, schienen die Minuten zu verfliegen, als habe der Zeitpuls sich beschleunigt.

»Im Kirchenchor? Ich kann's nicht glauben!« sagte sie.

»›We'll go to Harlem an' we'll go struttin'‹«, sang er für sie, »›and there'll be nothin' too good for you.‹«

Sie fühlte sich kühl und gewichtslos an. Sie entzog sich seinem Griff. Etwas war nicht in Ordnung, obwohl Joe nicht wußte, was.

»Manchmal frage ich mich, welche Träume mein Vater für mich gehegt haben muß«, fuhr Anna fort. »Eine Dozentenstelle für Mathematik. Fachdiskussionen mit anderen Professoren, während vor uns Göttingen in der Abenddämmerung versinkt.«

»Klingt wie ein Reisetagebuch.«

»Das Gedächtnis eines Flüchtlings *ist* ein Reisetagebuch. Jedenfalls einen mir entsprechenden Ehemann – ebenfalls Professor –, zwei Kinder und eine Villa in der Wilhelm-Weber-Straße ... mit Klematis in den Blumenkästen vor den Fenstern. Ich bezweifle, daß mein Vater jemals vom Rio Grande oder von dir geträumt hat. Das wird mir sehr fehlen.«

»Fehlen? Was soll das heißen?«

»Mir wird diese Umgebung fehlen.«

»Du reist ab?«

»Kurz nach Trinity reisen alle ab. Ich fahre schon früher. Davon wissen nur Oppy und du.«

»Das heißt noch lange nicht, daß du New Mexico verlassen mußt.«

»Doch, das heißt es.«

»Und was wird aus uns?«

»Uns? Dies ist deine Heimat, und jetzt hast du hier auch deine Musik. Es ist nicht meine Heimat, und ich habe hier auch in Zukunft keine Arbeit.«

Obwohl er im Wasser trieb, hatte er das Gefühl, bleischwer geworden zu sein und zu versinken.

»Du bist heute abend mitgekommen, um Abschied zu nehmen?«

»Ja.«

»Nein. Du hast mich gebeten, nach Chicago mitzukommen. Darauf wolltest du hinaus, als wir getanzt haben.«

»Joe, wir kennen uns erst seit einem Monat – eigentlich erst seit zwei Wochen. Dies ist nicht das Ende einer langen Affäre. Wir haben erst damit begonnen, einander kennenzulernen. Ich habe dich nie glücklicher als heute abend erlebt.«

»Ich hab dich auch für glücklich gehalten.«

»Nicht wie du. Es muß wundervoll sein, so in die Musik verliebt zu sein.«

»Du reist ab, um irgendeine ethische Aussage zu Trinitiy zu machen, stimmt's? Du fühlst dich zur Abreise gezwungen?«

»So könnte man's sagen.«

»Dann komm zurück.«

»Um was zu tun? Als Zigarettenverkäuferin in einem Nachtclub?«

»Du brauchst gar nichts zu tun.«

»Aber ich *tue* etwas! Ich bin Mathematikerin und arbeite auf einem gewissen Niveau. Außer dem Hügel gibt's hier keine weitere Einrichtung, an der ich arbeiten könnte. Könnte ich gemeinsam mit dir arbeiten? Du wüßtest gar nicht, wovon ich rede. Das ist nicht beleidigend gemeint. Ich verlange nicht von dir, daß du deine Musik aufgibst, nach Chicago ziehst und mir Wandtafeln putzt.«

»Dann soll den Club der Teufel holen! Ich komme mit, sobald ich aus der Army entlassen bin.«

»Obwohl ich jetzt weiß, daß der Club der größte Wunsch deines Lebens ist? Kommt nicht in Frage!«

»Ich liebe dich. Auch anderswo gibt's eine Casa Mañana für mich.«

»Das glaube ich nicht. Ich glaube, daß dies deine Chance ist. Würdest du auf sie verzichten und mir folgen, wärst du nur noch eine verkleinerte Ausgabe von Joe Peña. Weißt du, als ich dich auf der Weihnachtsparty zum ersten Mal gesehen habe, hat Klaus Fuchs auf dich gedeutet und mir erklärt: ›Das ist der Chief – dumm und gefährlich und überlebensgroß.‹ Du bist nicht dumm, aber die beiden anderen Adjektive stimmen, und ich möchte, daß du so bleibst. Ich möchte dich nicht kleiner als Chief Joe Peña erleben.«

»Das klingt allmählich so, als sei ich eine Eroberung für dich gewesen. Unterhaltung. Bestandteil deiner Rundreise durchs Indianerland.«

»Das stimmt nicht!«

»Die Sache ist ganz einfach: Ich liebe dich und bin bereit wegzugehen. Wenn du mich lieben würdest, würdest du bleiben.«

Sie streckte die Arme nach ihm aus. »Ich liebe dich wirklich. Wir könnten uns gleich jetzt lieben.«

Er hatte Lust dazu. Das Wasser wurde kälter und kälter. Sie schwebte wie eine Flamme darin.

»Dann bleib!« Er konnte ihr Schweigen nicht länger ertragen, sondern mußte sich abwenden. »Dann geh! Komm, du hast's eilig. Komm, du mußt packen und verschwinden.«

Sie folgte ihm aus dem Wasser, so daß er die beiden im Sand hockenden Gestalten als erster sah.

»Hallo, Joe.«

24

Im Licht des Viertelmondes war Roberto und Ben Reyes die Erschöpfung Gejagter anzusehen. Ihr Haar war strähnig, ihr Nacken gebeugt. Sophie Reyes kauerte halb hinter einem umgestürzten Baustamm versteckt im Hintergrund.

Joe hob Annas Rock für sie auf. »Der eine ist blind. Der andere ist so alt, daß es nichts mehr ausmacht.«

»Sie brauchen deine Hilfe«, sagte Sophie.

»Wirklich?« fragte Joe. Er schlüpfte in seine Hose. »Nun, die Dame hat's ziemlich eilig. Entschuldigt uns, aber wir fahren jetzt.«

»Der Indian Service ist hinter uns her«, berichtete Roberto. »Sie sind bei Sonnenuntergang gekommen. Wir haben Glück gehabt, daß sie von Osten gekommen sind. Ben hat sie früh genug entdeckt.«

»Eine Schnalle hat geblinkt«, erläuterte Ben.

Joe schnappte sich sein Hemd. »Tatsächlich? Und ihr Desperados seid ihnen tatsächlich entwischt. Wie viele sind's gewesen?«

»Nur zwei«, sagte Ben. »Die beiden Service-Reiter.«

»Keine weiteren Reiter als Schleppnetz? Da könnt ihr von Glück sagen! Zwei Cowboys reiten genau in die Sonne. Ihr taucht unter, ohne verfolgt zu werden. Seid ihr hierher zu seinem Hause zurückgekommen?«

»Zu deinem«, antwortete Roberto. »Wir haben uns gedacht, daß Bens Haus vielleicht überwacht wird.«

»Natürlich. Ihr hättet gleich weitermarschieren sollen.«

Anna knöpfte ihre Bluse zu. »Joe«, sagte sie, »er ist blind.«

»Blind und verrückt.«

»Hast du die Leiter aus meinem Traum schon erstiegen?« erkundigte Roberto sich bei Joe.

»Siehst du, was ich meine?« fragte Joe Anna.

»Die Service-Reiter sind mit einem Haftbefehl vorbeigekommen«, berichtete Sophie. »Sie haben von Sabotage und vom FBI gesprochen. Sie haben gesagt, die Busbahnhöfe würden überwacht, deshalb sollten Ben und Roberto sich freiwillig stellen.«

»Hast du den Haftbefehl gesehen?« fragte Joe.

»Ich kann lesen«, antwortete Sophie steif.

»Sie brauchen deine Hilfe, Joe«, stellte Anna fest.

»Damit sie was tun können? Ich hab ihnen bereits zwei Möglichkeiten zur Flucht verschafft, aber sie wollten lieber Cowboys und Indianer spielen. Nur wird's jetzt ein bißchen ungemütlich. Ich hab ihnen gesagt, daß wir Krieg führen, aber sie haben's mir nicht geglaubt. Was kümmert *dich* das? Noch vor einer Minute konntest du nicht schnell genug von hier verschwinden. Komm, ich bringe dich zurück. Du erfrierst ja!«

»Ich hab Holz gesammelt«, warf Sophie ein. »Wenn du Zündhölzer hast, könnten wir's warm haben.«

»Du mußt ihnen helfen, Joe«, sagte Anna.

»Ich *muß* überhaupt nichts! Ich bin nicht für sie verantwortlich. Ich brauche keinen, der mir sagt, was ich tun soll. Ich hab deinetwegen einen Narren aus mir gemacht, aber das ist vorbei, stimmt's? Vorbei – und du gehst fort. Ich will von dir nichts mehr über ethische Entscheidungen hören. Ich will dich nur im Jeep, im Zug und verschwinden sehen.«

»Joe«, flüsterte Sophie. »Bitte.«

In einer Mulde im Sand lag Treibholz, das an aufgehäufte Hirschgeweihe erinnerte. Joe seufzte, kniete dann nieder und setzte die Holzspäne darunter mit seinem Feuerzeug in Brand. Gelbliche Flammen erfaßten Zweig nach Zweig. Im Feuerschein war Bens Gesicht nach einem Sturz schmutzig und zerkratzt. Robertos Hände waren mit durchbluteten Binden umwickelt. Joe sah zum Nachthimmel auf. War das gesamte Universum indianisch, oder gab es einzelne Inseln der Vernunft?

Roberto wandte sein Gesicht dem Feuer zu. »Der Spion in der Felswand – was ist aus ihm geworden?«

»Er meint Fuchs«, erklärte Anna. »Bisher scheint er ungeschoren davonzukommen, Roberto, was man von dir nicht gerade behaupten kann. Ein FBI-Haftbefehl? Das bedeutet ein anderes Land, zumindest bis die erste Aufregung sich wieder gelegt hat.«

»Zigarette?« fragte Ben.

Joe gab ihm seine Luckies. »Du kannst das Päckchen behalten.«

»Ich rauche lieber Chesterfields«, sagte Ben, aber er steckte die Zigaretten ein. »Was soll das heißen – ›ein anderes Land‹?«

»Mexiko ist das nächste. Du könntest ein zweiter Pancho Villa sein, Onkel.«

»Mexiko gefällt mir nicht. Die Bohnen schmecken dort so komisch.«

»Ja, sie zermanschen sie zu Brei und übergießen sie mit Fliegensoße. Deshalb gibt's dort so gutes Bier. Onkel, hast du überhaupt zugehört? Mexiko ist deine einzige Chance. Der Krieg ist bald zu Ende; dann beruhigen sich die Leute wieder, und ihr könnt hierher zurück.«

»Bringst du sie hin?« fragte Anna.

»Das hat eigentlich nichts mit dir zu schaffen, stimmt's?« wehrte Joe ab. »Du bist dann in Chicago oder sonstwo. Wir sind nur eine schöne Erinnerung. Du kannst deine Schale oder deine Silberspange betrachten und an uns denken. Und du wirst deinen kurzen, aber faszinierenden Aufenthalt in Santiago weiß Gott nie vergessen.«

»Hör auf, Joe!« verlangte sie.

»Die Entschleierung indianischer Mystérien, das Brennen der Tongefäße.«

»Bitte, hör auf.«

»Die exotischen Nächte mit einem echten Häuptling.«

»Tut mir leid.«

»Joe, bringst du sie hin?« fragte Sophie.

»Ja. Okay, okay. Das ist nicht weiter schwierig. Man braucht nur nach El Paso zu fahren und die Straßenbahn nach Juarez zu nehmen. Wir setzen Roberto eine Sonnenbrille auf und hängen Ben eine Wolldecke um. Nichts dabei. Aber ich kann sie erst am Sonntagabend über die Grenze schaffen.«

»Das ist der Abend, an dem der Versuch stattfindet«, stellte Anna fest. »Der Abend, an dem du boxt.«

»Welcher Versuch?« fragte Roberto.

»Die Erprobung der Waffe«, sagte Joe.

»Der Kürbis mit Asche?«

»Richtig!«

»Und die Leiter? Steigst du sie zu dem Kürbis hinauf?«

»Ich ersteige überhaupt nichts. Ich bin nicht einmal in der Nähe, wenn die Bombe hochgeht. Der General will, daß ich herumfahre und aufpasse, daß keine wilden Apachen aufs Versuchsgelände geraten. Deshalb kann ich verschwinden und boxen. Nach dem Kampf fahren wir gemeinsam zur Grenze. Der Trick besteht für euch darin, bis dahin unterzutauchen und mit einem Auto zum Kampf zu kommen.«

»Eine Wolldecke«, murmelte Ben. Er wirkte bereits wie ein ins Exil gehender Herrscher. »Wo boxt du überhaupt?«

»Unterhalb von Socorro liegt die Kleinstadt Antonio. Dort gibt's nur eine Kreuzung. Du biegst links ab und fährst eine halbe Meile bis zum Owl Cafe. Hinter dem Café liegt ein Motel. Der Kampf beginnt um acht Uhr abends im Hof des Motels. Bis neun Uhr müßte er zu Ende sein, so daß die Autos fort sind. Dann kreuzt ihr auf.«

»Was ist, wenn du nicht mitkannst?« fragte Anna. »Was ist, wenn's Schwierigkeiten gibt?«

Joe ignorierte sie. »Ihr parkt im Hof und schaltet die Scheinwerfer aus. Wartet fünf Minuten, keine Minute länger. Dort wimmelt's dann von MPs. Wenn ich nicht binnen fünf Minuten zu euch stoßen kann, hat's wirklich Probleme gegeben. Keine Angst, es gibt bestimmt keine, aber falls ich tatsächlich nicht komme, sagt ihr dem Fahrer, daß er euch nach El Paso bringen und in die Straßenbahn setzen soll. Sobald ihr eine Unterkunft in Juarez gefunden habt, ruft ihr die Casa Mañana in Albuquerque an und hinterlaßt eure Adresse. Sollte sich an diesem Plan noch was ändern, sage ich's Felix Tafoya, der ebenso gut als Clown auftreten oder Blitzstäbe werfen zu können scheint, wie er mit dem Besen umgehen kann.«

»Gut.« Roberto grinste. »Das hast du also rausgekriegt.«

»Ja. Und noch was, Ben: Dein ehemaliger Bruder Hilario hat mir neulich erzählt, er habe noch keinen Tanz in Santiago versäumt. Ich hab ihn nicht auf der Plaza gesehen, als sie Roberto abholen wollten, aber vielleicht hat Hilario geistesabwesend die Wahrheit gesagt, als er von hundertprozentiger Anwesenheit gesprochen hat. Er hat Roberto verraten und ist wieder weggefahren. Er kommt auch zum Kampf, deshalb dürft ihr euch dort nicht blicken lassen.«

Sophie kam aus dem Dunkel und nahm die um ihre Schultern hängende Wolldecke ab. Joe glaubte, sie wolle sich endlich mit ihnen am Feuer aufwärmen, aber sie warf ihre Decke über die Flammen und erstickte sie, indem sie darauf herumtrampelte.

»Indian Service«, sagte sie dabei.

»Kann ich die Zigaretten wirklich behalten?« fragte Ben.

»Ja, verschwindet jetzt!« drängte Joe.

»Das ist brav von dir«, sagte Ben auf Tewa. »Du bist ein guter Junge.«

Unterdessen kläfften sämtliche Hunde in der Osthälfte des Pueblos warnend. Sophie und Ben führten Roberto das Flußufer hinauf und verschwanden mit ihm hinter einem Brombeerdickicht. Joe und Anna stiegen zum Jeep hinauf und zogen ihre Schuhe an. »Hier ist's viel interessanter als in Göttingen, weißt du«, erklärte sie ihm.

»Kaum Cowboys in Göttingen.«

Er ließ den Motor an. Sie rollten ohne Scheinwerfer an Pappeln und Wassertanks vorbei auf eine unbefestigte Straße zwischen dem Pueblo und Gersten- und Hirsefeldern hinaus. Über Pfirsichbäumen war sekundenlang das niedrige Kirchendach zu erkennen. Eine leichte Brise brachte den Geruch von gerösteten Chilis mit sich. Joe fuhr einen Bewässerungsgraben entlang auf die Planken zu, die einen Quergraben überbrückten. Die Holzbohlen ächzten unter dem Gewicht des Jeeps.

»Da!« sagte Anna.

Fünfzig Meter vor ihnen saßen die beiden Service-Reiter auf ihren Pferden. Al, der Ältere, schwenkte beide Arme, um Joe zum Anhalten aufzufordern. Billy schien diesmal mit einem Gewehr bewaffnet zu sein, dessen langer Lauf im schwachen Mondschein glänzte.

Joe bog hinter einen Windschutz aus Sonnenblumen ab. Wenn er angehalten wurde, kam heraus, daß er sich unerlaubt von der Truppe entfernt hatte, und Anna würde sich wegen eines Verstoßes gegen die Sicherheitsbestimmungen verantworten müssen. Zugleich erkannte er deutlich, was die Reiter vorhatten. Sophie, Ben und Roberto folgten dem Bewässerungsgraben, und Billy und Al warteten darauf, daß sie wieder herausklettern würden. Die Felder waren von einem Labyrinth von Gräben durchzogen, die alle von dem Kanal gespeist wurden, der im Norden parallel zur Straße verlief. Sobald die Flüchtenden die Maisfelder erreichten, wo die Pflanzen in schulterhohen Reihen standen, waren sie uneinholbar in Sicherheit.

Joe rollte langsam durch die Hirse, deren Halme gegen die Räder seines Jeeps schlugen. Die Reiter kümmerten sich nicht weiter um ihn. Der Jeep erreichte ein Maisfeld und walzte eine Schneise nieder. Die Stengel bogen sich und brachen ab: roter Mais, blauer Mais, schwarzer Mais, Perlmais, Indianermais. Am Ende der Reihe hielt er an.

Etwa 20 Meter rechts von ihm rief Al von der unbefestigten Straße aus: »Dreh auf, Billy!«

Links von Joe beugte Billy sich in etwa 30 Meter Entfernung aus dem Sattel, um das Rad zu drehen, mit dem das Schütz des Bewässerungsgrabens hochgezogen werden konnte. Jetzt saßen Roberto, Sophie und Ben in der Falle. Das einströmende Wasser würde sie ertränken oder zu Al zurücktreiben.

»Steig aus!« forderte Joe Anna auf. »Ich komme später zurück und hole dich ab.«

»Ich will aber mitkommen.«

»Ich will dich nicht bei mir haben und habe keine Zeit für lange Auseinandersetzungen. Ich will, daß du hier wartest, bis ich zurückkomme und dich hübsch langsam zum Hügel fahre, damit du deinen Morgenzug nicht versäumst.«

Anna klammerte sich an der Windschutzscheibe fest. »Nein.«

»Okay.«

Er ließ den Jeep auf die Straße hinausrollen, schlug die Vorderräder ein und trat das Gaspedal durch. Billy lehnte noch aus dem Stattel und drehte das Schütz hoch, als er den Motor aufheulen hörte. Aus zehn Meter Entfernung schaltete Joe die Scheinwerfer ein und blendete auf. Der Cowboy trug ein goldfarbenes Satinhemd; sein Gesichtsausdruck war höchst verblüfft. Das Pferd scheute, stieg und rutschte rückwärts aus dem Lichtkegel. Joe hörte Pferd und Reiter ins Wasser des Hauptkanals klatschen; dann war der Jeep über die Holzbrücke gerattert und befand sich auf dem Asphalt der nach Norden führenden Straße.

Nach hundert Metern wendete Joe, weil er die parallel zum Kanal verlaufende Straße zurückfahren mußte, um zum Hügel zu kommen. Billy schrie, er könne nicht schwimmen. Al war an den Graben herangeritten, saß im schwachen Mondschein geduldig auf seinem Pferd und hielt seinen Revolver mit beiden Händen im Anschlag. Joe erinnerte sich an den rostfleckigen Colt. Aber er hielt es für ausgeschlossen, daß der Cowboy wirklich auf einen Army-Jeep schießen würde.

Unmittelbar vor Al überlegte er sich die Sache anders, schaltete die Scheinwerfer aus und trat ruckartig auf die Bremse. Der Revolver blitzte, zuckte nach oben, blitzte erneut. Joe trat das Gaspedal durch. Der dritte Schuß ging in der Eile zu kurz und schlug hinter dem Jeep ein. Die letzten drei Schüsse klangen, als versetze jemand einem Blecheimer wütende Fußtritte.

Joe fuhr meilenweit ohne Scheinwerfer und ohne ein Wort, als ob Dunkelheit und Schweigen das Gefühl, glücklich entkommen zu sein, verlängern und den Abschied hinauszögern könnten. Wir sind so verschieden, überlegte er sich, daß Worte uns nur trennen. Daß wir uns überhaupt begegnet sind, beweist schon, wie seltsam der Hügel ist. Wir wollen diesen letzten kleinen Triumph so lange wie irgend möglich auskosten –, wenn möglich für immer.

Als sie die Serpentinen erreichten, mußte er die Scheinwerfer einschalten. Während der Jeep die Steigung nahm, beschäftigte Anna sich damit, abgebrochene Maisstengel vom Wagenboden aufzusammeln. Sie fand zwei aus Holz geschnitzte Zickzackstäbe, die unter dem Beifahrersitz hervorgerutscht waren.

»Was ist das?« fragte sie, ohne Joe dabei in die Augen zu sehen. So geht's zu Ende, dachte er – ohne wirkliche Worte, sogar ohne Blicke.

»Robertos verrückte Stäbe.«

»Was kann man damit tun?«

»Blitze herabrufen. Felder bewässern. Büffel zurückbringen. Die Bombe stoppen.«

»Kannst du das alles?«

Joe nahm ihr die Blitzstäbe aus der Hand und warf sie aus dem Jeep. Sie überschlugen sich glitzernd, bevor sie ins Dunkel des Canyons stürzten.

»Jetzt nicht mehr«, sagte er.

FREITAG, 13. JULI
1945

25

Laut Marschbefehl durfte die Kolonne nirgends halten, aber auf der Fahrt durch Antonio verringerte Joe sein Tempo am Owl Cafe lange genug, um festzustellen, daß im Hof des Motels Pioniere und Militärpolizei lagen. Dann fuhr er wieder schneller; an der Spitze einer Kolonne aus zwei Jeeps, zwei CID-Limousinen, einem Kastenwagen mit Ersatzteilen und einem Lastwagen mit Plane, der Jaworski und die Hohlkugel aus Stahl und Sprengstoff – die implodierende Bombenhülle – transportierte.

»Die MPs sind hier, um das Nest für den Fall zu evakuieren, daß ... na, du weißt schon.« Ray Stingo saß neben Joe im ersten Jeep.

»Wie ist's dort unten?« fragte Joe. Ray pendelte seit einer Woche zwischen Trinity und dem Hügel hin und her.

»Lauter typischer Army-Scheiß. Ein paar unserer Wissenschaftler verlegen in freiem Gelände Leitungen, als sie von einer B-29 auf Antilopenjagd überflogen werden. Mit MGs Kaliber fünfzig. Die Wissenschaftler rennen, werfen sich hin, versuchen zu fliehen. Die restliche Army weiß nichts davon, verstehst du.«

Antonio lag bereits hinter ihnen. Rays langsamer Rundblick galt dem fernen, ebenen Horizont aus Büffelgras, grauem Beifuß und Yuccastengeln. »Eine Scheißgegend für einen Versuch. Man muß jeden Morgen die Schuhe ausschütteln, um die Skorpione rauszukriegen. Man muß mit einem Schraubenschlüssel gegen den Jeep schlagen, um die Klapperschlangen zu vertreiben. Das Wasser ist gipshaltig und ruiniert dir alle Leitungen. Man muß alle fünf Minuten in die Büsche rennen, und dann geht's mit dir und der Scheiße und den Klapperschlangen weiter.« Das Wasser enthielt auch Alkali. Rays schwarze Schmachtlocke war beinhart. »Die Waffe ist vielleicht neu, aber die Army ist immer die alte.«

»Wie stehen die Wetten?« fragte Joe.

»Komisch. Anfangs zwei zu eins für dich – und jetzt zwei zu eins gegen dich. Die Chancen sind so gut, daß ich fast Angst davor habe. Ich hab mir überlegt: Auf dem Hügel könnte ich's prima aushalten. Daheim in Jersey würde ich das Geld bloß verpissen. Ich bleibe, glaub ich.«

»Nach Kriegsende gibt's keinen Hügel mehr.«

»Chief, ich hab einmal im Leben eine clevere Idee gehabt, okay? Wir haben diese Bombe nicht gebaut, um sie gegen die Japse, sondern um sie gegen die Roten einzusetzen. Und dabei haben wir noch gar nicht gegen sie gekämpft.«

Außer ihrer Kolonne hatte Joe keinen Militärverkehr auf der Straße gesehen. Stallion Gate hatte sich nur wenig verändert. Neuer Stacheldraht, neue Zaunpfähle, ein Kontrollposten mit einem mit Segeltuch abgedeckten Bretterverschlag, der kümmerlichen Schatten bot. An die MPs waren Tropenhelme ausgegeben worden. Vor der Abfahrt auf dem Hügel hatten die Männer der Kolonne rosa Ausweise mit einem T für Trinity erhalten, die sie an der Kontrollstelle gegen runde weiße Plaketten eintauschten.

»Fremdenlegion, Chief.« Korporal Gruber gehörte zu den Wachen am Tor. Er trug seinen Arm noch immer in einer Schlinge und hatte vom Alkalistaub rote Augen. »Zwei Wochen lang jeden Tag vierzig, fünfzig Grad. Die Scheißplaketten? Geheimhaltung? Nacht für Nacht marschieren mindestens fünfzig Mann aus der Wüste heraus, um ein Bier zu trinken. In Reihe zwischen den Schlangen durch.« Er notierte sich Joes Namen mit Zeit und Datum auf seinem Schreibbrett. »Freitag der Dreizehnte. Genau der richtige Tag für den Transport der Bombe. Wie fühlst du dich, Chief – hoffentlich gut?«

»Gut genug.«

Gruber fuhr sich mit der Zungenspitze über seine trockenen Lippen. »Das Ganze ist eine Frage des Selbstvertrauens, hab ich recht?«

»Bis zu einem gewissen Punkt.«

Gruber winkte ihn durch. »Noch einen Kampf, mehr verlangen wir gar nicht.«

Die Ranchzufahrt, die Joe als kaum wahrnehmbare Fahrspur im Schnee in Erinnerung hatte, war neu planiert und mit *Colichi* aufgeschüttet worden – einem Gemenge aus Sand und Ton, das rasch zu feinem weißen Pulver zermahlen worden war. Staubwolken verrieten den Weg einer anderen Kolonne weit vor ihnen. Jaworski setzte sich zu Joe und Ray in den vordersten Jeep. Er hatte einen tragbaren Kurzwellenempfänger und trug die für den Versuch ausgegebene Polaroid-Allzweckschutzbrille mit roten Gläsern um den Hals. Mit seinem dunklen Schnurrbart sah er wie ein reisender Grande aus.

»Laut Befehl müssen die Empfänger hier ständig eingeschaltet sein – für den Fall eines Unfalls«, sagte Jaworski. »Und alle Zündschlüssel sollen für den Fall einer Evakuierung ständig stecken. Deshalb sind die Straßen so breit. Ich persönlich frage mich allerdings, was man machen soll, wenn's einen Unfall gibt und man nicht in der Nähe einer Straße ist und kein richtiges Funkgerät hat, mit dem man auch senden kann.«

Aus dem Radio drangen von atmosphärischen Störungen durchsetzte Meldungen. Hauptsächlich war jedoch Musik zu hören – Carmen Miranda.

»Wirklich ein Rätsel!« meinte Ray. »Die Army hat monatelang gebraucht, um eine Spezialfrequenz nur für uns zu finden? Das ist die Frequenz der Stimme Amerikas. Die des Südamerikadienstes. Laut Befehl sollen wir die Sambas und die Bomber ignorieren.«

»Okay, was tun Sie, wenn Sie im Freien festsitzen und die Bombe aus Versehen hochgeht?« fragte Joe Jaworski.

»Der Lichtblitz, der Ausbruch von Gammastrahlung und Neutronen, würde im Umkreis von eineinhalb Meilen um den Turm alles Leben vernichten. Wenn es Ihnen gelänge, ein paar Meilen weit wegzukommen und eine Senke oder einen Bach zu finden ...«

»Einen Bach im Gebiet der Jornada del Muerto? Den könnte man lange suchen! Aber ein Unfall kann nicht wirklich passieren, stimmt's?«

»Gestern sind die Zündleitungen an einem Bombenmodell auf dem Turm getestet worden, Joe. Dabei hat aus heiterem Himmel ein Blitz eingeschlagen. Stellen Sie sich vor, die richtige Bombe wäre dort oben gewesen! Übrigens hat Anna mich gebeten, Ihnen Lebewohl zu sagen. Sie ist heute morgen ganz früh nach Chicago abgereist. Sie hat sich Tellers Wagen geliehen, um mit dem Auto hinzufahren; sonst hätten Sie sie wohl zum Bahnhof gefahren, vermute ich.«

»Ja, vermutlich.«

In Trinity waren einige hundert Männer stationiert, die jedoch so über Hunderte von Hektar Land verteilt waren, daß man jeweils nur sehr wenige zu Gesicht bekam. Aber je näher die Kolonne dem Nullpunkt kam, desto deutlicher wurden die Anzeichen für menschliche Aktivitäten: ein Kabel an einer scheinbar endlosen Reihe von Masten; der erste Druckwellenmesser, ein in einem Ring federnd aufgehängter Kasten; Fotobunker, die wie graue Muscheln im Sand lagen und deren Periskope nach Süden gerichtet waren, wo der Turm sieben Meilen weit entfernt in der klaren, flimmernden Luft aufragte. Sechs Meilen vom Turm entfernt, erreichte die Kolonne den nördlichen 10000-Meter-Bunker, einen in angeböschtes Erdreich versinkenden Unterstand aus Baumstämmen. Planierraupen ratterten über die Aufschüttung, um sie anzudrücken und zu glätten. Von Nord 10000 aus führte eine neue Asphaltstraße schnurgerade zum Versuchsturm. Einzelne Kabel vervielfältigten sich zu parallel geführten Drähten. In abgestorbenem Beifuß war ein unbemannter Gerätebunker in den Sandboden eingelassen: ein Betonklotz mit Bullaugen für die Kameras.

»Himmelsscheinloch.« Jaworski deutete auf die einzige vom Turm abgewandte Öffnung. »Zur Messung des allgemeinen Neutroneneinfalls.«

Himmelsschein? Das klang hübsch – wie eine Handvoll in die Luft geworfener glitzernder Goldmünzen.

»Nervös?« fragte Joe.

»Die Zeiten haben sich geändert«, sagte Jaworski. »Früher haben wir Granaten mit einer langen Zündschnur zur Detonation gebracht. Meßgeräte waren unbekannt. Eine Ladung hat funktioniert oder auch nicht. Ohne Oszillographen oder Nebelkammern. Gleichgeblieben ist die Tatsache, daß die Bombe nur von einigen wenigen Männern zusammengebaut werden wird. Hundert weitere werden schreien, dieser Seismograph sei entscheidend wichtig oder jenes Manometer müsse repariert werden, aber eigentlich zählt nur die Waffe, stimmt's? Im Krieg gegen den Kaiser haben wir natürlich nur Handgranaten aus Flugzeugen abgeworfen, und es hat eindeutig keinen Hintergrund-Neutronen-Einfall gegeben.«

Der als Nullpunkt bezeichnete Turm sah wie ein Bohrturm ohne Bohrgestänge aus: ein schlankes Stahlgitterwerk, das dreißig Meter hoch gen Himmel ragte und auf seiner Spitze eine Wellblechhütte trug. Eines der Turmbeine war gleichzeitig eine Leiter, die zu jeweils sechs Meter übereinander angeordneten Plattformen hinaufführte. Am Fuß der Holzleiter von der untersten Plattform zum Erdboden wartete Foote mit seinem Sombrero und den britischen Militärshorts. Sein aus einem halben Dutzend Wehrpflichtiger bestehendes Sprengstoffteam saß in Badehosen, Unterhemden und nach Piratenart um den Kopf geschlungenen Tüchern unter dem Turm. Als die Kolonne sich heranschlängelte und am Fuß des Turmes hielt, sprangen CID-Offiziere aus den beiden Limousinen, bildeten eine Schützenkette und zielten mit ihren Maschinenpistolen auf Kakteen.

Foote schlenderte hinter ihnen heran. »Joe, haben Sie meine Ware mitgebracht?«

Der Lastwagen fuhr direkt unter die weit gespreizten Greifer eines in der Turmmitte herabhängenden Flaschenzugs. Nachdem die Plane zurückgeschlagen worden war, schraubten Joe und Ray die Greifer an der Bombe fest. Das Drahtseil spannte sich ächzend, während es durch die Flaschenzugrollen glitt. Dann fuhr der Lastwagen weg, und die hängende Bombe wurde auf ein kniehohes Stahlgestell gesetzt, auf dem sie an einen Globus erinnerte: ein mattgrauer Mond mit eineinviertel Meter Durchmesser, zwei Rändern und Klebstreifen, wo die Zündöffnungen provisorisch geschlossen waren. Sobald Ray die Greifer gelöst und den Flaschenzug hochgezogen hatte, bauten Footes Männer einen Sichtschutz aus Segeltuch um die Bombe auf, und die CID-Limousinen fuhren davon.

»Wollen Sie mitwetten?« fragte Foote Joe. »Ein Dollar pro Nase.«

»Worauf wetten?«

»Auf den Knall, worauf sonst? Die neueste amtliche Schätzung geht von einer Sprengkraft von fünftausend bis zehntausend Tonnen TNT aus. Jaworski und ich haben beide auf zehntausend gewettet. Damit sind wir uns zum ersten Mal über irgend etwas einig, glaube ich. Teller hat auf vierzigtausend gesetzt. Edward ist eben immer Optimist.«

»Oppy?« Joe mußte sich bei ihm melden, nachdem er in Trinity angekommen war.

»Oppy sagt dreihundert Tonnen voraus. Dreihundert

Tonnen, das ist ein Blindgänger. Wir machen uns ein bißchen Sorgen um Oppy.«

Harvey und der Plutoniumkern waren am frühen Morgen in einem Ranchhaus eine Meile südlich des Nullpunkts eingetroffen. Der Rancher war ausbezahlt und von seinem Land vertrieben worden; abgesehen von Harveys Plymouth und den vier Jeeps, die mit laufenden Motoren und mit dem Heck zum Haus geparkt dastanden, wirkte die ehemalige Ranch noch immer wie ein ganz gewöhnlicher Farmbesitz: Scheune und Corral, eine Windmühle, die Wasser pumpte, eine Zisterne, die es speicherte, und ein von einer niedrigen Steinmauer umgebenes ebenerdiges Wohnhaus. Die Wohnzimmerwände waren weiß mit einem schönen Streifen unterhalb der Deckenkante. Der Eichenboden war abgezogen worden, und die Fenster waren mit Plastikfolien zugeklebt. Als einziges Möbelstück war der Tisch zurückgeblieben, der mit braunem Packpapier bedeckt war.

Harvey, der in einem weißen Arztkittel und mit Gummihandschuhen an den Händen am Tisch arbeitete, hatte die beiden versilberten Plutoniumhalbkugeln bereits zu einer fünf Kilogramm schweren Kugel von der Größe eines Krocketballs zusammengesetzt und stopfte Löcher in der blanken Oberfläche mit Fetzen von Papiertaschentüchern zu – dem Universalfüllmittel von Trinity. Auf dem Fußboden waren Geigerzähler miteinander im Gespräch. Sechs schweigende Männer in Laborkitteln überwachten die Zähler und reichten Harvey die benötigten Werkzeuge zu. Der einzige Anwesende ohne Aufgabe war Oppenheimer. Bei 1,83 Meter Größe wog er jetzt nur noch 45 Kilogramm. Sein Schädel wirkte ausgezehrt und geschwollen zugleich: zu groß für den aus dem Laborkittel ragenden Hals. Seine Hände hielten eine kalte Bruyèrepfeife umklammert. Irgend jemand hatte einen Nagel in die Wand geschlagen, damit er seinen runden Filzhut wie in seinem Büro auf dem Hügel aufhängen konnte. Der Hut war da, aber Oppenheimer wirkte seltsam elend und fehl am Platz, ganz und gar nicht triumphierend.

»Denk an den Drachen«, sagte Harvey, obwohl er nicht von dem Kern aufgeblickt hatte, als Joe hereingekommen war.

Joe blieb im Hintergrund an die Wand gelehnt, die über einen Viertelmeter dick war und den Raum verhältnismäßig kühl hielt – bei etwa 35 Grad. Das mit Plastikfolie abgedeckte Fenster führte zu den Fahrzeugen hinaus, die für den Fall, daß Harvey ein Fehlgriff unterlief, mit laufenden Motoren fluchtbereit standen. Joe hatte den Auftrag, in Trinity nicht von Oppys Seite zu weichen und dafür zu sorgen, daß der Projektleiter einen etwaigen Unfall überlebte.

Harvey polierte den Kern abschließend mit Schmirgelleinen. »Ich hab meine Klarinette verschenkt.«

»Schade, du hast großartige Anlagen gehabt«, meinte Joe.

Harveys Endmontageteam beobachtete jeden seiner Handgriffe mit der Intensität von Küken, die verfolgen, wie ihre Glucke ein Ei wendet. Einer der Männer legte eine lange Messingpinzette auf den Tisch, stellte einen mit Steckern besetzten stoßgesicherten kleinen Behälter daneben, schloß ihn auf und klappte den Deckel hoch. Auf einem Schaumstoffpolster lag eine große Perle: eine mit Platin überzogene Poloniumkugel mit 2,5 Zentimeter Durchmesser. Dies war der Kern des Kerns, ein »Auslöser«, der innerhalb der ersten Millionstelsekunde der Detonation schlagartig Neutronen in hoher Konzentration freisetzen würde.

»Ich bleibe lieber bei dem, was ich gut kann, glaube ich«, antwortete Harvey.

Er klappte den größeren Kern wieder auf, indem er die obere Halbkugel mit Zeige- und Mittelfinger hochhielt. Mit der freien Hand griff er nach der Pinzette und hob die kleine Kugel aus dem Behälter. Er mußte den Auslöser in seine Halterung in der Kernmitte legen, aber diese Einführung mußte im Zeitlupentempo erfolgen, während die sich verstärkende Strahlung überwacht wurde. Harvey blinzelte, weil ihm der Schweiß in die Augen lief, aber seine Hände zitterten nicht. Er öffnete den aufgeklappten Kern etwas weiter, als Kugel und Pinzette sich ihm näherten. Das Ticken der Geigerzähler beschleunigte sich wie der Puls aufgeregter Herzen. Oppenheimer machte den Eindruck, als werde er im nächsten Augenblick zu schwanken beginnen und zusammenklappen. Seine Pfeife fiel zu Boden und kreiselte auf den Bodenbrettern. Harvey erstarrte mit den Fingern im Rachen der beiden Halbkugeln. »Joe, machst du bitte einen kleinen Spaziergang mit Oppy?«

Draußen in der heißen, trockenen Luft stellte Joe fest, daß sein Hemd durchgeschwitzt war. Oppenheimer saß mit seinem Hut auf den Knien auf der niedrigen Mauer.

»Wahrscheinlich hat Ikarus sich vor seinem Flug übergeben müssen. Ich wollte, wir könnten einfach wieder in die Berge gehen, Joe, wieder wie früher zusammen reiten. Ich hab mein Pferd dieses Jahr erst einmal geritten. Ich weiß, daß sie mich dort drinnen nicht brauchen, aber dies ist *mein* Versuch.« Er sah zu Joe auf. Oppy schien nur noch aus Haut und Knochen zu bestehen, während seine blauen Augen wie die eines Mannes leuchteten, der Schmerzen erleidet. »Ich habe Groves um eine weitere Woche oder auch nur vier Tage gebeten. Sobald dies alles vorbei ist, reiten wir miteinander aus.«

»Klar.«

Harvey rief Joe herein. Der vollständig zusammengebaute Plutoniumkern lag in einer mit Blei ausgeschlagenen Holzkiste.

»Seitdem er hier ist, ist er so komisch. Vielleicht wär's besser, wenn er auf den Hügel zurückfahren würde.«

»Dies ist sein Versuch«, sagte Joe.

Sie schafften die Kiste auf einer Tragbahre zu Harveys

Auto hinaus und stellten sie auf den Rücksitz. Joe nahm Oppy im Jeep mit und führte die zum Turm fahrende Kolonne an. Am Spätnachmittag frischte der bisher nur leichte Wind auf; um das Turmfundament herum tanzten kleine Windhosen, die Staubwolken aufwirbelten.

Im Zelt unter dem Turm hatten Foote und Jaworski die Polkappe der Bombe entfernt und einen Messingzylinder herausgenommen, damit der Kern eingesetzt werden konnte. Harvey öffnete seine Kiste und brachte einen Vakuumsauger an dem Plutoniumkern an. Niemand wollte den kostbaren Bombenkern durch Schrauben oder Bolzen beschädigen, und als Wissenschaftler hatten sie Vertrauen zur Zuverlässigkeit eines Vakuums. Harvey prüfte den festen Sitz des Saugers, bevor er den Flaschenzug in die Saugerösen einhängte. Er zog seinen weißen Kittel aus und befördere ihn mit einem Tritt aus dem Weg, bevor er nochmals den Sitz des Saugers prüfte. Harvey wirkte wie ein dicker, harmloser Junge, dem der Schweiß über den Bauch lief und dessen dünnes blondes Haar sich wie magnetisiert sträubte. Foote hob den Bombenkern am Flaschenzug aus der Kiste. Aus einer Ecke des Zelts beobachteten Oppenheimer und Joe, wie Jaworski den Kern mit einem Bleistift stabilisierte, während Foote ihn über die bereitliegende Bombe schwenkte.

Die Zeltleinwand knatterte im Wind. »Eine richtige Windhose und ein paar Sandkörner, dann geht unsere symmetrische Implosion den Bach runter«, sagte Foote.

Er senkte den Kern ab. Die Kugel schwebte sekundenlang über der Bombe wie ein Mond über einem größeren Himmelskörper; im nächsten Augenblick sank sie an ihrer Kette ins Innere der Bombe hinab.

Und blieb stecken.

Jaworski machte ruckartige Handbewegungen nach oben. Foote hob den Plutoniumkern aus der Bombe und ließ ihn erneut herab. Er blieb wieder stecken.

Foote zog den Kern halb aus der Bombe, löste die Sperrklinke und ließ behutsam die Kette nach. Die glänzende Kugel glitt langsam tiefer und streifte dabei die Sprengstofflinsen.

Und blieb erneut stecken. Der Plutoniumkern war einfach um einen Millimeter zu groß – oder die Öffnung, durch die er in die Bombe eingeführt werden sollte, um dieses Maß zu klein.

»Unglaublich!« meinte Oppy und starrte erst die Bombe, danach Foote an. »Das ist doch nicht möglich! Habt ihr falsch gemessen?«

Die Zeltwände knatterten. Falsch gemessen? Paßt nicht rein? Joe stellte sich vor, wie jemand General Groves diese Tatsache meldete, und vermutete, daß alle Anwesenden sich die gleiche Szene vorstellten.

Harvey lachte. »Das liegt an der Wüstenhitze! Das Plutonium ist heiß, ausgedehnt. Physik für Anfänger. Laßt den Kern hängen; er kühlt von selbst ab.«

Fünf Minuten später hatten die Temperaturen des Plutoniums und des Sprengstoffs sich endlich so weit angeglichen, daß der Bombenkern gehorsam an seinen Platz glitt. Jaworski löste den Sauger, und während Foote den Flaschenzug wegschwenkte, schob Harvey einen neunzig Zentimeter langen Mangandraht bis zum Bombenkern hinunter, um seine Alphastrahlung zu messen. Der mit einem Geigerzähler verbundene Draht entdeckte eine Kaskade von Ionen, die wie das Summen eines Bienenstocks klang.

»Ich bin fertig.« Harvey zog die Sonde heraus. Er betrachtete die Öffnung sekundenlang, als traue er diesem Augenblick noch immer nicht recht, und verließ dann rasch das Zelt.

Foote und Jaworski machten sich sofort daran, den Sprengstoff wieder einzusetzen. Linsen, die sich gelockert zu haben schienen, wurden mit Klebstreifen gesichert. Als die Arbeit sich bis in den Abend hinzog, wurden Lampen hereingebracht. Draußen zog ein Gewitter übers Tal hinweg.

»Italien hat soeben Japan den Krieg erklärt.« Harvey war ins Zelt zurückgekommen.

»Zum Teufel, dieser Krieg ist fast schon zu Ende«, sagte Joe.

SAMSTAG, 14. JULI
1945

26

Joe trabte durch die Morgendämmerung; er trainierte jetzt Beinarbeit, so oft er konnte. Dabei deutete er Boxhiebe an, duckte weg, ließ Links-rechts-Kombinationen folgen. Schweiß lief ihm über die Brust.

Während er lief, spielte er im Kopf Musik. Er arbeitete an einer »Fuge für die Nacht«. Anfangs hatte er geglaubt, sie könnte ein Bebopstück werden, aber dann wurde sie ein Doppelwalzer für Mollakkorde, die ständig wechselten, an- und abstiegen, weil es so viele verschiedene Nächte gab. Gebirgsnacht. Wüstennacht. Selbst die dunkle, schwüle Nacht der Philippinen wies Varianten auf. Und dazu kam die innere Leere ohne Mond und Herz, die das Leben ohne Anna war. Manchmal eilte die körperliche Reaktion dem Gedanken voraus: ein Brennen in der Kehle, eine Leere in der Brust, dann die Erinnerung. Falls sie nach Chicago fuhr, war sie um diese Zeit noch unterwegs. Manchmal glaubten seine Augen, sie im Halbkugel zu sehen, als könne die Hoffnung Schatten zusammenraffen und ihnen Menschenform geben. Aber dann verblaßten die Schatten, und Joe war wieder allein.

Mit Schweiß und Konzentration gelang es ihm manchmal, überhaupt nicht an sie zu denken.

Um acht Uhr baute Foote das Zelt unter dem Turm ab, und Joe klinkte ein Drahtseil in den Kragen der Bombe ein. Da dieses Seil durch die Falltür in der Turmplattform dreißig Meter weit nach unten reichte – eine große Höhe, wenn

2250 Kilogramm Stahl und fünf Kilogramm Plutonium gehoben werden mußten –, wurde es mit Spannseilen stabilisiert, die zu Laufkatzen in zwei gegenüberliegenden Turmbeinen führten. Der Himmel war atemberaubend blau; vorerst segelte noch kein Präriefalke, lediglich von der Sonne hochgezogene Wetterballone waren als Punkte zu erkennen.

Als Foote zur Plattform hinaufwinkte, wurde oben der Zweitaktmotor der Seilwinde angelassen. Sobald das Drahtseil sich spannte und die Kugel mitsamt ihrem Gestell eben anhob, fuhr ein Lastwagen rückwärts an den Turm heran, und Footes Team begann, Militärmatratzen von der Ladefläche zu werfen. Die Bombe wurde Handbreit für Handbreit hochgehievt, während Joe und Foote Matratzen unter die steigende Kugel schoben.

»Ist dies das größte wissenschaftliche Projekt in der Geschichte der Menschheit?« fragte Joe.

»Absolut«, bestätigte Foote.

»Falls das Drahtseil reißt, wollen Sie eine Zweieinhalbtonnenbombe mit Matratzen auffangen?«

»Ich gestehe ein, daß wir möglicherweise einen gewissen Punkt intellektueller Erschöpfung erreicht haben.« Foote verfolgte unbekümmert, wie die Bombe höherschwebte. »Das erinnert mich daran, wie unsere verstorbene Königin Victoria an Bord eines Schiffs gehievt wurde. Ein Bild, das irgendwo zwischen dem Erhabenen und dem Lächerlichen angesiedelt ist.«

Ein Großteil dieser Erschöpfung war am Fuß des Turmes in dem Jeep konzentriert, in dem Oppy sich mit Jaworski unterhielt. Oppys Gesicht war aschfahl, und der Alkalistaub hatte seine Augen gerötet.

Die Bombe stieg gleichmäßig wie ein überdimensioniertes Senkblei in die Höhe. Joe und Foote konnten die Matratzen nicht höher als drei Meter stapeln. Die leicht pendelnde Bombe erreichte zehn Meter Höhe, dann fünfzehn Meter. Nach all den strengen Sicherheitsvorkehrungen auf dem Hügel hatte Joe den Eindruck, hier das leichteste Ziel des Krieges über sich zu haben; falls ein Saboteur auf seine Chance gewartet hatte, war dies der beste Augenblick.

»Wo ist Augustino?« fragte er, als Oppenheimer auf den Matratzenstapel zukam.

»Unsere Leute auf dem Hügel haben gestern abend ein Modell des Zündmechanismus erprobt.« Oppy ignorierte Joe und wandte sich nur an Foote. »Die Druckwelle ist nicht symmetrisch. Seit fünf Minuten weiß ich, daß wir einen Blindgänger vor uns haben.«

»Das Ding funktioniert.« Foote schob seinen Sombrero ins Genick, um die Bombe besser im Auge behalten zu können.

»Zwei Milliarden Dollar.« Oppy lachte. Das Lachen wurde zu einem keuchenden Husten, als zerrissen seine Lungen. Während er sich noch krümmte, zündete er sich eine Zigarette an. »Nein, Joe, um eine außergewöhnlich unwichtige Frage zu beantworten, ich habe Captain Augustino nicht gesehen. Lassen Sie's sich bitte gesagt sein, daß Augustino mir gleichgültig ist. Captain Augustino geht mich nichts an.«

»Joe geht er was an, vermute ich.« Foote verrenkte sich den Hals. »Soviel ich gerüchteweise gehört habe, würde er nichts lieber tun, als Joes Schwanz am Boden festzunageln und ihm eine Kugel durch den Kopf zu jagen.«

»Der Captain hat's auf größere Tiere abgesehen«, stellte Joe fest.

Die Bombe erzitterte. Eine der Laufkatzen ratterte ihre Führungsschiene herunter, wobei das abgerissene Drahtseil durch die Luft peitschte, bis das Gleitstück sich am Fuß des Turmes in den Sand bohrte. In fünfzehn Meter Höhe pendelte die Bombe langsam von einer Seite zur anderen, so daß das verbliebene Spannseil teils durchhing, teils klirrend gestrafft wurde.

»Verdammte Scheiße!« rief jemand.

»Du liebe Güte«, sagte Foote.

Oppy schien mit einem Schlag um Jahre gealtert zu sein.

»Das Seil klemmt!« rief der Mann auf der Plattform. »Es will von der Trommel rutschen! Ich muß die andere Laufkatze frei machen!«

Das war Gefreiter Eberly. Eine unbeholfene Gestalt in Shorts – aber er kam die Stahlsprossen des Turmes wie ein Held herunter und bewegte sich so geschickt abwärts wie ein alter Seemann. Auf der zweiten Plattform befand er sich in gleicher Höhe mit der steckengebliebenen Bombe. Um das klemmende Gleitstück zu erreichen, mußte er in fünfzehn Meter Höhe über einen Querträger balancieren. Dabei konnte er sich eine Zeitlang an Schrägstreben festhalten, aber in der Mitte, wo sie außer Reichweite waren, mußte er sich als Seiltänzer bewähren. Warum auch nicht? Weshalb sollte das Schicksal der gewaltigsten Waffe der Welt nicht von der Kaltblütigkeit eines gewöhnlichen Soldaten abhängen, nachdem Oppy und Fermi und Foote die Bombe aus der Hand gegeben hatten? Warum sollte der Mann des Tages nicht Eberly heißen?

Jaworski kam vom Jeep herübergerannt. »Versuch's nicht!«

»Versuch's, flüsterte Oppy.

Eberly klammerte sich möglichst lange an die Schrägstrebe und breitete dann die Arme aus, um das Gleichgewicht zu halten. Der Träger war ungefähr zehn Zentimeter breit, und Eberly bewegte sich mit ängstlich ausgestellten Füßen. Nicht stehenbleiben! dachte Joe. Der Soldat schwankte, gewann wieder das Gleichgewicht und blieb unbeweglich mitten auf dem Querträger stehen. Nicht nach unten sehen! dachte Joe. Eberly, der angestrengt geradeaus blickte, setzte seinen Weg zum anderen Turmbein fort. Sein rechter Fuß trat ins Leere. Er brachte ihn auf den Stahlträger zurück, aber er war wieder zum Stehen gekommen. Seine Arme wedelten wie Entenflügel. Er warf einen Blick in die Tiefe und ließ sich fallen.

Eberly drehte sich in der Luft um und landete in Rückenlage mitten auf dem Matratzenstapel. Er rutschte von dem Stapel und blieb davor knien: außer Atem, aber unverletzt.

»Joe?« sagte Opppy.

Joe stieg bereits die Leiter hinauf. Er wechselte zu den Stahlsprossen des Turmbeins über und kletterte zur zweiten Plattform hinauf, wo Eberly noch vor einer Minute gestanden hatte. Da er größer war, konnte er sich länger an der Schrägstrebe festhalten. In fünfzehn Meter Höhe war der Wind unerwartet frisch. Die Stahlkugel pendelte langsam, und obwohl Joe wußte, daß er von unten beobachtet wurde, hatte er das seltsame Gefühl, mit der Bombe allein zu sein, als habe sie nur auf ihn gewartet. Er breitete die Arme aus, wodurch er dem Wind noch mehr Angriffsfläche bot, und balancierte mit raschen, sicheren Schritten über den Träger zur nächsten Schrägstrebe und zu dem anderen Turmbein.

Die Laufkatze saß fest. Er verlangte einen Hammer und fing ihn aus der Luft, als er hochgeworfen wurde. Ein kräftiger Schlag genügte, um das Gleitstück zu lösen, so daß die Bombe in ihre Mittellage zurückkehren konnte. Joe steckte sich den Hammer in den Gürtel und balancierte mit ausgebreiteten Armen über den Träger zurück.

Er nahm undeutlich wahr, daß unter ihm irgend jemand »Bravo!« rief. Dann kletterte er weiter die Stahlsprossen hinauf und erreichte schließlich die oberste Plattform. Den größten Teil dieser Plattform nahm ein 2,5 mal 3,5 Meter großer Wellblechschuppen ein, vor dem die motorgetriebene Seilwinde stand. Joe ließ den Motor an. Als die Seiltrommel sich zu drehen begann, glitt das Drahtseil in seine Führung zurück. Er konnte beobachten, wie die Bombe im Turminneren langsam höherstieg. Joe behielt seinen Handballen auf dem Zündschalter, um den Motor sofort anhalten zu können, falls die Laufkatze sich erneut verklemmen sollte.

Im Westen ragten in weiter Ferne Vulkankegel auf. Der Blick nach Süden war interessanter. Ein dunkler Fleck im Wüstensand bezeichnete die Stelle, an der am Tag des Sieges in Europa eine Probesprengung mit lediglich hundert Tonnen TNT, die mit Isotopen versetzt waren, vorgenommen worden war. Um den Nullpunkt herum waren Feuerschneisen gepflügt worden, so daß er an eine Zielscheibe erinnerte. Etwas weiter entfernt stand das Ranchhaus, in dem Harvey den Bombenkern zusammengebaut hatte. Das Gelände war von willkürlich verlaufenden Fahrspuren und einer Asphaltstraße durchzogen, die in mittlerer Entfernung bei Süd 10000 endete – dem sechs Meilen entfernten Kontrollbunker, von dem aus die Bombe gezündet werden würde. Joe konnte gerade noch die Fertigteilbaracken und die Windmühle des zehn Meilen entfernten Basislagers erkennen. Hinter dem Lager erstreckte sich ein trockenes Meer aus Buschland und Staub, das gegen die Oscura Mountains anbrandete. Die niedrigen, zerklüfteten Oscuras schienen im Schatten einer höheren, unsichtbaren Gebirgskette zu liegen. Jenseits der Oscuras lagen die schneeweißen Dünen von White Sands. Joe stellte fest, daß auch nach Westen und Norden neue Asphaltstraßen vom Turm wegführten: neue Straßen ohne jeglichen Verkehr, die lediglich für Notfälle angelegt worden waren.

»Tatsächlich leide ich nämlich an Höhenangst.« Eberly kam auf die Plattform zurückgeklettert.

»Höhen sind ziemlich das Letzte, wovor du hier Angst zu haben brauchst«, sagte Joe.

Während die Bombe langsam durch den Ausschnitt in der Plattform heraufkam, entfernte Eberly eine Falltür im Dach des Wellblechschuppens. Als die Stahlkugel dann dicht unter dem Kranarm hing, schwenkten Joe und Eberly ihn behutsam um hundertachtzig Grad, bis die Bombe über dem geöffneten Dach schwebte. Danach ließ Eberly sie herab, und Joe schraubte das Gestell auf den massiven Eichenplanken des Schuppenbodens fest.

Oppenheimer, Jaworski und Foote erreichten die Plattform, als Joe und Eberly den Kranarm wieder nach außen schwenkten, um den schweren Zündmechanismus heraufzuholen. Das Detonationsteam kam mit Zündleitungen und Koaxialkabel nach oben geklettert. Harvey erschien ebenfalls auf der Plattform, um die Polkappe der Bombe zu öffnen und den Mangandraht herauszuziehen, weil er die Alphastrahlung erneut überprüfen wollte.

»Vierzig Stunden«, murmelte Foote Joe zu.

»Sie schaffen's bestimmt.«

»Oh, ich weiß, daß die Bombe funktioniert. Ich meine ihn.«

Oppy lehnte an der Wand des Schuppens, ohne die Bombe aus den Augen zu lassen. Übermüdung hatte seine Wangen ausgehöhlt. Er war in Hemdsärmeln, so daß seine abgemergelten Handgelenke um so mehr auffielen. Sein gesamter Körper schien nur mehr für einen Daseinszweck zu existieren: um den schmerzhaft nachdenkenden Schädel zu tragen.

Joe lief seine Trainingsrunden nachts und begegnete auf der Straße diesmal jemandem, den er zunächst für Einstein hielt. Der Mann war Santa, dessen weißes Haar schütter herabhing, der gequält an seinem Schnurrbart nagte und mit Jacke und langem Wollschal angetan die Asphaltstraße entlangstolperte.

»Wie geht's der Haut?« fragte Joe.

»Dem Nesselausschlag? Viel besser. Wirklich unter Kontrolle. Bis unters Kinn. Ein wandelnder Salbenverband.«

»Ich dachte, Sie wollen sich nicht freiwillig für Trinity melden?«

»Ich bin nicht im La Fonda gewesen«, erklärte er Joe, »deshalb hat mich natürlich ein anderer auf die Liste gesetzt. Ich hab eine eigene Hütte im Basislager. Es gibt bereits interessante Fälle – GIs, die Wissenschaftler reden hören und deren Ängste deshalb aufs Ende der Welt fixiert sind.«

»Das haben Sie vorausgesagt.«

»Danke. Die Sache hat also wirklich geklappt. Eigentlich ist's eine große Chance, hier sein zu dürfen, wenn man bedenkt, daß unsere psychologische Entwicklung auf Ängsten basiert. Auf Ängsten sexueller oder religiöser Natur – oder auf einer Kombination aus beiden. Vielleicht erleben wir die Entstehung der Hauptangst der restlichen Menschheitsgeschichte mit.«

Joe rannte bis zu Shapiros Posten im nördlichen 10000-Meter-Bunker. Auf dem Rückweg begegnete er niemandem mehr. Im ungewissen Dämmerlicht des Halbmondes lag das weite Tal menschenleer vor ihm. Jenseits der Berge auf beiden Seiten zogen Gewitter auf, deren ferne Blitze vorerst nur lautloses Wetterleuchten waren. Vor seinem inneren Auge sah er Anne wieder aus dem Rio Grande steigen, so daß Licht und Wasser von ihr abperlten. In Joes Erinnerung war der Fluß schwarz und voller Korallen, Muscheln und Türkise.

SONNTAG, 15. JULI
1945

27

Da die Bombe jetzt auf dem Turm an Ort und Stelle war und nur noch auf General Groves' Ankunft wartete, verbrachten einige der Männer nach dem ökumenischen Gottesdienst im Basislager die letzten Stunden vor Trinity damit, Antilopen zu jagen oder in der weiteren Umgebung nach Pfeilspitzen oder Silberadern zu suchen. Oppenheimer suchte Fermi, und Joe fuhr.

»Wir haben Muster der Sprengkapseln und des Zündmechanismus auf dem Hügel zurückgelassen.« Oppy sprach mehr mit sich als mit Joe. »Gestern morgen hat die Sprengkapsel versagt. Gestern nachmittag hat der Zündmechanismus versagt. Truman wartet in Berlin auf die Meldung über unseren großen Erfolg, und ich weiß schon jetzt, daß wir Schiffbruch erleiden werden. Falls Fermi derselben Meinung ist, blase ich den Versuch ab.«

»Fermi überprüft die Meßinstrumente«, stellte Joe fest. »Er kann irgendwo auf dem Versuchsgelände sein.«

»Dann fahren wir das Gelände ab. Hier scheint jeder zu glauben, er befinde sich in der Sommerfrische. Es wäre angenehm, mal wieder mit einem ernsthaften Menschen zu sprechen.«

Vor dem Schuppen, der die MP-Station am nördlichen 10000-Meter-Bunker darstellte, meldete Sergeant Shapiro, er habe Fermi nicht gesehen. »Aber letzte Nacht sind hier verdächtige Gestalten rumgeschlichen. Vielleicht Einheimische, möglicherweise Indianer.«

»Vielleicht Karnickel, vielleicht Rotwild, vielleicht Kakteen im Mondschein?« fragte Oppy.

Shapiro gab sofort nach. »Schon möglich.«

Oppy deutete in die Büsche, und Joe lenkte den Jeep von der Straße, um etwa einem Zehnkilometerkreis um den Turm zu folgen, weil entlang dieser Linie zahlreiche Instrumente in letzter Minute überprüft und justiert wurden. Joe überlegte sich, daß Oppy Fermi vielleicht nur deshalb suchte, um den Turm und das Basislager meiden zu können. Die Bombe war hier nicht das einzige, was einem Zusammenbruch nahe war. »Wann kommt General Groves?« erkundigte er sich.

»Unser General trifft heute abend mit Beratern des Präsidenten ein. Unsere Pleite findet vor größerem Publikum statt. Sogar ein Reporter der *New York Times* beobachtet sie von einem zwanzig Meilen weit entfernten Hügel.« Oppy sah zu Joe hinüber. »Können Sie sich vorstellen, von welchen Gestalten dieser Shapiro gefaselt hat?«

»Mescaleros.«

Er bremste und hielt an, weil er sonst eine auf dem Erdboden liegende braungebrannte Gestalt überfahren hätte. Der Mann führte Koaxialkabel in einen Gartenschlauch ein. Sein Rücken und seine Beine waren mit Vaseline und Schmutz bedeckt; an seinen Shorts steckte eine Ausweiskarte, die ihn als Angehörigen der wissenschaftlichen Elite auf dem Hügel identifizierte.

»In einem der Höllenkreise sind Männer genau hiermit beschäftigt«, erklärte er Oppy und Joe, während er das Kabel weiter in den Schlauch schob. »Dafür können wir uns bei Foote und den übrigen Scheißbriten bedanken, weil das Kabel, das sie unbedingt importieren und verwenden mußten, unter der hiesigen Sonne geschmolzen ist und jetzt mit zehntausend Meter Gartenschlauch neu isoliert werden muß. Haben Sie schon mal einer zehntausend Meter langen Schlange einen Katheder durch den Arsch eingeführt?«

Etwas weiter stießen sie auf mehrere Physiker, die Kabel ausgruben, die sie erst am Vortag eingebuddelt hatten –, weil sie die Kabel gestreckt verlegt hatten, so daß sie unter dem Gewicht der daraufgeworfenen Erde gerissen waren. Zwei weitere Physiker standen kummervoll neben einem silbergrauen Sperrballon. Der Heliumballon sollte Neutronenzähler in die Luft heben, aber Trinity lag so hoch und die Luft war hier so dünn, daß der Ballon nicht steigen wollte. Auf einer mit Piñons bestandenen leichten Anhöhe hatte ein Radiologe zwischen den Zweigen Drähte gespannt, an denen er weiße Mäuse an den Schwänzen aufhängte, um die Wirkung der Detonation auf Lebewesen zu erforschen; die ersten Mäuse waren wegen der Hitze bereits eingegangen.

»Er ist selbst schon zu lange in der Sonne gewesen«, sagte Joe, nachdem Oppy Mann und Mäuse ins Basislager zurückgeschickt hatte.

»Auf dem Papier sieht alles so vernünftig aus. Haben Sie einen Drink für mich, Joe?«

»Tut mir leid.«

»Seit wann haben Sie keine Taschenflasche mehr bei sich? Sie sehen plötzlich so fit aus – im Gegensatz zu mir. Vor zwei Tagen habe ich das Plutonium angefaßt. Ich habe Harvey erklärt, es zittere. Er hat gesagt, das sei mein Zittern.« Oppy holte tief Luft. »Also – Mescaleros?«

»Genau das, was Groves befürchtet hat, nehme ich an. Für sie ist diese Gegend noch immer Stallion Gate, das Hengst-Tor. Sie treiben wie früher Wildpferde aus den Bergen, um sie hier einzufangen.«

»Ich erinnerte mich an die Mustangs ...«

»Die Fährtensucher kommen in der Abenddämmerung und bleiben bis Tagesanbruch. Sie müssen die Detonation sehen, wenn ich sie nicht rechtzeitig abdränge.«

»Das würde bedeuten, daß Sie erst morgens zurückkämen. Vielleicht würden Sie Trinity ganz versäumen.«

»Sie wollen keine gebratenen Apachen, stimmt's?«

Am westlichen 10000-Meter-Bunker stieg Oppenheimer aus dem Jeep, um mit Meteorologen zu sprechen, die Wetterballone aufließen. Die Ballone sprangen, während sie stiegen, als rollten sie einen unsichtbaren Hügel hinauf.

Hinter dem Bunker fuhr Ray Stingo auf einem Sherman-Panzer mit, dessen Ketten auf einer Probefahrt Kakteen niederwalzten. Der Panzer war weiß lackiert. Seine Kanone war ausgebaut, und die MGs waren durch Autoscheinwerfer ersetzt worden. An der Seitenpanzerung waren Preßluftflaschen für die Besatzung angebracht. Hinter dem Turm war ein Raketenwerfer montiert.

Ray sprang von dem Panzer. »Ist der nicht toll, Chief? Mit Bleipanzerung, Luftfiltern und Klimaanlage. Nach der Detonation fährt diese Kiste als erste los, um Bodenproben zu entnehmen. Und weißt du, wie? Sie fahren an den Krater ran und schießen Raketen mit Schöpfkellen an einem und Drahtseilen am anderen Ende ab. Dann holen sie die Raketen einfach wieder ein. *Das* nenne ich einen Müllwagen!«

»Klingt wie der Müllwagen der Zukunft.«

Joe betrachtete den dunklen Wolkensaum der Berge. Das waren die Wolken vom Vorabend. Geduldige Wolken.

Ray setzte sich zu ihm in den Jeep. »Nur noch acht Stunden bis zum Kampf. Dein alter Kumpel Hilario besteht übrigens darauf, daß jeder Zuschauer mindestens einen Tausender wettet, damit der Verkehr nicht zu stark wird. Die meisten kommen aus Texas, Chief.«

»Das ist gut. Die setzen eher auf den anderen. Wie stehen die Wetten im Augenblick?«

»Unverändert bei zwei zu eins. Dem Jungen trauen viele einen Sieg zu. Die Zuschauer gefallen mir nicht, Chief.«

»Wir halten sämtliche Wetten. Wegen der Zuschauer brauchst du dir keine Sorgen zu machen – wir haben die MP auf unserer Seite.«

Ray beobachtete Oppy, der durch den Busch zurückkam. »Mann, ich bin so nervös, daß ich mir fast in die Hosen mache.«

»Ich denke eben an das Zelt über den Picknicktischen, in dem heute morgen der Gottesdienst stattgefunden hat«, sagte Joe. »Glaubst du, daß du's für den Kampf organisieren könntest?«

»Klar. Warum?«

»Heute abend regnet's.«

Als Oppy an dem Sherman vorbeikam, bog der Panzer rechtwinklig ab, rollte über einen Eisenholzbaum und rasselte auf ihn zu. Ray blickte mit offenem Mund zum Himmel auf; Joe befand sich auf der falschen Seite des Jeeps. Oppy drehte sich um und starrte wehrlos, wie gelähmt den Panzer an, der wippend heranrasselte. Joe war darauf gefaßt, Oppy vor einer Atomkatastrophe retten zu müssen, aber nicht vor einem Albino-Sherman, dem man die Reißzähne gezogen hatte. Bevor der Panzer Oppy überrollte, hielt er plötzlich an. Ein Lukendeckel wurde aufgestoßen, und ein Kopf mit Staubbrille und weißer Baumwollkappe kam zum Vorschein.

»›From this crude lab that spawned a dud‹«, rezitierte der Panzerfahrer mit starkem italienischen Akzent, »›their necks to Truman's axe uncurled. Lo, the embattled savants stood and fired the flop heard round the world.‹«

Dieser pessimistische Vierzeiler war auf dem Hügel beliebt. Der Panzerfahrer zog Brille und Kappe ab, so daß fröhliche Augen und dunkles, zurückweichendes Haar zum Vorschein kamen. Es war Fermi.

»Im Augenblick schätze ich die Aussichten auf eine Entzündung der gesamten Atmosphäre auf eins zu dreitausend ein. Annehmbar. Die Chancen, New Mexico in Brand zu setzen, auf dreißig zu eins. Die Bombe funktioniert, das steht fest.« Er tippte auf seine Stirnglatze. »Das Problem heißt Sonnenschutzlotion. Teller hat die letzten Flaschen aufgekauft, damit er keine Verbrennungen kriegt, wenn er die Detonation beobachtet. Edward glaubt wirklich, daß die Bombe funktionieren wird.« Fermi verschwand wieder hinter Kappe und Brille. »Ich spiele jetzt mit meinem neuen Spielzeug.«

Die Luke wurde zugeknallt. Als der Panzer im Rückwärtsgang anfuhr, lief Ray hinterher, um aufzuspringen.

Um 16 Uhr, vier Stunden vor dem Boxkampf und zehn Stunden vor dem Termin für Trinity, erstiegen Oppenheimer und Joe den Turm. Die Sprengkapseln waren eingebaut, und die dazugehörigen Leitungen schlängelten sich um die graue Stahlkugel der Bombe zu zwei Zündmaschinen. Zusätzliche Kabel, Kisten und Drahtseile machten den kleinen Schuppen noch enger. Joe schlüpfte auf die Plattform hinaus. Am Kranarm hing ein Fernglas, wie es Artilleriebeobachter benutzten, und Joe gebrauchte es, um das Versuchsgelände abzusuchen.

Oppy folgte Joe ins Freie. »Mir kommt's vor, als seien wir zwei Männer, die gemeinsam zum Galgen geführt werden«, sagte er. »Alle anderen sind so zuversichtlich! Haben Sie den heutigen Tagesbefehl gelesen? ›Sucht vierblättrigen Klee.‹«

Joe konnte Flecken mit wolligem Büffelgras und Yuccastengel sehen. Darüber hinaus von Menschen angelegte Baue, in denen Druckmesser installiert waren, senkrechte Rohre mit Kristalldetektoren und eine Freileitung, die von Süd 10 000 zum Turmfuß führte. Nirgends Klee.

Unten auf der Ranch, wo der Bombenkern zusammengebaut worden war, schwamm ein Mann in der Zisterne. Es war eine Betonzisterne mit Doppelbecken für das Vieh, das dort früher gehalten worden war. Der Mann schwamm einige Minuten lang unermüdlich hin und her; dann kletterte er aus dem Wasser, trocknete sich ab und zog einen weißen Overall, Mütze, Stiefeletten und Handschuhe an. Harvey stieg in ein Dodge-Coupé, fuhr auf die Straße hinaus und rollte in Richtung Süd 10 000 davon.

Überall sah Joe Fahrzeuge und Männer zu Fuß den 10000-Meter-Radius um den Turm räumen. Auf der nach Westen führenden Straße war ein Jeep mit einem halben Dutzend GIs besetzt. Weiter in dieser Richtung erhoben sich dunkler werdende Wolken über Vulkangipfeln. Zwischen ihnen und den verschwommenen Oscuras war Trinity ein in der Abendsonne liegender goldener Strand. Aber Windhosen, die Staub um liegengebliebene Instrumente aufwirbelten, kamen näher, und der Donner wurde regelmäßiger.

»Dort draußen liegt eine unsichtbare Welt. Eine neuartige Landkarte, eine Kartographie aus Geigerzählern, Seismographen und Meßinstrumenten. Joe, ich habe mir die Sache mit diesen Mescaleros durch den Kopf gehen lassen. Wenn Sie ihre Verfolgung aufnehmen, kommen Sie vielleicht ein, zwei Tage nicht zurück. Sie und ich haben so viel gemeinsam durchgemacht, daß es tragisch wäre, wenn wir diesen Höhepunkt nicht ebenfalls zu zweit erlebten.«

Joe wünschte sich, der Turm wäre höher und das Fernglas stärker, damit er Hilario aus Santa Fé herabrollen sehen könnte. Der stellvertretende Gouverneur ließ sich vermutlich von einem State Trooper fahren. Die meisten Zuschauer würden von jenseits der Staatsgrenze, aus Texas kommen: Viehzüchter mit dicken Packen Geldscheinen. Auch Pollack würde sich jetzt allmählich ans Steuer seines Cadillacs setzen.

»Ich passe auf, daß ich rechtzeitig zurück bin.«

Oppenheimer lehnte am Geländer. »Heute nacht liegt die Zukunft hier. Die Welt wird sich um uns drehen. Glauben Sie nicht, daß die MP auf die Apachen aufpassen kann?«

»Die MP weiß gar nicht, wo sie suchen soll.«

Joe stellte sich Roberto und Ben in einem Modell T versteckt vor. Vielleicht in einem Kleinlaster, der mit Felix am Steuer und ein paar Kälbern auf der Ladefläche die

Straße entlangtuckerte. Anna mußte inzwischen in Chicago sein – zwischen den am Seeufer aufragenden Betontürmen.

»Das ist ihr Problem. Ich möchte, daß Sie bei mir bleiben«, entschied Oppy. »Bis der Versuch vorüber ist. Vergessen Sie die Indianer; Sie bleiben bei mir.«

Joe suchte das Gelände ab. »Das glaube ich nicht.«

»Wie meinen Sie das?« fragte Oppy, als traue er seinen Ohren nicht.

»Ich kann Ihnen sagen, was ich sehe. Ich sehe Staub, Busch, Ratten, Schlangen. In der wirklichen Welt, in New York, hat die Zukunft bereits begonnen. Ein warmer blauer Abend. Irgend jemand nickt vom Klavier aus, ergänzt seine Noten handschriftlich. Die Trompeten fauchen. Haben Sie schon mal gehört, wie Trompeten fauchen? Mezzoforte. Der Bassist zieht seine Wirbel an. Ebenso sieht's in Philly, in Kansas City aus. Sogar in Albuquerque. Überall sonst, nur hier nicht ... Ich sehe Groves.«

Mit dem Fernglas hatte er Harveys Dodge wiedergefunden. In Gegenrichtung rollte eine Jeepkolonne heran. Das Spitzenfahrzeug führte einen Ständer mit einem einzelnen Stern. General Leslie Groves war in Trinity eingetroffen, und Joe und Oppy mußten hastig nach unten klettern, um ihn am Nullpunkt begrüßen zu können.

»Na, glauben Sie, daß die Verrückten es schließlich geschafft haben, Sergeant?« fragte Groves, als Joe vor ihm salutierte.

»Ja, Sir.«

Groves hatte noch immer diese rostige Stimme, denselben langsamen, leicht nach vorn gebeugten Gang, aber er war seit dem vergangenen Winter schlanker geworden. Sein gewelltes Haar und der Schnurrbart enthielten jetzt mehr Silber, und der Blick seiner grauen Augen war selbstbewußter. Er hatte das Versuchsgelände nicht mehr besucht, seit er es ausgewählt hatte, und war zu schwer, um die Stahlsprossen hinaufzuklettern und die Bombe in ihrem Schuppen zu inspizieren. Aber er machte mit Oppy und Joe und einem Dutzend Obersten und Majoren einen Rundgang um den Turm, bei dem er die Zuversicht eines Ingenieurs ausstrahlte, dessen Pläne endlich ausgeführt worden sind.

»Sieht wie ein Lokus aus.« Groves betrachtete die am Turmfundament hochkant aufgestellte Zweieinhalbmeterkiste.

»So heißt sie auch bei unseren Männern.« Oppy deutete auf das von oben in den »Lokus« führende Kabel. »Die Kiste schützt den Zündschalter. Wir wollten den Staub fernhalten.«

»Sie meinen den Regen«, stellte Groves fest. »Der Wetterdienst hat uns im Stich gelassen. Ich habe VIPs aus Washington und diesen *Times*-Reporter mitgebracht. Hoffentlich kriegen sie auch was zu sehen!«

»Bestimmt.«

»Meine zweite Sorge gilt der Sicherheit des Turmes.«

»Um diese Zeit halten die Leute sich von ihm fern«, sagte Oppy.

»Da merkt man, daß Sie Wissenschaftler und kein Sicherheitsoffizier sind. Dies ist genau die Gelegenheit, auf die ein ausgebildeter Saboteur warten würde. Ich will, daß der Turm angestrahlt und von ein paar Männern mit Maschinenpistolen bewacht wird. Sicherheit und Geheimhaltung sind ab jetzt wichtiger als alles andere.« Groves wandte sich an seinen Adjutanten. »Fällt Ihnen sonst noch was ein?«

»Mescaleros, Sir«, warf Joe ein. »Die einheimischen Apachen.«

»Ja, ich weiß, wir haben ein paar gesehen, als wir im Dezember hier gewesen sind. Ich dachte, Sie wollten sich um sie kümmern, Sergeant.«

»Ja, Sir. Wenn ich mir ein paar Männer meines Vertrauens aussuchen dürfte, Sir? Die Mescaleros kommen im allgemeinen in der Abenddämmerung von den Hügeln herab. Ich müßte allmählich aufbrechen.«

»Los, verschwinden Sie! Ich teile dem Direktor einen anderen Mann zu.«

Oppy holte Joe an seinem Jeep ein. Er sprach leise und kehrte den Offizieren dabei den Rücken zu. »Was haben Sie vor?«

Joe ließ den Motor an. »Einmal hätte ich's fast geschafft, Harvey zu erklären, daß man nicht reden darf, wenn man sich von Ihnen lösen will, sondern einfach weggehen muß.«

»Aber jetzt haben wir doch erreicht, wofür wir alle gearbeitet haben!«

»Wofür *Sie* gearbeitet haben. Dies ist Ihre Bombe, nicht meine.«

Er lenkte den Jeep von Oppy weg zu der nach Norden führenden Asphaltstraße. Aber schon nach wenigen Metern bremste er wieder und kam zum Stehen. »Oppy!«

Oppy, der sich auf dem Rückweg zu Groves befand, drehte sich um, als er seinen Namen hörte. Vor dem Turm, der Wüste, den Uniformierten wirkte er plötzlich mitleiderregend fehlbesetzt.

»Alles Gute!« rief Joe, bevor er das Gaspedal durchtrat. Er würde Gruber und Shapiro am Wachgebäude abholen. Ray war bereits in Antonio. Über den Oscuras zuckten die ersten Blitze auf, aber er hatte es endlich geschafft.

28

Joe wußte kein Mittel gegen die ansatzlos geschlagene kurze Rechte. Er wich nach rechts aus, wie er's Shapiro gezeigt hatte, und lief in einen Haken hinein. Er hörte ein heiseres Grunzen und erkannte das Geräusch seiner eigenen Lunge: zehn Jahre älter als die des Jungen, zehn Jahre

Zigarettenrauch in zehn Jahre Bierspeck verpackt, der sich nur zeigte, wenn ein neunzig Kilogramm schwerer Junge ihm einen Rippenhaken verpaßte. Ihm gefiel die Art, wie der Junge Augen und Fäuste in gleicher Höhe behielt, um dann blitzschnell zuzuschlagen. Die Augen waren durchdringend und wäßrig zugleich – blaß im Scheinwerferlicht. Joe täuschte eine gestochene Gerade an.

Als nächstes fand er sich auf dem Hintern sitzend wieder. Er wußte nicht einmal, ob er von einer Linken oder Rechten erwischt worden war. Er erinnerte sich lediglich daran, eine Faust kommen gesehen zu haben und zu langsam gewesen zu sein, um ihr ausweichen zu können. Dieser Niederschlag brachte ihm eine neue Perspektive, die seinen bleiernen Füßen und seinem jagenden Herzen näher zu sein schien. Der nasse Makadam glitzerte wie Diamantstaub. Ray hatte das Kantinenzelt aus dem Basislager organisiert, und die parkenden Wagen waren darunter mit eingeschalteten Scheinwerfern zu einem Kreis aufgefahren. Regen trommelte auf die Zeltleinwand. Joe wälzte sich zur Seite, um einem Schlag ins Genick auszuweichen, und kam wieder auf die Beine. Wer ist da? Alle sind da. Texaner, Leute aus New Mexico, Soldaten. Keine Wissenschaftler, aber dies war auch nicht ihr Kampf.

»Zeit!« rief Hilario.

Ray setzte Joe auf die Stoßstange eines Jeeps und drückte ein nasses Handtuch auf sein Ohr. Das Ohr brannte, folglich war es aufgerissen. Ihre Fäuste waren bandagiert, aber sie trugen keine Handschuhe. Es würde viele Verletzungen geben.

»Müße einen richtigen Ring samt Ringrichter geben«, grummelte Ray. »Ein beschissener Hundekampf ist das!«

»Hundekämpfe sind hier sehr beliebt.«

Hilarios Beobachtungsplatz war ein Streifenwagen, wie er seiner Dienststellung entsprach. Obwohl in der Menge einige aus Santa Fé bekannte Gesichter auftauchten, bestand sie hauptsächlich aus Viehzüchtern aus Amarillo und El Paso. Faltige Gesichter, Hüte aus Hirschhaarfilz und große Daumen auf dicken Banknotenbündeln. Gesichter, die sich eher in Jahrmarktzelten als in Sportstätten aller Art wohl fühlten. Sportsfreunde, die für ihr mit Kriegslieferungen verdientes Geld ein bißchen Blut sehen wollten. Aus ihrer Sicht war Hilario der ideale Zeitnehmer, denn er beendete jede Runde erst dann, wenn er den richtigen Augenblick für neue Wetten für gekommen hielt. Er hatte keinen Sinn für Fairneß, aber er besaß einen Instinkt für dramatische Entwicklungen. Hilario gegenüber verfolgte Pollack das Geschehen aus seinem weißen Cadillac heraus. Die Militärpolizisten hielten sich auf Joes Anweisung im Hintergrund.

»Zeit!« rief Hilario wieder.

Der Junge griff wieder mit seiner kurzen Rechten an. Er hatte einen Rundschädel mit kurzgeschorenem schmutzig-blonden Haar, einen Stiernacken und breite behaarte Schultern. Kleine Nase und runde Stirn – wie für einen Boxer geschaffen. Schmales Kinn mit sandfarbenen Bartstoppeln. Zu einem breiten Lächeln verzogene schmale Lippen. Neunzehn Jahre alt, vielleicht zwanzig. Sein Bauch war mit Muskeln bepackt und wies in der Mitte eine lange rosa Narbe auf, die unter dem Gürtel hervorkam. Ein Unfall oder eine Operation durch einen Fleischer. Joe wehrte die Gerade ab, versuchte einen Haken anzubringen, schlug quer und verfehlte den Jungen auch mit dem zweiten Haken. Der Junge revanchierte sich mit einer gestochenen Linken und fand damit die empfindliche Stelle an Joes Augenbraue. Sie wirkte vielversprechend, und er traf sie noch zweimal, bevor Joe die Fäuste hochnahm. Der Junge griff seine Rippen an und bemühte sich, Joe dazu zu bringen, seine Deckung herunterzunehmen, damit er nochmals die Augenbraue treffen konnte.

Jeder Kampf bestand aus unterschiedlichen psychologischen Ebenen. Joe hatte das Gefühl, es sei wichtig zu begreifen, worauf die Stärke eines Gegners basierte. Manche Boxer hatten ihre ganze Kraft in den Armen; andere mußten sozusagen von den Beinen aus angreifen. Der Junge war schnell und besaß guten Gleichgewichtssinn, aber Joe vermutete bei ihm Verrücktheit, sogar noch mehr als die typische hirnlose Verrücktheit der Texaner. Es würde einige Zeit dauern, ihre Ursachen zu ergründen, aber ein Boxkampf zwischen zwei großen Männern sollte das Tempo eines langen, tiefschürfenden Gesprächs aufweisen.

Der Junge drängte Joe rückwärts gegen den Kühlergrill eines Lastwagens. Als Joe in den Clinch ging und die Fäuste seines Gegners unter seinen Armen festklemmte, ließ der Junge seinen Schädel nach vorn schnellen und traf Joes Schläfe mit einem Kopfstoß. Joe sank auf ein Knie herab, aber der rote Sturzbach blieb aus, folglich war die Augenbraue heilgeblieben. Er kam wieder hoch, wich rückwärts aus und hielt sich den Jungen mit kurzen Geraden vom Leib, bis Hilario diese Runde für beendet erklärte.

Als Joe Platz nahm, rieb Ray ihm die Stirn mit Vaseline ein. »Er versucht, deine Augenbraue zu treffen.«

»Erzähl mir lieber was Neues.« Joe fuhr sich mit der Zunge über die Zähne, als wolle er sie zählen.

»Captain Augustino ist hier – er sitzt drüben in der Bar.«

Stimmengewirr und fuchtelnde Hände zeigten an, daß die Quote sich geändert hatte. Drei Finger. Hilario schrieb einem finsteren Navajo im Samthemd eine Quittung aus. Shapiro war nach vorn gekommen und machte ein Gesicht, als lutschte er eine Zyankalipille oder habe auf den falschen Boxer gesetzt. Auf der anderen Seite der Arena ließ der Junge erkennen, daß *er* keine Pause brauchte. Er tänzelte hin und her, ohne Joe aus den Augen zu lassen, bis Hilario die beiden Männer zum Weiterkämpfen aufforderte.

Der Junge war verrückt und schnell. Joe wich seitlich aus, aber der andere war schon da. Als er zurückwich, war sein Gegner ihm voraus. Die Narbe an seinem Bauch hatte sich dunkelrot verfärbt, als sei sie zu eigenem Leben erwacht, und Joe vermutete in ihr die Hauptantriebskraft, die eigentliche Quelle dieser Verrücktheit. Die Narbe sah aus, als sei der Junge einmal auf die Hörner genommen worden. Selbst wenn er noch so gut wurde: mit aufgerissener Bauchdecke konnte er niemals Berufsboxer werden; damit war er nicht einmal wehrdiensttauglich. Welchen Eindruck mußte der Junge dann von einem abgehalfterten Profi, vom Abklatsch eines Indianerhäuptlings haben? Kein Wunder, daß seine Lippen sich vor Anstrengung verzerrten, während er zu einem Haken ausholte, sich vom hinteren Standbein abstieß, um sein Gewicht einzusetzen, ohne nach vorn zu fallen oder aus dem Gleichgewicht zu geraten, und mit scharf hervortretenden Sehnen soviel Haß wie möglich in seinen Fausthieb legte, mit dem er die alte Narbe über Joes linkem Auge zu treffen versuchte.

Ein Boxkampf war eine subtile Angelegenheit, bei der einer der Männer früher oder später erst die Ringmitte und danach den gesamten Ring beherrschte. Selbst unter einem Zeltdach im Regen wiesen die Schritte, die Finten und die geistige Konzentration ein zentrifugales Muster auf. Haß war eine gute Gefühlsregung für einen Boxer.

Joes Augenbraue platzte unter einer an sich leichten Berührung auf. Eben konnte er noch sehen; in der nächsten Sekunde war sein Auge voller Blut. Der Junge drängte heftig nach, ohne auf Hilario zu achten, der die Runde abbrechen wollte, um weitere Wetten entgegennehmen zu können, bis Joe ihn mit einer kurzen Linken zum Zurückweichen brachte.

»Wieviel Uhr ist es?«

Ray drückte Joes Augenbraue zusammen, klebte ein Pflaster darüber, bedeckte es mit Vaseline und wischte ihm das Gesicht ab.

»Zwanzig nach acht, halb neun. Du brauchst keine Uhr, du brauchst einen Reißverschluß.«

»Das letzte Geld! Du mußt es sofort versetzen, verstanden?«

»Solange du dich zu Tode blutest, kriegen wir eine ziemlich gute Quote.«

»Los, mach schon!«

Er stand allein da. Die Scheinwerferstrahlen trafen sich in der Mitte des Innenhofs, und über dem weißlichen Dunst tanzten Insekten. Jenseits der Mitte stand der Junge und erwiderte seinen Blick mit zusammengekniffenen Augen. Hatte diese letzte kurze Gerade ihn gewarnt? Die nicht übermäßig vielen Zuschauer machten ziemlichen Lärm. Joe hatte schon immer das Gefühl gehabt, daß das zahlende Publikum gegen Ende eines Kampfes am liebsten selbst in den Ring geklettert wäre, um die entscheidenden Schläge selbst zu führen.

Der Junge stürzte sich sofort auf die Platzwunde über Joes Auge. In der Mitte der Arena bewegte Joe sich rückwärts und schlug kurze Gerade. An die Fahrzeuge gedrängt, nahm er die Fäuste hoch, schützte sein Sonnengeflecht mit den Ellbogen und hielt den Trommelwirbel gegen seine Rippen aus, bis er endlich ausweichen konnte. Der Junge ging von Links-rechts-Kombinationen zu wütenden Einzelaktionen über. Haß strömte unablässig aus ihm hervor, ein Nierenhaken, eine Gerade ans Ohr, dann die Linke, die Joes Augenbraue traf – wie ein eifriger Bildhauer an einer leidenschaftlich gehaßten Statue arbeitet. Joe stolperte, duckte weg, ging in den Clinch und wich zurück, bis Hilario erneut »Zeit!« rief.

Auf der Motorhaube des Streifenwagens quollen Hilarios Taschen von Geld über. Er beobachtete Joe sorgfältig, betrachtete den Jungen.

Ray rieb Joes Rücken und massierte seine Arme. »Leg den Scheißkerl um!«

Der Junge stürmte mit einem weiteren Schlaghagel heran, wobei jeder Schlag der Ausdruck einer kleinen, geschrumpften Seele war. Joe reagierte mit einer gestochenen Geraden, die doppelt so schnell wie alle bisherigen kam –, aber trotzdem sanft, nur kräftig genug, um dem Jungen zu sagen: *Ich verstehe dich.* Dieses Verstehen schien ansteckend zu sein, denn der Junge umkreiste ihn jetzt, anstatt blindlings anzugreifen. Obwohl er wirklich gut war, hatte er noch nie länger als drei Runden gekämpft. Dies war die vierte. Er schlug noch immer hart zu, aber er legte sein Gewicht in die Geraden und holte zu jedem Haken aus. Joe wehrte den Haken ab und landete selbst einen Herztreffer: zur Sondierung, als Beweis für sein wachsendes Interesse an der Verfassung des Jungen. Und zugleich eine Ankündigung: *Wir befinden uns auf einer neuen Ebene.* Der Junge versuchte, mit kurzen Geraden Zeit zu gewinnen, um über ihr geändertes Verhältnis nachdenken zu können. Seine Geraden kamen zu kurz. Joe traf die Nase des Jungen, dessen kleine Augen daraufhin sekundenlang glasig wurden.

Der Junge reagierte mit einer angedeuteten Rechten und einer linken Geraden, die das Pflaster von Joes Platzwunde riß. Joes Auge lief voll Blut, das nach allen Seiten spritzte, als er wegduckte. Der Junge setzte nach, um die Augenbraue weiter zu bearbeiten. Wuchtig zuschlagende Linksausleger neigen dazu, ihre Deckung rechts zu öffnen. Eine physikalisch begründete Tatsache, die sich aus Newtons Gravitationsgesetzen erklärt. Je müder sie sind, desto mehr vernachlässigen sie ihre Deckung. Nachdem Joe sich für einen Mann seiner Größe tief geduckt hatte, brachte er einen rechten Haken an und richtete sich auf, während seine Faust den ungeschützten Magen mit der roten Narbe traf. Der Junge bäumte sich auf: Eine Hälfte seines Körpers folgte noch dem Schwung seiner Linken, und die andere versuchte, vor Joe zurückzuweichen, der die korallenrote Narbe erneut traf, weiter angriff, tief unten blieb und sich auf den nachgebenden Magen des anderen konzentrierte. In der Luft konnte der Junge ihm nicht ausweichen. Joe setzte von ganz unten zu einem Magenhaken an und richtete sich dabei auf.

Das unvermeidliche Ende wurde von einem Grunzen und einem Geräusch begleitet, als schlage Joes Faust einen Pfahl in feuchtes Erdreich. Als sie ihren Aufwärtsbogen beendet hatte, veränderte sich der Zustand des Jungen von Schwerelosigkeit zu Schwere, und er blieb im Scheinwerferlicht wie eine Wasserleiche mit ausgebreiteten Armen und Beinen liegen.

Joe hatte seine Kleidungsstücke in der Küche des Cafés gelassen. Er wusch sich, verpflasterte seine Augenbraue und zog sich neben dem Ausguß an, während Ray die Konservenbüchsen mit Pfirsichen, Schmalz und Bohnen vom Tisch räumte und die Scheine sortierte und zählte. Die emaillierte Arbeitsfläche der langen Küche war mit Banknotenstapeln bedeckt.

»Chief, du hättest Gruber und Shapiro sehen sollen! Sie haben diese Cowboys gefilzt wie die Gestapo und ihnen bis auf ihre Uhren alles abgenommen. Fertig!« Ray trat vom Tisch zurück wie ein Mann, der sich einen Gesamteindruck von einem großen Rembrandt verschaffen will. »Mein Gott, soviel Geld auf einem Haufen hab ich noch nie gesehen! Sechsundsechzigtausend Dollar für dich. Das ist so gut wie ein Titelkampf. Du solltest eine Bank aufmachen.«

»Ich hab schon was anderes vor.« Joe steckte das Krawattenende in sein Hemd und betastete vorsichtig das Pflaster auf seiner linken Augenbraue.

»Aufs Wohl von Chief Joe Peña!« Ray schenkte zwei Gläser Black Label ein. »Auf den besten Schwergewichtler der Army. Dies ist dein Abend, Chief!«

Pollack schlüpfte durch die Küchentür herein. Sein Haar war frisch frisiert und duftete nach Pomade. Er trug eine kanariengelbe Jacke und an beiden Händen je einen Brillantring. In der Aufmachung eines Mannes, der eine

Vergnügungsreise vor sich hat, ging er mit respektvoller Miene einmal um den Tisch und legte dann drei zusammengefaltete Papiere vor Joe hin.

»Kaufvertrag. Quittung. Schanklizenz.« Pollack berührte einen der grünen Stapel kurz, als wolle er sich von seiner Existenz überzeugen. »Meinen Glückwunsch, jetzt gehört dir ein Nachtclub. Ich wollte, ich könnte bleiben, um dir die Kniffe beizubringen.«

»Du fährst heute abend ab?«

»Ich hab versprochen, am Kai zu sein, wenn Eddie Junior zurückkommt. Das ist eine Dreitagefahrt. Kansas City, Pittsburgh, New York. Wenn er aus Italien zurückkommen kann, muß ich ja wohl am Kai sein können.« Pollack zählte fünfzigtausend Dollar ab und verstaute die Scheine in einem Geldgürtel, während Joe die Papiere überflog. Die Quittung war bereits unterzeichnet. »Ich hätte nie gedacht, daß ich mich eines Tages von der Casa Mañana oder New Mexico verabschieden würde, Joe. Passiert hier heute nacht noch was anderes? Überall stehen Militärlaster abseits der Straße versteckt.«

»Dies ist ein Bombenabwurfgebiet, weißt du.« Joe steckte die Papiere in seine Hemdtasche.

»Ich dachte, ich hätte einige Soldaten vom Hügel erkannt.« Pollack hängte sich den Geldgürtel über den Arm. Er hätte ihn niemals vor den Augen anderer angelegt – dazu besaß er zuviel Würde. »Mit dir geht's in Ordnung, Joe. In Zukunft geht's mit allen in Ordnung.«

»Wir sind noch mal davongekommen.« Joe schüttelte ihm vorsichtig die Hand, weil seine Faust verdammt weh tat. »Vielen Dank für alles.«

Pollack blieb an der Tür stehen. »Das ist der letzte Kampf von Big Chief Joe Peña gewesen?«

»Der allerletzte.«

»Gut. Diesmal hat er's gerade noch geschafft, glaub ich.«

»Hundesohn!« sagte Ray, als Pollack verschwunden

war. »Die Casa Mañana gehört dir? Du Hundesohn, *das* hast du tatsächlich geschafft?«

»Ich muß weiter.« Es war 21 Uhr. Joe zählte tausend Dollar ab und schob den Rest seines Geldes mit Rays Anteil zusammen. »Heb mir das Geld ein paar Tage lang auf. Und vergiß die Sache mit der Müllabfuhr. Ich mache aus dir einen Maître d'hôtel. Nach dem Versuch fährst du Leute ins Albuquerque Hilton zurück, stimmt's? Danach gehst du ins Casa und bleibst an der Kasse, bis ich aufkreuze.«

»Im Ernst?«

»Denk daran: Falls jemand nach mir fragt, sagst du, daß ich unterwegs bin, um Apachen zu jagen.«

»Das mit mir ist dein Ernst?«

»Die Leute werden anstehen, um dem Maître d'hôtel ein Trinkgeld in die Hand drücken zu können.«

»Im Smoking?«

»Hoffentlich!«

»Das ist besser als Müllkutscher.«

»Manchmal passiert so was, Ray. Manchmal klappt etwas tatsächlich.«

»Aber es ist eine Überraschung, wenn's so kommt«, versicherte Ray ihm.

Das Zelt stand auf dem leeren Innenhof. Die Motelzimmer waren dunkel, weil sie mit Militärpolizisten belegt waren, die jetzt auf der Straße unterwegs waren, um den Verkehr zu überwachen, die Verlierer nach Texas zurückzuscheuchen und weitere Lastwagenladungen GIs nach Trinity zu dirigieren. Das einzige noch auf dem Hof stehende Fahrzeug war Joes Jeep, dessen Verdeck wegen des Regens hochgeklappt war. Unter dem Halbmond zuckten Blitze und rollten Donnerschläge über den Himmel. Der klapprige alte Wagen oder Kleinlaster, mit dem Joe gerechnet hatte, war nirgends zu sehen, so daß er sich überlegte, ob Ben und Roberto vielleicht gar nicht kommen würden. Nein! Dies ist Joe Peñas Nacht, dachte er, und der Himmel schien seine Ansicht zu teilen, denn der Regen hörte für kurze Zeit auf. *Joe Peñas Casa Mañana.* Als er über den Hof auf seinen Jeep zuging, schienen die Regenschleier sich wie ein Vorhang zu teilen, als öffne sich die Welt eigens für ihn.

Joe ließ sich in den Jeep fallen. Im Halbdunkel sah er auf dem Beifahrersitz etwas Schlangenförmiges in gedämpftem Gelb glitzern. Zwei Blitzstäbe.

»Der Junge hat keine Chance gehabt, Sergeant«, sagte Captain Augustino vom Rücksitz aus. »Sie haben ihn reingelegt. Er hat überhaupt nicht gewußt, gegen wen er boxt.«

»Sie haben sich den Kampf angesehen, Captain?« Das schienen Robertos Blitzstäbe zu sein.

»Das ist nicht nötig gewesen.«

»Haben Sie Geld dabei verloren?«

»Nein, ich habe auf Sie gesetzt.«

»Haben Sie die Medizinmänner gefunden, nach denen Sie gesucht haben?«

»Nein. Ich habe die von ihnen versteckten Stäbe entdeckt. Zauberstäbe.« Augustino klopfte mit dem Ende einer Zigarette auf ein silbernes Zigarettenetui. Es sah wie das Etui aus, das Mrs. Augustino gehabt hatte, und seine Klopfbewegung glich der seiner Frau. Die Streichholzflamme hüllte das Innere des Jeeps in weiches, vertrauliches Licht: eine Illusion goldener Wärme im Gegensatz zu den Wassertropfen auf der Windschutzscheibe. Der Lichtschein ließ auch die Stäbe auf dem Beifahrersitz golden aufleuchten.

Augustino beugte sich nach vorn. Auf seinem blassen Gesicht stand ein verständnisvolles Lächeln, und aus seinem Blick sprach beinahe Bewunderung. »Ich habe nicht die Absicht, die Army zu dem Eingeständnis zu veranlassen, daß ein Medizinmann Feuer vom Himmel herabrufen kann. Auch wenn das versuchte Sabotage gewesen ist, weiß ein Medizinmann es eben nicht besser.«

»Ich muß los, um Mescaleros zu vertreiben. Befehl von Groves.«

Ein Auto ohne Beleuchtung bog in den Hof ab und hielt vor dem Café auf der anderen Seite des Zelts. Ein zweitüriger Plymouth.

»Sergeant, ich finde etwas so Unbedeutendes wie einen Boxkampf an einem Abend wie diesem amüsant, aber ich habe den Verdacht, daß der General ihn als Pflichtverletzung bezeichnen würde.«

Augustino sah den Wagen so gut wie Joe. Er kannte die Fahrzeuge vom Hügel so gut wie Joe und wußte, daß dies Tellers Auto war. Es schien nur mit einer Person besetzt zu sein. Ihre weißen Hände umklammerten das Lenkrad.

»Dann müßten Sie die Hälfte aller MPs auf dem Versuchsgelände festnehmen. Das haben Sie bestimmt nicht vor.«

»Richtig, mich beschäftigen andere Dinge.«

Eigentlich verblüffend, daß er sie sogar an den Händen erkennen konnte. In der Dunkelheit sah er ihre grauen Augen, die nach einem Rundblick den Jeep anstarrten.

»Da dies nicht meine Stäbe sind«, sagte Joe und nickte zu den Blitzstäben hinüber, »und Sie nichts wegen der Boxerei unternehmen wollen, mache ich mich jetzt lieber auf die Suche nach diesen Apachen.«

»Viel Erfolg, Sergeant!«

Joe ließ den Motor seines Jeeps an. Er würde aus dem Hof fahren und auf der Straße auf sie warten. Sie war wieder da! Diese Erkenntnis durchflutete ihn wie ein befreiender Atemzug, als sei er seit ihrer Abreise tot gewesen und lebe jetzt wieder.

»Nur noch eine Frage«, sagte Augustino, »dann können Sie fahren. Eine Frage – das ist doch fair?«

»Bitte.«

»Haben Sie Harry Gold und Oppenheimer jemals zusammen gesehen?«

»Sind Sie noch immer auf dieser Fährte?«

»Sie kennen Harry Gold, der eigentlich Heinrich Golodnizki heißt?«

»Ja.«

»Und Sie haben ihn nie mit unserem Doktor Oppenheimer gesehen?«

»Nein.«

Etwas fiel auf die Blitzstäbe. Augustino hielt plötzlich eine kleine Taschenlampe in der Hand und beleuchtete damit ein Foto, das Oppy, Joe und Harry Gold zeigte. Die drei Männer standen an der Straßenecke vor dem Hotel La Fonda.

»Ich habe mir das Recht auf weitere Fragen verdient, glaube ich, Sergeant. Haben Sie Harry Gold jemals zusammen mit Doktor Weiss gesehen?«

Joe lehnte sich zurück und fragte sich, wo der Fotograf an diesem Tag in Santa Fé gestanden haben mochte. Der Captain ließ eine zweite Aufnahme fallen. Sie zeigte Joe, Harry Gold und Anna an derselben Straßenecke. Anna trug die silberne Haarspange, die sie am Portal gekauft hatte.

»Der Rundfahrtbus!« sagte Joe. »Die Touristen mit ihren Kameras!«

»Richtig. Wir haben ihn von zwei Bussen beschatten lassen. Berücksichtigt man die Tatsache, daß sie nicht ständig in seiner Nähe bleiben konnten, haben wir Glück gehabt.« Ein drittes Bild glitt auf den Beifahrersitz. Auf diesem Foto waren Joe und Gold allein – und Joes Hand lag auf der Zeitung unter Golds Arm. »Sehen Sie, ein sowjetischer Kurier trifft einfach nicht zufällig mit Julius Robert Oppenheimer, dem Direktor eines Geheimprojekts der U.S. Army, oder Anna Weiss, einer an diesem Projekt beteiligten Wissenschaftlerin, zusammen. Deshalb haben Sie mir gegenüber alles geleugnet. Deshalb haben Sie mich belogen.«

»*Ich* habe mit Gold gesprochen. Doktor Weiss ist dazugekommen, um mit *mir* zu reden.«

»Danke, das genügt! Sie sind Zeuge eines Treffs zwischen Anna Weiss und einem sowjetischen Kurier geworden. Sie haben recht daran getan, daß Sie's mir gemeldet haben.«

Joe stellte den Motor ab. Der Regen rauschte jetzt gleichmäßiger herab und prasselte aufs Segeltuchverdeck des Jeeps. Trotz der Entfernung und der Dunkelheit erkannte Joe zwei Köpfe, die Männern gehörten, die sich jetzt aufrichteten, nachdem sie sich lange genug hinten in dem Plymouth versteckt gehalten hatten.

»Sie haben Fuchs verpaßt«, erklärte er Augustino. »Gold hat sich auf einer nur wenige Blocks von der Plaza entfernten Brücke mit Fuchs getroffen. Ich habe versucht, Gold die Zeitung abzunehmen, um rauszukriegen, was Fuchs ihm übergeben hatte.«

»Fuchs interessiert mich nicht.«

»Als Sie mit Gold am Portal gesprochen haben, hat er ein Exemplar der in Santa Fé gedruckten Zeitung unter dem Arm gehabt. Auf der Brücke …«

»Fuchs interessiert mich nicht.«

Wie oft erlebt man als Mann einen Liebesbeweis? Daß eine Frau etwas für einen riskiert? Selbst wenn die Gefahr viel größer ist, als sie ahnt …?

»Lassen Sie Doktor Weiss in Ruhe!« forderte er Augustino auf.

»Das hängt von Ihnen ab. Weiss oder Oppenheimer. Sie haben die Wahl.«

»Ich brauche Bedenkzeit.«

Die Windschutzscheibe beschlug, so daß Annas Gesicht nur noch undeutlich zu sehen war. Regentropfen liefen zu Wasserfäden zusammen.

Fahr, dachte Joe. Fahr endlich.

»Sie müssen sich noch heute nacht entscheiden«, drängte Augustino. »Wie Sie wissen, lassen alle in den letzten beiden Tagen auf dem Hügel vorgenommenen Tests auf einen schmählichen Fehlschlag des hiesigen Versuchs schließen. Wir stehen am Vorabend eines historischen Debakels, Sergeant. Milliarden Dollar vergeudet. Eine Chance, den Krieg zu beenden, verspielt. Deshalb ist Julius Oppenheimer jetzt dem Zusammenbruch nahe: weil er weiß, daß die Bombe nicht funktionieren wird. Und er weiß, daß General Groves als erstes nach dem Schuldigen fragen wird. Oppenheimer versteht es meisterhaft, sich vor jeglicher Verantwortung zu drücken. Seine Frau ist Kommunistin, sein Bruder ist Kommunist, seine Freunde und seine Studenten sind Kommunisten, aber er selbst behauptet, keiner zu sein – und leitet unser wichtigstes Projekt. Ich habe Harry Gold nicht erfunden, Sergeant. Harry Gold ist hier aufgekreuzt, um eine Nachricht zu überbringen. Falls Trinity ein Fehlschlag wird, ist der Grund dafür kein Versagen amerikanischer Wissenschaftler, sondern ein sowjetischer Befehl. Nach dem Fehlschlag von heute nacht werde ich meine Pflicht tun. Meine Männer sind in Santa Fé und warten darauf, daß ich sie Harry Gold festnehmen lasse. Und ich verhafte seinen Mitverschworenen. Das ist von Anfang an mein Auftrag gewesen.«

Fahr endlich! bat Joe in Gedanken. Schnell!

»Kein Mensch glaubt Ihnen, wenn Sie Anna Weiss als Spionin hinstellen.«

»Kein Mensch wird sie verteidigen. Ein Flüchtling aus einem Nazi-Irrenhaus? Ein männermordendes Luder? Die Ehefrauen auf dem Hügel werden sich zusammenrotten, um sie auf dem Scheiterhaufen zu verbrennen, und Kitty Oppenheimer wird die erste Fackel werfen. Sergeant, ich habe gewisse Erfahrungen auf dem Sicherheitssektor und kann Ihnen versichern, daß in der gedrückten Stimmung nach dem Mißerfolg jeder erleichtert sein wird, daß ein Sündenbock gefunden ist.«

»Mit welchen Beweisen?«

»Gold, Weiss, Sie. Kurier, Kontaktperson, Zeuge. Das Beweismaterial deutet auf diese schmuddelige Dreiecksgeschichte hin.«

Der Plymouth fuhr endlich an: noch immer ohne Licht, ein Schatten, der langsam aus dem Hof rollte und dessen Fahrgeräusch vom Regen verschluckt wurde. Als Anna ihre Scheinwerfer einschaltete, sah Joe zuletzt noch die verschwindenden Schlußlichter. Zehn Sekunden später kam eine Limousine, ein Dienstwagen der Army, ohne Lichter hinter einer der Moteleinheiten hervor, rollte über den Hof und nahm die Verfolgung auf. Bis zur Straße war es ungefähr eine halbe Meile.

Nachdem Anna weggefahren war, sprach Augustino erstmals ausführlich über sie.

»Wir nehmen an, daß sie die beiden flüchtigen Medizinmänner zur Grenze bringt. Ich habe meine Leute angewiesen, sie nur auf meinen direkten Befehl hin zu verhaften, aber Sie haben sie schon schwer belastet. Und Sie werden sie noch mehr belasten. Sie werden sie belasten, wie es nur ein Liebhaber kann. Wie ist ihr die Flucht aus Deutschland gelungen? Hat sie hierzulande jemals versucht, die Entwicklung der Bombe zu beeinträchtigen, ihren Einsatz zu verhindern oder andere in diesem Sinne zu beeinflussen?«

»Was wollen Sie also?«

»Gold, Oppenheimer, Sie. Das wäre ideal.«

Joe holte tief Luft. »Zeigen Sie mir das Foto noch mal.«

Augustino nahm die beiden oberen Bilder weg und richtete seine Taschenlampe auf das Foto, das Oppy mit Gold und Joe vor dem Hotel in Santa Fé zeigte. Auf dem glänzenden Schwarzweißbild wirkte Oppy ärgerlich, Gold nachdenklich. Schnitt man Joe ab, konnten die beiden Männer in lebhafter Unterhaltung begriffen sein.

»Das ist mir wie eine zufällige Begegnung vorgekommen«, sagte Joe.

»Ich brauche mehr als eine zufällige Begegnung.« Augustino ließ eine weiße Geschäftskarte, auf der in erhabener Schrift *Harry Gold* stand, auf das Foto fallen. »Ich möchte, daß diese Karte in Oppenheimers Tasche kommt – Hosentasche, Jackentasche, jede ist mir recht. Sehen Sie, *mir* genügen die vorhandenen Beweise. Aber ich brauche für andere irgendein kleines Beweisstück, irgendeine Kleinigkeit, die ihn konkret belastet.«

»Als Sie Gold vor der Casa Mañana niedergeschlagen haben, wollten Sie ihn nicht nur durchsuchen. Sie haben's getan, um seine Karte an sich zu bringen.«

»Richtig! Als ich Sie aus dem Militärgefängnis geholt habe, habe ich Ihnen gesagt, daß Sie einen ganz bestimmten Auftrag erhalten würden. Als ich Sie an dem Morgen, an dem wir auf die Jagd gegangen sind, am Leben gelassen habe, damit Sie Oppenheimer und General Groves hierher bringen konnten, habe ich Sie wegen Ihres Auftrags geschont. Damit Sie diese Karte an den Mann bringen können. Oder eine ähnliche Karte. Oder ähnliches Belastungsmaterial.«

»Was ist mit den Informationen, nach denen Sie ständig gefragt haben?«

»Sergeant, Sie sind viel zu trotzig, um ein verläßlicher Spitzel zu sein. Aber Sie leisten gute Arbeit, wo's darauf ankommt. Oppenheimer und Doktor Weiss. Für wen entscheiden Sie sich?«

Der Regen war stärker geworden und wurde vom Wind gegen die Scheibe gepeitscht. Joe glaubte zu spüren, wie sie nach Süden – nach Mexiko – abbog.

Die Geschäftskarte war ein billiges, an den Ecken bereits abgestoßenes Stück Pappe. Sie paßte in Joes Handfläche, glitt leicht in seine Brusttasche. Er ließ den Motor erneut an. »Zurück zum Turm?« fragte er Augustino.

»Zu unserer patriotischen Pflicht.«

29

Seit 22 Uhr hing ein Antisabotagelicht unter der ersten Turmplattform, um als Zielpunkt für die zehn Kilometer entfernten Scheinwerfer zu dienen. Die schwachen Lichtstrahlen, die den Regen durchdrangen, beleuchteten einen Jeep, in dem Eberly bis auf die Haut durchnäßt mit einer Maschinenpistole auf den Knien hockte. Jaworski und Foote – beide in klatschnasser Kleidung und mit tropfenden Hüten – hatten die Tür der als »Lokus« bezeichneten Kiste am Fuß des Turmes geöffnet. Oppenheimer beobachtete sie unter seinem durchweichten runden Filzhut hervor mit einer feuchten Zigarette im Mundwinkel. Als Joe und Augustino mit dem Jeep vorfuhren, wurde die hintere Tür eines Dienstwagens aufgestoßen.

»Hier rein, Sergeant!« rief Groves. »Fertig mit den Apachen?«

»Ja, Sir.«

»Sie scheinen welche entdeckt zu haben.« Als Joe neben ihm auf den Rücksitz glitt, warf Groves einen Blick auf seine verpflasterte Augenbraue. Die Scheiben der Limousine waren beschlagen, und die Generalsuniform erinnerte an ein durchweichtes Handtuch.

»Ja, Sir.«

»Wilde Indianer sind nicht das eigentliche Problem.« Groves wischte Kondenswasser von der Seitenscheibe, um die drei Männer an der Kiste beobachten zu können. »Wie Sie wissen, ist Doktor Oppenheimer ein überempfindlicher Mensch. Jede Kleinigkeit kann ihn jetzt zum Explodieren bringen. Er muß entscheiden, ob der Versuch abgeblasen werden soll oder nicht, und alle Spinner im Basislager wollen, daß er ihn absagt. Deshalb habe ich ihn hierher mitgenommen, damit er eine ruhige, vernünftige Entscheidung treffen kann.«

Joe sah zu Captain Augustino hinüber, der im Jeep geblieben war. Sollte er Groves jetzt aufklären? War dies der richtige Augenblick, um zu sagen: »General, der Chef Ihres Sicherheitsdienstes will Ihren Projektleiter als kommunistischen Spion verhaften«? Nein. Augustinos ganzer Plan hing davon ab, daß der Versuch stattfand. Bei diesem Wetter bestand nicht die geringste Chance, daß der Versuch stattfinden konnte. Folglich brauchte er in dieser Nacht nur hinhaltenden Widerstand zu leisten. Morgen, wenn jedermann wieder trocken und vernünftig war, würde er's dem Captain gründlich besorgen.

»Es gießt wirklich, Sir.«

»Der Regen hört irgendwann wieder auf. Doktor Oppenheimer braucht keine weiteren wissenschaftlichen Debatten; er braucht vernünftige Ratschläge. Fermi hat vom bevorstehenden Ende der Welt gesprochen, und einzelne GIs rennen vor Angst bis nach Tularosa. Reden Sie mit ihm – auf Sie hört er nämlich. Beruhigen Sie ihn. Halten Sie ihn von Pessimisten fern.«

Als Joe ausstieg, leuchtete der Stahlturm kreideweiß auf. Die Helligkeit erlosch, und zwei Sekunden später ließ Donner den Talboden erzittern. Verdammt nahe.

»Das ganze Frühjahr und den ganzen Sommer hat's nicht geregnet.« Oppy hob sein Gesicht den Tropfen entgegen. »Jetzt stehen wir hier – vier Stunden vor der Stunde X–, und es kübelt.«

Im »Lokus« löste nasses Isolierband sich in schwarzen Spiralen von Koaxialkabeln. Während Jaworksi das herunterhängende Band abschnitt, umwickelte Foote das Kabel mit frischem Isolierband.

»Mit Schlangen und Sonnenstich haben wir in der Wüste gerechnet«, stellte Foote fest. »Die Feuchtigkeit hat uns überrascht.«

»Wie steht's mit Blitzschlag?« fragte Joe.

»Ich hab Ihnen erzählt, was Blitzschlag bei einem Vorversuch angerichtet hat.« Jaworski schnipselte weiter. »Überspannung durch Blitzschlag könnte den Sprengstoff durchaus zünden.«

»Unsinn.« Foote wischte das Kabel mit Papiertaschentüchern trocken. »Der Turm ist geerdet.«

»Haltet endlich die Klappe!« verlangte Oppy. »Die Bombe ist ein Blindgänger. Ihr wißt's, und ich weiß es; jeder weiß es – nur der General nicht. Wie soll ich nachdenken können, wenn ihr beiden Schwachköpfe aufeinander rumhackt?«

Die Leiter lehnte an der ersten Turmplattform. Oppy stieg sie hinauf und machte sich daran, die Sprossen bis zu der Wellblechhütte zu ersteigen. Sobald die zweite Plattform und das Licht der Suchscheinwerfer unter ihm lagen, verschwand er in der Dunkelheit. Foote brachte wortlos seine Wickelarbeit zu Ende und überzeugte sich davon, daß der ins Kabel eingebaute Zündschalter auf AUS stand, bevor er die Holztür schloß und mit einem Vorhängeschloß sicherte.

Groves kam aus seiner Limousine herüber, während Augustino vom Jeep heranschlenderte. »Hinterher!« befahl der General Joe.

»Sir, wenn ich einen Vorschlag machen darf ...«, begann der Captain. »Soll ich Sergeant Peña mit der Bewachung der Bombe beauftragen? Dann hätte er einen plausiblen Grund, Doktor Oppenheimer zu folgen.«

»Mir egal, bloß rauf mit Ihnen!« verlangte Groves.

Regen peitschte Joe ins Gesicht, und die kalten Stahlsprossen schienen unter ihm zu schwanken. In dreißig Meter Höhe hatte Joe den Eindruck, der Turm stehe leicht schief. Die in der Wellblechhütte brennende Sechzigwattbirne beleuchtete einen mit Flaschenzügen, Seilen und Drahtseilbündeln bedeckten Boden, nackte Wellblechwände und die Bombe auf ihrem Ständer. Seitdem Joe sie zuletzt gesehen hatte, hatte die Bombe ihre mondähnliche Glattheit verloren, weil zwei äußere Zünderkästen angeschraubt worden waren. Kabel verbanden die vierundsechzig Zündöffnungen der Kugel mit diesen Kästen, aus deren Rückseite ebensoviele Kabel zum eigentlichen

Zündgerät hinabführten: einem mit Vorhängeschlössern gesicherten Aluminiumkasten zwischen den Füßen des Ständers. Draußen im Freien auf der Plattform hielt Oppy den Kranarm mit einer und seinen Hut mit der anderen Hand umklammert.

»Sie sehen wie der verrückte Ahab in der Takelage aus.« Joe trat neben ihn.

Von der Plattform aus entstand der Eindruck, als schlügen überall Blitze ein, als ob die tiefhängenden Wolken, die schwarz wie Rauchwolken waren, sich zu einem Sturmangriff zusammenrotteten. In allen Himmelsquadranten schlugen Blitze ein, so daß die Donnerschläge sich gegenseitig überlagerten und verstärkten. In einer Meile Entfernung wurde der silberne Sperrballon, der zuvor nicht vom Boden hochgekommen war, jetzt vom Wind gehoben. Der Ballon war an einem Jeep verankert, der so unter ihm hing, daß nur noch seine Hinterräder Bodenberührung hatten. Zwei Männer bemühten sich, den Jeep zu retten, aber durch die Blitze entstanden statische Ladungen, die übers Haltekabel abflossen und sich krachend unter den springenden Rädern entluden.

»General Groves hat die Meteorologen zum Teufel gejagt.« Oppy wischte sich Regen aus dem Gesicht und grinste. »Der General ist der neue Wetterberater für den Trinity-Versuch.«

»Aber die Entscheidung liegt bei Ihnen, stimmt's?«

»Das behauptet Groves mir gegenüber.« Oppy wandte den Blick ab. Er senkte den Kopf, riß ein Streichholz an und hielt es zwischen schützend vorgehaltenen Händen an seine Zigarette. »Danke, daß Sie zurückgekommen sind.«

»Blasen Sie den Versuch ab.« Joe beobachtete, wie die beiden Männer von dem Jeep wegliefen.

»Wir können ihn nicht einfach morgen wiederholen. Bis wir den gleichen Bereitschaftsgrad erreicht und Männer und Ausrüstung zusammen haben, vergeht mindestens eine Woche.«

»Sie haben behauptet, die Bombe sei ein Blindgänger. Sie wollten ohnehin noch eine Woche länger Zeit.«

»Wie Ahab?« fragte Oppy lachend.

»So haben Sie vorhin ausgesehen.«

»Als Junge bin ich tatsächlich Segler gewesen, wissen Sie. Ich habe eine eigene Jolle gehabt und bin damit vor Long Island gesegelt.« Oppy starrte die Wolken an. »Solches Wetter ist mir immer am liebsten gewesen. Ich habe mich vor dem Wind mit dem Gezeitenstrom hinaustragen lassen, nur um mich Stück für Stück wieder zurückkämpfen zu können. Vor allem die letzte schmale Einfahrt mußte erst bewältigt werden. Die Tide ist dort abgelenkt worden und hat versucht, einen in die Brandung zu ziehen. Damals habe ich zum ersten Mal gemerkt, daß ich Mut hatte. Ich hab ihn erstmals bewiesen.« Er schützte seine Zigarette mit der hohlen Hand vor dem Regen. »Es hat oft Stunden gedauert, die Einfahrt zu passieren und die Bucht zu erreichen. Dabei ist's mir um den Kampf gegangen, wissen Sie: um die Kraft und Geduld, den richtigen Winkel, die richtige Strömung und den richtigen Wind zu finden. So ähnlich wie jetzt, Joe. Ein erbitterter Kampf.«

Eine tiefe, geschlossene Wolkendecke bedeckte inzwischen das ganze Tal. Die Wolken schienen allein durch ihr Eigengewicht zu sinken und eine zweite, dunklere Nacht mit sich zu bringen. Auf dem Erdboden sah Joe stecknadelkopfgroße Lichtpunkte, wo eine weitere Gruppe ihren Jeep aufgegeben hatte und mit Taschenlampen davonlief. »Hab ich Ihnen jemals erzählt, wie ich von Bataan runtergekommen bin?« fragte er.

»Nein, davon haben Sie nie gesprochen. Ich habe immer geglaubt, für Sie sei es Ehrensache, nicht darüber zu reden.«

»Durchaus nicht. Das Ganze ist eigentlich auch so was wie eine Seglergeschichte.«

»Auf Bataan?«

»Ich hatte zwei Steckschüsse im Rücken und Hintern

und hab dann noch Dschungelfieber bekommen.« Er zündete sich eine Zigarette an Oppys an. »Ich hatte fünf einheimische Scouts, und wir hatten ein leichtes Feldgeschütz, mit dem wir über die Hügel gezogen sind und die Front gehalten haben, obwohl es keine mehr zu halten gab. Als ich dann Fieber bekommen und angefangen habe, wirres Zeug zu reden, haben die Filipinos das Geschütz stehengelassen, um mich zu tragen. Sie wußten nur nicht, wohin sie mich schaffen sollten. Die letzten Prahme waren längst drüben in Corregidor, und wir waren zu weit von unseren Stützpunkten in Mariveles und Manila entfernt. Ich wußte, daß die Japse mich erschießen würden, weil ich nicht marschfähig war. Schließlich haben die Scouts mich zur Küste gebracht, weil das die einzige Möglichkeit war. Sie haben ein Fischerboot gestohlen und mich an Bord geschafft. Ich konnte gerade noch sitzen und hab versucht, Befehle zu geben – wie ein Offizier, wissen Sie. Es war Ebbe. Ich konnte die Haischutznetze aus dem Wasser ragen sehen und wußte, daß dicht unter der Oberfläche Minen lagen. Sämtliche Strände waren vermint.«

Joe sprach absichtlich etwas leiser, wie Oppy es gelegentlich tat, damit sein Zuhörer sich nach vorn beugen mußte. Oppy rückte näher heran. »Sobald es dunkel war, haben die Filipinos mich und das Boot ins Wasser hinausgeschoben. Ohne Motor, ohne Riemen. Ich konnte nicht glauben, daß meine eigenen Scouts mich umbringen wollten – aber das schienen sie vorzuhaben. Ich hätte sie jedenfalls nicht daran hindern können. Sie hätten meinen Kopf den Japanern bringen und dafür kassieren können. Ich hab versucht, zum Strand zurückzupaddeln, weil ich sehen konnte, wie in Mariveles Munitionslager und in Manila Treibstofflager hochgegangen sind und unsere Long Toms – die 15,5-Zentimeter-Haubitzen – von Corregidor aus zurückgeschossen haben. Das alles hat sich im Wasser gespiegelt, als sei das Ende der Welt gekommen, und ich wollte unbedingt wieder mitkämpfen.

Haben Sie schon mal Ruhr gehabt? Man wird bewußtlos und scheißt Blut. Zuletzt konnte ich vor Entkräftung nicht mehr sitzen und habe in dem treibenden Boot unter diesem Feuerwerk in meinem eigenen Dreck gelegen. Durch das Landungsunternehmen der Japse hatte das Haischutznetz Löcher bekommen. Wir hatten ihren ersten Angriff im Wasser abgewehrt, und die Haie sind ihnen gefolgt und haben sie erledigt. Aber als die Haie erst mal da waren, sind sie nicht wieder fortgeschwommen. Sie haben mein Boot angestoßen, daß es geschwankt hat. Es war ein leckes altes Fischerboot. Haie besitzen einen erstaunlichen Geruchssinn. Als ich den Kopf gehoben habe, waren mindestens fünfzig Haie zu sehen, die das Boot langsam umkreist haben.

Mir ist sogar das Spaßige an dieser Situation aufgefallen. Ich meine, wie viele Indianer aus New Mexico werden von Haien gefressen? Ich habe ununterbrochen gedacht, wenn ich bloß ein Paddel hätte, wenn ich bloß ein Gewehr hätte, wenn ich bloß Flügel hätte ... Wenn ich mich nur umbringen könnte! hab ich gedacht – aber ich hatte nicht mal die Kraft, die Luft anzuhalten. Vor allem mußt du weiterhin denken, habe ich mir gesagt. Laß dich nicht unterkriegen! Das Dumme war nur, daß die Haie bei jeder meiner Bewegungen munter geworden sind. Diese verdammten Filipinos hätten's mir sagen müssen.«

Er hörte zu reden auf, um den Lichtfinger eines Scheinwerfers über dem westlichen 10 000-Meter-Bunker zu beobachten. Der Scheinwerferstrahl hatte einen schräg aufsteigenden Wetterballon eben erst erfaßt, als er auch schon in den Wolken verschwand.

»Was hätten sie Ihnen sagen müssen?« fragte Oppy.

»Daß ich aufhören sollte, mich abzustrampeln. Nachts ist die Flut hereingekommen und hat das Boot über die Haischutznetze gehoben, und als die Flut abgelaufen ist, hat sie mich mit in die Bai hinausgenommen. Ein Torpedoboot hat mich aufgefischt und auf ein U-Boot gebracht –, und so bin ich heldenhaft von Bataan entkommen, indem ich gemerkt habe, daß der Kampf gegen die Gezeiten kein Beweis für Mut sein muß, sondern eher einer für Dummheit ist. Das war meine vorerst letzte Bootsfahrt.« Er hielt Oppy seinen feuchten Zigarettenstummel hin. »Das verdammte Ding ist ausgegangen.«

»Wollen Sie damit andeuten, daß der Kampf gegen den Regen dem Kampf gegen die Gezeiten entspricht? Soll das heißen, daß Sie mich für dumm halten?«

»Hab ich das getan?«

»Ich weiß nur nicht, wie subtil Sie sind.«

»Okay.« Joe schnippte den Stummel weg und sah, wie der Wind ihn in die Dunkelheit fortriß. »Falls der Blindgänger doch keiner ist, dürfen Windstärke und -richtung ausreichen, um Radioaktivität bis nach Amarillo zu tragen.«

Oppy wandte sich ab, um sich aufs Geländer zu lehnen. Seine Kleidungsstücke flatterten wie ein Segel. Joe glaubte zuerst, Oppy habe einen krampfartigen Hustenanfall, aber als er sich wieder umdrehte, lachte er. Über seine Wangen liefen Tränen oder Regentropfen.

»Sie haben recht. Ich sage den Versuch ab.« Er fuhr sich mit dem Ärmel übers Gesicht. »Kommen Sie, wir gehen miteinander runter.«

»Ich bin als Babysitter der Bestie eingeteilt. Sie müssen allein gehen.«

Nachdem Oppy vom Turm gestiegen und mit Groves in Richtung Süd 10 000 davongefahren war, betrat Joe wieder den Schuppen, machte sich auf dem Boden einen Sitz aus Seilbündeln zurecht und zündete sich eine trockene Zigarette an. Die Hälfte des Wellblechschuppens füllten die Bombe, ihre Kabelschlingen und ihre Ständer aus. Die für den Einsatz gegen Japan bestimmte Bombe würde in ein Stromliniengehäuse mit Stabilisierungsflossen gepackt werden, das gerade noch in den Bombenschacht einer B-29 paßte. Ansonsten würde sie bauartgleich mit dieser sein:

die gleiche mattgraue Stahlhülle, die gleichen ineinandergreifenden, nach innen gerichteten Sprengstofflinsen und das gleiche silbernwarme Drachenherz. Aus der Zündmaschine kam das einzelne Koaxialkabel, das durch den Fußboden und den Turm hinab zu dem auf AUS stehenden Zündschalter im »Lokus« führte – zu einem Schalter, der jetzt frühestens in einer Woche betätigt werden würde, falls Oppys Schätzung sich als zutreffend erwies.

Aus dem Funkempfänger drang noch immer eine Mischung aus internen Meldungen und der Stimme Amerikas: Paul Robeson stimmte »Die Wolgaschiffer« an, während irgend jemand eine Prüfliste für Gammameter verlas. Von Antonio nach El Paso waren es ungefähr zweihundert Meilen: vier Stunden Fahrzeit für Anna und die beiden Männer. Jeder Regen bedeutete jedoch Unterspülungen und Fahrbahneinbrüche, so daß diese Zeit sich leicht verdoppeln konnte. Aber das spielte keine Rolle. Der nächste Versuch würde erst in einer Woche stattfinden – und bis dahin würde er's Augustino besorgen. Er würde Groves morgen selbst ins Albuquerque Hilton zurückfahren und ihn unterwegs über den Captain informieren. Auch wenn Augustino alles leugnete, würde er durch den gleichen Gegenstand überführt werden, mit dem er Oppy hatte überführen wollen.

Um Mitternacht kam die Meldung aus dem Empfänger: »X-Uhr ist verschoben worden. Auf Grund der Wetterbedingungen ist die Nullzeit von zwei Uhr auf vier Uhr verlegt worden. Neue Nullzeit vier Uhr.«

Zwei Stunden? fragte Joe sich. Oppy hat den Versuch lediglich von 2.00 Uhr auf 4.00 Uhr verschoben? Okay, aber das Wetter wird bestimmt nicht besser, dachte er. Windstöße ließen den Turm erzittern. Die Lampe schwankte, und die Bombe auf ihrem Ständer schien mit den Füßen zu scharren wie ein dicker Mann auf kurzen Beinen.

TRINITY, 16. JULI
1945

30

Da das Gewitter anhielt, wurde der Versuch um eine weitere Stunde von 4.00 Uhr auf 5.00 Uhr verschoben. Durch das Fernglas auf der Plattform beobachtete Joe einen dicken Mann in Uniform und einen hageren Mann in Zivil, die vor dem südlichen 10 000-Meter-Bunker im Scheinwerferlicht einer Limousine auf und ab gingen. Nicht nur war der Regen so stark wie zuvor, sondern der Wind hatte erheblich aufgefrischt. Joe wußte, das Groves Oppy im Freien behielt, weil im Bunker alle für eine Verschiebung des Versuchs waren. Ein interessantes Paar, überlegte Joe sich: draußen im Regen allein, einander umkreisend, fast männlich und weiblich, wenn man sieht, wie Groves sich geduldig bemüht, Oppys Nervosität zu beschwichtigen.

Kurz nach vier Uhr schlug ein Blitz ganz in der Nähe des Turmes ein. Joe hielt sich an dem Kranausleger auf der Plattform fest und dachte daran, was Jaworski über die zwei Tonnen Sprengstoff in der Wellblechhütte gesagt hatte, aber der Blitz brachte lediglich das Antisabotagelicht auf der ersten Plattform zum Erlöschen. Joe stieg mit einer neuen Glühbirne die Sprossen hinunter. Die auf den Turm gerichteten Scheinwerfer blendeten ihn beinahe, so daß er einige Sekunden brauchte, um zu merken, daß Eberly über die Leiter von unten heraufgekommen war. Wasser tropfte von seinem Poncho, seiner Nase, seinem Adamsapfel und vom Lauf seiner Maschinenpistole.

»Ich wollte dir bloß was mitteilen, Chief. Captain Augustino hat sich über Funk im ›Lokus‹ gemeldet und mir befohlen, an deinen Jeep zu gehen und mich davon zu überzeugen, daß darin ein paar gelbe Stäbe liegen. Dann hat er mich angewiesen, dich zu erschießen, falls du versuchen solltest, den Turm zu verlassen. Das verstehe ich nicht. Warum bewachst du die Bombe, wenn er dich für einen Saboteur hält? Warum soll ich dich bewachen, wenn du der Bewacher bist? Ist das das Army-System?«

»Das Augustino-System.« Als Toter war Joe ein Brandstifter, wie die Blitzstäbe in seinem Jeep bewiesen, und ein Spion, weil er Harry Golds Geschäftskarte in der Tasche hatte. »Nicht schießen, ich bin gleich wieder zurück.«

Er stieg die Leiter hinab und rannte zu seinem Jeep. Die Fotos waren verschwunden, aber die Stäbe lagen noch auf dem Beifahrersitz. Joe griff sie sich und kehrte zur Leiter zurück.

Eberly hatte alles mitbekommen. Als Joe die Plattform erreichte, sagte der junge Mann: »Ich hasse die Army!«

Von der obersten Plattform aus sah Joe, was er erwartet hatte. Oppy und Groves hielten sich nicht mehr vor Süd 10 000 auf. Über die Asphaltstraße kamen Autoscheinwerfer näher. Eine Stimme aus dem Funkempfänger im Schuppen gab bekannt, der Versuch sei erneut verschoben worden – auf 5.30 Uhr. Joe versteckte die Blitzstäbe hinter lose aufgeschossenen Seilen und steckte die Geschäftskarte in seine Hosentasche.

»Fünf Uhr dreißig ist der bestmögliche Zeitpunkt.« Oppys Jacke hing wie ein nasser Sack um seine Schultern, aber er stolzierte mit neugewonnener Zuversicht durch den Schuppen und um die Bombe herum.

»Ist Captain Augustino mit Ihnen zurückgekommen?« fragte Joe.

»Ja, er ist unten bei Groves. Sehen Sie, um fünf Uhr dreißig haben wir die Dunkelheit, die wir brauchen, um die Detonation genau fotografieren zu können, und danach wird's rasch hell, so daß wir den Bergepanzer losschicken können, um Proben einholen zu lassen.«

»Das heißt, daß halb sechs Uhr der letztmögliche Zeitpunkt für Ihren gottverdammten Versuch ist, falls das Wetter sich bis dahin bessert.«

»Außerdem der beste Zeitpunkt. Daran hätten wir früher denken sollen.«

Oppy hörte zu husten auf. Aus seiner Jackentasche ragte ein Taschenbuch: eine Gedichtsammlung mit dem Titel *Les fleurs du mal.* Falls Joe ihm Harry Golds Karte in eine Tasche praktizieren wollte, war dies die richtige Tasche.

»Ist das Ihre Pose für den Countdown – ein Mann, der gern Gedichte liest?« fragte Joe.

»Sie kennen Baudelaire? Unübertrefflich!« Oppy zog die zur Plattform hinausführende Tür auf. »›Ich gleiche dem König eines regnerischen Landes – reich, aber hilflos, jung und dem Tode geweiht.‹«

»Es gießt in Strömen. In Ihren Leitungen gibt's Kurzschlüsse, Ihre Kameras sehen nichts, und das Beobachtungsflugzeug findet nicht mal den Turm.«

»Das sagen alle anderen auch.«

»Dann verschieben Sie den Versuch doch.«

»Der General sagt, daß es aufklaren wird. Der General will Idealbedingungen ...«

»Der General braucht Trinity. Der General braucht Trinity, weil er nie an der Front gewesen ist und von der Army zum Colonel degradiert wird, wenn er keine Bombe vorweisen kann.«

»Ich sage, daß es aufklart.«

»Sie sagen, daß es aufklart? Sind *Sie* jetzt der Wettermann?«

»Ich bin Wissenschaftler. Wir finden, wir sollten bis zum letzten ...«

»Wollen Sie mir wieder von Ihrem Scheißsegelboot erzählen? Wir befinden uns bei Regen in dreißig Meter

Höhe mit einer Bombe; wir sind nicht dabei, Ihre glückliche Jugend wiederzuerleben.«

Oppy drehte sich an die Tür gelehnt nach Joe um. »Erinnern Sie sich an den Stadtfrack vom Riverside Drive?«

»Ja.«

»An den Judenjungen, aus dem Sie einen Cowboy gemacht haben? Aber die Welt will etwas größere Erfolge sehen. Joe, ich brauche Trinity. Ich muß den Krieg beenden, bevor er ohne meine Mitwirkung zu Ende geht. Deshalb werden wir's heute nacht versuchen.«

»Augustino will, daß Sie's heute nacht versuchen.«

»Der Captain hat vorgeschlagen, wir sollten zum Turm zurückkehren. Groves wollte mich von den anderen weglotsen«, Oppy durchquerte den Raum und legte eine Hand auf die Bombe. »Ich wollte sie wiedersehen.«

»Augustino behauptet, sie sei ein Blindgänger und Sie seien Stalins Meisterspion. Er will Sie von Trinity aus geradewegs hinter Gitter bringen. Verschieben Sie den Versuch, dann schaffe ich Ihnen Augustino vom Hals.«

Oppy begann wieder, auf und ab zu gehen. »Wenn sie funktioniert, kann er mir nichts anhaben.«

»Dieses Risiko brauchen Sie nicht einzugehen.«

Als Oppy über ein Seilbündel stolperte, schossen zwei gelbe Stäbe über den Fußboden. Ihr Auftauchen war so verblüffend, und sie glitzerten so sehr auf den Eichenbohlen, als seien sie zwei goldene Schlangen, die den Turm erklettert hatten.

»Die stammen von diesem verrückten Medizinmann. Augustino hat gesagt, Sie hätten etwas mit ihm zu tun.«

»Augustino hat sie mitgebracht.«

Oppy näherte sich den Blitzstäben so langsam, als habe er Lebewesen vor sich, bückte sich und hob sie auf. »Der Captain ist nicht mal hier oben gewesen. Ich kann nicht glauben, daß Sie's gewesen sein sollen.«

»Sie verstehen nichts. Und wenn Sie nicht so verdammt unbeholfen wären ...«

»Wirklich lachhaft finde ich die Vorstellung, daß Sie mit mir und Harvey und Fermi gearbeitet haben.« Die Stäbe funkelten und glitzerten im Lampenlicht, als er sie hochhob. »Häuptling Joe Peña. Was für ein unglaublich dämlicher Zeitpunkt für Ihre Rückverwandlung in einen Indianer!«

»Geben Sie sie mir zurück!«

»Glauben Sie wirklich, daß ich zulasse, daß die Arbeit all dieser guten Männer von einem ... Indianerstamm gefährdet wird?«

»Es geht nicht nur um Sie, sondern auch um Anna. Augustino weiß, daß sie den Hügel verlassen hat.«

»Natürlich! Ich hab's ihm gesagt. Ich hab keine Verwendung für eine amtlich für verrückt Erklärte, die den Erfolg des Projekts gefährdet und mit Soldaten rumhurt.«

Als Oppy an ihm vorbeizuschlüpfen versuchte, traf Joe ihn mit dem Handrücken. Nur ein leichter Schlag, als habe er's auf eine Fliege abgesehen gehabt. Oppy landete zusammengekrümmt auf den Seilen. Die Blitzstäbe flogen zwischen die Drahtseile; Hut und Taschenbuch blieben unter dem Bombenständer liegen.

»Tut mir leid«, sagte Joe.

Oppy hielt sich die Brust und rang krampfhaft nach Luft. Joe fiel ein, daß manche Männer ihr ganzes Leben lang keinen Schlag einstecken müssen. Sie sagen alles, tun alles und rechnen niemals mit einer Faust –, aber sie sind bereit, die Welt in die Luft zu sprengen.

»Tut mir wirklich leid«, sagte Joe.

Er begutachtete die Stäbe. Der gelbe Glimmerlack war nicht einmal abgeblättert. Joe holte Oppys Hut und Buch unter dem Bombenständer hervor, kniete nieder und steckte das Buch vorsichtig in Oppys Tasche zurück.

»Sie Schweinehund!« Oppy starrte die Pistole Kaliber 45 an Joes Gürtel an. »Was haben Sie als nächstes vor – mich zu erschießen?«

»Hören Sie zu«, forderte Joe ihn auf. »Vergessen Sie die

Blitzstäbe. Erzählen Sie Groves lieber nicht, daß hier oben ein verrückter Indianer ist, sonst schickt er Eberly mit seiner Maschinenpistole rauf – und was passiert dann mit Ihrer kostbaren Bombe?« Er zog Oppy hoch, setzte ihm den Hut auf, klopfte ihm Staub von den Schultern und bugsierte ihn durch die Tür. »Schweigen Sie vor allem Augustino gegenüber. In einer Stunde wird der Versuch abgesagt, und dann erkläre ich Ihnen alles.«

»Ich habe geglaubt, Sie seien mein Freund. Captain Augustino hat mich vor Ihnen gewarnt, aber ich habe Ihnen vertraut.«

Ein Blitz schlug in einen nahe gelegenen Bunker ein. Oppy schwankte unsicher.

»Fuchs ist der Spion«, sagte Joe. Er bezweifelte, daß Oppy ihn durch den Donner hindurch verstand. Aber das war nicht weiter wichtig.

Während er Oppy half, den Abstieg über die Sprossen zu beginnen, sah er Groves sorgenvoll am Fuß des Turmes stehen. Als Oppy unten anlangte, reagierte er mit einem Kopfschütteln auf etwas, das der General sagte, und schlurfte auf die Limousine zu. Sobald die beiden Männer auf dem Rücksitz Platz genommen hatten, fuhr der Wagen in Richtung Süd 10000 ab. Zwischen den beiden Jeeps blieb nur Eberly zurück, der mißmutig durch den Schlamm stapfte und wie befohlen Wache hielt.

Joe ging in den Wellblechschuppen zurück und öffnete die linke Hand. *Harry Gold* stand in schwarzer Schrift auf der Geschäftskarte. Als Joe das Buch in Oppys Tasche zurückgesteckt hatte, hatte er einen Augenblick lang daran gedacht, die Karte hineinzuschieben. Aber die Versuchung war nur kurz gewesen. Er legte die Karte auf den Funkempfänger, weil seine Hose vom Regen feucht war. Ein weiterer Blitz schlug ganz in der Nähe ein. Die Glühbirne über Joe verfärbte sich blau und ging aus.

Der Regen trommelte aufs Wellblech. In der Hütte war es dunkel, aber um den Turm herum glühten überall

Blitze wie Blumenstengel in einem dunklen Garten. Joe verwendete vom Boden aufgehobene Seilstücke, um die gelben Stäbe mit den Schlangenhäuptern nach oben an die Zünderkästen zu binden. Die Stimme Amerikas hatte ihr Programm für kurze Zeit unterbrochen, so daß der Funkverkehr auf dem Versuchsgelände erstmals nicht gestört wurde. Das Basislager fragte an, ob irgend jemand etwas von einem verschwundenen Kantinenzelt wisse. Es gab ein zeitiges Frühstück, und das Toastbrot und das Eipulver wurden naß.

Beim Anblick der auf ihrem improvisierten Altar stehenden Blitzstäbe empfand Joe unerwartetes Vergnügen. Als Blitze den Turm einzuschießen schienen, schwankte die Wellblechhütte bei jedem Donnerschlag. Das durch die Tür hereinfallende grelle Licht ließ die Kugel scheinbar schweben und die goldgelben Stäbe zum Leben erwachen. Der Schatten an der Wand war der eines Hauptes mit gekräuseltem Haar und einer Krone aus Blitzstäben.

Alle bestanden darauf, in ihm den Indianer zu sehen – warum also nicht? Etwas Zierat für das Atom, ein Paar elektrischer Schlangen, bevor es auf Dreißigmeterbeinen tanzte. Ein Tanz in der Wüste, der die Erde erzittern ließ. Joe wünschte sich, er wüßte das richtige Gebet, den richtigen Song; für dieses Ereignis mußte es irgendeine Musik geben – oder etwas, das er improvisieren konnte. Gute Musik und gute Religion entstanden beide in schwierigen Situationen, vermutete Joe. Roberto würde stolz auf ihn sein.

Bei einem Reisetempo unterhalb der zulässigen Höchstgeschwindigkeit waren es rund sieben Stunden bis zur mexikanischen Grenze. Die Straßenbahn zwischen El Paso und Juarez verkehrte die ganze Nacht hindurch. Etwa um diese Zeit würde Anna Ben und Roberto in die Bahn nach Juarez setzen oder sie gleich hinüberfahren. Auch für sie war es sicherer, wenn sie gleich jenseits der Grenze blieb. Joe konnte sie sich mit einer Indianerdecke vorstellen.

»*Dreißig Minuten bis zur Nullzeit*«, sagte die Lautsprecherstimme.

Joe schnallte sich seinen Gürtel mit dem Pistolenhalfter um und beschloß, auch ohne ausdrücklichen Befehl allmählich abzufahren. »›This desert's jumpin'‹«, summte er vor sich hin. Östlich des Turmes schlug ein Blitz ein, aber der Lichtschein wurde durch einen Mann in einem Poncho verdeckt.

»Ich hab dich nicht raufkommen gehört!« rief Joe, um den Donner zu übertönen.

»Nicht im Gewitter, Sergeant.« Captain Augustino zwängte sich in den Schuppen, als es wieder dunkel wurde.

»Ich dachte, Sie seien mit Oppy und General Groves gefahren.«

»Gefreiter Eberly hat sie chauffiert.« Regenwasser tropfte, als Augustino sich die Ponchokapuze vom Kopf zog. »Haben Sie Oppenheimer die Karte in die Tasche gesteckt, Sergeant?«

Die Maschinenpistole hat er nicht mitgebracht, überlegte Joe sich.

»Trinity fällt aus, Sir.«

»Doktor Oppenheimer glaubt daran. General Groves glaubt daran. Ich glaube daran. Sie haben ihm die Karte nicht zugesteckt?«

»Sie ist in seiner Jacke.« Joe trat zur Seite, um trotz der Dunkelheit in dem Schuppen zu verhindern, daß der Captain die Karte auf dem Funkempfänger liegen sah. »In der Tasche mit dem Buch.«

Grellweißes Licht flutete durch die offene Tür, füllte den Raum wie einen Brunnen und erhellte Bombe, Ständer, Blitzstäbe und Kabel mit blendender Klarheit. In diesem Lichtschein sah Joe draußen nicht einen Tropfen Wasser. Es hatte zu regnen aufgehört. Als das Licht, schwächer werdend, in Donner überging, breitete Augustinos Poncho sich wie ein Flügelpaar aus. Joe zog seine Pistole, aber der

Captain hatte nur ein Feuerzeug in der Hand. Er hielt die Flamme an die Bombe, so daß sie sich matt in der Stahlkuppel spiegelte und die Stäbe glitzern ließ. Augustino zog sie aus den Seilwicklungen heraus, um sie genauer betrachten zu können.

»Zauberei, Sergeant?«

»Mein letztes Mittel, Sir.«

»Soweit sind wir inzwischen alle. Ich habe vorhin Wissenschaftler gesehen, die in den Bunkern auf den Knien gelegen und diesen Turm angebetet haben. Heute nacht liegt Magie in der Luft.« Er zerbrach die Stäbe in der Mitte.

»Wozu überflüssige Risiken eingehen? Sehen Sie, Sergeant, ich bin bereit, meine Zweifel zu jedermanns Gunsten auszulegen – Medizinmänner, Physiker … für mich gibt's da keinen Unterschied. Ich glaube, daß wir als Rasse lediglich von einer Höhle in eine größere Höhle, von einem Feuer an ein größeres Feuer umziehen und daß draußen immer irgend etwas Erschreckendes lauert. Übrigens ist das Wetter umgeschlagen, falls Sie's noch nicht gemerkt haben sollten.«

31

Der Donner wurde zu einer ablaufenden Flut. Die letzten Schläge klangen gedämpft und oberflächlich. Die zerbrochenen Stäbe auf dem Fußboden wirkten wie tot.

»Sie haben ihm Harry Golds Karte nicht in die Tasche gesteckt«, sagte Augustino.

»Ich hab sie gesehen.« »Richtig, Sir.«

Joe nahm die feuchte Karte von dem Empfänger. Er stieß den Captain mit seiner Pistole vor sich her auf die Plattform hinaus.

»Keine halbe Stunde mehr. Wir fahren jetzt ungefähr

sechs Meilen weit und gehen hinter einem Kamerabunker in Deckung, bis der Versuch vorbei ist, Sir.«

Der Regen hatte aufgehört; der Wind war abgeflaut. Ein Halbmond schien von Wolke zu Wolke zu segeln, und die Wolkenschatten glitten übers Tal. Von West 10 000 griff ein Suchscheinwerfer sechs Meilen weit nach dem Turm, aber das Ziellicht brannte wieder nicht mehr, so daß der Lichtstrahl den Turm verfehlte. Aus dem Funkempfänger im Schuppen drang plötzlich Gesang: *»Oh, say can you see?«* Das Echo dieser Frage kam aus allen Himmelsrichtungen, weil die Stimme Amerikas ihre Morgensendung begann. *»... by the dawn's early light«*, hallte es über Kakteen und Kabelbündel hinweg bis zu Vulkankegeln auf einer Seite und den Ausläufern der Oscuras auf der anderen, während die Echos sich in der Nacht überlagerten. *»... what so proudly we hail.«* Joe lachte. Augustino, der lächelnd bei den Sprossen stand, mußte schreien, um sich verständlich zu machen.

»Wir können Oppenheimer die Karte noch immer unterjubeln.«

Er steckte sein Feuerzeug ein und sprang zwei, drei Sprossen hinunter.

»Sie können Anna Weiss noch immer retten. Ihre letzte Chance.«

»Halten Sie Ihre Hände bitte so, daß ich sie sehen kann, Sir.«

Augustino hob seine Rechte und ließ erkennen, daß er eine nickelglänzende Pistole Kaliber 22 in der Hand hielt. Genau das richtige kleine Glitzerding für einen Offizier, dachte Joe.

»Während Sie geboxt haben, Sergeant, habe ich Ihre Uniform und Ihre Feuerwaffe gefunden und das Magazin geleert.«

Joe zielte zwischen die Augen des Captains und drückte ab. Der Hammer seiner großkalibrigen Pistole schlug gegen eine leere Kammer.

Augustino sprach ungerührt weiter. »Anna Weiss ist jetzt an der Grenze. Durch einen Anruf ist sie noch zu fassen. Sie hätten die Finger von Mrs. Augustino lassen sollen!«

Er drückte ab. Ein Kopfschuß. Joes Kopf flog Blut verspritzend zur Seite. Ein Herzschuß. Joe tat so, als wolle er wegducken, und ließ sich fallen.

Der erste Schuß hatte Kopfschwarte und Schädeldecke unter dem dichten Haar gestreift. Der zweite drang durch den kräftigen Brustmuskel und streifte die Rippen. Als Joe auf die Plattform krachte, bekam er den Captain am Hals zu fassen, und Augustinos nächster Schuß ging daneben.

»Oh, say does that star ...«, hallte es anschwellend über die Ebene, als Autoscheinwerfer den Fuß des Turmes erreichten. Das war der Jeep mit der Gruppe, die den Zündschalter scharfmachen mußte. Der Motor lief weiter, und die Scheinwerfer blieben eingeschaltet, während die Männer aus dem Wagen sprangen. Dann war das hastige Klappern eines Schlosses, das laute Knarren ungeölter Angeln zu hören.

Während Augustino ihm die glänzende Mündung seiner kleinkalibrigen Pistole gegen die Stirn drückte, stieß Joe den Captain von den Sprossen, so daß er 30 Meter über dem Boden nur noch in Joes Griff hing.

»Zündleitung angeschlossen«, meldete Jaworski über das Funkgerät im »Lokus«. Aus den Lautsprechern in der Dunkelheit erklang ein tremolierendes:«*... home of the brave. Guten Morgen und buenos días.*«

Mit seiner freien Hand umklammerte Augustino Joes Handgelenk, um nicht erwürgt zu werden.

»... lateinamerikanische Sendung der Station KCBA in Delano, Kali ...«, ging in einem Pfeifton unter. Aus den Lautsprechern und dem Empfänger im Schuppen antwortete Harveys Stimme: »Verstehe Zündleitung angeschlossen.«

»Zündschalter ein und betriebsbereit«, sagte Jaworski.

»Zündschalter ein und betriebsbereit«, bestätigte Harvey aus dem Empfänger und den Lautsprechern.

Joe und Augustino schwiegen. Eine seltsame Pause am Rand der Plattform, dachte Joe – wie zwei Mörder, die sich gegenseitig ermahnen, leise zu sein, weil im Zimmer nebenan Hebammen tätig sind.

»Hier steht noch ein Jeep«, meldete Jaworski.

»Alle sind vollzählig«, antwortete Harvey.

»Joe?« fragte Jaworski.

»Augustino hat vor zehn Minuten gemeldet, er nehme ihn jetzt mit«, sagte Harvey.

»Warum ist dann ein Jeep hier?« wollte Jaworski wissen.

»Dort ist niemand mehr«, sagte eine neue Lautsprecherstimme. Oppy sprach schnaufend. *»Fahrt so schnell wie möglich weg, sobald der Zündschalter umgelegt ist. Falls ihr eine Panne habt, müßt ihr rennen.«*

»Dann nehmen wir den anderen Jeep auch mit«, schlug Jaworski vor.

»Nein.« Oppy überlegte kurz. *»Laßt den Jeep stehen. Sperrt ab und fahrt los.«*

Eine Tür wurde schnell zugeknallt. Ein Bügel schnappte ein.

Dann heulte ein Motor auf, als der Jeep wendete, durch den Sand zur Asphaltstraße schleuderte und dort schneller werdend in Richtung Süd 10 000 davonraste.

Allein, allein, jetzt sind wir beiden ganz allein, dachte Joe.

»Her mit der Karte«, verlangte Augustino.

»Die Waffe.«

Joe griff mit der anderen Hand danach.

Augustino schwang seinen Körper nach innen auf die Sprossen zu, aber als er abdrückte, schlug Joe den Lauf hoch. Beide Schüsse verfehlten ihn und gingen ins Dunkel. Augustino drückte die Mündung erneut gegen Joes Kopf, aber als er zu schießen versuchte, klickte die Waffe nur. Sie war eine kleine Pistole mit lediglich fünf Schuß. Das war, als ende ein langer Dialog mit einem Stottern.

Augustino ließ die Waffe fallen, krallte nach Joes Hand, befreite sich und verdrehte seinen Körper, so daß er nicht zum Turm hing, sondern von ihm wegfiel. Er starrte Joe mit Augen wie Lampen an. Er schwebte so lange frei in der Luft, daß Joe schon glaubte, er könne fliegen. Dann stürzte er und überschlug sich ein-, zweimal, bevor er auf dem Boden aufschlug.

Während Joe mit einem gefühllosen Arm nach unten kletterte, spielte die Stimme Amerikas die *Nußknackersuite*. Der Jeep stand dort, wo Jaworski ihn zurückgelassen hatte. Sobald irgend jemand neue Scheinwerfer am Turm entdeckte, würde der Versuch abgebrochen werden. Selbst wenn das nicht der Fall war, blieb ihm noch genug Zeit, aus der Gefahrenzone zu fahren. Von West 10 000 leuchteten weitere Scheinwerfer herüber. Joe überlegte schon, was er zu General Groves sagen würde. Sir, entschuldigen Sie die Beeinträchtigung des Kriegseinsatzes, den Verlust von Millionen Dollar, den Tod des Captains. Er konnte kaum glauben, daß niemand seinen Abstieg vom Turm beobachtet haben sollte, aber wie als Erklärung unterbrach der Pilot eines Beobachtungsflugzeugs – einer B-29 – den Tschaikowski, um zu melden, er könne Trinity nicht finden. In der über dem Tal liegenden Dunkelheit flogen Lautsprechermeldungen über Zähler und Meßinstrumente hin und her. Anna mußte in Juarez in Sicherheit sein, obwohl diese Sicherheit auch nur relativ war.

Auf der untersten Plattform blieb Joe stehen und tastete in seinem Hemd nach den Papieren, die Pollack ihm gegeben hatte. Dort steckte die Casa Mañana: zusammengefaltet, gut verwahrt. Der Schock war im Augenblick größer als die Schmerzen. Die Kopfwunde hatte zu bluten aufgehört und war von blutgetränktem Haar bedeckt. Joe konnte sich seinen Empfang im Bunker vorstellen.

Als er die hölzerne Leiter zum Erdboden hinunterstieg, hörte er ein neues Geräusch – als fahre ein Finger über die Zähne eines Kamms. Das war nicht die verlorengegangene B-29. Einmal im Jahr brachte der Regen eine Generation Kröten hervor. Die Amphibien erwachten in ihren Höhlen unter dem Wüstensand, versammelten sich an Tümpeln, die rasch wieder austrocknen würden, sangen, paarten sich und verbrachten ihr ganzes bewußtes Leben in einer einzigen Nacht.

Dies war die Nacht.

Joe rutschte unter Schmerzen hinters Lenkrad des Jeeps und griff mit der linken Hand nach dem Zündschlüssel. Er war nicht da. Er konnte nicht weg sein; die Schlüssel mußten laut Befehl ständig stecken. Joe tastete den Wagenboden unter dem Sitz ab. Er stieg aus und tastete den Erdboden ab. Kein Schlüssel.

Er hatte den Jeep als letzter gefahren. Augustino hatte als letzter in ihm gesessen. Der Captain lag mit ausgebreiteten Armen und Beinen da, das Gesicht in die Erde gepreßt. Jo kehrte die Taschen des Toten nach außen. Kein Schlüssel.

Das tragbare Funkgerät! Joe ging zum »Lokus«, der schwarzen Holzkiste mit dem Zündschalter. Das Funkgerät war nicht mehr da. Natürlich nicht. Jaworski war ein alter Soldat; er hatte das Funkgerät mitgenommen – für alle Fälle.

Die Tür der Kiste war mit einem Vorhängeschloß gesichert. Im Schatten der Turmstelzen konnte Joe weder eine Brechstange noch einen Hammer finden. Das Koaxialkabel führte aus dem zweieinhalb Meter hohen Kasten zum Turm hinauf und aus seinem Boden als Erdkabel weiter. Als Joe sich gegen die Kiste lehnte und sie umzukippen versuchte, merkte er zu seiner Überraschung, wie schwach er war.

Wie weit das Tal ist, dachte er, als er vom Turm wegstolperte. Berge, die sich über die Ebene zu beugen schienen. Aus weiter Ferne kommende elektrische Echos und im Hintergrund die Musik der Kröten.

Er begann zu laufen.

32

Die breite aufgeschüttete Straße führte schnurgerade nach Süd 10000. Ihre Bankette waren mit Yucca gesäumt. Ein zarter Duft lag in der Luft, der Geruch von Kaktusblüten, das Flattern von Nachtschwärmern und Fledermäusen.

Die Kugeln müssen Kaliber 22 Shorts gewesen sein, dachte er. Durchs Laufen hatte die Blutung wieder begonnen; das spürte er wegen der Kälte. Lautsprecher bellten. Vor allem hörte er jedoch sein Herz, seine Lungen und das Geräusch seiner Schuhe auf dem Asphalt.

Er war jetzt schon über eine Meile vom Turm entfernt.

Eine Leuchtrakete hing wie ein Komet am Himmel. Eine Sirene heulte kurz auf. Fünf Minuten.

Er versuchte, sich daran zu erinnern, was Jaworski über das Deckungnehmen, über Vertiefungen und den Lichtblitz gesagt hatte. Aber er war dem Nullpunkt zu nahe und konnte durch den Busch nichts als sonnenverbrannten flachen Erdboden sehen.

Und Kröten: eine riesige Krötenwanderung, wohin er auch blickte.

Das war unfair. Ein ganzes Jahr in hartgewordenen Schlamm gehüllt darauf warten müssen, daß er aufgeweicht wird, damit man sich an die Erdoberfläche hinaufarbeiten kann, um den Mond zu sehen und in leidenschaftlicher Vielstimmigkeit am Ufer eines vorübergehend existierenden Wüstentümpels zu singen – nur um von General Groves gebraten zu werden.

Die Stimme Amerikas kam und ging; sie erinnerte an einen Zuschauer, der sich nicht auf das gerade stattfindende Ereignis konzentrieren kann. Jetzt spielte sie »Sentimental Journey.«

Ein Hase flitzte vor ihm über die Straße, verhoffte ängstlich und flüchtete hakenschlagend.

Ein langgezogenes Sirenensignal war die Aufforderung für alle, sich in die Gräben zwischen den Unterständen und dem Basislager zu begeben. Nur wenige Männer, darunter Harvey und Oppy, würden tatsächlich im südlichen 10 000-Meter-Bunker bleiben. Drei Minuten.

Hab nie gewußt, daß mein Herz so sehnsüchtig sein könnte, gestand er sich ein.

Unter seinen Füßen tauchten mehr und mehr Kröten auf, die einzeln oder in Gruppen die Fahrbahn überquerten und halt machten, um zu singen. Manchmal schien der ganze Erdboden sich zu bewegen. Als eine vor Joe hinhüpfte, sah er Groves, der sich vom Turm abgewandt zu Boden warf.

Die letzte Warnrakete verglühte am Himmel.

Tatsächlich war der Gesang der Kröten ein kräftiges, sonores Tremolo. Cello und Flöte gleichzeitig.

»Sehen Sie nicht in den Lichtblitz«, warnte Harvey soeben. *»Benützen Sie Ihre rote Schutzbrille oder eine Schweißerbrille, falls Sie's doch tun.«*

Ein letzter Warngong.

Die Stimme Amerikas wechselte zu klassischer Musik über und weckte verschlafene Südamerikaner allerorten. Mexikaner, Peruaner, Feuerländer hoben ihre roten Allzweck-Polaroidbrillen und blickten nach Norden.

»Zehn.«

Zirrus und Stratozirrus überzogen den noch dunklen Himmel. Klapperschlangen erstarrten zur Aufmerksamkeit.

»Neun.«

Er drehte sich um und sah den Turm im ersten Tageslicht von einer Wolke umgeben.

»Acht.«

Er fühlte Oppy schwanken: seine Augen auf eine Tür gerichtet, auf die sich das von einem Periskop aufgefangene Bild gefahrlos projizieren ließ. Mit angehaltenem Atem und jagendem Herzen. Fuchs auf einem zwanzig Meilen entfernten Hügel – der einzige Mann, der dort stehend den Lichtblitz erwartete. Harry Gold, der über die Alameda schlenderte und nach Süden blickte.

»Sieben.«

Dolores hatte Gefäße im Feuer gelassen. Ein Windstoß fuhr zwischen Zederngut und Ton, so daß Funken Rudy umsprühten. Im Corral stand der Lastwagen eines Schwarzbrenners, und im Karnickelstall drängten sich Angorakaninchen wie Schnee zusammen.

»Sechs.«

Billy und Al drückten ihre Hüte ans Herz, ohne zu merken, daß überall aus dunklen Kivas verstohlen Gestalten an die Oberfläche kamen.

»Fünf.«

Der Wagen durchbrach das Tor, und die Band stürmte zum Exerzierplatz: gestreifte Clowns mit Posaunen, Saxophonen, Klarinetten. Im Harlemer Palais des Sports segelte der französische Schwergewichtler bis zu den Dachsparren hinauf – in papageienbunten Satinshorts.

»Vier.«

Ein Konzertflügel, dessen Deckel als schwarzes Segel aufgestellt war, fuhr den Rio Grande ab.

»Drei.«

Denkende Frau trug ein besticktes mexikanisches Gewand zu ihrer Türkiskette und der silbernen Haarspange – endlich sogar für sie genug Farbe.

»Zwei.«

Vor ihm lag der Schlitzgraben für ein Koaxialkabel, der niemals angefüllt worden war. Tausend durch die Nähe ihres Bestimmungsorts verzückte Kröten erklommen die hohe Böschung aus Erde und stehengebliebenen Markierungspfählen und sangen auf ihrem Kamm mit pulsierenden Kehlen. Die auf der anderen Seite glitten im Delirium ins Wunder des Wassers.

»Eins.«

Letzter Schritt. Letzter Herzschlag. Letzter Atemzug.

»FEUER!«

Aus dem Mittelpunkt einer neuen Sonne ein fliegender Schatten.